THE RED TENT 红帐篷

Anita Diamant

〔美〕安妮塔·戴蒙德 —— 著 于晓红 —— 译

人民文学出版社

著作权合同登记号 图字 01-2022-0335

Anita Diamant
THE RED TENT
Copyright © 1997 by Anita Diamant
Published by arrangement with St. Martin's Press，LLc.
Chinese language edition arranged through
Andrew Nurnberg Associates International Literary Agency
Simplified Chinese Copyright © People's Literature Publishing House 2022

图书在版编目（CIP）数据

红帐篷/（美）安妮塔·戴蒙德著；于晓红译. —北京：人民文学出版社，2022
ISBN 978-7-02-014417-4

Ⅰ.①红… Ⅱ.①安… ②于… Ⅲ.①长篇小说—美国—现代 Ⅳ.①I712.45

中国版本图书馆 CIP 数据核字(2018)第 156908 号

责任编辑　刘　乔　鲁　南
装帧设计　刘　远
责任印制　任　祎

出版发行　人民文学出版社
社　　址　北京市朝内大街166号
邮政编码　100705

印　　刷　三河市鑫金马印装有限公司
经　　销　全国新华书店等

字　　数　245千字
开　　本　880毫米×1230毫米　1/32
印　　张　10.75　插页3
印　　数　1—6000
版　　次　2022年1月北京第1版
印　　次　2022年1月第1次印刷

书　　号　978-7-02-014417-4
定　　价　48.00元

如有印装质量问题,请与本社图书销售中心调换。电话:010-65233595

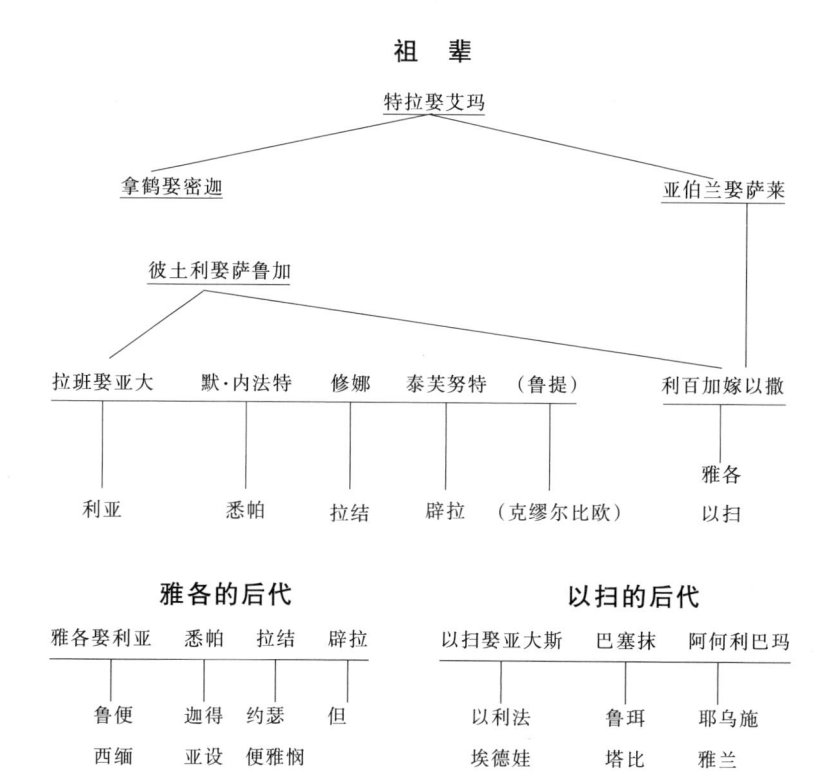

家　谱

祖　辈

特拉娶艾玛
├── 拿鹤娶密迦
│   └── 彼土利娶萨鲁加
│   ├── 拉班娶亚大 — 利亚
│   ├── 默·内法特 — 悉帕
│   ├── 修娜 — 拉结
│   ├── 泰芙努特 — 辟拉
│   └── （鲁提） — （克缪尔比欧）
└── 亚伯兰娶萨莱
    └── 利百加嫁以撒
        ├── 雅各
        └── 以扫

雅各的后代

雅各娶利亚	悉帕	拉结	辟拉
鲁便	迦得	约瑟	但
西缅	亚设	便雅悯	
利未			
犹大			
西布伦			
拿弗塔利			
以撒迦			
迪娜			

以扫的后代

以扫娶亚大斯	巴塞抹	阿何利巴玛
以利法	鲁珥	耶乌施
埃德娃	塔比	雅兰
莉比		可拉
阿玛特		艾蒂

迪娜在埃及

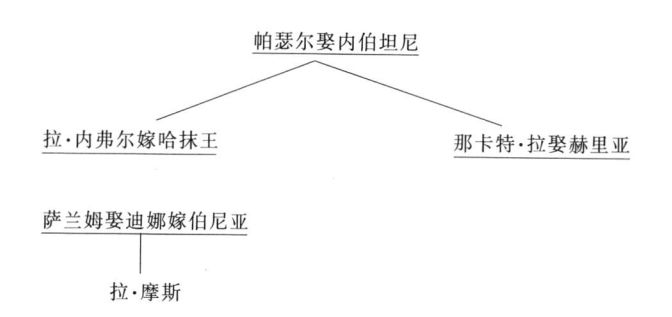

```
          帕瑟尔娶内伯坦尼
         ╱              ╲
拉·内弗尔嫁哈抹王      那卡特·拉娶赫里亚
    │
萨兰姆娶迪娜嫁伯尼亚
    │
  拉·摩斯
```

注：

　　人名和地名均采用中国圣经工会《新旧约全书》译法。多种版本《圣经》均将本书女主人公 Dinah 译为"底拿"，译者选择"迪娜"二字，将这个沉默的《圣经》人物，赋予形体和声音，更符合作者原创本意。其余非《圣经》人物，均遵守希伯来语音译或者根据故事当地语言的习惯法翻译。

引　子

我们彼此失散已久。

我的名字对你毫无意义。我的记忆渺如尘土。

这不是你的错,也并非我的罪过。连接母亲和女儿的纽带断了,而记录历史从来都是男人的权利,他们又怎么会了解女人的故事呢。就这样,我变成了一个脚注,在父亲雅各的辉煌史和关于弟弟约瑟的那本著名的历代志之间,我的故事只是一个微不足道的插曲。偶尔有人想起我,也只是作为一个牺牲品存在。在《圣经》的开端,有那么一个章节,好像是说我被强暴了,然后就是为我失去贞洁而实施的报复,一个血泪斑斑的故事。

奇怪的是还会有母亲管自己的女儿叫迪娜,但无论如何,这个名字沿用至今。也许你已经猜中了,我不仅仅是经文中一个无声的符号。在我的名字中,也许你已经听到了音乐般的声音:第一声清脆嘹亮,就像在薄暮中母亲呼唤孩子回家;第二声则甜蜜轻柔,如同枕边耳畔窃窃私语。迪——娜——。

没人记得我有接生婆的技能,也没人记得我唱过的歌谣或是我为那些贪婪的兄弟们烤制的面包。除了在示剑城的那几个星期里,那点儿已经被歪曲的零星细节之外,我便不复存在。

真实的故事远不止于此。假如有人问我,我得从抚养我长大成人的那一代人讲起,只能从那里讲起。如果你想了解一个女人,你一定要先打听她的母亲,然后仔细地聆听。关于食物的故事是承上启下的坚实纽带；无可奈何的沉默则表明有未完成的使命。一个女儿对母亲的了解越多越细——不畏缩，不抱怨——这女儿就变得越坚强。

当然，我的故事更加复杂，因为我有四个母亲，每个母亲都曾责骂过我，教育过我，珍藏着关于我的不同记忆，赐予我不同的天赋，出于不同的担忧而诅咒我。利亚生了我，给了我生命，以及她那种彰显的傲慢。拉结教会我如何摆放分娩砖，怎样做头发。悉帕让我思考。辟拉擅于倾听。每个母亲炖菜调味的方法都不一样。她们跟父亲说话时的语调也各不相同——当然，他跟每个妻子说话时用的也是不同的语调。你应该知道我的母亲们都是姐妹，是拉班不同的妻妾所生，尽管我的外祖父从来不肯公开承认悉帕和辟拉是他的女儿，因为那样他就得多付两套嫁妆，而他是个吝啬鬼。

就像所有在同一个屋檐下分享同一个丈夫的姐妹们，母亲和姨妈们用忠诚和嫉妒编织了一张胶着难解的网。她们像交换手镯一样互换秘密，然后再将秘密传给我这个唯一存活下来的女孩。她们给我讲年幼的我本不该听的东西。她们用双手捧着我的脸颊，让我发誓记住一切。

母亲们为她们给父亲生了很多儿子而骄傲。儿子是一个女人的荣耀，证明她的价值。但是，相继出生的男孩不能使女人的帐篷里充满纯粹的喜悦。父亲夸耀自己的家族人丁兴旺，母亲们爱我的兄弟们，但是，她们也渴望有女儿，她们暗自抱怨雅各的种子阳性太强。

女儿能减轻母亲的负担——帮着纺线、磨面，还可以照顾小男孩——这是让人一刻也不能喘息的工作，他们总是在帐篷的角落里撒尿，无论你怎么管教都无济于事。

但是，女人渴望女儿的另一个原因，是想留住她们的记忆。儿子断奶后就不再听母亲讲故事了。所以，我就成为她们的选择。母亲和姨妈们给我讲过无数关于她们自己的故事。无论她们的手上在忙什么——抱着孩子、做饭、纺线、织布——我的耳朵里总是充盈着她们的故事。

红帐篷里泛着红光，这是女人月经期驻留的地方，母亲们用手指梳理着我的卷发，一遍又一遍地讲述她们少年时的越轨之举或是分娩时的传奇经历。那些故事带着希望和力量，就像奉献在圣母面前的祭品一般，只不过这些礼物不是供奉神明的——而是给我的。

如今我依然能够感觉到母亲们是如何爱我的。那是我永远的珍藏。是她们的爱维系着我的生命，支撑着我活下来。即使在我离开她们以后，即使在她们离世多年后的现在，我依然能从她们的记忆中获得安慰。

我把母亲们的故事传给下一代，但是，我自己的故事却成为了不可触及的禁区，这样的沉默几乎扼杀了我的心。我没有死，而是活着让别的故事占据了我的日夜光阴。我看着婴儿睁开眼睛打量新鲜的世界。我找到了欢笑和感激的理由。我被爱着。

现在，你来到我面前——手脚娇嫩细软如女皇的女人们，你们有用不完的锅碗瓢盆，分娩不再是生死场，口无遮拦也无须顾忌。经年的沉默吞没了我，也吞没了母亲们和我的祖辈，而你们饥渴地在这种沉默中寻找着遗失的故事。

我希望我能说出更多关于我的祖母和外祖母的故事。遗憾的是，很多故事都被永远地遗忘了，我想这就是为什么，保留记忆本身就是件神圣的事情。

我非常感激你来了。我会把我内心的一切毫无保留地告诉你,让你离开时,感到满足而充实。祝福你的眼睛。祝福你的孩子们。祝福你脚下的大地。我的心是把长柄勺,盛着清甜的水,盈满而溢。

细拉①。

---

① 译者注:"细拉"是意义不明确的希伯来语,可能是咏唱时的休止用语。多次出现在《圣经》的《诗篇》中,含义有:听啊,看啊,唱啊,赞美啊;也有"阿门"(诚心所愿)的意思。

第一部

母亲们的故事

第 一 章

她们的故事,从我的父亲出现的那一天开始。

拉结飞奔着跑回营地,嘴里吼叫着,像一只从母牛身旁撕开的小牛犊。家里人正要责骂她不成体统,像个野男孩一样疯,她却气喘吁吁地讲了一桩异事:一个陌生男人来到了井台。她喋喋不休,像是在往沙子上洒水。

一个野男人,没穿凉鞋,蓬头垢面。他亲吻了她的唇,他是个堂兄,姑姑的儿子,他在井台帮助她给绵羊和山羊喂水,并赶走了在那里闲逛的流氓。

"你在胡说什么?"她的父亲,拉班,厉声呵斥,"谁来到了井边?谁在接待他?他带着几件包裹?"

"他要娶我为妻。"拉结刚喘上一口气,就单刀直入地说,"他说我是为他而生的,如果可以的话,他明天就娶我。他正在往这儿走,来跟您提亲。"

利亚听完立刻怒容满面。"娶你?"她双臂交叉抱在胸前,双肩往后一靠。"你还得再等一年才到适婚年龄。"她说。利亚虽然只比拉结大几岁,但已经表现得像是家里的女主人了,尽管父亲家人口并不多。拉班家这个十四岁的女主人,喜欢用母亲般的傲慢口气和她的妹妹们讲话。"怎么回事?他怎么会亲你?"这严重违反了规矩——即使他是堂哥,即使拉结年龄还小,依然可以当作孩子来亲吻。

拉结生气地噘着嘴,几个小时前,这恐怕还是孩子气的动作。现在却不同了。刚才发生的事情改变了一切。当天早上她睁开眼,脑子里惦记的最重要的事情,就是寻找利亚藏蜂蜜的地方。利亚这头驴从来不与她分享,除了把蜂蜜留起来给客人吃以外,只会让那个令人讨厌的小辟拉尝尝,别人都不给。

现在的拉结,脑子里只有那个粗野的陌生人,当他与她目光相对时,一种令人震撼的似曾相识,让她连骨头都颤抖起来。

拉结明白利亚的意思,但是,她觉得她的月经初潮还没有来,与她现在的感受毫无关系。她的双颊绯红发烧。

"怎么回事?"利亚突然觉得荒唐可笑。"她中邪了。你们看看她!"她说,"你们谁见过这小丫头脸红过?"

"他对你做了什么?"拉班问,他像一只疯狗感觉到入侵者靠近自己的羊群时那样咆哮。他双拳紧握,皱眉眯眼,全神贯注地盯着拉结。虽然他从来没有动手打过这个女儿,但也从来没有好好地看过她一眼。她生来就让他感到恐惧——她暴力地撕破母亲的身躯,闯到这个世界上,使母亲失去了生命。当她终于降生时,女人们惊奇地发现她是那么一个小东西——一个小女婴——她居然让母亲流了那么多的血,受了那么多天的折磨,最终还是丧了命。

拉结的风采如皓洁的月亮一般,美丽而富有感染力。没有人能够否认她是个绝代佳人。当我还是孩子的时候,虽然我曾经崇拜过自己母亲的容貌,但是,我知道利亚的美在她妹妹拉结面前显得苍白无力,这个意识总是让我觉得自己是个叛徒。真的,否认这一事实,就像是拒绝承认太阳的温暖。

拉结的美丽如此罕见,能让人忘记呼吸。她的头发从棕色渐变为铜色,她的皮肤是金色的,如蜂蜜,完美无瑕。她那琥珀一样的眼睛,衬得瞳仁惊人地黑,不是深棕色,而是漆黑,像抛光的黑曜岩或是深不可见的井底。虽然她骨架子小,即使在怀着身孕的时候乳房也不丰硕,但是,她那双健康有力的手和沙哑的嗓音,却像是属于一个高大得多的女人。

我曾经听见过两个牧羊人争论拉结的最美之处。这是一种游戏,我也爱玩的游戏。在我看来,拉结那张完美的脸上,最美的细节是颧骨,高挺而紧实,像无花果一样。在我还是个婴儿时,每当我看见她笑,就想伸手去摘无花果。当意识到自己无法摘到果子时,我就会伸出舌头去舔,希望能尝上一口。这总能让我美丽的姨妈发自肺腑地大笑起来。她对我的爱比对她所有侄子们的爱全部加起来还要多——至少这是她给我编漂亮辫子的时候亲口说的。我母亲的双手可没有这种耐心和时间。

拉结的美貌怎么赞美都不过分。当她还是个婴儿的时候,谁背着她都好像戴了一件珠宝,一件精美的饰品,让人感觉异常高兴——这个金发黑眼的孩子啊。她的爱称叫做"吐基",意思是"甜蜜"。

拉结的母亲修娜死后,女人们一起分担了抚养她的任务。修娜是个技艺高超的接生婆,以她嗓音低沉的大笑而著称,女人们都很怀念她。对于照顾修娜留下的孤女这件事,不但女人们毫无怨言,就连男人们也会在拉结面前蹲下来,用长满老茧的手抚摸一下她那独特而美丽的脸颊,然后站起身来,嗅一嗅自己的手指,摇摇头,似乎感到难以置信。要知道,通常他们对待孩子就像对待炊事石一样毫无兴趣。

拉结闻上去像水。真的!我的姨妈走到哪里,哪里就有清新水源的气息。这是一种无法描述的气味,轻快而充满绿意,在尘土飞扬的山坡上,它象征着生命和财富。千真万确,多少年来,拉班的水井是他一家不至于挨饿的唯一原因。

早年间,人们曾希望拉结成为一个水巫,一个能够找到暗藏的水井或者地下水的人。这个希望没能成真,但是,她的皮肤、衣服,不知为何,总有一种清甜的水香。如果哪个小孩不见了,多半能在拉结的毛毯上看到,这个臭小子正吮吸着自己的拇指熟睡呢。

难怪雅各在井台上被她迷住了。别的男人都已经习惯了拉结的美貌,甚至不再震惊于她的异香。但是,对于雅各来说,她一定是个神奇的幽灵。他直视着她的眼睛,瞬间感到自己完全被征服了。亲吻她时,雅各发出一种声音,那是男人与妻子躺在一起时才有的声音。这种声音唤醒了拉结,结束了她的童年。

拉结还没有描述完她和雅各的相遇,雅各就到了。他径直走向拉班,拉结看着父亲打量雅各。

拉班首先注意到雅各空空的双手。但他也同时注意到,这个陌生人的束腰长袍和披风都是优质衣料做的,皮水囊做工精美,骨质刀柄雕刻细致。雅各径直走到拉班面前,低下头,宣告自己的到来。"舅舅,我是您的妹妹利百加的儿子,她是拿鹤和密迦的孙女,正如您是他们的孙子。母亲送我来找您,我的哥哥将我逐出家门,父亲将我流放于您。请允许我稍作清洁、休息,然后我会告诉您一切。我是为寻求您的庇护而来的,因为您的恩慈远近闻名。"

拉结张口欲言,但利亚拽了拽她的胳膊,用眼神警告她:绝对不能打断男人之间的谈话,这是不可原谅的冒犯,哪怕她年幼无知。拉结用脚踢了一下地,脑子里满是怨恨姐姐的念头:霸道的老乌鸦,对眼儿的山羊。

雅各夸赞拉班慷慨好客,纯粹是一个礼貌性的谎言。拉班对于这个外甥的出现,绝无半分高兴可言。没有什么能让这个老头高兴的,饥饿的陌生人更不是他想得到的意外惊喜。但是,没有什么办法,他必须认下这门亲戚,毕竟,他无法否认他们之间的血缘关系。雅各知道他家人的名字,而且拉班觉得站在自己面前的这个年轻人确实有几分像他妹妹。

"欢迎你。"拉班说,他脸上没有一丝笑容,也没有给外甥回礼。当他转身离开时,拉班用拇指示意利亚,让她负责接待这个令他感到麻烦的人。母亲点了点头,转身正视这个男人;面对她咄咄逼人的目光,他是第一个没有退却的成年男人。

利亚的视力没有任何问题。但是,在关于我家族的那些无稽的传说中,有一个说的是利亚因为害怕嫁给我的大伯以扫,泪流成河,哭坏了眼睛。不过,你若连这个都相信的话,你可能也会有兴趣买一只魔法蟾蜍,让所有看见你的人都爱你爱得神魂颠倒。

其实,母亲的眼睛既不弱视,也没患病,更没有整日泪眼迷离。事实是,你若正视她的眼睛,就会不由自主地变得软弱,所以大部分人宁愿转移目光,不看她那双独特的眼睛——一只湛蓝如青金石,另一只葱绿如埃及绿草。

她出生时,接生婆大叫不得了了,这婴儿是个女巫,应该把她淹死,否则她将给这个家庭带来噩运。但是,我的外祖母亚大扇了那个蠢女人一记耳光,诅咒了她的舌头。"让我看看我的女儿。"亚大吼道。她的声音洪亮,充满自豪,甚至连帐篷外的男人们都听见了。亚大给她最后生的这个爱女起名为"利亚",意思是"女主人",她流着眼泪祷告,祈求神灵保佑这个孩子活下来,因为她已经埋葬了七个儿女了。

相信这个孩子是魔鬼的依然大有人在。有人建议,应该把利亚丢在寒夜中任其自生自灭。但不知为何,拉班,这个照理说是你能想象到的最迷信的人(每当左转时,他都会吐口水、弯腰;每次月食时,他都会嚎叫),在这件事情上,却拒绝听信谬论,没有把利亚丢在寒夜中任其死掉。他只是不温不火地咒骂了几句,抱怨婴儿是女孩,此后,拉班便不再理会女儿,也从来不提她和别人有什么不同之处。不过话说回来,女人们都怀疑这老头根本就是个色盲。

随着年龄的增长,利亚眼睛古怪的颜色不但没有像某些女人预测和希望的那样淡化,反而变得更加鲜亮,两只眼睛的差异也更加明显。尤其是在她的眼睫毛停止生长后,她的眼睛便显得愈发与众不同。虽然她也像其他人一样眨眼睛,但是,她眨眼睛的动作快得让人几乎无法察觉,好像她从来不会闭上眼睛一样。即使是她最温柔、最亲和的目光,也会让人觉得像蛇的凝视。很少有人敢正视她的眼睛,有这种胆量的人会得到她的亲吻、微笑,还会有蘸了很多蜂蜜的面包作为奖赏。

雅各直视了利亚的眼睛,正因为如此,她立刻对他产生了好感。事实上,雅各的高个头已经给利亚留下了深刻印象。利亚比她遇见过的大部分男人都高半头,因此他们根本不能引起她的任何兴趣。她知道这样不公平。在众多身高只到她鼻尖的男人中,一定会有几个好男人吧。但是,一想到和比自己腿短瘦弱的男人躺在一起,她就觉得恶心。当然,也没有任何一个男人追求过她,目前,她遇见的男人都叫她变色龙、魔鬼眼,甚至还有更糟糕的绰号。

她做过的一个梦强化了她这种不喜欢矮男人的意识。在梦里,一个高个子男人对她温柔地窃窃私语。她记不清他说了些什么,但是,那些话语让她的大腿间温暖灼热,把她从睡梦中唤醒。看见雅各时,她想起了这个梦,她那独特的眼睛睁大了。

雅各注意到利亚时,也对她有了好感。虽然他还处于与拉结一见钟情的眩晕中,但仍然无法忽视利亚给他的深刻印象。

她不仅高挑,而且身段漂亮、强壮。她的乳房生得饱满而高挺,小腿肌肉健美,长袍穿在她身上,不知为什么,下摆总是敞着的,衬得她的双腿愈发好看。虽然她的胳膊像年轻小伙子,但步伐却有十足的女人味儿,臀部挺翘,左右摇摆。

利亚曾经梦见一个石榴裂开,里面有八颗红色石榴籽。悉帕说,这个梦的意思是她将生养八个健康的孩子,母亲知道这些话是真的,就像她知道怎么样烤面包和酿制啤酒一样。

利亚的气味儿没有什么神秘感。那是酵母的气味儿,她整天不停地发酵、烘烤,身上散发着面包的味道和安逸的气息,而这——对于雅各来说——是性的气味儿。他盯着这个高挑的女人,垂涎三尺。据我所知,他从来没有说过任何关于她眼睛的字眼。

我的姨妈悉帕,是拉班的第二个女儿,她说她对一切与她有关的事情都有记忆。她宣称记得自己是怎样出生的,甚至记得在娘胎里的日子。她还发誓她记得在自己脚前头后,闯到这个世界后的几天里,母亲的身体每况愈下,最终死在红帐篷里的情景。利亚对这些说法嗤之以鼻,但不敢当着她妹妹的面说出来,因为悉帕是唯一能够遏制利亚舌头的人。

对于雅各的到来,悉帕的记忆与拉结或者利亚的都截然不同。当然,悉帕觉得男人几乎没用,在她的眼里,男人只是多毛而粗暴的半兽人而已。可惜女人需要男人才能制造婴儿,还需要他们搬运重物,除此之外,她不明白他们还能派上什么用场,更看不出他们会有什么魅力可言。她充满激情地爱她的儿子们,可一旦他们开始长胡子,她就连一眼也不愿多看他们了。

当我年纪大到可以亲口问悉帕,父亲来的那天到底什么样的时候,她说,当时神——厄尔——在他的头顶盘旋,这就是为什么人们会注意到他。悉帕告诉我厄尔是雷神,高高在上,主宰令人生畏的祭献。厄尔可以让一个父亲抛弃他的儿子——把他丢弃于沙漠或者干脆将他残杀。这是一个铁石心肠、怪异、陌然而冰冷的神,但是,她承认,他神力超然,足以成为圣母的配偶,而她爱他的每一个形态和名称。

悉帕谈论神和女神,远远超过谈论普通人。有时,我会觉得她的话题很乏味,但是,她能用最美妙的方式把故事讲出来,我喜欢她讲的关于伟大母亲宁荷莎的故事,还有第一个父亲恩尼尔的故事。她会自编宏伟的诗篇,在她的诗歌中凡人遇见神灵,他们一起在笛子和镲钹声中舞蹈,在小陶鼓的伴奏下用高亢、纤细的声音咏唱。

从初潮来临的那年起,悉帕就把自己当成了女祭司,红帐篷里神秘故事的监护人,繁生女神亚设拉的女儿,为女人出谋划策的智慧圣女西杜利。这真是个荒唐的想法,因为只有男祭司可以侍奉城市里大寺庙中的女神,而女祭司侍奉的是男性的神。再者,悉帕并没有未卜先知的天赋。她缺乏药草知识,不能预言、念咒或是解读山羊内脏的启示。她唯一解读正确的,就是利亚那个关于八颗石榴籽的梦。

悉帕是拉班和女奴默·内法特的女儿,这个女奴是拉班当年还有点钱的时候,从埃及商人手上买来的。据亚大说,悉帕的母亲身材苗条,头发乌黑油亮。她非常安静,常令人忘记她还能说话,她的这个性格绝对没有遗传给女儿。

悉帕只比利亚小几个月,悉帕的母亲死后,亚大同时哺乳两个女儿。婴儿时期,她们是玩伴;进入童年,她们又是亲密无间的好朋友。她们一起放牧、采野果、编歌曲,也一起欢笑。在这个世界上,除了亚大以外,她们拥有彼此就满足了。

悉帕和利亚差不多高,只是瘦弱些,胸没有利亚那么丰满,腿也细一点。她们都长着黑头发和橄榄色的肌肤,像她们的父亲。她们也都继承了拉班家族看起来非常威严的鹰钩鼻,连雅各的鼻子也是这样。当她们笑起来的时候,鼻子便好像立刻长长了一截。利亚和悉帕说话时都喜欢手舞足蹈,大拇指和食指环成一个椭圆形表示强调。当她们在阳光的照射下眯起眼睛时,眼角出现的皱纹都是一样的。

但是,利亚的头发是卷曲的,而悉帕那头浓密的黑发却笔直地垂至腰间。悉帕的头发是她最美的地方,因此,我的姨妈不愿把头发包起来。头巾会使她头疼,她说着,便把一只手放在脸颊上,夸张得像在演戏。当我还是孩子的时候,她就允许我笑她。她说她的头会痛是因为里面储存了太多红帐篷里的故事。在春天温暖的阳光下,她不和我们一起晒日光浴;在炎热的夜晚,她也不和我们一起寻找有凉爽清风的地方乘凉。但是,当天空中的新月娇羞而纤细,只剩下若隐若现的淡淡一抹时,悉帕会在营地徘徊,甩动飘逸的长发,有节奏地拍着双手,献上歌声,鼓舞圆月的回归。

雅各来的时候,辟拉只是个八岁的孩子,她对那一天毫无印象。"她可能正趴在一棵树上,吸手指,数天上的云朵呢。"利亚重复着她对童年时代的辟拉唯一的记忆。

辟拉是家里的弃儿,拉班的最后一个女儿。她的母亲是女奴泰芙努特——一个瘦小的黑人女子。一天夜里,她逃走了。当时的辟拉已经懂事,明白自己被遗弃了。"她从来没有从被遗弃的伤痛中恢复过来。"悉帕非常温柔地说,因为悉帕尊重痛苦。

辟拉在家里是孤独的。不仅因为她年纪最小,家务都由三个姐姐分担了,也因为辟拉是个生性哀伤的孩子,所以大家都觉得不打扰她更妙。她的脸上几乎从来没有笑容,也不怎么说话。我们的外祖母亚大特别喜欢小女孩,她疼爱拉结,也把失去母亲的悉帕呵护在自己身边,但是,她无法温暖小辟拉的心。她的个头始终没有超过十岁男孩,皮肤如同深色琥珀,是只孤独、疏离的小鸟。

辟拉没有拉结的美貌,也没有利亚的精明能干或者是悉帕的机智。她个子很小,皮肤黝黑,沉默寡言。她的头发就像有弹性的苔藓,不服亚大的手,为亚大平添了不少烦恼。同是没有母亲的孩子,与拉结和悉帕相比,辟拉明显受到了冷落。

没人打扰她,她爬树、做白日梦。她从树上观察世界,研究天空变化的规律、鸟兽的生活习惯。慢慢地,她对牧场上的每一只牲口都了熟于心,还根据每头牛羊的性格,暗自给它们起了名字。一天晚上,她从牧场回来后,便在亚大耳畔低语,说一只黑色的矮种母山羊,即将产下一对羊羔。当时与母羊生产的季节相距甚远,而辟拉说的那头母山羊已经有四个产季没有生产了。亚大认为辟拉在胡说八道,她摇了摇头,把她轰走了。

第二天,拉班带回消息,说羊群里发生了一件奇怪的事,与小姑娘的预言完全吻合。亚大转身看着小姑娘并向她道歉。"辟拉看得一清二楚呢。"亚大对她其他的女儿们说。她们都转过身,盯着这个平日里总被她们视而不见的妹妹,并第一次注意到,她那黑色的眼睛里的善良。

只要留心看,你马上就能看出来,辟拉是好姑娘。她的好,就像牛奶滋养人,雨露滋润大地。辟拉观察天空和动物,也观察自己的家庭。从帐篷黑暗的角落里,她看见如果利亚发现有人盯着她的眼睛看,便刻意隐藏好内心的自卑。她还注意到拉结害怕黑暗,悉帕有失眠症,知道拉班不仅愚蠢,而且心狠手辣。

辟拉说雅各留给她的第一个清晰的记忆,是他在长子出生那天的表现。头生就是男孩——名叫鲁便——雅各自然兴高采烈。他把刚出生的儿子抱在怀里,绕着红帐篷不停地舞蹈。

"他对孩子那么温柔。"辟拉说,"他不让亚大把鲁便从他手里抱走,即便小家伙开始号啕大哭时,也不撒手。"

"他说他的儿子完美无瑕,是世界上的奇迹。我就站在他身边,和他一起欣赏这个婴儿。我们一起数他的手指头,抚摸他柔软的头顶。我们为孩子高兴,也因对方的幸福而喜悦。"辟拉对我说,"这个时候我才算真正地遇见了雅各,你的父亲。"

雅各来的那个星期正好是圆月,他是下午到的,简单地吃了一些大麦面包和橄榄,就筋疲力尽地倒头大睡,一觉睡到第二天下午。利亚为他的头一餐太简单而感到羞愧,所以第二天,她使出浑身解数,做了一顿盛大节日时才见得到的宴席。

"做那顿饭可把我折磨得半死,我从来没有受过那种罪。"利亚说。每到炎热、干燥的下午,我们双手不停地摇动细脖罐子,提炼羊奶凝乳时,她就会跟我讲这个故事。

"他将是我孩子的父亲,我马上就肯定了这一点。我知道他被拉结迷住了,我好像也是第一次发现她的美丽。但不管怎样他能毫不退缩地看着我,因此,我满怀希望。"

"我宰了一头山羊羔,一只毫无瑕疵的小公羊,就好像它是献给上帝的祭品。我拼命地搅打粟米饭,直到它变得柔软如云。我的手摸遍香料口袋,掏出最宝贵的香料,用掉了仅剩的一点石榴干。我疯狂地切啊、锤啊、刮啊,坚信他能明白我为他奉献的是什么。"

"没有人帮我做饭,当然喽,我也不允许任何人碰一下羊肉和面包,甚至不让人碰大麦饮料。就是我亲妈,我都不允许她帮我往锅里倒水。"她边说边咯咯地笑。

我喜欢听这个故事,让她给我讲了一遍又一遍。利亚一贯稳当可靠、谨言慎行,绝对不是那种轻飘浮躁之人。但是,当她讲述为雅各做的第一顿饭时,居然变成一个傻乎乎的、情绪激动的小姑娘。

"我真是个大傻瓜。"她说,"我把第一个面包做了燔祭,泪如泉涌,希望能够感动神。我甚至把第二个面包的一角也祭献了,以求雅各喜欢我。就像我们在安息日,为圣母烤制甜饼一样,我掰下一块面包,亲吻它,然后用炉火烧了做祭献,希望我中意的男人会娶我。"

"千万不要跟悉帕讲这些事情,她听了会唠叨个没完没了的。"利亚在我的耳畔悄声地说,一副故弄玄虚的模样,"当然喽,假如拉班,你的外祖父,知道竟然是为了那个突然冒出来的,手里连一瓶油都不提的乞丐才做了这么多好吃的,他准会抽我一顿。可我给那老头灌足了烈性啤酒,保证他不提意见。"

"也许他明白,有这样一个亲戚是他的幸运,所以对我的奢侈铺张只字不提。也许他想到自己发现了一个不需要多少嫁妆的女婿。很难说这个老头到底知道不知道。你的外祖父,他就像一头牛。"

"像个木头桩子。"我说。
"像块灶石。"母亲说。
"像臭羊奶。"我说。

母亲冲我晃动一根手指,好像在指责我调皮,然后她自己放声大笑,因为奚落拉班,是他的女儿们很爱玩的游戏。

我依然清楚地记得她的菜单。酸羊奶香菜炖羊肉,外加石榴酱。两种面包:无酵大麦的和发面小麦的。榅桲果盘,还有无花果炖桑葚,新鲜甜枣。橄榄——当然是必不可少。饮料有甜葡萄酒、三种不同的啤酒,再加上大麦饮料。

雅各疲劳至极,居然睡过了头,差点误了利亚倾注了无限激情而预备的丰盛晚餐。悉帕怎么也叫不醒他,最后只能往他脖子上浇凉水,把他吓得不轻,他猛地甩开双臂,居然把悉帕打倒在地,像猫一样嘶嘶地抱怨。

悉帕对雅各颇有怨言。她看出他的出现改变了姐妹关系,将削弱她和利亚的亲密联盟。他令她感到不安,因为他很有吸引力,与她们见过的那些说粗口的牧羊人或者是偶尔路过的商人大不相同,那些男人只把她们姐妹们看成是一群母羊。

雅各文质彬彬,面目清秀。当他迎着利亚的眼光对视时,悉帕明白他们的生活再也不能像以前一样了。她感到痛心和愤怒,她试图阻止这种变化,却无能为力。

雅各好不容易醒了过来,他来到拉班的帐篷前,坐在他的右侧共餐,吃得津津有味。利亚记得他吃饭时的每一个动作。"他不停地就着炖羊肉吃面包,一口气吃掉了三份。我发现他喜欢甜食,拉班大口大口地灌下苦味啤酒,而他却更爱喝蜂蜜酿的啤酒。我心想:知道如何取悦他的胃,就懂得如何在其他方面讨他的欢心。"

这句话总能让我其他的母亲们拍着大腿尖叫,虽然利亚是个讲究实际的女人,可她也是所有姐妹中最热衷于肉欲情事的一个。

"然后呢,在我这么辛劳了一天,他酒足饭饱之后,你猜发生了什么?"利亚好像我不知道答案那样明知故问,就好像当我不知道她右手拇指的指节上有一个月牙疤一样。

"雅各病倒了,这就是那顿饭的结果。他把他吃喝下去的每一口东西都吐了出来。一直吐到浑身虚脱,呜咽不止。他呼唤他的神——厄尔、伊丝塔、马杜可,还有他敬爱的母亲,祈求将他从痛苦中拯救出来或者干脆让他死掉罢了。"

"悉帕这个小崽子潜入他的帐篷里探听情况,她的汇报听上去要比事实糟糕多了。她告诉我他的脸色比月亮还苍白,他的呻吟像狗哭,喷射性地吐出蟾蜍和蛇,也就是说连自己的内脏都吐出来了。"

"我感到羞耻——而且害怕。假如他因为吃了我的饭而死怎么办?或者,当他好了以后,将他受的苦都怪罪在我身上怎么办?那也同样糟糕。"

"因为没有第二个人在吃了那顿饭后病倒,所以我知道不是食物的缘故。但是,当时的我变成了一个十足的大傻瓜,开始担心是不是我的气场与他相克,或者是我在烧面包做祭品的时候,做错了什么,没有诚心实意地把它祭献给神的,而是祈求巫术。"

"我又虔诚起来把最后的一点好酒以艾那丝——治愈者的名义洒在地上。他受了三天罪,在我洒完酒后的第二天早上,他就痊愈了。"说到这儿,她总是摇头叹气,"对于我们这样一对硕果累累的爱人来说,这可算不上是很吉祥的开端,好事多磨,不是吗?"

雅各迅速康复,住了下来。周复一周,一切变得自然,好像他生来就住在这里。他接管了瘦弱的牲畜,拉结因而不用牧羊了——这活儿当初之所以落在她手上,是因为家里没有男孩子。

我的外祖父门庭萧条,牲畜羸弱,数量也不多,他总把这一切归咎于只有女儿没有儿子。他的儿子不是死胎,就是早夭。他看不到自己的懒惰,而是坚信只有儿子才能改变他的霉运。他求助于当地祭司,被告知要祭献他家最好的几只公羊和一只公牛,神灵才可能会赐给他一个男孩。他还遵照一个老接生婆的建议,在田野里与他的妻妾媾和,而他如此努力付出所获得的报偿,只是瘙痒的后背和磨破的膝盖。雅各到来时,拉班已经放弃了生儿子的希望——或者说改善家境的希望。

他不再指望亚大了,因为她体弱多病,已经过了生育年龄。他的三个妻妾,死的死,跑的跑。他连个相貌平平的女奴都买不起,更别梦想再娶一个新娘了。所以他孤衾冷被,夜夜独眠,偶尔,他也会像一个猥琐的男孩一样,到山坡上去骚扰母羊。拉结说在牧羊人里,外祖父的淫秽是臭名昭著的。"拉班一走上山坡,母羊就像羚羊一样飞逃。"拉结话音未落,大家一阵轻蔑哄笑。

他的女儿们有上百个理由怨恨他,而我对每一个都了如指掌。悉帕告诉我在她初潮来临的几个月前,有一次正好轮到她给我的外祖父送午餐,他居然伸出手,用食指和拇指捏挤她的乳头,好像她是头母羊一样。

利亚也说,拉班曾经伸手到她的裙子底下猥亵她,她把这一切告诉了外祖母,亚大用碾槌把拉班打得皮开肉绽连他最崇拜的家神都被敲下了一角。当她威胁要诅咒他浑身长疮,阳痿不振时,他发誓永远不再碰自己的女儿们,并补偿了家人。他买了金镯子给亚大和他所有的女儿们——甚至包括悉帕和辟拉,这是他一生中唯一一次承认她们是自己的骨肉。他买回家一尊漂亮的地母神亚设拉塑像——高柱型的女神,几乎和辟拉一样大——那是他能买到的最好的陶器。女人们把它放在巴麻——就是摆设供品的祭神坛上。女神的脸特别可爱,她有一双杏仁眼,双唇微张,面带微笑。当我们在新月时的黑暗中给她献上供酒时,她好像高兴得连嘴都张得更大了。

那还是雅各来之前几年的事情了,那时的拉班还有几个为他干活的奴隶,他们的妻子和孩子让营地充满笑声和炊烟。等到父亲来的时候,拉班家只剩下一个老病妇和四个女儿。

虽然,对于雅各的到来,拉班并没有太多怨言,但是,这两个男人都非常痛恨对方。他们是两个截然不同的人:一个像渡鸦,一个像毛驴,刚开始他们被血缘捆绑在一起,很快又因为共同的利益纠缠在一起。

雅各,正如预料的那样,是个心甘情愿的干活能手,他有饲养和管理牲畜的天赋——尤其是训练牧羊犬。他把拉班那三只无用的杂种狗,训练成为出色的牧羊犬。他一吹口哨,狗就飞快地跑到他身边。他一拍手,狗就围着羊群绕圈跑,将羊群赶起来跟着他走。他反复咏唱他的命令,它们勇敢地守护羊群,让羊从此不再受狐狸和豺狼的侵害。偶尔有偷羊的人,因为害怕这些龇牙咧嘴的狗,也不敢再来冒险了。

雅各的牧羊犬,很快就成为男人们嫉妒的对象,他们要出钱买他的狗,他不卖,只用那只狡猾的狼眼公杂种狗做种狗出租,换取一个壮劳动力一天的工作。当家里最小的母狗都下了小狼狗崽时,雅各卖掉了五只狗崽中的四只,赚到的钱让他觉得像个小宝山那样多,他很快就把钱变成了礼物,而且证明他非常明了拉班女儿们的心思。

他把拉结带到他们相见的井台边,送给她一只湛蓝色的青金石戒指,拉结总是戴着它,直到她死的那天。他找到正在梳理羊毛的利亚,一声不吭,递给她三只打造得十分精美的金镯子。他给悉帕一只小还愿杯,是治愈者艾那丝的形状,女神的乳头是倒奠酒的入口。他在双脚浮肿的亚大脚下放了一口袋盐。他甚至记得小辟拉,给了她一小罐蜂蜜,盛蜂蜜的罐子是一只精美的双耳细颈罐。

拉班抱怨他的外甥没有把卖狗崽的盈利直接交给他,因为母狗是他的财产。当老头也得到一袋钱币时,他感到羞愧,他一拿到钱,立马就跑到村子里买回一个女人——鲁提。一个可怜人。

一年内,雅各就变成了拉班家总管。在他的牧羊犬的带领下,小羊羔吃嫩草,大部分的羊群在营养充足的牧场上放牧,成年的老公羊则放到硬茬草地上吃草。羊群繁衍壮大,到了剪羊毛的季节,雅各不得不雇了两个男孩帮忙,这才在雨季到来之前剪完羊毛。再也不用牧羊的拉结,和利亚、悉帕、辟拉一起在田地里劳动,因此,她们还扩大了小麦的种植。

雅各迫使拉班同意,杀了两只肥硕的绵羊羔和一只山羊羔给他父亲的神献祭,感谢神的恩赐。利亚用她宝贵的面粉烤制了发面饼,也按照雅各的指示做了祭献。根据雅各祖宗的习俗,他把整个面包都烧掉了,祭献动物身上所有可选的部位,也都被统统烧掉,而不是取一小块做代表。这样的燔祭,引起女人们的低声议论:多么浪费啊。

这一年是我们家颇有起色的一年。牲畜繁衍,谷物丰收,一桩婚姻临近。在雅各来后的第一个月里,他就向拉班询问拉结的新娘聘礼,正如拉结在遇到雅各的第一天说的那样。显然,拉班的外甥既没有钱,也没有财产,拉班心想他得在这个男人身上捞一把,便摆出一副宽宏大量的高姿态,说是只要雅各无偿为他服务七年,就能娶到他的女儿。

雅各对此报以嗤笑。"七年?我们是在说一个女孩,不是王位。七年的时间里,她可能会死,我也可能会死。最有可能的是,您会死掉的,老人家。"

"我为你服务七个月。"雅各说,"至于嫁妆嘛,你可以给我一半你那些可怜的牲畜。"

23

拉班暴跳如雷,大骂雅各是强盗。"有其母必有其子,不折不扣。"他愤怒地说,"你以为这个世界欠你的?别在我的面前摆臭架子,你这个乳臭未干的小毛孩,否则,我会把你送回到你哥哥的长刀尖上。"

悉帕是她们中间最好的耳目,她将这场唇枪舌剑报告给大家,告诉她们两个男人是如何在我姨妈的身价上讨价还价的,拉班如何跺脚离开,雅各如何轻蔑地吐口水。终于,他们达成协议,雅各将用一年的服务作为新娘聘礼。说到嫁妆,拉班开始哭穷。"我没有任何家当,我的儿子。"他说,突然换了一副慈父的模样,"而且她是多么宝贵的珍宝。"

雅各不能接受一个没有嫁妆的新娘。没有嫁妆就是妾,他花一年的生命换一个女人,而她的名下只有一块磨石、一只纺锤,还有身上穿着的那身衣服,别人岂不嘲笑他是个傻瓜。拉班把辟拉搭进去给拉结做侍女,这样拉结就有了嫁妆,因此获得了妻子的地位,雅各到时候还可以把侍女变成妾。

"在我为你服务的这一年中,我看管的羊生育的羔羊必须有十分之一是属于我的。"雅各说。

听雅各这么一说,拉班诅咒了年轻人的后代,随后愤怒地离开。两个男人的谈判进行了一个星期,在这段时间里,拉结伤心哭泣,就像个孩子一样,而利亚很少说话,除了给家人端上冷小米粥以外,没有别的,而这种食物是给吊孝的人吃的。

当男人们把具体细节都商定好了以后,拉班去找亚大,让她开始筹备婚礼。但是,亚大说不行——"我们不是野蛮人,不能允许未成年的孩子出嫁。"

亚大告诉她的丈夫,拉结还不能出嫁。这姑娘可能看上去可以结婚了,但她还没有成熟,她的月经初潮还没有来呢。我的外祖母声称,假如拉班敢打破这个规矩,女神艾那丝会诅咒他的家园,外祖母会使尽全身力气,亲自拿起碾槌,捣烂她丈夫的头。

但是,威胁是没有必要的。拉班看出延迟婚礼延期对他有好处,就立刻带着这个消息去找雅各,告诉他必须等女儿成熟以后才能定婚礼的日子。

雅各接受了现实。除此之外,他能怎么办?拉结愤怒地冲亚大大哭大叫,外祖母给了她一记耳光,让她到别的地方去发脾气。拉结反过来抽了辟拉的耳光,咒骂悉帕,冲着利亚嚎叫。她甚至踢了雅各脚底下的土,骂他是骗子、懦夫,然后泪如雨下,晶莹的泪珠沾湿了她的脖子。

她开始对未来感到恐惧。如果她永远不来月经,那她就永远不能嫁给雅各,永远也不能给他生儿子。突然间,她曾经无比自豪的小而高挺的乳房,似乎变得异常干瘪。也许她是个小怪物,像她父亲帐篷里恶心的神像一样,那神像的两腿间有一根木棍,同时还有一对母牛一样的乳房。

拉结开始想办法为自己催熟。新月前,她烤制甜饼祭献圣母,这是她从来没有做过的事情;睡觉时,她的肚子一直紧贴着地母神亚设拉的底座。但是,月亮衰而圆,圆而衰,拉结的大腿间枯干依旧。她自己走进村里,咨询接生婆英娜,让她给她灌注阴道浸剂,浸剂是用附近季节性河谷里生长的丑陋的荨麻制作的。但是,新月去了又来,拉结依然是个孩子。

月衰时,拉结捣碎了苦莓子,让她的姐姐们来看她毛毯上的红迹。但是,果汁的颜色是紫色的,利亚和悉帕冲着她大腿上的莓子种子大笑。

接下来的一个月里,拉结躲在自己的帐篷里,甚至一次也没有溜出去与雅各幽会。

终于,在雅各到来后的第九个月,拉结第一次流了标志着成熟的红色血液,她喜极而泣。亚大、利亚和悉帕用刺耳钻心而又深沉的嗓音唱了一首歌,这歌曲是专门用来宣布生、死和女性成熟的。当日落月升,女人们开始行月经时,她们将棕红色的散沫花染料,涂画在拉结的指甲上和脚底上。她们给她涂上黄色眼影,把所有的手镯、脚镯、宝石和首饰都戴在她的手指、脚趾、脚脖子和手腕上。她们用最好的绣花头巾装饰她的头,将她带入红帐篷。她们为女神歌唱;为圣女伊南娜和海之女神亚设拉歌唱。她们唱到艾拉丝,她是七十神之母,其中包括艾那丝,她是保姆,母亲们的保护者。

她们唱:

> 谁的清秀容貌如艾那丝
> 谁的美丽比得上亚斯塔特?
>
> 亚斯塔特正孕育在你的子宫里,
> 你带着艾拉丝的力量。

当拉结吃着蜜枣和精面粉制作的形如女人生殖器的三角甜饼时,大家冲着她唱欢迎的歌曲。她尽情地喝着甜葡萄酒,直到她的肚子实在装不下为止。亚大用芳香油给拉结按摩胳膊、腿、后背和肚子,一直到她昏昏欲睡。等到她们把她抬到田野里,让她和大地融合,拉结已经醉得傻乎乎、轻飘飘的了。她不记得自己的腿怎么会糊满泥土和血液,只是在梦中憨笑。

她充满了喜悦和希望,懒散地在帐篷里躺了三天,用一只铜碗收集宝贵的液体——处女的初潮,这是为家园祈求福分的最好祭品。人们记得在这一段时间里,拉结的心情比任何时候都更加舒畅,为人也更慷慨大方。

女人们刚刚结束月经,拉结就要求把结婚的日子定下来。但是,无论她如何跺脚,都不能动摇亚大的心,绝对不能改变初潮七个月后才能结婚这个规矩。所以,婚期定在七个月后便无可争议了,虽然雅各已经为拉班干了一年的活,但是,合同是封定而无法改变的,接下来的七个月他还是属于拉班。

第 二 章

这七个月真是度日如年。拉结因为嫁人心切而脾性专横,利亚像是一只生产中的母牛那样叹气,悉帕阴沉着脸。只有辟拉似乎对一切无动于衷,依然纺线织布,在园子里除草,帮亚大烧火,外祖母好像永远感到骨寒,总是要烤火才行。

拉结冒着风险,尽可能多地和雅各幽会,她从园子里或者是织布机旁溜出去,到山坡上去找她孤独的爱人。亚大体弱多病,无法控制拉结这种狂野的行为。拉结拒绝服从利亚,此时,做姐姐的地位因为妹妹将比她先出嫁,并早做母亲而打了折扣。

与雅各在田野里幽会的日子,令拉结幸福愉快。"他带着惊异看着我。"我漂亮的姨妈会告诉我,"他的手指穿过我的头发,他让我站在树荫下,然后再站在太阳底下,看不同光线在我脸上的效果。他为我的美丽而哭泣。他给我唱他们家的歌曲,他说他的母亲很美丽。"

拉结说:"雅各编织着梦想,说我们的儿子也会很英俊。都是金娃娃,就像我一样。他们将是完美的男孩子,都将成为王子和国王。"

"我知道他们——我的姐妹和牧羊人们——都在背后嘀咕什么,事实上我们从来没有过肉体的接触。嗯,只有一次。他把我搂在怀里,但是,当他开始浑身颤抖时,便将我推开。自从那次以后,他就保持着距离。"

"我倒喜欢保持距离。他身上有股味儿,你知道的。虽然他比大部分男人好闻多了。可山羊和男人的气味都让我难以忍受。我会赶紧跑回家,把鼻子埋在香菜里。"

拉结炫耀自己是首先听到关于雅各家故事的人。雅各是双胞胎兄弟中小的那个,是母亲选择的继承人。母亲偏心,因为他比哥哥更英俊、更聪明。利百加给大儿子断奶后,跟丈夫以撒谎称雅各体弱,让小儿子多吃了一年的母奶。

生这对双胞胎几乎要了利百加的命,她产后大出血,好像生命力都流干了,不能再怀孩子了。当她意识到自己不会有女儿时,便将自己的故事悄声地讲给雅各听。

利百加告诉雅各,他的双胞胎哥哥以扫作为长子的福分应当归他,否则,为什么圣女伊南娜会让他是兄弟中更英俊的那个呢?再者,在她的家庭里,母亲有权决定谁是继承人。以撒本人也是次子。如果依着亚伯兰,长子伊丝美尔就是继承人,但是,他的妻子萨莱掌揽大权,命以撒继承家族大权。萨莱派以撒到她娘家去挑选合适的新娘,这是亘古以来的风俗习惯。

即使是这样,雅各也爱以扫,不愿给他造成任何伤害。他畏惧父亲以撒和祖父亚伯兰的神,害怕他因为遵从母亲的命令而遭受惩罚。一个噩梦幽灵般地纠缠着他,令他终日惶恐,不得安宁,在这个梦中他被完全摧毁了。

拉结抚摸他的脸颊,说他的恐惧毫无根据。"我告诉他,假如他没有服从他母亲的话,他就永远不会找到我,以撒的神一定爱利百加,神一定会祝福雅各对我的爱。"

"这让他感到鼓舞。"她说,"他说我像日出一样让他感到欢欣。他说的话是多么的动人啊。"

当雅各对拉结说着甜言蜜语时,利亚痛苦不堪。她消瘦了,不屑梳妆,但是,从来没有疏忽家务。营地总是运作良好,干净整洁,粮草充沛,人人都在忙碌着。纺锤从来没有停转,菜园收成良好,丰收的香料足有剩余,可以拿到村里换回新油灯来。

雅各注意到这些变化。他观察到利亚承担的角色,了解到在荒年里,拉班只会愁眉苦脸,而利亚则井井有条地操持家务。那个来自阿勒颇的黑胡子商人是否值得信赖?剪羊毛时该雇用哪个男孩子?当雅各问拉班这些问题时,老头稀里糊涂,什么都不懂。要问关于牲畜的事情得问利亚;哪些母羊去年生过羊羔,哪些山羊是黑公羊或者斑点公羊的后代。拉结虽然会牧羊,却搞不清楚这些事情,只有利亚能够记住自己观察到的事物,再加上辟拉告诉她的一切。

雅各接近利亚时,带着对亚大那样的尊重,毕竟他们都是亲戚。但是,他经常来找她,远远超出了必要的范围,至少在悉帕的眼里是这样的。

雅各每天都能找到一个新问题,去问拉班的长女。春天时,他应该在哪里牧养山羊羔?她有没有足够的蜂蜜,可以换一只他意中的母羊?她是否为收获大麦做好祭献的准备?他总是渴望喝她做的啤酒,这种啤酒的制作方式还是她的母亲从埃及商人那里学来的。

利亚有问必答,给雅各倒酒时,眼睛看着别的地方,使劲低着头,下巴颏都快碰着胸脯了,像只抱窝鸡。看到他,使她感到痛苦。但是,每天早上她睁开眼睛后,第一件事情就是想他。他今天会再来找她说话吗?她给他倒酒时,他注意到她的手在颤抖吗?

悉帕忍受不了他们在一起时的那副德行。"简直就像靠近发情的公羊一样。"她说,"他们过分礼貌。腰弯得几乎看不见对方,像交配的狗一样,恨不得压在对方身上。"

利亚试图压抑自己的肉欲,拉结对这一切丝毫未觉,除了准备自己的婚礼外,她目空一切;但是,悉帕左顾右盼,看见的全是情欲。对于她来说,整个世界突然间被欲望统治,变得淫秽、潮湿。

夜里,利亚辗转难眠,悉帕曾经看见雅各在田野里,靠着一棵树,双手搓揉他的阳具,直到他得到释放,颓倒在地。婚礼前的一个月,雅各不再梦见血肉厮杀,不再梦见他的父母或者他的哥哥。夜晚,他分别与四个姐妹在梦中畅游。他在小溪旁喝水时,会发现自己坐在拉结的大腿上。他抬起一块大石头,会看见利亚赤身裸体地躺在石头底下。当他被恶魔追逐而狂奔时,会精疲力尽地倒在辟拉的怀里,辟拉已经出落为身段婀娜的少女了。他把悉帕纠缠在树枝上的长发解开,将她从金合欢树上拯救下来。每天早上醒来他都是汗流浃背,阳具坚挺。他会踢开毛毯,在地上蠕动,直到他得到释放,站起来时不必感到尴尬。

悉帕发现她可以对雅各、拉结和利亚之间逐渐升级的三角关系加以利用。她很爱利亚,但对可爱的拉结则无半分眷恋。(悉帕总是这样打招呼——"啊,可爱的拉结来了。"她就是这副腔调,醋味儿十足。)她知道雅各将变成这个家的一家之主,没有谁能够改变这个事实。的确,她对任何人都缺乏耐心,就像对待小孩子一样。但是,她依然想让河流顺着她选择的方向流。悉帕希望可爱的拉结感受那么一点痛苦。

悉帕怀疑拉结害怕新婚之夜,于是就鼓动她说出她所有的担忧。当拉结向她透露,自己一点都不懂得男女性事的时候,年纪大一点的女孩唉声叹气,同情地摇头晃脑。拉结并不期待快感——只有疼痛。所以悉帕就告诉她这个已经非常紧张的妹妹,牧羊人都说雅各的阳具是个可怕的怪物。"比正常男人的要大一倍。"她悄声说,双手比画了一个令人难以置信的长度。悉帕把拉结带到牧场最高处,让她看男孩子奸淫母羊的场面,母羊流着血,可怜地咩咩叫。做姐姐的同情地对浑身发抖的女孩悄声说:"可怜的东西。"她一边说,一边抚摸拉结的头发,"可怜的女孩。"

这就是为什么,婚礼那天,拉结惊慌失措。到目前为止,因为雅各对贞洁的情结,拉结并未感到任何不快,但是,现在他会要她的一切,而她无法拒绝。拉结突然感到自己的胃里翻江倒海,呕吐起来。她大把地抓掉自己的头发,用手指甲挠自己的脸,直到出血为止。她求她的姐姐们救她。

"婚宴那天,当我们为她穿衣时,她号啕大哭。"利亚说,"她哭着,说没有准备好,身体不舒服,自己年幼,不适合她的丈夫。她甚至又玩弄了莓子浆抹大腿的把戏,掀起裙子,哭叫着说,如果雅各发现他们的婚榻上有经血,他一定会杀了她的。我呵斥她别像个孩子似的,她已经是系上成人腰带的女人了。"

可拉结依然哭号,跪在地上,求她的姐姐穿戴上她的婚纱,替她完婚。"悉帕说你会这样做的。"她哭着说。

"我被弄蒙了。"利亚记得当时的情景,"当然喽,悉帕是对的。这是我做梦都不敢想的事情——那晚将属于我和他。我自己不敢相信好梦成真,更不敢在拉结面前表现出来,那一时刻,她的模样可不是那么可爱,她的眼睛哭得红肿,脸颊被抓出血痕,还有莓子浆。"

"刚开始,我说不行。他立刻就会看出破绽,因为没有婚纱可以遮掩我们的身高差距。他会拒绝要我,那我就成了残次品,不能再嫁人了,除了被当成奴隶卖掉,没别的出路。"

"可当我嘴上说不愿意的时候,我的心怦怦地剧烈跳动着,它自作主张地说:我太愿意了!拉结让我做的事情,是我一生中最梦寐以求的。虽然我口头上反对,但骨子里心甘情愿。"

亚大病得很厉害,不能帮助新娘穿衣服,悉帕便担任了这场戏的主谋。她用棕红色的散沫花染料为利亚装饰手脚,用黑颜料为她描画眼圈,让她浑身上下戴满饰物。当利亚忙碌地准备着本来属于拉结的婚礼时,拉结只是坐在一个角落里,将双膝紧紧地搂在胸前,浑身发抖。

"我无比地幸福。"利亚说,"同时也担心得要死。如果他发现后,厌恶地离开我怎么办?如果他逃离帐篷,给我永久的耻辱怎么办?但我的内心有个信念,他会拥抱我的。"

这是个简单的婚宴,只有几个客人。村里来了两个来去匆匆的笛子演奏者;一个牧羊人带来一份祭品油,他一填饱肚子就走了。拉班从一开始就醉了,他的手伸到可怜的鲁提裙子底下。当做父亲的把利亚牵到雅各身边时,他居然绊倒一跤。新娘穿着婚纱,腿半蹲着,朝一个方向绕着新郎走三圈,然后,再换个方向绕三圈。悉帕服侍婚宴。

"这一天似乎特别漫长。"利亚说,"披戴着婚纱,别人看不见我,我也看不清楚什么,但是,雅各怎么会不知道那是我?我悲惨地做了最坏的打算,等他揭发我,等他暴跳如雷,大声斥责,说他被欺骗了。但是,他没有这样做。他坐在我身边,那么近,他的大腿靠着我的腿,我能感觉到他的体温。他吃了羊肉和面包,喝了葡萄酒和啤酒,但是,绝对没有喝到昏睡或者是忘乎所以的程度。"

"终于,雅各站起身来,然后扶我站起来。他带着我进入新婚帐篷,我们将在帐篷里度过七天七夜,拉班醉醺醺地跟着我们,呼喊,起哄,祝我们早生贵子。"利亚回忆。

"雅各一直等到帐篷外面安静下来,才开始靠近我。他掀掉我的婚纱。这是一件漂亮的婚纱,彩色的绣花,曾经被无数代新娘穿过,这件婚纱见证了上百次新婚之夜:快感、暴力、恐惧、愉悦或者失望。我浑身颤抖,不知道我的命运将是什么。"

"帐篷里还没有完全暗下来。他看见我的脸,毫无惊色。他的呼吸声非常沉重。他开始为我脱衣服,首先脱掉我的披肩,解开裙带,然后伸手搀扶我踏出褪落在地上的裙子。我全身裸露地站在他面前。母亲告诉我,我的丈夫只需拉起我的裙子,不用脱掉衣服,就能进入我的身体。可我被脱光了衣服,然后,没一小会儿,他也脱光了衣服,他的阳具坚挺地冲着我,看上去像是一个没有五官的地母神亚设拉!这种时刻,我居然还有这样荒唐滑稽的联想,假如我不是呼吸急促、喘不过气来的话,可能会放声大笑的。"

"但是,我害怕。我在毛毯上躺下,他也迅速在我身边躺下。他抚摸我的双手、我的脸颊,然后压在我的身上。我害怕。但是,我记得母亲的教诲,张开我的手脚,只听我的呼吸声,而不听他的。"

"雅各对我很好。第一次他慢慢地进入我,但是,他很快就结束了,我还没有来得及让自己安静下来,他就沉重地瘫倒在我身上,不动弹了,像个死人。他就这样躺着,似乎躺了很久一样。然后,他的手又活动起来。它们游遍我的脸、我的头发,然后,啊,我的乳房、我的肚子、我的腿,再往后,他探索到我的双腿之间,他的触摸如同羽毛一般轻柔。就像母亲触摸新生儿的内耳一样,非常甜蜜的感觉,我不禁笑了。他看到我愉悦的样子,便点头鼓励。我们会心地笑了。"然后,雅各温柔地与他的第一个妻子说话。

"我的父亲很少跟我说话,似乎更喜欢我哥哥的陪伴。"他悄声说。"有一次,我们旅行的时候,路过一个帐篷,帐篷外有个男人正在打一个女人——他的妻、妾或者奴隶?我们不知道。"

"以撒,我的父亲,叹了口气后告诉我,除了母亲以外,他从来没带另外一个女人上过他的床,虽然她只在他们婚姻的早期给他生了两个儿子。从他们结婚的第一天起,利百加就充满温柔和激情地欢迎以撒与她同床,因为作为新郎,他对她珍爱如圣母,他则是她国王般的配偶。他们的结合就像大海与蓝天,甘露与旱地。日月同辉,风水交融。"

"当他们像神和女神一样探索对方时,他们的夜晚布满了星星,充满了愉悦的呻吟。他们的温柔触摸孕育了千百个梦。他们每晚都在对方的怀抱里睡觉,除非是她的经期,必须到红帐篷去,或者是她给儿子们喂奶的时候。"

"这就是父亲在夫妻关系这件事上对我的教诲。"父亲雅各在与母亲的初夜,就是这样告诉利亚的。然后,他为自己失去父爱而哭泣。

利亚因为同情她的丈夫也落了泪,同时她还为自己的好运气如释重负地喜极而泣。她知道自己的母亲在新婚之夜也哭了,但是,她的眼泪是绝望之泪,因为拉班从一开始,就是一个笨拙的粗汉。

利亚亲吻了她的丈夫。他也亲吻了她。他们如痴如醉地一再拥抱。甚至在第一夜,当雅各刚刚进入利亚,依然疼痛时,就懂得回应他的触摸。她喜欢他的气味,喜欢他的胡子扎着自己肌肤的感觉。当他进入她时,她弯曲着双腿,两腿之间的女人极幽深处,迸发出一种力量和节奏,这令她自己吃惊,让他感到兴奋和刺激。当雅各极乐地呼喊出最后一声,她也同时感觉到自己被激情吞没。她任凭自己的呼吸节奏带她发现快感,打开接受之门,油然膨胀的感觉让她愉快地呻吟,满足地抽泣,然后,香甜地入睡,她有生以来没有这样踏实地睡过觉。他称她为圣女伊南娜。她叫他巴力——伊丝塔的哥哥兼情人。

他们独处了七天七夜,无人打搅。食物和水都是黎明和黄昏时分放在帐篷外的,他们耗尽体力所以胃口极好。一个星期要结束时,他们已经在白天和夜晚的每一个时辰里做过爱。他们确信自己已经发明了一千种新方式给予、取悦和享受爱的愉悦。他们在对方的怀抱里睡觉。说到拉班的愚蠢、悉帕的古怪行为,他们像孩子一样大笑。但是,他们只字不提拉结。

这是黄金的七天,每一天都更加甜蜜,同时也多了一分忧伤。利亚和雅各可以打开对方的记忆之门,进入对方的记忆中漫游,也可以在大白天躺在对方的怀抱中睡觉。两人边吃边聊,谈家政和营生,看看对方的看法是否与自己相同。这样的时光将一去永不复返。

他们商定好,七天后,让雅各假装愤怒地走出帐篷。他要去找拉班理论:"我被愚弄了。你用烈酒把我灌醉,把那个老恶妇利亚给了我,而不是我心爱的拉结。我为拉结付出的劳动就这样被一个骗局勾销了,对此,我要求赔偿。虽然我履行了我的责任,和你的长女度过了七天七夜,但是,我不会把她当作是我的妻子,除非你给她准备好嫁妆;还有,拉结也必须是我的。"

这正是雅各走出帐篷后对拉班说的原话。"你得把悉帕作为利亚的嫁妆给我,而辟拉要作为拉结的嫁妆。我要再收取你十分之一的牲畜,作为接管你那些丑的女儿们的费用。公平起见,我再为你劳作七个月,作为利亚的新娘聘礼。"

"这就是我的条件。"雅各说。

新婚帐篷里的新人出来时,雅各当着营地里所有人的面说了这番话。而当丈夫背诵这些预先演练好的台词时,利亚的眼睛死盯着地面。头天晚上,当这对爱人全身赤裸、淋漓汗水交融在一起时,他们就编排好了这些台词。利亚歪着嘴假装哭泣,否则,她会笑出声来的。

听到雅各如此宣布,亚大点头同意。悉帕听到自己的名字顿时脸色苍白。拉班为了庆祝女儿的婚姻,整整醉了一个星期,醉到话都说不清的地步,根本无法与雅各辩论,他举起双手,咒骂了所有的人,然后回到他自己幽暗的帐篷中。

拉结在雅各的脚下吐了一口唾沫,愤怒地顿足而去。在雅各和利亚婚礼黄金周的最后几天,她开始为自己的婚前恐慌感到后悔。她永远失去了第一个妻子的地位,再加上她听见了新婚帐篷里传出的声音——笑声和快乐的呻吟。拉结向辟拉倾诉了她的悲哀,辟拉带她去看两只狗交配,然后又去看两只羊交配,都没有遭罪受难的样子。拉结到村子里找英娜,告诉她事情的经过。英娜跟她讲情欲和愉欢的故事,还把拉结带到自己的小屋里,给她示范如何解开她的身体之谜。

当雅各在他们平常约会的大树旁找到拉结时,她痛骂雅各,叫他贼、狗娘养的、魔鬼,是一头与绵羊、山羊,还有狗媾和的猪。她指责他不爱她。她尖声大叫,说婚宴时他就知道坐在他身边的是利亚,哪怕她当时披盖着婚纱。他完全可以停止这一切。他为什么不呢?她苦涩地大哭。

等她哭够了,雅各把她搂在怀里,直到她好像是睡着了一般,他告诉她,她是月亮的亲女儿,明亮、闪光、完美。他对她,是崇拜一般神圣的爱。而利亚对于他来说只是个责任而已,她只不过是光彩明亮的拉结身后的影子。只有她——拉结——才是他心中的新娘,第一个妻子,初恋。多么美丽的背叛。

就这样,在第二个圆月的头一天,营地举办了第二个婚宴,比第一个还要简单。这回轮到拉结和雅各在新婚帐篷里度过七天七夜。

关于那七天七夜的事情我了解得不多,因为拉结从来不提。

拉结和雅各的帐篷里没有传出哭声,应该是个好兆头。但是,也没有人听见笑声。一星期结束后,拉结静悄悄地在黎明前回到红帐篷里,一直睡到第二天早上。

利亚婚礼后的第一个新月,她两腿之间干干净净,没有来月经。但是,她没告诉任何人。大家都忙于为拉结准备婚礼,没有人留意她没有撤换铺垫在毛毯上的麦秸,或者走动时没有在两腿之间塞上月经带。

拉结和雅各进入新婚帐篷的两天后,利亚去找母亲,把亚大枯干的手放在她年轻的肚皮上。老妇拥抱了她的女儿。"我还以为自己活不到看见外孙辈的那一天呢。"她又哭又笑地对利亚说,"可爱的女孩,我的女儿。"

利亚说她之所以没有声张自己怀孕的事情,是为了不影响拉结新婚的幸福。随着儿子的出生,她作为第一位妻子的地位就更稳固了,一开始,她就知道她怀的是儿子。但是,拉结得知利亚怀孕的消息后,依然非常愤怒。她认为她的姐姐故意瞒着她,利亚有一套复杂的、羞辱她的阴谋,这只是其中的一幕而已,姐姐要确立自己的首席妻子地位,企图让雅各抛弃妹妹。

拉结在自己的帐篷里咆哮,在距离很远的井台处都能听见她的控诉声。她指责利亚利用悉帕做帮凶,骗取了属于她的地位。她影射利亚怀的孩子不是雅各的,而是一个在井台闲逛、兔唇半傻的牧羊人的。"你这只嫉妒的母狗。"拉结尖声吼叫,"你这个魔鬼眼蠢货,你梦想雅各爱你像他爱我一样,但他永远不会爱你的。他爱的是我。他心里只有我。你是一只心理阴暗的母马。你这头可怜的母牛。"

利亚一言不发,直到拉结骂够。她才冷静地叫她妹妹蠢货,然后,她左右开弓,狠狠地抽了妹妹两个嘴巴。从此,两人数月不与对方说一句话。

我很自然地猜想到利亚一直嫉妒着拉结。千真万确,在拉结与雅各新婚的那一个星期里,没怎么看见利亚唱歌或者有什么笑脸。真的,这么多年来,每当雅各带我漂亮的姨妈入帐同床时,母亲都是埋头干活,家务随着儿子们的不断问世而增加,雅各收获的羊毛也越来越多,都等着她纺线织布。

但是,利亚的嫉妒不是爱情歌曲里唱的那种,什么痴心女子为爱而死之类的。当雅各和其他妻子同床时,利亚的哀伤里没有苦涩。的确,她为自己有很多儿子而欣慰,她的怀里总是搂抱着哺乳的婴儿,一个接一个。她信赖雅各每个月都会来找她一两次,找她谈论牲畜,找她再要一杯甜啤酒。在这样的夜晚,她知道他们会同床合欢,她的胳膊会搂紧他的腰。第二天早上,全家都沉浸在她的笑容里,还会得到些好东西吃。

哦,我的故事讲得太仓促了。因为过了许多年,利亚和拉结才终于磨合出如何共同拥有一个丈夫,刚开始她们都像疯狗一样,朝着对方咆哮、绕圈,在各自为营的同时,又不断挑战对方的极限。

但刚开始时,即使如此针锋相对,她们仍有望达成平等对峙的格局,因为拉结婚后的第一个新月时,发现自己也不需要换铺床的麦秸或者用月经带了。姐妹俩都怀孕了。大麦的收成很好。牧羊人拍打着雅各的后背,取笑他的阳刚。众神都在对他微笑。

但是,正当利亚的肚子开始显露时,拉结出血了。一天清晨,拉结结婚约三个月后,她的号啕大哭吵醒了在营地熟睡的所有人。利亚和悉帕冲到她身边,发现她裹在血迹斑斑的毛毯里抽泣。没有人能够安慰她。她不让亚大坐在她身旁。不允许雅各来看望她。整整一个星期,她在红帐篷的一个角落里缩成一团,几乎不吃不喝,发着高烧,无梦地昏睡。

利亚原谅了拉结说过的那些难听的伤心话,真心地替她感到悲哀。她试图用她喜爱的甜食给她开胃,拉结却不领情,朝甜点吐口水,还冲着利亚吐。利亚的肚子每天都变得更大更圆,人也变得比任何时候都漂亮了。

"这不公平。太悲哀了。"辟拉说,她费尽心机,总算让拉结吃下几颗橄榄,哄着她从血迹斑斑、硬邦邦的毛毯里爬出来。辟拉进村,来到英娜家,看这个接生婆有没有什么灵丹妙药,能够把她这个半死的姐姐唤醒。英娜亲自跟着辟拉回来,花了许多时间帮拉结调理身体,帮她洗漱,精心地将小块的面包蘸上蜂蜜喂她,哄她喝下芳香的蜂蜜酒。英娜在拉结的耳畔轻声说慰藉、鼓舞的话。她告诉拉结怀孩子对她来说,将不是件容易的事,但她预言拉结终有一天会生下漂亮的儿子,她的儿子们会像明星一样耀眼,把她的记忆延续下去。英娜发誓,要竭尽全力帮助拉结再次受孕,条件是她必须一字不差地遵循接生婆的指示去做。

从此,拉结像是变了个人,当怀着六个月身孕的利亚来寻求她的祝福时,她把双手放在利亚的肚子上,抚摸她孕育的生命。拉结倒在姐姐的怀里哭了,她亲吻了亚大的手,请悉帕给她梳头。她把辟拉叫到身边,拥抱她,感谢她带来了英娜。这是拉结有生以来,第一次懂得感恩。

第二天清晨,利亚和拉结肩并肩地走出晦暗的红帐篷,步入户外的阳光中,她们看见雅各站在面前。拉结说当他看见她们姐妹在一起时,他哭了;但利亚说,他笑了。

"利亚第一胎的生产不是特别困难。"拉结说。当然,到她讲利亚长子鲁便出生的这个故事时,我的姨妈已经见识过数百个婴儿的出生了。虽然拉结平时丢三落四,刚放下纺锤,就会忘记放在哪里,但是,她记得她见证过的每一个婴儿出生的所有细节。

她告诉我,利亚的生产在黄昏前开始,到了黎明孩子就生出来了,一切顺利。婴儿头朝下,母亲盆骨灵活地打开。但是,夏夜的红帐篷里闷热难忍,姐妹中没有人见过分娩。所以利亚真正遭受的折磨,大多是因为没有经验的姐妹们惊慌失措而造成的。

那天下午,阵痛缓慢地开始了,利亚感到腹部和后背都被轻轻地拉扯着。每当这样的小痉挛过去后,她都会笑。她很高兴,分娩终于开始了。利亚想当母亲的心情非常迫切。她也很自信,她的个子高、骨架大,一定能顺利完成生孩子的使命。她不停地唱歌:儿歌、故事、传奇,还有摇篮曲。

夜幕降临,月亮升起,然后,月亮又开始下落,利亚的笑容和歌声都渐渐消失了。每次宫缩都使她全身抽搐,扭曲得像一块被拧干的布,然后就是大声喘气,畏惧下一次宫缩的到来。亚大拉着她的手。悉帕向治愈者艾那丝轻声祷告。"我一点用都没有。"拉结记得,"我频繁地进出帐篷,心慌意乱,被嫉妒吞没。但是,随着时间的流逝,利亚的每一次宫缩都更加疼痛,我的嫉妒开始溃退,我被利亚的疼痛吓坏了,她这么强壮的女人,平常就像是一头战无不胜的母牛,此刻竟然瞪着死眼,躺在地上发抖。我突然产生了一个可怕的想法,现在躺在地上的可能就是我,我生孩子时,也会这样。我敢肯定悉帕和辟拉的脑子里也闪过同样的念头,当我们的姐姐生产时,她们都浑身哆嗦,沉默不语。"

辟拉终于意识到她们需要帮助,不能完全依靠亚大,于是她便去找英娜。接生婆在黎明时赶到,这时候,利亚已经被折腾得像一只呜咽的狗。英娜来了以后,触摸了利亚的肚子,然后把手伸进产道里。她让利亚侧身躺着,用薄荷味的芳香油,涂抹并按摩她的后背和大腿。英娜看着利亚的脸,笑着说:"孩子已经快到门口了。"她一边从她的医药箱里往外拿东西,一边吩咐女人们,扶住她们的姐姐做最后的冲刺。

"那是我第一次见到助产医药箱。"拉结说,"刀、线、吸管,好多双耳长颈瓶,里面装着孜然、海索草和薄荷油。英娜拿出两块砖摆在地上,告诉利亚她很快就会站在上面。她让我和悉帕站在利亚的两旁,让她蹲在干净的麦秸垫上。悉帕和我变成利亚的椅子,我们的一只手搂住她的背和肩膀,另一只手伸在她的大腿下,让她坐在上面。'你真是个幸运女人。'她对利亚说:'瞧你的妹妹们给你提供的皇后宝座。'可这时的利亚丝毫没有幸运的感觉。"

英娜不停地说啊,说啊,击破厚墙一样禁锢利亚的可怕沉默。英娜关心亚大身上的疼痛,调笑悉帕打结的长发。但是,每当宫缩到来时,英娜就把注意力集中到利亚身上,只跟她说话。她赞扬她,给她树立信心,鼓励她:"好的,好的,好的,我的孩子。好的,好的,好的。"很快,帐篷里所有的女人都跟着她重复:"好的,好的,好的。"像一群鸽子一样咕咕噜噜。

英娜按摩产道口附近的皮肤,这里的皮肤已经肿胀变形。当宫缩阵痛越来越频繁时,她的按摩也加大了力度。然后,她把拉结的手放在利亚的肚皮上,教她在时辰到的时候,如何往下压和推,温柔、准确而坚定。她告诉利亚还不到使劲的时候,不要推挤,憋得利亚咆哮着骂人。

拉结说:"我亲眼看到婴儿如何来到新世界里,这是我一生中从来没有见识过的、触目惊心的场面。我看得一清二楚。我当时一点都没有想到自己,只是想到我的母亲,她作为接生婆看到过许多类似的情形,她的双手曾引导无数的灵魂进入这个世界,自己却死于给我生命的过程中。"

"但是,我没有时间为自己感到遗憾,因为突然间,一个奇怪的红泡泡从利亚的两腿间冒出来,顷刻间,血水就像洪水一样一冲而出。"

利亚害怕极了,想站起来,但是,英娜告诉她,双脚不要离开那两块砖。这很好,她说,他要出来了。

利亚使劲,脸涨得通红,眼球暴突,一蓝一绿,闪闪发光。她的双腿颤抖,时刻都有瘫软下来的危险,悉帕和拉结使尽全身力气,才勉强扶她站着。然后,英娜告诉辟拉接替拉结的位置,好让拉结去接住婴儿;也许生产的血液能够唤醒拉结的子宫,使她再次孕育生命。这样,拉结就能在生命的河川里沐浴。

在利亚的咆哮声中,儿子出生了。这孩子个头真大,需要英娜和拉结两人一起才能接住,她们还没有扶起他的头,他就开始号啕大哭,没有必要用吸管清理婴儿的鼻子和嘴。她们都笑了,眼泪顺着脸颊滚下来,都累得像产妇一样气喘吁吁。

红帐篷里,女人们传递着婴儿,将他擦干净,亲吻他,赞美他的胳膊、腿、胸脯、腰板、他的头,还有他的阳具。她们同时说话,声音复叠嘈杂,好像远不止来自于六个女人。雅各冲着女人的帐篷大喊,让她们告诉他消息。"你做父亲了。"英娜说,"走开。我们很快就会派人去叫你的,到时候你就能看到你的儿子啦,你的长子。"她们听见雅各快乐地大喊大叫,把消息传给拉班和鲁提,他那些狂叫的狗,还有天空的云朵。

胎盘从利亚的双腿间落下来时,她疲惫得几乎睡着了。英娜逼她吃喝以后再睡,把孩子放在她的乳房上,婴儿便开始吸奶。母子都睡着了,妹妹们给他们盖好毛毯。亚大守着母子,连打盹时,脸上都挂着微笑。英娜用一块旧布把胎盘裹起来,女人们在当天夜里把它埋在巴麻——祭神坛的东角处,这是长子享有的特殊权利。

几个小时后,利亚醒了过来,她给儿子起名叫"鲁便"。这个名字朗朗上口,是一个不惧怕妖风邪灵伤害的名字。利亚丝毫不为她这个强壮的儿子担忧。这时,大伙把雅各找来,看着他充满温情地迎接新生儿的到来。

当雅各离开儿子时,他的幸福似乎蒸发了。他低着头,忧心忡忡地考虑下一步怎么办。根据家规,男孩必须受割礼,而现在除了他以外,没有人能操刀。雅各甚至不愿让拉班碰一下他的儿子,更别提操刀施割礼了。无论村里还是山里,他认识的男人都不懂如何施割礼,没有人能够理解他,为什么会对自己的长子做这样的事情。施割礼之人,非他莫属。

雅各见过自己的父亲给他家奴隶的男孩割包皮,他当时目不转睛地看了全过程,没有丝毫畏缩。但是,他毕竟没有亲手操作过,现在他意识到,自己甚至没有仔细看父亲是如何包扎伤口的。当然,他以前从来没有如此关心过任何孩子。

但是,这是必须做的事情。因此他开始着手准备,悉帕将自己观察到的一切告诉了利亚,新母亲的既伤心又担心,她的骨肉,她的至高奖赏,将被放在巴麻上,任人宰割。对,这叫任人宰割,她就是这么认为的,因为割除阴茎上的包皮对于她来说毫无意义。现在,她已经见过没有割包皮的阴茎,相比之下,她的确是更喜欢雅各阳具的样子——干净、暴露而放肆。女人们以她儿子那小东西上面的小包皮为灵感,在红帐篷里编了不少或荒唐或刻薄的笑话,有一次,利亚威胁地说,她要用木炭在鲁便的龟头上画一副脸,施割礼的雅各把孩子的包皮撸上去的时候,定会吓得把刀丢在地上。女人们捧腹大笑,倒在地上打滚,嘲笑男人两腿间携带的敏感工具。

但是,几天后,玩笑结束了,利亚终日以泪洗面,怀中哺乳的孩子那一头黑色卷发,都被泪水浸成了咸的。即使是这样,她并没有反对丈夫的家规。雅各本人就受了割礼,不是好好的嘛,她就这样一次又一次地告诉她的妹妹们,其实多半是为了安慰自己。以撒受过割礼,在他之前的亚伯兰也一样。但无论如何,一想到自己的儿子可能会负痛,面临危险,刚做母亲的利亚就浑身发抖,尤其是雅各根本没有经验,这简直让她担心得发狂。

悉帕善于观察,她发现雅各本人也对这个仪式感到紧张。每天晚上,他拿着刀坐在巴麻上,在祭坛上磨。从日落到月升,连续三个晚上,刀刃被磨得完美无瑕,刀身蓝光锃亮,只要他的手腕轻轻一抖,就能把他的头发切断。他要亚大准备好,用最新季里头生羊的第一茬羊毛制作的小绷带。他带话给利亚,询问她是否有接生婆用的药膏,帮助伤口恢复。

在鲁便出生后的第七天夜里,雅各打坐,沉默地观察夜空,直到日出。他祭献奠酒,对他祖先的神灵咏唱。他还将奠酒倒在地母神亚设拉的身上,向她张开双臂。悉帕看到所有这一切,从此以后不再指雅各为"那个新来的男人",而是开始称呼他的名字。

儿子出生后的第八天黎明,雅各杀了一只山羊羔,在祭坛上做了燔祭。他洗过手,用麦秸把手搓得通红,好像他刚刚搬过尸体一样。然后,他朝红帐篷走去,他要女人们把鲁便,利亚的儿子,交给他。

他让拉班跟着他,两个男人各自走上巴麻,雅各脱去婴儿的衣服,把孩子放在祭坛上,孩子睁着眼睛。给孩子脱衣服时,雅各长长地大叹一声,然后,让拉班抓住孩子的双腿。这时,鲁便开始哭嚎。雅各皱着眉头,抄起刀来。

"他的眼睛里闪烁着泪花。"悉帕说,"他把孩子的阳具拿在手里,用左手拉包皮,两根长手指捏紧包皮,右手持刀,一刀切下,刀法准确而自信,动作迅速,好像经验丰富,非常老练的样子。"她说。

鲁便大声哭嚎,雅各的刀应声落地。他拿起亚大准备的绷带,迅速包扎伤口,将婴儿的襁褓胡乱包起来,男人怎么知道如何包裹婴儿呢。他把孩子抱还给女人们,在鲁便完美的小耳朵旁窃窃私语,谁也听不见他说了些什么。

婴儿不在的时候,红帐篷里一片死寂;孩子一回来,立刻开始了一阵紧张的忙碌。利亚给孩子的伤口涂上英娜留给她的治疗产道伤口用的孜然油。亚大重新包裹孩子的襁褓,裹得像模像样,然后把孩子递到母亲的怀里,鲁便立刻开始吃奶,很快,倍感慰藉的孩子睡着了。

孩子很快就恢复了,刚为人母的利亚在红帐篷里安逸地坐月子。她被妹妹们宠着,几乎脚不沾地。雅各每天都带着刚宰杀干净的野味来看她。隔着红帐篷的毛毯墙,他们温柔地互换日常生活的细节,听到他们谈话的人,都会感到心中暖洋洋的。

孩子出生后的这一个月里,亚大喜气洋洋,乐得合不拢嘴,她高兴地看着体力恢复、焕然一新的利亚走出红帐篷。外孙子的第一个呵欠或者第一个喷嚏,都令她感到惊喜,她是第一个注意到鲁便抬头的人。只要利亚一把孩子放下,亚大就抱起来,这种喜悦让她年轻了好几岁,也减轻了她身骨的疼痛。但是,疾病已经耗竭了她的生命和力量,即使是如此巨大的喜悦,也无法治愈。一天早晨,她躺在睡觉的毛毯上,再没有爬起来。

亚大是所有姐妹的唯一母亲,她们把炉灰揉进自己的头发里,对她表示敬意。利亚洗净了亚大的脸和手。悉帕把她的头发梳理整齐。拉结给她穿上家里最好的长裙,辟拉把亚大的几只戒指、颈环、手镯和脚镯戴在她那干枯的手指、颈、手腕和脚脖上。她们一起把亚大的双手,十字交叉地摆放在胸前,将她的膝盖弯曲,使她看上去像个睡着的孩子。她们轻声地对她说话,希望她能带着她们的祝福,到世界的另一边去,在那里祖先的灵魂会欢迎她的灵魂,她现在可以在大地的尘土之下,永远安息,不再受罪了。

她们把亚大裹在一块没有漂白过的羊毛裹布里,在里面撒上甜蜜芳香的香料,把她埋在一棵大树的粗根之中,这是女人们经常聚集在一起观看月亮升起的地方。

雅各挖墓坑时,拉班袖手旁观地站着,他头上也有炉灰,表示他对发妻的敬意。亚大与他一路风雨同行,伴随她埋葬的也有他的青春、他的力量,包括他身上可能曾经存在过的、连他自己都遗忘了的好品性。他刚把第一把土扔在亚大身上,便转身走了。然后,四姐妹将亚大掩埋好,撒上花,并放声哀哭。

亚大死后两个月,辟拉进入了红帐篷。亚大没了,没有其他女族长,正在哺乳的利亚就担当起主持欢迎仪式的任务。她迎接了她的小信徒,教她如何应付月经来潮,享受没有月光的新月,尊重她的身体和生命的自然韵律。

命运的轮盘转向了。虽然拉班依然是名誉上的一家之主,但是,雅各掌管家族大权的时代已经开始了。我的母亲们也以女人的智慧书写她们生活的新篇章。

从那儿以后的许多年都是丰年。雨如期而降,井水甜蜜而充足。大地没有瘟疫灾害,四周的部落和睦相处。牲畜不断增加,雅各一个人已经照管不过来,他和谢布图签了约,雇他做七年的包身工。然后,他又雇用了诺米尔,他带来他买下的妻子西巴图,红帐篷里又多了张新面孔。

家里的好运和不断增长的财富,并不完全归功于雅各的才能,也全是因为神灵的眷顾。母亲们的辛勤劳动和智慧,是功不可没的重要原因。绵羊和山羊都是财富的象征,但是,它们的价值只有通过女人的劳动,才能得到完全的体现。利亚的奶酪从来没有做酸过,当锈病侵害小麦或者小米时,利亚会及时清除有病的农作物,防止病情蔓延,保护其余的庄稼。悉帕和辟拉将雅各不断增产的羊毛纺成线,织出黑、白和藏红三色图案的布,吸引许多商人,给家庭带来一笔财富。

这一阶段也是女人们生育能力旺盛、家丁兴旺的时期。许多婴儿出生,大部分都健康地活了下来。利亚是最了不起的母亲,似乎总是在怀孕或者哺乳。鲁便出生后的两年里,她就生了二儿子西缅。仅仅十八个月后,三儿子利未出生了。利亚在那以后流产了一胎,但是,一年内,她的忧伤就因四儿子犹大的出生而淡忘。

这些兄弟们,年龄相近,自成一个群体。鲁便最壮最高,对小弟弟们总是很温和。西缅是个魔鬼——英俊而自命不凡,霸道而粗鲁——但是,无论他干什么,别人都会因为他脸上的甜酒窝而原谅他。利未是个唯诺的老鼠,是西缅的奴隶。犹大是个安静的孩子,懂得疼爱每个人。他比他的兄弟们都白净秀气,雅各跟利亚说,犹大长得像自己的哥哥以扫。

当利亚怀着西缅的时候,拉班的鲁提肚子也大了,她生了一个男孩,克缪尔,鲁提一年后又生了一个儿子,比欧。老头宠爱长着倒八字眉的两个儿子,他们刚开始还与利亚的儿子们玩粗野的游戏,但是,后来,他们发明了自己的秘密语言,封闭在自己的狭隘世界里。拉班认为这体现了他们的超人之处,但是,其他人都觉得,这是他们本性愚钝、毫无希望与前程的表现。

营地里满是孩子们的嬉戏声,喜气洋洋,但是,生儿育女的福分不是公平分配的。拉结一次又一次地流产。当血洪第四次冲走她的希望时,她病倒了,三天三夜,高烧不退,神志不清。姐妹们吓得惊慌失措,坚持让她停止受孕,劝她喝下茴香籽浸剂,将子宫封闭起来,至少封到她的体力和体重恢复。在体力耗竭的情况下,拉结也同意了。

但是,看着姐姐的儿子们玩闹嬉戏,拉结无法长期闭宫。虽然她不再像过去那样嫉恨利亚,但是,膝下无子的她无法在姐姐面前露出笑容。她经常离家,到英娜那里寻求指导,英娜好像有无数的配剂、方子和谋略,用来打开她的生育之门。

拉结试遍了每一个疗法、每一剂药物、每一个偏方。她只穿红黄两色——那是生命的血液之色和健康月经的吉祥之色。她听说某些树是当地女神的圣树,就将自己的肚皮贴紧圣树睡觉。只要她看见流动的泉水,就躺在里面沐浴,希望泉水的生命给她孕育生命的灵感。她咽下一种蜜蜂花粉酊剂,使她的舌头被黄苔覆盖,尿变成了藏红色。她吃蛇——因为蛇是能蜕皮重生的动物。

当然,无论是谁,成人或孩子,只要能找到曼德拉草根——其形状像是欲望澎湃的男子——都会交给拉结,眼睛会意一眨,并送上一份祷告。鲁便曾经找到一根特大的曼德拉草根,他像是骄傲的猎狮人,把猎物献给他的姨妈。其实,曼德拉草根对拉结的生育毫无帮助。

在拉结试图受孕生育的过程中,她协助英娜接生,成为她的学徒。她学会如何处理脚先出来的异位胎,应付来得太快的婴儿,治疗撕破与溃烂的产道。她知道怎样鼓励胎死腹中的母亲,不绝望,不放弃。在母亲死亡的情形下,她学会如何做手术打开子宫,救出孩子。

拉结带回故事来讲给她的姐妹们听,她们听了以后流泪、叹息,惊讶。她说有一个母亲在分娩时死了,做父亲的还没有等女人的尸体凉下来,就已经把孩子卖了。她又说一个男人失去他心爱的妻子,变得神魂颠倒。有一个女人为失去的孩子哭泣,流的泪都是血。她还说有一些药剂,在一个女人身上奇迹般有效,但换到另一个女人身上,却让她一命呜呼了。还有一个女人生下一个没有胳膊的怪物,夜里弃之荒野,任他死去。人有不同属性的血液:克人伤身或者治愈保护。

也有令人鼓舞的故事,拉结说有一对健康的双胞胎,其中一个生下来是蓝色的——脐带绕颈,英娜用芦苇吸管把死亡从婴儿的鼻孔里吸走,救了孩子。有时拉结会模仿分娩中的产妇,令姐妹们捧腹大笑,她说有的产妇像狮子一样咆哮;有的咬紧牙关,屏住呼吸,宁愿昏厥过去,也不哼唧。

拉结成了姐妹们与外界连接的纽带。除了生与死的故事,她还带回来做蔬菜的新香料,治愈伤口的新药膏配方。当然还有更加离奇古怪的治疗不育的方法,可惜都统统失败了。

拉结回家时,经常带回来一只手镯、一只大碗或者是一团羊毛——都是产妇为感谢她的救助而送给她的。这个傲慢的美人变成了温柔的治愈者,为母亲们服务。每当孩子出生时,她都会哭,无论是顺产时的喜极而泣,还是不幸降临时的呜咽哀哭。她在鲁提分娩时哭了,甚至在利亚分娩时也感动落泪。

当西巴图站在分娩砖上时,拉结孤身一人——没有英娜助阵——指导产妇经受艰难考验,当她剪断脐带,捧着"她的"第一个婴儿时,心中充满了兴奋与喜悦,这个婴儿的出生使她正式得到了助产士头衔。当晚,利亚准备了丰盛的宴席,悉帕在拉结面前撒了盐和酒,以治愈者艾那丝之名,承认拉结成为助产士。

随着时间的推移,雅各拥有的奴隶不断增加,随之而来的是新生命的降生和夭折。西巴图生了拿斯以后，不幸失去她的第二个孩子，一个早产两个月的女婴。艾塔尼生了双胞胎女婴，孩子们活了下来，母亲却在女儿们记住母亲的模样之前，死于高烧。拉马斯生了一个儿子，取名心利，但第二胎是个兔唇的女儿，被遗弃荒野。

在红帐篷里，我们知道死亡是生命的影子，是女人为了给予生命这份荣誉而付出的代价。因此，我们的悲哀是有度量的。

生了犹大以后，利亚感觉极度疲倦。她平常是起得最早、睡得最晚的人，总是同时做两样家务（哺乳时，搅动着大炖锅；磨谷子时，指挥着纺线），可刚到下午，她就步履蹒跚，头晕目眩了。英娜建议她休整一段时间，不要怀孕，给她喝了茴香籽浸剂，同时教她如何用蜂蜡做子宫帽，使用这种避孕的阴道药栓。

就这样，利亚得到了休息。她为她强壮的儿子们感到欣慰，每天都会停下手中的一切抚摸他们，跟他们玩一盘耍小石头的游戏。她像往常一样烤制蜂蜜甜饼，并计划开发一片新的草药和香料园子，这样就会吸引更多的蜜蜂。她睡眠良好，每天都起得很早，心态宁和。

在利亚的记忆中，自己的避孕休闲年是很满足的一段日子。每天都很充实，享受着数算孩子的甜蜜和做家务的喜悦。她感谢茴香籽浸剂，和运用避孕栓的智慧。那一年，她烤制的甜饼最甜，她更加激情地回应雅各的身体，多少年来都没有如此热情似火了。

每当利用回忆那段时光时，她都会说："感恩的味道就像蜂窝里的花蜜。"

两年后，她收起茴香籽浸剂和子宫帽，又怀孕了，她很顺利地生下儿子，取名西布伦，利亚说这是"升高"的意思，因为随着儿子的出生，利亚加强了身体的愈合与孕育新生命的能力。她宠爱这个新生儿就像她的头生儿。当她把儿子交给雅各施割礼时，她冲着丈夫笑，他亲吻了她的手。

第 三 章

拉结变得沉默寡言。她不再去帮英娜做助理,赖在毛毯上不早起,非得利亚摇醒她,要求她帮助别的女人干活。只有在利亚的驱使下,拉结才会纺线、织布或者在园子里干活,但她依然只言不发,不见笑容。拉结不能自拔的悲哀,使雅各束手无策。她的沉默不折不扣,雅各在与她同房的要求被一概拒绝后,也放弃了徒劳的尝试。毫无掩饰的悲哀如此凄凉,就连婴儿都不愿意接近这个漂亮的姨妈了。拉结完全陷于孤独、黑暗的世界中。

辟拉看到拉结的绝望,找到蜷缩在毛毯上的拉结。小妹妹在拉结身旁躺下,像母亲一样搂着姐姐。"让我替你进雅各的帐篷。"辟拉对她窃语,"让我生个儿子放在你的膝头。让我做你的子宫、你的乳房。让我替你流血,为你流泪。在你自己生育的时辰到来之前,让我做你的器皿。你的时辰一定会到来的。让我成为你的希望,拉结。我不会让你失望的。"

拉结没有回答。过了很长时间都没有说话。以至于辟拉猜测是不是她说话时,拉结一直在睡觉或是她的话冒犯了她。辟拉等了好久,都没有得到拉结的回答,她开始怀疑,她憋在心里的话是否真的用嘴唇说了出来。

辟拉习惯于沉默,她耐心地等着。终于,拉结转过头,亲吻妹妹,将这个小个子女人搂在怀里,从妹妹的体温中吸取安慰。"她流的眼泪既不是苦的,也不是咸的。"辟拉说:"而是甜如雨露。"

辟拉明白虽然她给拉结的援助是出于对姐姐的爱,但也是出于她自己的心愿。她清楚拉结的渴望,因为她也有同样的愿望。她早已进入生育年龄。在帐篷之间距离都很近的家庭里,做爱的噪音将她从梦中唤醒,让她浑身发抖,无法安眠。照顾姐姐们分娩的过程,使她产生了做母亲的愿望,母亲是伟大而神秘的,巨大的疼痛,换来婴儿闪亮的笑容和丝绸一样平滑的皮肤。她的乳房多么渴望婴儿的吮吸。

诚实的辟拉在拉结面前完全袒露了自己的心,拉结理解妹妹心中渺无希望的感觉。她们一同落泪,搂着对方睡着了。第二天早上,拉结找到雅各,让他使辟拉受孕,以她的名义生孩子。这不是请求,因为生一个雅各的孩子是拉结的权利。

没有必要再去寻求或者获得别的什么人的许可。雅各同意了。(他哪能不愿意呢?利亚正在哺乳她的小儿子,拉结拒绝进他的帐篷已经有好几个月了。)当天晚上,一个月圆的寒夜,辟拉来到雅各的帐篷里,第二天早上离开他,虽然不是新娘,但也不再是处女。

辟拉的手上没有涂抹棕红色的散沫花染料,没有酒宴,没有礼物。没有新婚七日与丈夫同帐篷,没有机会了解雅各身体的秘密或者他说的话的含意。第二天,太阳升起时,雅各去照料牲畜,辟拉回到拉结身旁,向她的姐姐讲述她夜里经历的每一个细节。许多年后,辟拉是这样告诉我的。

进入雅各的帐篷时,她哭了,她为自己的眼泪感到吃惊。是她自己心甘情愿地进入性的神秘中,张开她的双腿,学习亘古以来天经地义的男女之事。但是,她孤独地走进丈夫的帐篷,没有姐妹,没有仪式,没有庆祝。她没有权利像一个有嫁妆的新娘一样举行结婚得到的庆典,并不是她不想。

"雅各很体贴。"辟拉记得,"他以为我因为害怕而落泪,就把我像孩子一样搂着,还给了我一只羊毛编织的手镯。"那是个分文不值的玩意儿。没有贵重金属、没有象牙,没有任何值钱的东西。只是用遗弃的羊毛搓成的细绳,就是牧羊男孩子在炎热的夏日,坐在一棵树下,收集一些挂在荆棘上或者是吹落在地上的羊毛,心不在焉编成的那种。雅各就是用棕色、黑色和奶白色的羊毛,在大腿上快速搓捻成细线,直到足够他编成辫绳为止。

雅各从自己的胳膊上取下那根简单的羊毛辫绳,比量着辟拉的手腕,剪成合适的长度,做成手镯。如此寒酸而一文不值的小东西,就是她作为新娘的身价,但是,在她成为雅各的第三位妻子的第一年中,她一直戴着这只手镯,直到它断了,在她无意间遗失。想到她的手镯,辟拉笑了,她用食指抚摸手腕,那里曾经佩戴过将她与雅各维系在一起的羊毛辫绳。

"他沉默地用那个寒酸的礼物安慰我,我不哭了。我看着他笑了。然后,啊,我是如此地大胆,我简直不敢相信那是我自己。我把我的手放在他的阳具上,拉过他的手放在我的上面。他拉起我的裙子,抚摸我的肚子和乳房。他把他的脸埋在我的双腿之间,一股震荡性的快感,差点让我放声大笑。当他进入我时,我好像掉进一个池塘,月亮在歌唱我的名字。一切都是我期望的那样。"

"雅各用他的长胳膊搂着我,我像是孩子一般在他的怀抱里睡着了,在此之前,只有母亲抱过我,愿母亲的名字与天上的星星齐名。只凭那一夜,我就爱雅各。"

辟拉将一切都告诉了拉结。让我漂亮的姨妈听这些,可不是件容易的事情,但是,她坚持辟拉不能疏漏任何细节。只要拉结让妹妹讲这段故事,辟拉就重复地讲,直到辟拉与雅各圆房的记忆,变成了拉结自己的记忆,妹妹的快感和感激,变成了自己对雅各的感情。

在雅各和辟拉圆房后的第二天,他必须离家,到迦基米施去和一个商人做生意,这是两天的路程。辟拉尝到了思念雅各的痛苦,因为她渴望再次与他同眠。拉结感受到痛苦的折磨,因为她得知雅各在辟拉的身上找到了幸福。利亚也非常痛苦,因为她感觉到了自己与两个妹妹之间的距离。悉帕将一切看在眼里,说话极少,叹息不止。

雅各回来时,给拉结买了一条珠子项链,第一夜与她同房。利亚依然哺乳婴儿,所以在接下来的几个月里,雅各经常叫辟拉与他过夜,特别是当拉结离家出诊的时候。

雅各和他的第三位妻子在一起时,很少说话,但是,他们的身体用最直接了当的方式,相互感受和交流,这使双方都得到快感和释放。"雅各说我让他感到安宁。"辟拉说,她感到心满意足。

辟拉怀孕了。拉结用亲吻迎接了这个喜讯,和她的妹妹一起欢庆。月圆月缺,当辟拉的肚子一天天大起来时,拉结悉心照料着妹妹,让她说出每一种感觉、每一次胎动、每一份情绪。辟拉知道生命是什么时候落根的吗?妊娠是让膝盖眼睛感到疲劳?她是想吃咸的,还是甜的?

在辟拉怀孕期间,拉结和妹妹同睡一张毛毯。虽然妊娠的不是她,她仍感觉到孕妇的肚子一天天大起来,乳房也日渐丰满。她注意到孕妇那棕色的肚子和大腿被撑开一道道条纹,也观察到乳头颜色的变化。当孩子在辟拉体内生长,让她逐渐苍白、衰弱时,而拉结却变得愈发娇艳。她和辟拉一起变得柔软而丰满,双颊上深陷的悲哀消失了。她有了笑声,她和她的侄子们,还有营地里的其他孩子们一起玩耍。不用别人催促她,她就烤面包,做奶酪。在辟拉怀孕的九个月里,拉结完全感觉是自己的妊娠,临产前,她的脚腕居然开始浮肿。拉结让英娜负责接生,这样她就可以在辟拉分娩时,站在她身后,扶住她,与她共渡难关。

可喜的是,辟拉的分娩简单而迅速,没有她的妊娠那么困难。经过一个上午的大声喘气和呻吟,她便站上了分娩砖,拉结蹲在她身后扶住她。辟拉的胳膊肘放在拉结八字张开的双膝上,整个分娩过程,好像两个女人共同拥有一个子宫,经历了同样的疼痛。她们的脸都被疼痛扭曲、脸色通红,当婴儿的头出来时,两个女人同时大喊,好像只有一个声音。英娜说,这就好比一个双头女人生产,她宣称这是她见过的最奇怪的事情之一。

一个男婴呱呱落地,剪断脐带后,拉结最先抱住他,她热泪滚滚,就这样抱着婴儿,抱了很长时间。或者,对于辟拉来说,是很长时间,她咬住自己的舌头,期待着能够把自己子宫结出的第一个硕果。当拉结擦去婴儿身上的血迹时,辟拉的眼睛紧紧地跟随着拉结的每一个动作,查看婴儿是否完美无瑕。时间分分秒秒地推移,辟拉屏住呼吸,可她的双臂依然空荡荡的,但她什么也没有说。按规矩,这个儿子是归拉结的。

多年积累的接生经验,已经让拉结的心变得温柔敏感,她深深地叹了一口气,然后把孩子放在辟拉的怀里,孩子睁开双眼,看着母亲的脸庞,先冲着她的眼睛笑,然后便开始吃奶。

刹那间,拉结从她的梦中惊醒,明白这婴儿不是她的孩子。她的笑容褪去,双肩下垂,双手像是动物爪子一样,开始抓挠自己女孩般的小乳房。英娜告诉拉结,假如她让婴儿吮吸足够长的时间,孩子就会吸出奶汁来,她就能变成他的哺乳母亲。但是,拉结对自己身体能否滋养小生命毫无信念。把孩子放在枯干的乳房上,会让儿子受罪,况且这个孩子根本不是她的儿子,他是辟拉的儿子。此外,假如不让孩子定期吃空辟拉的乳房,她可能会生病,甚至死亡,因为拉结见过这样的事情发生。拉结爱她的妹妹。她希望在辟拉怀里吃奶的这个儿子,会成为一个好男人,就像他的母亲,是一个好女人。

拉结离开辟拉和她的儿子去找雅各。她告诉丈夫这个婴儿的名字叫"但",意思是"裁判"。对于这孩子的亲生母亲来说,但,这个名字听上去很甜蜜,可对于名义上的母亲来说,这个名字却带有苦涩。

看着婴儿日复一日地躺在辟拉的怀抱里,再次粉碎了拉结的自信。她只是姨妈,旁观者,不育者。但是,现在的她,不再怨天尤人,也不发脾气骚扰她的姐妹们。拉结坐在金合欢树下,欲哭无泪。这是伊南娜的圣树,是黎明时鸟儿聚集的地方。她来到地母神亚设拉面前,匍匐在这个张着大嘴笑的女神前,轻声祷告:"给我孩子,否则我死。"

雅各看到拉结的痛苦,便用最温柔的方式拥抱她。这么多年以来,这么多同床共眠之夜,在经历了多次流产和希望破灭之后,拉结终于在雅各的怀抱里,找到了肌肤之亲的快感。"我以前真的搞不懂为什么利亚和辟拉喜欢和雅各睡觉。"拉结说,"我从前也愿意与他同眠,但主要是出于责任。"

"但是,自从但打开了辟拉的生育大门后,不知为什么,我也感受到了和雅各一样的激情,我明白了为什么我的姐妹都愿意跟他睡觉。可这让我平添了新的妒忌,这些年来,我贻误了多少情人间激情的愉悦。"

拉结和雅各共度无数良宵,探索他们之间新生的激情,拉结充满了新的希望。有的接生婆相信,过分的愉悦会杀死生命的种子。但也有的说,只有在女人笑的时候,婴儿才会在女人的子宫里着床。她将这个故事讲给雅各听,为他的触摸增添温柔的灵感。

57

在辟拉怀孕的最后几个月里,悉帕第一次进了雅各的帐篷。她没有像辟拉那样大胆地献上自己,虽然她至少比辟拉大五岁,和利亚一样大,而这时的利亚已经是五个儿子的母亲了。

悉帕知道这是迟早要发生的事情,她早就接受了这个命运。但是,不像辟拉,悉帕从来没有主动要求过。利亚不得不下命令。终于,她顺从了。

"一天夜里,当我在圆月明亮的银光下漫步时,利亚出现在我面前。"悉帕说,"刚开始,我还以为我在做梦。我的姐姐睡觉像拉班一样死沉,从来不在夜里起来。她自己的婴儿都很难吵醒她。但是,眼前出现的真的是她,安静地站在我面前。我们手牵手,在月亮女神皎洁的银光下漫步,走了很长时间。我再次奇怪这到底是我的姐姐,还是幽灵,因为我身边的这个女人缄口无言,而利亚总是唠叨不停。"

"终于,深思熟虑的利亚开口了,说的都是关于月亮的话。她告诉我,她是多么的爱银色的月光,她如何与月亮讲话,每个月,月亮都呼唤她的名字。利亚说月亮是对她露脸现身的唯一女神,因为月亮回应她身体盈空的变化。"

"我的姐姐很有智慧。"悉帕说,"她停下脚步,握住我的双手,看着我,问:'你终于准备好吞下月亮了吧?'"

"我该说什么呢?我的时辰到了。"

的确,她很有可能等待得太久了,悉帕半心半意地希望自己年纪太大而无法生育了,她已经二十五岁了。年龄本身并不能预算生育能力。拉结从很年轻时,就想尽办法,还是不育。而利亚,生育力强得像是灌溉充足的平川,丝毫没有停下来的意思。生命之母为悉帕预备了什么样的命运呢?唯一的答案就是去找雅各,成为他最卑微的妻子。

第二天早上,利亚跟雅各挑明。辟拉想用棕红色的散沫花染料为悉帕饰画手脚,可她双唇紧闭,断然拒绝了。那天晚上悉帕慢慢地走向雅各的帐篷,他们两人躺在一起,了解对方。悉帕感觉不到雅各的触摸有任何快感。"我做了我需要做的。"她的口气让谁都不敢再多问一句。

雅各对她产生了兴趣,对此她从没有抱怨过他尽最大努力平息她的恐惧,正如他对其他的妻子那样。他又多次找她,试图赢得她的欢心。他请她唱女神之歌,为她梳理美发。但是,无论他怎么做,都无法感动悉帕冷漠的心。"我根本不明白我的姐妹们,怎么那么喜欢和雅各睡觉。"她说,她的长手臂疲劳地一挥,"这就是责任,像推磨撑谷子——一种花费体力的事情,当然,为了延续生命,这也是必要的嘛。"

"听着,我没有失望。"她说,"但这不是我能够享受的东西。"

悉帕在辟拉怀孕的时候受孕。辟拉生下但不久,悉帕的模样就真的像是吃下了月亮一样,大腹便便的了。因为她身材苗条,挺起的肚子是个完美的圆球。她的姐妹逗她玩,她只是笑。因为男人不能和孕妇睡觉,雅各不再对她感兴趣了,她反而更加高兴。她的新体形让她显得容光焕发,梦里都是关于力量和飞翔的奇妙情节。

她梦见自己生了一个女儿,不是一个普通的婴儿,而是被仙女偷换过的怪物,一个有仙灵的女人,一个乳房硕大的成年女人。除了前后两块线头一样细小的遮羞布,她什么都没有穿。她在大地上阔步前进,当她行走时,她的月经滴落在地上,每处都长出大树。

"我怀孕的时候,只喜欢睡觉。"悉帕说,"那些日子里,我在毛毯上神游了无数遥远的地方。"

当她分娩的时辰到来时,婴儿迟迟不肯出世,悉帕遭了许多罪。她的盆骨太狭窄。从日落到日落,分娩延续了整整三天之久。悉帕哭嚎,断定她的女儿会死的,要么就是在她看见女儿之前,自己先死掉,女儿叫艾丝拉,这名字她早就选好了,嘱咐了她的姐妹,以防万一过不了这个死门关。

悉帕分娩的过程非常艰难。第三天晚上,她已经被疼痛折磨得奄奄一息了,但孩子却生不下来。英娜使尽浑身解数,依然无济于事,她只能试用一种从迦南商人手里买来的新药剂。她把手一直伸进悉帕顽固的产道里面,把这种带有强烈芳香的药膏抹在产道口上,产道迅速扩大,悉帕的嗓子里冒出一声吼叫,经过三天三夜的哭嚎,她的嗓子早已沙哑,她现在的喊声已经不是人声,倒像是被火烧的困兽。英娜以古代治愈女神的名义,轻声念着咒语:

女神古拉,赶快解救啊
女神古拉,我悲惨绝望地祈求你
你的仆人,痛苦受难,生不如死
请施怜悯,请听祷告。

很快,悉帕站分娩砖的时辰到了,利亚站在她的身后,扶持这个以她的名义受孕的孩子。当英娜指挥她使劲时,悉帕早已哭干了眼泪。她脸色苍白,身体冰冷。当孩子终于降生时,她的产道前后都被撕破,已经半死的她,完全没有力气喊叫了。

可孩子不是她期望的女儿,而是一个男孩,长骨架,精瘦,黑头发。利亚拥抱她的妹妹,宣布她很幸运有这么一个儿子,很幸运她还活着。利亚给孩子取名叫"迦得",意思是"幸运",她说:"愿他给你摘取星星月亮,在你年老的时候,保你平安。"

可红帐篷里的喜悦好景不长,悉帕又开始大叫。疼痛再次厮杀回来。"我要死了,我要死了。"她抽泣,为她的儿子将永远不认识自己的母亲而哭泣。"他的命运会像我的一样。"她哭嚎,"一个妾生的孤儿,永远被母亲惨死的噩梦折磨着。"

"不幸的孩子。"她哭泣,"不幸母亲的不幸之子。"

英娜和拉结蹲在绝望的母亲身旁,研究是什么再次带来剧痛。英娜拉过拉结的手,把它放在悉帕的肚子上,给她讲解肚子里还有一个孩子。"不要放弃,小妈妈。"英娜对悉帕说,"你今天晚上生的是双胞胎呢。难道你没有梦见这个吗?你还算不算是女祭司,啊?"她露齿而笑。

第二个婴儿来得很快,因为迦得已经打开了门路。他从母亲的子宫里落下来,就像一个成熟的果子,又是一个男孩,也是黑黑的,但比第一个小。

但孩子的母亲没有看见他。一条血河跟随着婴儿一泻而下,悉帕眼睛里的光顿然熄灭。英娜和拉结一次又一次地往她的子宫里塞止血的羊毛和草药。她们用水和烈性蜂蜜酒涂抹她的嘴唇。她们唱治愈歌,烧香祷告,不让她的灵魂飞出红帐篷。但是,悉帕躺在毛毯上,不死不活,就这样又躺了八天八夜。她完全不知道儿子的割礼,也没见过第二个儿子,利亚给他取名叫亚设,是根据悉帕喜爱的女神命名的。利亚哺乳着这两个孩子,辟拉和另外一位女奴也帮助哺乳。

十天后,悉帕开始呻吟,抬起她的双手。"我梦见两个儿子。"她嘶哑着嗓子说,"对不对?"她们把两个婴儿抱给她,黑而茁壮。悉帕大笑。大家很少能听到她的笑声,但是,孩子的名字让她咯咯地笑了起来。"迦得和亚设。幸运和女神。听上去像是旧年间神话故事的名字。"她说,"那我就是灵妈,高升之女神,母亲之神。"

悉帕开始吃喝,迅速恢复体力,只是她无法哺乳孩子们。在她病倒之后,她的乳房已经枯干。但这是她能够承受的悲哀。她有了两个儿子,都英俊而强壮,她不为自己没有得到梦中的女儿而遗憾。当他们长成大孩子,不再围绕在她身边时,悉帕会因为没有女儿可以把自己知道的东西教给她而感到悲哀。但是,当她怀抱两个儿子时,她品尝到做母亲的喜悦,流下最甜蜜的泪水。

英娜警告她,至少两年内不要再受孕,悉帕也绝对不想再吃一茬生孩子的苦。她已经给这个家庭生了两个儿子。一天早晨,在雅各放牧之前,她找到他,跟他直说,如果她再次怀孕,那一定会要她的命。她让他挑选妻子与他同房时,千万记住这一点。从此,她再也没有和雅各同房了。

的确,当雅各得知悉帕生下双胞胎时,连他都不由自主地发抖。他本身就是双胞胎里的一个,这只给他带来麻烦和悲哀。"忘掉他们在母亲的肚子里同住了九个月。"他命令。人们便真的忘记他们是双胞胎,倒不全是因为雅各命令的结果,而是因为这两个孩子的长相有天壤之别。迦得,高大而精瘦,喜欢吹笛子和击鼓;亚设,矮小而结实,继承了父亲善于驯养动物的天赋。

不久,利亚也生了一对双胞胎儿子——拿弗塔利和以撒迦。与悉帕的双胞胎正好相反,利亚的这一对儿子长相如此相像,当他们还是孩子的时候,就连他们的母亲,有时也会认错。只有辟拉,她能认出树上的每一片树叶,从来没有把这对双胞胎弄混过,这两个孩子之间有一种宁静的和谐与爱,让其他的兄弟无法介入他们的世界。

可怜的辟拉。自但以后,她所有的孩子——一个男孩,两个女孩——都在断奶前夭折了。但她拒绝让悲哀毒害她的心,把所有的爱都投入到我们的身上。

雅各现在是一位有了四个妻妾和十个儿子的大男人,他的名字也在乡村间远近闻名。他是个好父亲,一旦孩子长到能够自己带上水的时候,他就带他们到山坡上放牧,教授他们关于绵羊和山羊的知识,牧养牲畜的秘密,使用弹弓和长矛的技巧,并让他们适应长途跋涉。在远离母亲们的帐篷的地方,他还告诉儿子们关于他的父亲以撒不愉快的故事。

有时雅各和他的儿子们会在远处的牧场宿营,看守曾经出现过豺狗的放牧场,或单纯享受夏日夜晚的清凉,这种时候,雅各会给他的儿子们讲他自己的祖父——亚伯兰,讲他是如何将雅各的父亲以撒的手脚捆绑起来,然后再拿起一把尖刀,抵在儿子的喉咙上方,要将最心爱的儿子,祭献给厄尔。厄尔是雅各唯一跪拜的神——一个善妒的、神秘的神,可怕至极(雅各说的)所以不能经人手制成神像,厄尔巨大无比且没有任何殿堂庙宇可以容纳——甚至于天空都容纳不下这个神。厄尔是亚伯兰、以撒和雅各的神,雅各希望他的儿子们,也将厄尔当作自己的神敬畏。

雅各是个组织语言的好手,他能够用故事的每一根纤维,抓住听众的激情,他绘声绘色地描述阴冷闪亮的刀,和以撒因为恐惧而瞪大的眼睛。当飞快的刀触及以撒的喉咙时,一滴血顺着他的脖子流下来,就像亚伯兰热泪盈眶的眼泪一样。就在这千钧一发之际,一个如火的精灵阻止了老人的手,变出一只纯白的公羊,代替以撒成为祭品。鲁便、西缅、利未和犹大目不转睛地盯着父亲向着星光灿烂的夜空伸展的双臂,想象自己被放在祭坛上的感觉,不禁毛骨悚然,浑身颤抖。

"我父辈的膜拜神是个慈悲的神。"雅各说。但是,当悉帕从儿子口里听说这个故事以后,她说:"这叫什么慈悲?可怜的以撒,口水都被吓干了。你父亲的神也许伟大,但是,也很残酷。"

许多年后,当做孙子的终于见到故事中的小男孩以撒时,他已经是老头了,他们发现以撒说话时会结巴,依然没有从父亲的尖刀带来的惊吓中恢复过来。

雅各的儿子们崇拜他们的父亲,邻居也尊重他的成功。但是,雅各的心中却并不平静。他劳作获得的一切——牲畜、奴隶和奴隶的家人、园子里的果实、商用羊毛——都属于拉班。雅各不是唯一憎恨拉班的人。利亚、拉结、辟拉和悉帕都在她们父亲的统治下饱受煎熬,而拉班随着年事的增高,变得更加残酷和傲慢。他把自己的女儿们当成奴隶,抽打她们的儿子。他掠夺女儿们的劳动果实,毫无半点谢意。他对女奴们垂涎三尺,为了避免遭他猥亵,女奴们只好送他啤酒喝。他还终日虐待鲁提。

四姐妹一进红帐篷,就讨论这些事情。她们总是比营地里的其他女人早一天进红帐篷。也许,早些年间,当她们是营地里仅有的女人时,因为朝夕相处,月经来潮都形成了固定周期,而且比女奴们要早一天。也许,这是她们心灵简单而直接的需求,她们需要一天只属于她们的时间。无论怎么说,女奴们毫无怨言,当然,也不容她们抱怨可以抒发怨言。再说了,当她们进红帐篷时,雅各的妻子们已经准备好了甜食迎接她们,一同庆祝新月,在麦秸上休息。

鲁提虽然沉默不语,但显而易见,乌黑青肿的眼睛和遍体鳞伤使她感到耻辱和自卑。她的年龄不比利亚大,可在这些女人中,她显得非常憔悴。在她刚生完两个儿子时,拉班待她还算不错——这个吝啬的老山羊,甚至给她买了镯子,让她装饰她的手腕和脚脖。但是,她没有再生育,拉班便开始打她,用最粗陋的脏话骂她,母亲们都无法跟我重复他的那些粗话。拉班的拳头敲掉了鲁提好几颗牙,她只能绝望地耷拉着肩膀。拉班仍然不放过她,把她的身体当作发泄兽欲的工具,想到这些都会让母亲们发抖。

虽然雅各的妻子们非常同情鲁提,但她们没有张开双臂接纳她。因为双方的儿子们是竞争对手,是争夺财产的敌人。女奴们看见四姐妹不与鲁提为伍,自然也与她划清界限。她自己的儿子们甚至也嘲笑她,待她不如一条狗。本已孤独的鲁提,更加自闭。她衣衫褴褛、遍体鳞伤、形容憔悴、每况愈下,没有人愿意看见她,因此都对她视而不见。一天,她来找拉结,绝望地寻求帮助,她看上去与其说是人,不如说是鬼。

"夫人,我求求你。给我草药,打掉我怀的孩子。"她用冰冷、无情、嘶哑的嗓音轻声说,"我宁愿死,也不愿再给他生儿子了,假如是女孩,我会淹死她,免得她长大以后受他的非人折磨。"

"看在你的儿子们的面上,帮帮我吧。"鲁提说,她的声音好像来自坟墓的另一头,"当然,我知道你不会帮助我的。你恨我,你们所有的人都恨我。"

拉结把鲁提的话带给她的姐妹们,她们沉默地听完以后,都感到羞耻。

"你知道怎么堕胎吗?"利亚问。

拉结不屑一顾地挥了一下手。这并不是件难事,特别是鲁提怀胎刚一个月。

辟拉的眼睛像是燃烧的火苗。"如果我们眼看着她独自受罪,不给她安慰,不给她帮助,我们岂不是和拉班一路货色。"

悉帕转身看着拉结,问:"你什么时候开始行动?"

"我们必须等到下一个新月,当所有的女人都聚在红帐篷里的时候。"拉结回答,"拉班太愚蠢了,他不会怀疑什么。我想我们在这里说什么,做什么,他都不会有丝毫察觉的,但是,小心点儿更好。"

表面上,姐妹们没有改变对鲁提的态度。她们不跟她说话或表示什么特别的关照。但是,每当夜幕降临后,拉班开始打呼噜时,四个姐妹中的一个就会去照顾鲁提,她裹着肮脏的毛毯,蜷缩在帐篷中离拉班最远的角落里,她们喂给她汤和蘸了蜂蜜的面包。悉帕把鲁提的遭遇当成是自己的一样。她无法忍受鲁提空荡无神的眼睛与绝望,而绝望就像死亡之雾永远笼罩在鲁提的头顶上。悉帕每夜都去看望鲁提,在她的耳边说鼓励的话,但是,她只是躺在那里,好像是个聋子,听不见任何希望。

终于,下弦月渐渐消逝,女人们都进入了红帐篷。利亚站在女奴面前,用一颗纯洁的心撒谎:"鲁提病了。月经逾期未来,可是她的肚子发烫,我们担心她今晚会流产。拉结将尽一切努力,用草药和咒语,保住婴儿。让我们一起照顾我们的姐妹——鲁提。"

但是,数分钟内,大部分的女奴都看明白了,拉结的操作根本不是保胎,而是堕胎。她们在红帐篷远远的一边,注视着眼前发生的一切,没有人碰一下已经摆设好的甜饼和葡萄酒,拉结调了一种黑色的药剂,鲁提沉默地将它吞下。

鲁提安静地躺着,闭上眼睛。悉帕轻声念着治愈者艾那丝的名字,还有保佑女人生育的女神古拉,而拉结则在鲁提的耳边,轻声说赞扬和鼓励她的话。夜渐深,鲁提的勇气也逐渐展现出来。

草药起效了,宫缩和痉挛开始了,鲁提咬紧牙关,一声不吭。当鲁提开始出血时,她还是一声不吭,双唇紧闭。血凝成块,呈深红色。数小时后,血流依然不止,鲁提毫无怨声。拉结多次将羊毛塞进鲁提的子宫里,终于把血止住了。

没有一个男人知道那天晚上发生了什么。更不用担心哪个孩子不小心泄密,因为每个女人都守口如瓶,只字不提事实真相,等到后来悉帕给我讲这个故事时,除了坟墓里的回声以外,一切都无所谓了。

我的母亲告诉我,当她生下双胞胎儿子以后,便下决心不再生育了。她的乳房干瘪得像个老太婆,肚皮皱褶下垂,每天早上都腰酸背疼。连再次怀孕的念头都会使她不寒而栗,所以,她开始喝茴香籽浸剂,以防雅各的种子在她的子宫里着床。

不凑巧的是,茴香籽快用光的时候,英娜仍在北方远行。几个月过去了,英娜还没有带着她采购的一袋袋草药回来。利亚只能试用一个老验方——在她和雅各睡觉前,把一缕在陈橄榄油里浸泡的羊毛塞到子宫口。她的尝试不幸失败了,有生以来第一次,在得知腹中生命的种子萌动后,她为此感到抑郁。

利亚不想麻烦拉结,妹妹想做母亲的渴望丝毫没有减弱。姐妹之间相互尊重,但保持着距离,因为生育能力旺盛的妻子,试图保护不育的妹妹感情不受伤害。她们两人默契地分担着第一夫人的责任。利亚负责纺线、织布和做饭,管理园子和孩子。拉结——容颜可爱,身段苗条——服侍丈夫和招待来营地交易的商人。她照顾雅各的起居生活;作为治愈者,她的技艺与日俱增,负责所有人的医疗,甚至包括牲畜。

分娩和月经来潮,会让利亚和拉结聚在红帐篷里。但是,利亚靠西墙睡觉,而拉结靠最东的一边,她们靠另外两个姐妹传话:利亚通过悉帕,拉结通过辟拉。

现在,利亚没有选择。英娜没有回来,唯有拉结懂得草药、祈咒和正确的按摩方法。别无二人可求。

当拉结离开家到附近营地接生时,利亚找了个打水的借口,快步跟上拉结,与她并行。利亚的双颊绯红,眼睛盯着地上,请求拉结帮助她,就像帮助鲁提那样。拉结温柔地给了她一个意外的回答。

"不要打掉你的女儿。"她说,"你怀的是一个女孩。"

"那她会死的。"利亚回答时,想起了拉结的多次流产,(英娜断定拉结流产的全都是女孩。)"即使她活下来,也会不知道谁是她的母亲,我已经被生孩子折腾得要死了。"

但是,拉结为所有的姐妹们力争,她们早就积攒了些私房宝贝,只等着有个女儿可以继承。"当你怀这个女儿时,我们会为你做一切事情。利亚。"拉结说。在两个女人的共同记忆中,这是拉结唯一一次叫姐姐的名字。"拜托了。"她祈求道。

"照我说的办,否则我会告诉悉帕。"拉结俏皮地威胁,"假如她发现你的打胎计划,定会要你落得个遭受万神诛伐的悲惨下场。"

利亚大笑,做了退让,因为她本身也有生个女儿的愿望。

当我还在母亲的肚子里时,就已经出现在母亲和所有姨妈活灵活现的梦乡里了。

一天夜里,辟拉躺在雅各怀里睡觉时梦见了我。"我看见你身穿精细亚麻布做的洁白长裙,外面套着一件用蓝色和绿色的珠子串成的长马甲。你的头发编成辫子,手里提着一只精美的篮子,穿过绿色牧场。那牧草之绿,是我从来没有见过的。你虽然在众王后之间穿行,但又是孤独一人。"

拉结梦见了我的出生。"你在母亲的子宫里睁开眼睛,满嘴完美的小牙齿。当你从母亲的两腿之间滑落后,马上就会说话,你说:'你们好,母亲们。我终于来了。有什么好吃的吗?'这可把我们乐坏了。有数百个女人参加了你的出生仪式,有的身着奇装异服、色彩扎眼,甚至有剃光头的。我们都笑啊笑。我半夜从梦中醒来,还在笑呢。"

我的母亲说她每天夜里都梦见我。"我们像老朋友一样讲悄悄话。你非常聪慧,告诉我该吃什么来缓解胃疼,该做什么来平息鲁便和西缅之间的争斗。我告诉你关于你父亲雅各的一切,还有你的姨妈们。你告诉我另一个世界里的事情,在那里黑暗与光明混沌不分。你可真是个好伙伴,我不愿从梦中醒来。"

"但是,有一件事情,让我惶惶不安。"母亲说,"那就是在这些梦里,我从来看不清你的脸。你总是在我身后,就在我的左肩后面。我每次转身看你,都只看见一个隐约的影子,你就消失了。"

悉帕的梦里既没有笑声,也没有相伴相依之慰藉。她说她看见我不停恸哭,哭出一条血河,血河中升起一群扁平的绿色怪物,它们张着大嘴,露出一排又一排尖牙。"即使这样,你并不害怕。"悉帕说,"你在它们的背上行走,驯服这些丑陋的家伙,然后消失在太阳里。"

春季是羊羔出生的高峰期,一个月圆的日子里,我出生了。母亲分娩时,悉帕和辟拉一左一右搀扶着她。英娜也在,为了参与庆祝,并用她那只古老的桶接住胎盘。利亚已经安排好,让拉结负责接生,接住我。

我的出生非常顺利。利亚在我之前生了那么多的男孩,所以我来得很快,算是最没有疼痛的分娩。我的个头很大——和犹大一样大,而他是迄今为止最大的新生儿。英娜用万分满足的声音,宣布我是"利亚的女儿"。母亲接过我,首先盯着我的眼睛看,每个孩子出生时她都这样做,她高兴地看见我的两只眼睛都是棕色的,就像雅各的一样,她所有儿子的眼睛也都是棕色的。

拉结把我擦干净,便递给悉帕,她拥抱了我,然后又交给辟拉,她吻了我。我急切地吮吸母亲的乳房,营地里所有的女人,都为我和母亲拍手叫好。辟拉给母亲喂蜂蜜牛奶、甜饼,用洒了香水的水给她洗头,按摩她的双脚。

当利亚睡觉时,拉结、悉帕和辟拉把我抱到帐篷外的月光下,用棕红色的散沫花涂料装饰我的手脚,好像我是一个新娘。她们围着我,从东、西、南、北四个方向说百句祝福,保护我不受女魔拉马斯图以及其他偷婴儿的恶魔侵害。她们千百次地亲吻我。

早晨,母亲开始在红帐篷里坐双月子——两个月的休息保养。如果是生儿子,母亲将休养一个月,但是,生了一个将来要做母亲、生孩子的女儿,则需要双份的休整时间,与男人世界分离的时间更长。"第二个月是多么的快活啊。"母亲告诉我,"我的妹妹们把我们两个伺候得像女王。你从来没有在毛毯上躺过。总是有人把你捧在手上,搂在怀里。我们早上晚上都在你的皮肤上抹油。给你唱歌,但是,我们和你讲的不是呜呜呀呀、含混不清的儿语,而是用日常的说话方式跟你说话,好像你是一个成年的妹妹,而不是一个小女婴。你不到一岁,就能够口齿清晰地回答我们了。"

当我在母亲和姨妈之间传来传去时,她们争论着给我起什么名字,这个话题永无休止。每个女人都力争自己最喜欢的名字能中选,这些都是她们为梦想中自己的女儿预备的名字。

辟拉提出叫"亚大妮",以纪念我的外祖母亚大,因为她爱所有的人。这无意中引发了大家对亚大的思念,和一长串的叹气,要是能见到这么多的外孙子和孙女,她一定会非常高兴。但是,悉帕担心这样的名字会把魔鬼弄糊涂,它们会以为亚大从地下的世界逃了出来,把我当成她来追赶。

悉帕喜欢"伊萨拉"这个名字——带有尊敬女神的意思,容易押韵。她已经计划要为我写许多的歌曲。但是,辟拉不喜欢这个名字的声音。"听上去像是打喷嚏。"她说。

拉结建议叫"便特丝",这是她从一个商人妻子那里听来的赫梯人的名字。"听上去像音乐。"她说。

利亚静静地听她们发表意见,当她们为"她的"女儿争论得激烈过火时,她就恐吓她们,说就叫我"莉露"算啦,这是一个她们都讨厌的名字。

我出生后的第二个满月,利亚与雅各团聚,并跟他说了我的名字。她跟我说,是我给自己取的名字。"在我六十天的双月子里,我在你的耳畔轻声念出了妹妹们给你取的每一个名字,每一个我听见过的名字,还加上我自己想到的。当我喊'迪娜'时,你松开含在嘴里的奶头,抬头看着我。就这样,你的名字就是'迪娜'了,我的最小的。我的女儿。我的记忆。"

约瑟是在我出生后的几天内怀上的。拉结去找雅各,给他带去家里终于有了个健康女孩的好消息。当她告诉他这一切时,她的眼睛闪闪发光,雅各很高兴他这个不育的妻子,能因为利亚的婴儿感到喜悦。那天夜里,这对彼此早已熟悉的夫妻,温柔地享受了他们的肌肤之爱,拉结梦见了她的第一个儿子,微笑着醒来。

当她的月经逾期未来时,她没有告诉任何人。多次假孕和早期流产的痛苦依然困扰着她,因此她严密地把守着这个秘密。在新月时,她来到红帐篷,装作自己把麦秸弄脏了一样更换新的。她身材苗条,腰稍微粗一点不会引起任何人的注意。当然,什么也逃不过洞察一切的辟拉,但她没有对任何人说。

妊娠四个月时,拉结去找英娜。老接生婆说,一切征兆都显示孩子很好,而且是个男孩,拉结重新点燃了希望之火。她把日见增大的肚子给她的姐妹们看,她们围绕着她跳舞。她把雅各的手放在她小山包一样的肚子上。十个儿子的父亲落泪了。

拉结的腰像是负重过度的牛一样凹塌着。她那小而紧的乳房开始膨胀和疼痛。她美丽的脚踝开始浮肿。但是,她就像月经来潮的女人一样,毫无怨言。她开始唱歌,无论是烧火做饭,还是纺线织布,都不停地唱。全家都为她甜美的歌声感到惊奇,他们从来没有听过她唱歌。在拉结的妊娠期间,雅各每夜都与她同眠,这种做法破坏了家规习俗,令人震惊,会招致恶魔的注意力。但是,他不醒警言,而拉结沐浴在丈夫的温柔关爱中,肚子一天天变大。

妊娠八个月时,拉结开始感到不舒服。她脸色苍白,开始脱发。只要一站起来,就会晕倒。恐惧再次吞没了她的希望,她叫来英娜,英娜给她开了用公羊骨和公牛骨熬制而成的特效汤剂。她告诉拉结躺卧静休,说自己只要一有空,就会来看望她的朋友。

英娜来为拉结接生。婴儿的脚先伸了出来,而在此之前拉结一直在出血。英娜想法调转婴儿的胎位,这让拉结痛不欲生,她的哭喊如此惨烈,营地里的孩子们听见后,都放声痛哭。雅各坐在巴麻上,盯着祭神坛上女神的脸,不知道是否应该给这个女神献上祭品,虽然他早已发誓,只拜他父辈的神。他把草扯断,双手抱着自己的头,后来他实在无法忍受妻子的惨叫,便走上了牧场高坡,一直等到一切结束以后才回来。

两天以后,大伙派鲁便去找雅各回家。在这恐怖的两天里,利亚、悉帕和辟拉都与拉结做了永别,所有的人都非常肯定她闯不过这一关。

但是,英娜拒绝放弃。她给拉结用了药箱里各种各样的药草。她甚至尝试了草药翁都没有用过的复方。她嘴里念着秘密的咒语,虽然她从来没有正式修习过任何魔法或者咒语。

拉结没有放弃,她要为十五年未了结的心愿而战斗。她像搏斗中的困兽,眼珠翻转着,大汗淋漓。甚至在三天三夜以后,她都完全没有叫喊过一次绝望的话,没有说请死亡把她从折磨中解脱出来的话。"她的伟大令人敬仰。"悉帕说。

  终于,英娜将婴儿的胎位调正。但是,在这个过程中,不知什么地方伤着了拉结,她浑身僵直,出现无法停止的痉挛。她的眼睛上翻,脖子僵硬,脸朝天,向后倒下。好像魔鬼附身。就连英娜都倒抽了一口凉气。

  然后,一切都结束了。当死神稍微松懈的一刹那间,拉结的身体被死神释放,婴儿的头出现了,不知拉结从哪里找到了一点力气,将婴儿生了下来。

  孩子个头虽小,但是,有一头茅草屋一样的浓发。这个男婴像所有的婴儿一样,皮肤皱褶,还说不上好看,但是,完美无缺。最重要的是,他是拉结的儿子。当每个女人都流下感激的泪水时,红帐篷里一片沉默。无言中,英娜剪断了脐带,辟拉接住了胎盘。利亚为拉结清洗,悉帕将婴儿擦干净。她们叹气,抹眼泪。拉结活下来了,她将看着她的婴儿长大成人。

  拉结的恢复很缓慢,不能马上哺乳。约瑟出生后的三天,拉结的乳房变硬发热。热敷缓解了疼痛,但是,奶却枯干了。正在给我哺乳的利亚,接过约瑟,让他吃奶。拉结以前对利亚的怨念,又莫名其妙地冒了出来,但是,她发现约瑟是个爱哭爱闹的婴儿,除非是他自己的母亲抱着,否则不能安静下来,这给了拉结安慰与补偿,她的陈年怨气彻底地消失了。

第 二 部

我的故事

第 一 章

　　我不能确定那些最早的记忆是否真的是我的亲身经历,因为当我回忆过去时,点点滴滴中都能感觉到母亲们的呼吸。但是,我清楚地记得家里井水的香甜味道,井水碰着我的乳牙,清澈而凉爽。我非常肯定地记得每次跌倒,都有强壮的臂膀抱我起来。在我的童年里,我从来没有独自一人的时候,也从来不懂什么叫害怕。

　　作为一个受宠爱的孩子,我知道我是我的母亲在这个世界上最重要的人。不仅对母亲利亚是最重要的,而且对于其他的母亲们也都同等重要。虽然她们都很宠爱自己的儿子,但是,我是唯一可以打扮、可以娇养的女儿,而男孩子们喜欢在泥土里摔跤。在我断奶后的很长一段时间里,她们依然会把我带进红帐篷。

　　婴儿期,约瑟一直是我形影不离的伙伴,一开始,他是我的奶弟,随后,他成了我最好的朋友。他八个月大的时候就能站起来,走到我最喜欢待着的地方——母亲的帐篷前。虽然我比他大九个月,但那时却依然走不稳,也许是我的姨妈们太喜欢抱我了。约瑟向我伸出双手,拉我站立起来。我的母亲说,是约瑟教会我走路的,而我则教会他说话。约瑟喜欢告诉别人,他会说的头两个字是"迪娜",虽然拉结向我发誓,他说的头两个字是妈妈:"爱妈"。

　　大家都觉得,拉结在那么艰难地生了约瑟以后,不会再生育了。所以我和约瑟,就分别成了两位正妻最小的孩子,享有特殊待遇。根据老习俗,老幺理所当然会得到母亲的祝福,而父亲通常也会听之任之。不过约瑟和我成为娇养的宠儿,也是因为我们是小宝贝——是母亲们的老幺,父亲的欢乐。于是我们也成为大哥哥们的虐待对象。

雅各的孩子们根据年龄而分成两大阵营。鲁便、西缅、利未和犹大,在我知道他们名字的时候,就几乎是成年男人了。他们常常离家,和父亲一起牧养牲畜。这群大男孩,通常不搭理我们小的。鲁便天性善良,对小孩很好,我们却尽量避开西缅和利未,因为他们总是嘲笑我们,愚弄塔利和以撒这对双胞胎。"怎么分得清你们谁是谁呀?"利未奚落他们。西缅的嘲弄更恶劣:"要是你们死了一个,母亲都不会伤心的,因为她还有一个一模一样的。"塔利听了,总是伤心落泪。

每当犹大看着我们玩游戏的时候,我都能看出他想跟我们一起玩。他跟我们玩的确是太大了些,但是,他是大哥哥里年龄最小的、最微不足道、最受气的一个。犹大经常把我扛在肩膀上,叫我亚哈提,意思是小妹妹。在大孩子群里,我觉得他是我的守护者。

刚开始,西布伦是我们这一拨小孩子里的头,我们都很崇拜他并自愿服从他,不然他可能会变成个小霸王。但是他的搭档。他忠诚而随和,一看就是辟拉的孩子。迦得和亚设疯野而任性,不是很合群,但他们有绝佳的模仿能力——能惟妙惟肖地模仿拉班蹒跚的步履,并出神入化地学老头酒后醉言——为了看他们表演,他们做什么我们都忍了。没有人叫拿弗塔利的全名,都只叫他塔利,同样,大家都管以撒迦叫以撒,他们俩儿曾经以为比我和约瑟大两岁,就能在我们面前称王称霸。他们叫我们"小娃娃",但过不了一分钟,又加入了我们耍石头子的游戏。我们把一颗小石头垂直抛向空中,在石头落回到手中时,看谁能用同一只手,抓起最多的小石头子来。这是我们最喜欢玩的游戏,直到有一天,我能抓起十个小石头,而他们只能抓起五个。这时,我的两个哥哥宣布,这是一个只适合于女孩玩的游戏,他们再也不玩了。

我和约瑟六岁时,就成了年龄较小的这群孩子里的孩子王,因为我们最会编故事。我们的兄弟们会把我们从井台抬到母亲的帐篷前,然后给他们的王后鞠躬致敬,王后当然就是我。约瑟是国王,他用手指到谁,谁就得倒下装死。我们派他们出去与恶魔作战,给我们带回财宝。他们用杂草给我们编织桂冠戴在头上,亲吻我们的手。

我清楚地记得,我们的游戏结束的那一天。当时,塔利和以撒正遵从我的命令堆砌一个小石头堆,作为敬拜我的祭坛。但和西布伦用树叶做成扇子,在一旁服侍我们。迦得和亚设在我们面前舞蹈。

这时,大哥哥那一群人正好路过。鲁便和犹大对我们笑了笑,便继续往前走,但是,西缅和利未停下脚步,嘲笑我们。"看啊,小崽子竟然牵着大男孩的鼻子!我们得赶紧告诉父亲,让他知道西布伦和但给光屁股小崽子们当毛驴。他一定会让他们再等两年,才能跟我们一起上高坡牧场。"他们一直奚落我们,直到只剩下约瑟和我为止。我们的玩伴都弃我们而去,他们突然开始以哥哥们的视角冷眼看自己。

从那以后,西布伦和但就拒绝为母亲们纺线了,在百般哀求下,他们终于得到和大哥哥们一起进山放牧的许可。两对双胞胎如果不在园子里除草或者是帮着织布,就自己待在一边玩,他们四个人形成了自己的小帮派,喜欢打猎和摔跤。

这样,约瑟和我在一起的时间更多了,但是,只有我们俩也没意思。我们俩谁都不愿意为了一个故事求对方。约瑟只能对兄弟

79

们的嘲笑置若罔闻,只要他跟我玩耍,就必定要遭遇大男孩们的虐待。我们的营地里很少有女孩——女人们开玩笑地说雅各给井水下了毒,让女人事与愿违。我试着和女奴的几个女儿做朋友,但是我不是太大,就是太小,玩不到一起去,所以当我大到能提井水的时候,就开始认定,自己应该是母亲圈子里的成员。

孩子们并不总能无忧无虑地玩耍。一旦我们大到可以拿几根柴火的时候,就会被派去干活,在园子里除杂草、捉害虫、打水、梳理羊毛、纺线。我的记忆从手握纺锤开始,在那之前什么也记不清。我记得自己因为笨手笨脚,因为羊毛打了死疙瘩,或因为纺的线不均匀,而被大人责骂。

利亚是最好的母亲,但不是最好的老师。她生来手脚麻利,当然是会者不难,因此她不明白,为什么一个小孩不能掌握把线纺均匀这样简单的技巧。她经常对我失去耐心。"怎么搞的,利亚的女儿竟然会有如此不争气的手指?"有一天,她看着我那一堆纠缠在一起的毛线说。

我讨厌她说这样的话。有生以来第一次,我恨母亲。眼泪顺着我滚烫的脸颊落下,我把一整天纺的线都扔进泥土里。这种行为是可怕的浪费和不敬,我们两个人都不敢相信我的所作所为。顷刻间,她的巴掌狠狠地抽在我的脸上,发出"叭"的响声,在空中久久回荡。我的震惊远远超出疼痛。虽然母亲时不时地抽过我兄弟们耳光,但她是第一次打我。

我站在原地发呆,看着她的脸痛苦地抽搐着。我一句话没说,跑去找辟拉,倒在她的怀里痛哭,抽泣着讲述我的奇耻大辱。我把压在心头的冤屈,都倾诉给我的姨妈。我为我无用的手指哭泣,我永远也不能把羊毛线纺均匀,不能快速平滑地让纺锤下垂,匀速旋转。我担心自己的笨拙让母亲感到耻辱。我为恨自己深爱的人而感到羞耻。

辟拉抚摸着我的头发,一直到我停止哭泣。她喂我吃了一片蘸了甜葡萄酒的面包。"好啦,让我告诉你纺锤的秘密。"她说着,把一只手指放在我的嘴唇上,"这是你的外祖母传授给我的,现在轮到我传授给你啦。"

辟拉让我坐在她的膝头,虽然我早就过了坐膝头的年龄。她的胳膊刚够长,能够把我搂住,我坐在她怀里,仿佛又回到童年,被拥抱在安全的怀抱里,辟拉在我的耳畔娓娓道来乌杜——蜘蛛女——纺织女神的故事。

"从前,在女人不知道如何纺线织布之前,漫游在地球上的人,都赤身裸体。白天被太阳烤灼,晚上冻得发抖,婴儿纷纷夭折。"

"乌杜听见了母亲们的哭泣,产生了同情之心。乌杜是月神南纳和地母宁荷莎的女儿。乌杜问她的父亲,她是否能教女人纺线织布,这样人类的小孩子就不会夭折了。"

"南纳藐视地上的女人,说她们太愚蠢,肯定记不住剪、洗、梳理,这些处理羊毛的程序。她们搞不清织布机的原理,不知道如何设立经线和纬线。她们的手指粗笨而无法掌握纺线织布的艺术。但是,因为南纳爱他的女儿,就答应了她。"

"首先,乌杜去了东部,绿河之地,但是,那里的女人,不愿意放下她们的乐鼓和笛子去听女神的话。"

"乌杜又去了南部,但她到达时,适逢罕见的干旱,太阳已经夺走了女人的记忆和清醒的思维。'我们除了雨以外,什么都不需要,'她们说,忘记了她们的孩子是在寒冷的月份里冻死的,'给我们雨水,否则滚蛋。'"

"乌杜旅行到北方,那里裹着皮毛的女人凶猛剽悍,为了能无休止地拉弓涉猎,每个人都撕掉了自己的一只乳房。这些女人太过莽撞,根本无法理解纺线织布这样优雅而轻缓的艺术。"

"乌杜又朝东走,那是太阳升起的地方,但是,她发现男人已经偷走了女人的舌头,她们无法回答。"

"由于乌杜不知道如何跟男人说话,她便来到乌尔,这是世界的摇篮,在这里她遇见一个女人,她的名字叫安何杜南娜,她愿意跟乌杜学习。"

"乌杜让安何杜南娜坐在她的膝头,她的长胳膊绕在安何杜南娜的小胳膊上,她的金手握在安何杜南娜的泥手上,就这样手把手地教她。"

"乌杜转动一只青金石做的纺锤,纺锤像一只蓝色的大球,在金色的天空快速旋转飞舞,纺出阳光做成的线。安何杜南娜在乌杜的膝头睡着了。"

"当安何杜南娜睡觉的时候,她不用看,不用想,不费吹灰之力,没有丝毫疲倦地纺线。她纺啊纺,直到月神南纳的整个仓库都堆满了她纺的线。月神很高兴,他允许乌杜教授安何杜南娜的女儿们制造陶器、酿酒、炼铜和创作音乐。"

"从那以后,人们不再吃草,喝凉水;而是吃面包,喝啤酒。他们的婴儿都裹在羊毛毯子里,不会被冻死,而是身体健康地成长,成人后为神灵祭献。"

辟拉给我讲乌杜的故事时,她那双灵活的手把着我笨拙的手。我嗅到小姨妈身上温柔而浓郁的麝香味儿,听着她甜蜜的声音、流畅的话语,一切伤心与烦恼都抛之脑后。讲完故事后,她让我看我的纺锤上的线,我刚才纺的线粗细均匀而结实,竟然像利亚纺的一样!

我在辟拉的脸上亲了又亲,然后跑到母亲面前,给她看我纺的线。母亲看见我,好像我起死回生了一样,激动地拥抱我。从那以后,我再也没挨过打。我甚至爱上了纺线,爱上把乱云一样的羊毛纺成精致而结实的线,然后再织出家人用的衣料和毛毯,或用于交换的商品。我学会在纺线时神游,并且非常享受这种状态。甚至在我老了以后,纺的已是亚麻线,不是羊毛,我依然记得小姨妈身上的麝香味儿,记得她说女神名字——乌杜——时的样子。

我把纺织女神乌杜的故事讲给约瑟听。我还给他讲了圣女伊南娜的故事,她到死亡之地的旅行,和她与牧者国王杜姆兹的婚姻,是杜姆兹的爱确保人类有丰盛的枣、酒和雨。这都是我在红帐篷里听到的故事,母亲们讲了一遍又一遍。偶尔也听到过路商人的妻子讲,她们用我不熟悉的名字称呼这些神和女神,有时同一个古代传说,让她们说起来会有不同的结尾。

约瑟也给我讲他听到的故事,比如以撒被父亲捆绑上祭坛,然后又奇迹般被释放的故事,还有我们的曾祖父亚伯兰会见神之信使的故事。他说我们的父亲雅各每天早晚都和他祖先的神厄尔交谈,甚至在他没有祭品祭献时也不例外。父亲说这是个别无他名的神,没有形状,没有面目,会在夜里出现在他的梦中,白天当他独自一人时,这个神也会来。雅各确信他的儿子们的前途会得到这个神的保佑。

约瑟给我描述了幔利奇迹般的橡树林,我的曾祖母正是在那里向她的神灵倾诉一切。有那么一天,我们的父亲会带我们回到那里去,以曾祖母萨莱的名义,献上奠酒。这就是约瑟和他的兄弟们坐在山坡上,守着牧养的羊儿,从雅各那里听来的故事。我觉得女人的故事更精彩些,但是,约瑟更喜欢父亲的故事。

我们平时闲聊的内容,通常不是那么高、空、大。我们还分享传宗接代和性的秘密,一想到我们的父母亲,在黄昏时像狗一样做那种事情,我们就边笑边感到不可思议。我们无休止地在哥哥们的背后议论他们,密切观察西缅和利未之间的竞争,他们完全有可能因微不足道的事情,比如手杖靠树放置的部位,而大打出手。而犹大和西布伦也正在较劲——他们是兄弟中的两头壮牛——但是,他们的争斗都是善意的,只是想比试一下谁更强壮,两人都会为对方能够举起大石头或者把一只大母羊从草地的一头抱到另一头而鼓掌喝彩。

约瑟和我观察到悉帕的儿子们变成了我母亲的斗士,因为迦得和亚设为自己母亲的怪癖而感到难堪。她做不出像样的面包,这使得两个孩子不由自主地往利亚的帐篷里跑。他们不理解,也不珍惜悉帕在纺线织布方面的天赋,当然,他们对母亲讲故事的才华就更不得而知了。就这样,他们把自己的小战利品——鲜花、彩石、鸟窝——放在我的母亲的膝头。利亚揉一揉他们的头发,给他们好吃的,他们便像小英雄那样神气活现。

反过来,塔利和以撒这对双胞胎虽然是利亚身上掉下来的肉,却并不喜欢自己的母亲。他们讨厌自己长得太相像,并因此责怪他们的母亲。他们想尽一切办法让自己看上去不一样,并几乎从来不同时出现。以撒喜欢围着拉结打转,而她也陶醉于他的依附,吩咐他帮她跑腿拿东西。塔利很快和辟拉的儿子但成为好朋友,他们两人喜欢同睡辟拉的帐篷里,并且很听大哥鲁便的话,而鲁便也被我的姨妈辟拉那种和平与安宁的气质所吸引。

利亚想用她的甜点和加量的面包,把以撒和塔利贿赂回来,但是,她忙于家务,孩子众多,没有精力花更多的心思在其中的两个身上。再说,她从来不愁没有人爱她。夜幕降临时,当我观察到她的眼神跟随着她的某个儿子,进了别的母亲的帐篷时,我就会拉住她的手。然后,她就会把我抱起来,这样我们就可以平视对方的眼睛,她亲吻我的双颊,然后是我的鼻尖。我总是被逗得咯咯地笑,这时,母亲必定会露出温暖的微笑。我最大的秘密之一就是知道我拥有让她笑的能力。

我的世界里有母亲们和兄弟们,家务和游戏,新月和好吃的。远处的山峦将营地围成一只大钵,将我的生活盛在里面,我梦想的一切都在其中。

当父亲率领全家离开位于他出生地南面的两河之地时,我还是个孩子。虽然我很小,但是,我明白为什么我们必须走。我能感觉到父亲与外祖父之间那堵愤怒的墙。当他们偶尔坐在一起时,我几乎能看见他们之间的火气。

拉班嫉妒父亲牧养牲畜的成功,他只有两个儿子,比不上父亲儿子众多,他的儿子在技能方面,更不能与雅各的儿子们相提并论。事实上,拉班的成功归功于他的女婿,他对此不仅不感激,反而怀恨在心。每当有人提起雅各的名字,他都会出言讥讽。

至于父亲,他牧养的牲畜不断增加,营地里的奴隶也越来越多,商人专程来我们的营地做交易,可他毕竟是拉班的仆人。虽然雅各得到的报酬微薄,但他精明勤俭,并善于利用他的有限资源,钻研培育了一小群有斑纹的山羊和杂色的绵羊。

雅各讨厌拉班的懒惰,憎恨他和他的两个败家子挥霍他辛勤劳动的果实。一年春天,当拉班的大儿子克缪尔负责照顾发情的山羊时,两只最强壮的公羊打起架来,造成一只最佳种羊的死亡。当拉班的小儿子比欧醉酒昏睡时,雅各挑选好的一只祭奠羊羔被鹰叼走了。

最糟糕的是拉班弄丢了雅各两只最好的牧羊犬——最聪明、最讨雅各欢心的两只。那次,老头离家三天,他赶着一小群羊,去迦基米施做交意。就那么几只羊,叫一个小男孩赶,都绰绰有余,但是,拉班连声招呼都不打,就叫走了雅各那两只最好的牧羊犬。拉班进城后,居然将两只牧羊犬贱卖了,然后就拿着那点卖狗钱去赌博,输了个精光。

拉班的这一做法让父亲十分恼火。拉班回到营地的那天夜里,睡梦中的我,都能听见他们大吵大骂。吵完以后,父亲还是怨气难消,直到他找到利亚,将他的委屈全部讲给她以后,才将握紧的双拳松开。

母亲和姨妈们对雅各只有同情。她们对拉班的忠诚从来就不太坚定,随着时光的流逝,她们憎恨他的理由越积越多——懒惰,欺骗,他那两个愚蠢儿子的,傲慢无礼,再加上他本人对鲁提变本加厉的虐待。

在因为牧羊犬而爆发争吵的几天后,鲁提来到母亲的帐篷里,匍匐在地上。"我完了。"她哭喊,女人的悲哀眼泪,在地上流了一大摊。她蓬头垢面,满头烟灰,好像刚掩埋了自己的母亲一样。

原来,拉班在迦基米施的赌博中,不仅输光了钱,还把鲁提搭进去了,现在一个商人已经来到营地,要把鲁提带回去做奴隶。拉班坐在帐篷里,拒绝露面,不承认他对自己儿子的母亲干下了这样的丑恶勾当,但是,商人拿着拉班的手杖为契约,还带着赌场裁判为证人。鲁提前额捣地,求利亚帮助她。

利亚听后,转身念着她父亲的名字,呸了口吐沫。"驴屁股都比拉班强。"她说,"我父亲是条毒蛇。他是毒蛇腐烂的下水。"

她放下手上做凝乳的羊奶罐子,迈着沉重的步子,到附近牧场上去找依然为他的牧羊犬而恼火的父亲。母亲完全沉浸在自己的思考中,根本没有注意到我一直跟着她。

当利亚接近她的丈夫时,她的脸颊已经变得通红。然后,她做了一件非同凡响的事情。利亚双膝跪倒在雅各面前,拉住他的手,亲吻他的手指。看见母亲这样卑微地恳求父亲,就像看见绵羊猎杀豺狗或者是男人哺乳婴儿一样。母亲口舌伶俐,从来不会词穷,但是,眼下的她,几乎是张口结舌。

"丈夫,我所有孩子的父亲,亲爱的朋友,"她说,"我来求你一件事情,没有任何理由,仅仅是因为同情。丈夫。"她说:"雅各,"她轻声地说,"你知道我的一生只属于你,提到父亲的名字都会令我厌恶。"

"即使是这样,我来请求你,将被父亲卖身为奴的女人赎回来。一个男人从迦基米施来认领鲁提,拉班把她当赌注输掉了,好像她只是牲畜群里的一只牲口或者是我们中间的一个陌生人,而不是他的两个儿子的母亲。"

"我请求你,待她胜于她的丈夫。我请求你,以父亲的名义出面赎回她。"

利亚不仅把雅各当成可以依靠的丈夫,而且看成是一家之主,这让他心里很高兴,但是,面对妻子的请求,他还是皱起眉头。他站在那里看着利亚,她的头低垂着,他温柔地看着她。"夫人。"他说,并抓住她的双手,扶她起来。"利亚。"他们的目光相遇,利亚笑了。

我震惊了。我本来是要看鲁提的故事如何发展的,但是,我有了完全不同的发现。我看见了母亲和她丈夫之间的激情。我亲眼目睹雅各能够给予母亲飞扬的心情和陶醉的幸福,我原来以为只有我能够让利亚有这种美好的感觉。

我第一次睁开眼睛,将父亲当作一个男人来审视。我看到他这个男人不仅个子高,而且肩宽腰窄。虽然这个时候的他,已饱经四十个春秋了,但他的后背依然笔直,眼睛依然明亮,大部分的牙齿也都还齐全。父亲是个英俊的男人,我刚意识到这个事实。父亲配得上母亲。

但是,这个发现,对我一点安慰都没有。他们回营地时,利亚和雅各肩并肩地走着,她轻声地说出赎金的数目时,他们几乎头碰头。她说他能从妻子们那里为鲁提筹集赎金:蜂蜜,药草和香料,一摞铜镯子,一捆亚麻布,还有三包羊毛。他沉默地听着,时不时地点头。他们俩之间容不下我,他们不需要我。母亲的眼里只有雅各。我对她不重要,不像她对于我来说那么重要。我想哭,但是,我意识到我长大了,不该哭了。我很快就要成为一个女人了,我必须学会如何分享我爱的人,必须适应这样的生活。

我哀伤地跟着父母进入营地帐篷圈。利亚沉默了,她回到她的本位上:站在丈夫的身后。她拿出一罐最烈的啤酒,帮助雅各先软化商人的心。但是,这个男人已经看见了鲁提,虽然她长相平平,一副疲惫不堪的模样,但是,拉班的女人既不是兔唇,也不跛足,不是他根据那低廉的价格所推测的那样。而且他狡猾地意识到,他的到来引起了一阵风波。他嗅到了自己的优势。结果,他得到了所有女人筹集起来的家当,再加上雅各的一只幼犬,才算勾销了这笔债,没有把鲁提带走。很快,营地里所有的女人都知道了这件事,自那以后的好几个星期里,雅各像王子一样顿顿美餐。

拉班只字不提雅各如何赎回了他的妻子。只是变本加厉地折磨鲁提,手段更加残暴,从此,鲁提的眼圈似乎总是青紫的。她的儿子们照着父亲的样子,对母亲毫无尊敬可言。他们不给她提水做饭,打了猎物也不给她。她蹑手蹑脚,沉默地伺候着她的男人们。

　　在女人堆里,鲁提不停地重复母亲的恩惠。她变成利亚的影子,亲吻她的手、她的裙边,尽量靠近她坐着,好像利亚是她的救世主。但是,利亚并不愿意让这个衣衫褴褛的女人,总是这么黏糊着自己,有时她会对鲁提失去耐心。"回你的帐篷去。"当鲁提碍手碍脚时,她便这么说。但是,利亚在嗔怪鲁提后,又总是懊悔,因为母亲说的每一个不满意的字眼,都会让鲁提心惊胆战。每次把她打发走以后,利亚都会因内疚再去找她,在这个可怜的、饱经蹂躏的灵魂身旁坐下,让自己被她一遍又一遍地亲吻和感谢。

第 二 章

在赎回鲁提后的几天里,雅各开始极其认真地计划我们的迁离。他在与利亚同眠的夜里,还有与拉结共度的良宵中,都说出了他的渴望:离开拉班,回到父亲的故乡。雅各告诉辟拉,他的烦躁扰乱了他内心的平静,让他夜不成眠。在一个无眠的夜晚,雅各发现悉帕也没睡着,正在聆听祭坛旁那棵大橡树用耳语带来的慰藉。即使是安静无风的夜晚,悉帕的大树那宽大的树叶里,依然窝藏着凉风。雅各告诉他的第四位妻子,他的神曾在他们面前现身,并告诉他:离开两河之地的时辰到了,是带上妻子们和儿子们,还有他亲手创造的财富离开的时候了。

雅各告诉悉帕他在梦中的感觉变得非常强烈。夜复一夜,迫切的声音感召他回迦南,回到父亲的故乡去。虽然他的梦很激烈,但也充满喜悦。利百加高兴得像太阳一样辉煌,以撒微笑地给他祝福。就连他的哥哥以扫也不再是他的威胁,而是作为一只巨大的红牛出现,欢迎雅各骑在它的后背上。雅各没有必要害怕他的哥哥了,因为从迦南来的商人带信说,以扫已经是很多儿子的父亲,是个富裕的牧羊人,有为人慷慨的美誉。

当雅各的妻子们单独待在红帐篷里时,她们谈论丈夫的梦想和计划。南迁计划使拉结兴奋得眼睛发亮。她是女人中旅行最多的。她走遍山地给女人接生,远至迦基米施,甚至去过一次哈兰城。"啊,去看真正的大山,真正的城市。"她说,"集市上精美的货物,应有尽有,那些水果啊,我们都叫不出名字!我们将看到来自四面八方的新面孔。我们将听到银手鼓和金笛子演奏的乐声。"

利亚对探索她生活的峡谷外的世界没有这么热衷。"能看到我身边这些人的面孔,我就满足了,"她说,"不过要是能脱离拉班的魔爪,我也非常高兴。我们会离开这里的,那是肯定的。但是,我会带着遗憾离开的。"

辟拉点头,"离开亚大的遗骨,我也会感到悲伤。我会怀念,太阳在我儿子诞生的地方升起的样子。离开我们度过青春年华的地方,也会让我感到伤感。但是,我准备好了。我们的儿子们也迫不及待地想离开这里。"

辟拉说出了大家的真心话。哈兰一带没有足够的空间让这么多儿子生存,那里的每一个山丘都已被别人认领,并已经在其间生活了世世代代。母亲们生活的农村没有足够的土地。假如这个家庭不一起离开这里,做母亲的很快就会心碎地看着自己的儿子们,为有限的土地争斗或者漂泊到其他地方谋生。

当姐妹们展望未来时,悉帕的呼吸变得深浅不均,越来越沉重。"我不能走。"她突然爆发,"我不能离开这里的圣树,它是我能量的源泉。我不能离开这里的巴麻,它已被我的祭品流的血所浸透沉淀了我的祭献。假如我不在这里敬奉神灵,谁知道我在哪里?谁能保护我?姐妹们,我们会被魔鬼围攻的。"

她瞪大眼睛。"这棵树,这个地方,这是'她'居住的地方,我的小女神,南丝。"听到悉帕说出她个人信奉的私神的名字时,坐着的姐妹们都挺直了腰板,这可是人们在临终前才说的事情。她们感到了悉帕的绝望,她泣不成声地说:"你们不也一样,姐妹们。你们各自信奉的私神都住在这里。这是神知道我们是谁的地方,是我们知道如何侍奉神的地方。只有死了才能离开。我懂。"

她们都瞪着眼发呆，一片沉默。辟拉首先打破了沉默。"每个地方都有它的神祇、有圣树和巴麻，"她说，口吻就像是母亲安慰受惊的孩子，"我们去的地方也有神灵。"但是，悉帕不愿听辟拉的话，她只是左右摇晃着她的头。"不。"她轻声说。

利亚接着说："悉帕，我们才是你的保护者。你的家庭和你的姐妹们，才是你抵制饥寒和困惑唯一可信的依靠。有时我都在怀疑，神灵是否只是在寒冷的黑夜里或者抑郁的困惑中，用来解闷消愁的梦幻和故事。"利亚双手抓住妹妹的肩膀，"最好还是把信任放在我和雅各身上，而不是那些捕风捉影或者是出于恐惧而编出来的故事。"

悉帕双肩下沉，从姐姐的手里缩出来，转过身去。"不。"她说。

拉结不无惊叹地听着利亚振振有词地亵渎神灵，然后轮到她说话，她一边说一边整理自己的思路，寻找合适的措辞。"我们永远无法用证据来解答你的恐惧，悉帕。神灵永远是沉默的。我知道有些分娩中的女人，能够在她们信奉的神灵的名字中找到力量和慰藉。我亲眼目睹她们面对万念俱焚的绝境，在咒语声中为希望而挣扎。我见证过生命在最危险的一刻，战胜死亡的情形，除了精神力量和希望以外，没有别的理由。"

"但是，我也知道，即使是最善良和最虔诚的女人，也无法躲避伤心或者死亡，神灵无法给任何人这样的保护。所以辟拉也对。我们将带着南丝一起走。"她说着，点了悉帕私神的名字——她心爱的梦幻与歌唱女神。"我们还要带上女神古拉。"她又点了治愈女神的名字——拉结自己侍奉的女神。随着拉结思路的延伸，她突发奇想地说："我们将带上我们帐篷里的所有的神像，让它们跟随我们的丈夫和孩子们一起进迦南。"

"它们对我们绝无害处,我肯定。"拉结说,当计划在她脑子里成型后,她越说越快。"假如它们掌握在我们的手中,就不会在保佑拉班了。"她狡黠地加上一句。掠夺拉班神像的主意,不禁让辟拉和利亚紧张地大笑。老头无论做什么决定,都一定要先咨询他的那些小塑像,有时他会心不在焉地抚摸他的心爱的神像,数小时都是这种状态。利亚说这些神像给拉班的安慰,就像哭闹的婴儿饱餐一顿母乳那样。

带走神像一定会激怒拉班。即使如此,拉结认为她有一定理由带走它们。很早以前,当他们家还住在乌尔城的时候,继承圣物的权利,无可置疑地归于家中的幺女。但是,大家现在已不再严格遵守这些习俗和家规,所以克缪尔完全可以作为长子继承神像,而没有人能够挑战长子与生俱来的特权。

姐妹们又陷入沉默,思考着拉结大胆的想法。最终,还是拉结先开了口:"我负责带走神像,它们将是我们力量的源泉,象征着我们与生俱来的权利。我们的父亲会遭受打击,就像他总是让别人受罪一样。我决心已定,不愿再讨论这件事了。"

悉帕擦了一下眼睛,利亚清了一下嗓子。辟拉站了起来。一切都决定了。

我屏住呼吸。我害怕她们一旦想起我在帐篷里,会把我赶到外面去。我纹丝不动地坐在母亲的右手和辟拉的左手之间,为我听到的一切感到诧异。

拉结对治愈女神古拉忠贞不渝。辟拉常常给纺织女神乌杜做素祭。利亚对酿酒女神奈卡丝有特殊感情,奈卡丝用的酿缸是透明的青金石做的,她的舀勺是金的或银的。我认为神和女神就是比我父母大的伯父和姨妈,他们能够随心所欲地生活在天上或地下。我想象他们不会死,没有气味儿,永远幸福而强壮,对发生在我身上的一切都感兴趣。我惊恐万分地见证利亚,这个最聪明的女人,居然质疑神灵,说这些有魔力的朋友们,可能什么都不是,只是些故事,用来安慰做噩梦的孩子们。

我浑身发抖。母亲把她的手放在我的脸上,看我是否发烧,但是,我的脸蛋凉丝丝的。那天夜里,我从身体坠落的噩梦中惊醒,浑身是汗,大声喊叫,母亲来到我身边躺下,用她的体温安慰了我。知道有她的爱保护着我,我又入睡了。后来,我好像听见拉结的声音,便醒过来,"记住这个时刻,你母亲的身体治愈了你灵魂上的每一点伤痛的时刻。"我四处张望,却不见我的姨妈。

这一定是个梦。

三天后,利亚走上西坡满布岩石的牧场,通知雅各他的妻子们都准备好了,跟他一起回他的故乡。我跟在母亲身后,给父亲送面包和啤酒。天气很热,我一开始并不情愿做这份差事。

当我登上分隔营地与牧场的山脊时,迷人的风景令我惊呆了。许多母羊都挺着怀着羔羊的大肚皮,随着天越来越热,它几乎静止不动。高升的太阳唤醒苜蓿的芳香。蔚蓝的天空下只有蜜蜂发出嗡嗡声。

我不由自主地停下脚步,而母亲继续在我前面走着。世界似乎如此完美,但是,一切都可能转瞬即逝,我几乎悲痛地放声大哭。我一定要把我的这个感觉告诉悉帕,问她是否有首歌能够表达这种心情。然后,我意识到宇宙中的什么东西改变了。什么重要的东西改变了。我搜索地平线,天空依然万里无云,苜蓿依然芳香,蜜蜂依然在嗡嗡地叫。

我意识到站在我眼前的,不仅是母亲和父亲。利亚站在父亲的对面。她的身边还站着拉结。

虽然早些年前,两个女人就已经达成一种和平共处的局面。

但是,她们两人不在一起工作,也不会一起商量事情。她们在红帐篷里从来不肩并肩地坐在一起,也不直接与对方说话。她们从来不会同时出现在丈夫的面前。但是,现在三个人站在一起,光天化日之下,像老朋友一样交谈。两个女人的背朝着我。

当我走近他们时,他们的谈话已经结束。母亲和姨妈转身离开雅各,她们看见我时,严肃的表情变成一脸假笑,就是大人想在孩子面前隐瞒什么时的那种干笑。我没有回应她们的笑。我知道他们是在说迁离的事情。我把父亲的食物和啤酒放在他的脚下,转身要跟利亚和拉结回营地,这时父亲说话了。

"迪娜!"他说,我记得这是第一次听他叫我的名字,"谢谢你,孩子。愿你永远是你母亲们的慰藉。"我看着他的脸,他给我一个发自内心的笑。但是,我不知道怎样对父亲笑或者如何回答他。所以我转身去追母亲和拉结,她们已经朝着营地走了。当我把手插进利亚的手里时,才悄悄地回头又瞄了一眼雅各,而他已经转身离开了。

那天晚上,雅各与拉班开始做迁离的谈判。接下来的许多夜晚,一直到深夜,躺下睡觉的女人们,都能听见男人们粗大的嗓门。拉班很愿意看见雅各带走他的女儿和外孙子们,他嫌他们吃得太多,对他又不太尊敬。但是,老头又不愿雅各带走财富。

漫长黑夜中,男人们大吵大喊。拉班坐在他的两个儿子克缪尔和比欧中间。这三个人喝着啤酒和葡萄酒,冲着雅各的脸打哈欠,在没有达成任何协议之前,就粗鲁地中断了谈判。

雅各坐在他的大儿子鲁便和二儿子西缅之间,除了大麦啤酒以外,不喝比这更烈的酒。他的身后站着利未和犹大。七个小男孩站在帐篷的外面,竖着耳朵听帐篷里说的什么。约瑟将他听见的告诉我,我再把一切重复给母亲们。但是,我没有告诉约瑟女人们窃语的内容。我没有告诉他女人们怎样积攒硬面包,把草药和香料缝进衣服的底边里。对拉结要带走神像的计划,我更是懂得守口如瓶。

夜复一夜,拉班力争道:除了他给利亚和拉结的那点儿可怜的嫁妆,还有我们头顶上的帐篷,他不欠雅各任何东西,也就是说我们一无所有。然后,他又摆出极其慷慨的姿态,要赠予我们二十头绵羊,二十头山羊——报答雅各二十年的服务:每年一头绵羊和一头山羊。而事实上,雅各二十年的牧养服务,给拉班创造的财富,是他做梦都无法想象的。

雅各这一方,陈述了所有管家应得的权利:享有十分之一的牲畜,并有权挑选这些牲畜。他要求他的妻子们得以带走她们的私人财物,数算起来,无非是一大堆磨石和锅碗瓢盆、纺锤和织布机,还有首饰和奶酪。雅各还提醒拉班,他的帐篷、牲畜和奴隶都是雅各辛勤劳动的结果。他威胁老头要到哈兰城的法庭寻求正义,但是,这只让拉班嗤之以鼻。他和哈兰城的长老们一起赌博醉酒,不难看出法庭将会站在谁的一边。

在数星期无结果的谈判后,一天深夜,雅各终于找到了打动拉班之心的话语。利亚和拉结的丈夫,悉帕和辟拉的儿子们的父亲,用自己的眼睛死死地盯住拉班的眼睛,威胁地说如果有人欺骗他家族的继承人,他祖辈信奉的神绝不会放过这个人,他祖上的神不会善待欺骗他的家族继承人的人。雅各说他的神在他梦中显现,召唤他带上妻儿和大群的牲畜一起走。雅各的神还说,欲想阻挠他的人,必将受到惩罚,他自己的身体,他的牲畜,和他的儿子们都必蒙难。

这可让老头苦恼了,他是个在任何神灵面前都会胆战心惊的人。当雅各援引自己祖上的神时,拉班嘴角上挂着的轻蔑消失了。雅各牧羊的成功,十一个儿子的健康,奴隶对他的忠诚,甚至于训练牧羊犬的卓越本领——所有这些都表明,雅各得到了神的祝福。拉班记得这些年里,雅各一直为他的神奉上最好的祭品,老头相信厄尔对这样的忠诚祭献一定感到很满意。

第二天,拉班把自己关在帐篷里,守着他家神像,一直到晚上才露面。然后,他去找雅各。雅各一看见他岳父的脸,立刻明白现在优势已经掌握在自己的手里。他开始了据理力争。

"父亲,"雅各假装善意;嘴唇抹蜜似的说,"因为您对我很好,所以我只希望带走那些有斑纹或者有杂色的羊——这种羊产的羊毛或者皮革在集市上的价格很低。而您将得到纯种的羊群。我虽将贫穷地离开您的家,但是,我满怀感激。"

拉班感觉到雅各的提议里有陷阱,又苦于无法凭直觉判断利弊。任何人都知道深色绵羊的羊毛纺不出白线,杂色山羊的皮也难鞣得色泽均匀。拉班不知道的是,这种"劣质品种"比产雪白羊毛和漂亮皮革的羊更能吃苦耐劳,而且更加健康。有斑纹的母羊产的双胞胎多于独胎,而且产下的羊羔多为母羊,这就意味着奶酪。那些杂色山羊的毛特别油亮,做出来的绳子更结实。但是,这些都是雅各的秘密,是他从多年牧羊的经验中总结出来的。这是懒惰的拉班得不到的知识,他必定为此付出代价。

拉班说:"我接受。"男人们喝了葡萄酒,达成协议。雅各将带走妻儿和有斑纹和杂色的羊——不多于六十头绵羊,六十头山羊。雅各还可以多带走一些牲畜,但是,他以此换来两个奴隶和他们的女人。为了换来一只驴和一头老牛,雅各同意留下两条狗,其中包括一只最好的牧羊犬。

利亚和拉结的所有家当都归雅各带走,还有悉帕和辟拉的衣服首饰,雅各有权带走儿子们的披风与长矛、两架织布机、二十四弥拿①羊毛、六篮子谷物、十二罐油、十皮囊葡萄酒,每人可以带走一只水皮囊。但是,这只是协议中正式提到的物件,没有包括母亲们精明的私下计划。

男人们决定,我们将在三个月后离开。迁离的日期刚宣布时,我们还觉得三个月是遥远的未来,现在几个星期已经飞快地过去了。母亲们忙碌于收集、丢弃、包装、分类、清洗和交换。她们修改了凉鞋,使之适合于长途跋涉,烤制可以久存的硬面包。她们把最好的首饰藏在谷物篮子里,以防途中碰上强盗。她们仔细地搜索山丘上的草药,把药袋装得满满的。

假如依着母亲们,她们一定会把园子一扫而光。她们完全可能拔出每一个葱头,挖开每一处储谷地窖,清空她们能徒步找到的每一只蜂窝。但是,她们只能拿走从严格意义上讲属于她们的,不能超越这个范围。这不是出于对拉班的尊重,而是为留下的女奴和她们的孩子考虑的结果。

我的任务是搬运东西,因此也很辛苦地忙碌着。没有人宠爱地抚摸我,也没有人挑剔我的头发。没有人冲着我笑,也没有人表扬我的纺线技巧。我感到自己被她们滥用并忽视了,但是,没有人注意到我闷闷不乐,所以我只好不再自怨自艾,叫干什么就干什么。

预备迁离的过程是愉快的,但是,对于鲁提来说绝非如此,在我们准备离开的最后几个星期,她彻底绝望了。一到黄昏,她便坐在利亚的帐篷前,一副万念俱灰的可怕样子,强迫每个人都绕她而

---

① 译者注:弥拿是古代六十进位制计量单位,圣经时期的一弥拿大约相当于今天的一公斤。

行。利亚在她身边蹲下,试图劝她进帐篷里来,吃点东西,给她安慰。但是,谁都无法给鲁提任何安慰。利亚为这个可怜的女人伤心,她的年纪与自己相仿,但是,她的牙齿已经全掉光了,拖着疲惫的脚步,像个干瘪皱皮的老太婆。母亲试图劝她振作起来,但无济于事,她只好站起来,赶紧干活去了。

在两河之地最后一个新月的头天晚上,雅各的妻子们静悄悄地聚集在红帐篷里。姐妹们静坐着,她们面前的篮子里摆放着三角甜饼,但是,谁都没有胃口碰一下。辟拉说:"鲁提现在是必死无疑了。"她的话像阴霾一样萦绕在空中,难以辩驳。"总有一天,拉班会下手太重或者哀伤本身就足够使她一命呜呼。"

悉帕的叹息带来沉默,利亚暗自抹泪。拉结盯着自己的手发呆。母亲把我搂进怀里,让我坐在她的膝头,我早已过了坐她膝头的年龄。但是,我坐在那里,让她把我当成孩子,享受她心不在焉的抚摸。

女人们烧了月亮甜饼的一部分作燔祭,正如她们每一个新月,每一个安息日时所做的一样。只是她们这次没有唱感恩歌,也没有跳舞。

第二天,女奴们来到红帐篷,和雅各妻子们共同守月,但是,这一次不是庆典,更像是葬礼。没有人要孕妇描述她的妊娠症状。没有人抱怨儿子欺负母亲。女人们没有互相编辫子或者用芳香油揉脚。除了不断进出帐篷依然吃奶或者坐在母亲膝头的孩子外,没有人碰一下甜饼。

在女奴中,只有西巴图和乌兹娜将跟随母亲们去迦南。其他女奴们都会和她们的丈夫一起留下来。女人们多年的姐妹情就要结束了。在姐妹分娩时,她们曾经支撑着产妇的腿,互相帮助哺乳婴儿。在园子里,她们曾经一同说笑。在新月时,和声高唱。但是，这一切都要结束了，每个女人都为自己将失去的东西而悲哀。红帐篷第一次成为一个忧伤的地方，我坐在帐篷外，一直坐到累得发困才去睡觉。

鲁提没有来红帐篷。早晨没来，下午还是没露面。第二天日出后，母亲派我去找她。我问约瑟，外祖父的妻子早上烤面包了没有。我问犹大，看见过鲁提没有。我问我的兄弟们和女奴的女儿们可曾见过鲁提。没有人说得出什么。悲惨的遭遇已经使她变得微不足道，人们早就习惯地对她视而不见了。

我来到几个月前曾来过的山脊，那天我是多么的兴奋啊，但是，此刻天空阴沉，大地灰暗。我扫视山坡山沟，连个人影都没有。我走到井台，也见不到任何人。我又爬上附近牧场最远端的树杈上看，根本没有鲁提的影踪。

我只好回家，告诉母亲找不到鲁提。返家的路上，我碰上了她。她躺在干枯河道的沟坡上，这种荒芜的地方，只有迷途的羊羔，摔断了腿才可能被困住。刚开始，我以为鲁提背靠着陡峭的沟坡睡觉呢。当我靠近一些后，我能看见她睁着眼睛，所以我就大声喊她，但是，她既不动弹，也不回答我。

这时我才发现她的嘴唇松弛，眼角和手腕青黑而有血迹，上面叮满苍蝇。吃腐肉的飞禽在上空盘旋。

我从来没有见过尸体。鲁提的脸完全展示在我的眼前，但却面目全非，那青紫的面孔与我记忆中的模样截然不同。她的脸看上去没有悲哀，没有痛苦，没有任何感觉，只有空白。我盯着她看，试图弄明白鲁提到哪里去了。我竟然没有意识到自己的呼吸一直是屏住的。

若不是约瑟在我身后出现，我可能会一直木然地站在那里不动。原来拉结也派他出来找鲁提。他绕到我前面，在尸体旁蹲下。

他朝鲁提瞪着的眼睛里轻轻地吹气,用手指摸她的脸颊,然后把右手放在她的眼睛上,慢慢地合上了她的双眼。我惊叹弟弟的勇气与镇静。

但是,约瑟突然浑身发抖,跳着站了起来,好像被蛇咬了一口。他跑到干枯河道的底部,那里在雨季时曾经有水流淌,也一定有过盛开的鲜花。他双膝跪地,在干河床上呕吐。他跪在那里大声抽泣,浑身剧烈抖动,不停咳嗽。当我朝他走去时,他挣扎着站起来,示意我不要靠近。

"你回去,告诉他们。"我轻声说,"我待在这儿,不让秃鹫靠近她。"我的话音没落,就已经感到后悔了。约瑟顾不上回答,好像被恶狼追赶一样撒腿狂跑。

我转过身,背朝尸体,但却无法屏蔽苍蝇的嗡嗡声,她那血淋淋的手腕和身边血迹斑斑的尖刀上叮满了苍蝇。秃鹫低空盘旋,发出粗粝冷酷的叫声。寒风穿透我的裙子,令我浑身颤抖。

我走到干枯河道的最高处,试图回忆鲁提的好处。但是,我能记住的,只是她眼睛里的恐惧,头发里的灰尘,身上的酸味儿,还有她蹲在那里挫败的样子。她和母亲同是女人,但是,两人却有天壤之别。我不明白利亚为什么对鲁提那么和善。在我内心深处,我也和她的儿子们一样鄙视她。她为什么要万事依附顺从拉班?她为什么不要求她的儿子们尊重她?她有勇气自杀为什么没有勇气活着?我为自己内心的冷酷感到耻辱,因为我知道如果是辟拉看见鲁提躺在这里,她一定会哭的;如果利亚知道这里发生的事情,她也会把炉灰揉进自己的头发里。

但是,我在那里站的时间越长,我就越恨鲁提的软弱,害得我为她守尸。好像永远不会有人回来了,我开始发抖。也许鲁提会爬起来,提着尖刀向我冲来,以报复我脑子里的残酷想法。也许地下的神灵会来找她,把我也一同带走。我开始哭泣,呼唤母亲快来救我。我喊了每个姨妈的名字,叫了约瑟、鲁便和犹大。但是,他们好像都把我遗忘了。

等我看见两个人影晃动,从牧场朝我走来时,我已经担心到了呕吐的程度。但是,没有人来安慰我。女人们依然待在红帐篷里。只有鲁提那两个可恶的儿子来了。他们把一张毯子扔在鲁提的脸上,连一声叹息都没有。比欧把鲁提像个小包袱一样扔到双肩上,好像是扛着一只迷路的山羊羔。我独自跟着他。克缪尔好像没事儿一般,根本不在乎自己可怜的母亲已经死了,在回营地的路上,他还打了一只兔子。当箭击中目标时,他兴奋地惊呼:"啊,哈!"

当我看见营地边上的红帐篷时,我的眼泪才开始顺着脸颊滚滚而下,我朝母亲们飞奔。利亚捧起我的脸亲了个遍。拉结把我搂得紧紧的,然后让我躺在她散发着芳香的床上。辟拉给我按摩双脚时,悉帕给我唱风调雨顺和五谷丰登的摇篮曲,直到我进入甜蜜的梦乡。我一直睡到第二天晚上,等我醒来时,鲁提已经被埋在地下了。几天后,我们上路了。

父亲和兄弟们,所有的男奴,拉班的两个儿子,都到远处的牧场去了,他们去挑出有斑纹和杂色的羊,这些羊现在是属于雅各的了。其他所有的男人都上了牧场,营地里只剩下拉班一个,当罐子里装满油后,他一个一个地数算,把摆放整齐的羊毛织物弄乱,检查我们是否要带走不该带的东西。"这是我的权利。"他毫无歉意地嚎叫。

拉班终于厌倦了监视女儿们为迁离所做的艰苦努力,决定去哈兰城"谈交易"。利亚对这个消息嗤之以鼻。"老头又要去喝酒赌博了,跟他那些懒骨头蠢货们吹牛,说他终于赶走了他那贪婪的女婿和不知好歹的女儿们。"母亲一边给拉班做带在路上吃的干粮,一边对我说。比欧将陪同拉班进城,临行前,还一本正经地作秀,留下克缪尔主持家政。

"我给予他掌管一切事物的权力。"临行前拉班召集起雅各的妻子们和年纪较小的儿子们,并对大家说。拉班刚消失在山脊后面,克缪尔就立刻命令拉结亲自给他斟上烈酒。"别让丑陋的侍女应付我。"他咆哮,"我要我的姐姐。"

拉结不反对给他斟酒,这给她可乘之机,好往他的杯子里加迷魂药。"喝好喽,弟弟。"她温柔地说,当他吞下第一杯时,她说:"再来一杯。"

拉班离开后不久,克缪尔就开始打呼噜了。他每次醒来,拉结都带着烈酒来到他的帐篷里,坐在他身边,假装迎合对他粗陋的勾引,她频频给他满杯,让他当天就昏睡了一天,第二天又接着昏睡。

当克缪尔打呼噜时,男人们回来了,他们把挑选好的牲畜赶回来,牧养在离营地最近的高地牧场上,就这样,在我们准备上路的最后时刻,营地里尘土飞扬,空气中弥漫着动物的气味儿和羊咩咩的叫声。营地里弥漫着因为男人们的加入而产生的紧张气氛,充满了我们不习惯的噪音。

平日里,营地里只有女人和小孩。若有生病或者孱弱的男人卧床不起,或是坐在帐篷外面晒太阳,看到女人们在他身边忙忙碌碌:纺线织布、烤面包、酿啤酒,这些男人往往会感到羞耻,所以他们都很安静,不愿声张。

现在的营地里,有一大群健康男人无所事事。"真讨厌。"母亲面对她那些骚动不安的儿子们说。

"他们总是处在饥饿中。"从来不发牢骚的辟拉抱怨说。今天早上,她已经是第二次用一碗小扁豆粥和葱头打发鲁便了。没几分钟,辟拉或者利亚就得停下手里的活,把烤面包的石头烧热。

男人们的存在也给准备工作增加了微妙的难度。营地本是利亚的领域,她最清楚该做什么,但是,当她的丈夫在身边的时候,她不能直接发布命令。所以她站在雅各的身后,轻声地问:"我的丈夫,该准备拆卸织布机,将它装到货车上了吧?"雅各便吩咐他的儿子们去照做。经过这样微妙地运作,一切都准备好了。

在最后几个星期的准备中,尤其是拉班去了哈兰城后,我总是紧紧地跟着我的姨妈拉结。我寻找各种理由跟着她做事,主动帮她拿东西,让她给我负责的家务提意见、做指导。我早上睁眼就黏在她身边,一直到晚上,最后在她的毛毯上入睡。早上醒来时,发现她给我盖上了她有清香的披风。虽然我小心谨慎,但是,她知道我在观察她。

在我们离开前的最后一夜,拉结与我四目相接,我这几天一直在观察她的一举一动。刚开始,她生气地瞪着我,然后她仔细地端详我,好像是告诉我,她无奈,我赢了:我可以跟着她。我们一同来到巴麻,看见悉帕脸朝下,匍匐在祭坛旁,向我们即将舍弃的神灵祷告。当我们在大树根上坐下时,她正抬头向上看,但是,我不敢肯定她是否看见我坐在拉结的膝头。等她时,拉结帮我编辫子,跟我讲常用草药和香料的治疗作用(香菜种子治肚子疼,孜然疗创伤)。她很早以前就决定,将英娜传授给她的一切传递给我。

我们坐在大树的树根上,一直等到悉帕站起身来,深深地叹了一口气,便离开了。我们依然坐在那里,直到营地安静下来,最后一盏灯也熄灭了。我们依然坐在那里,等到半个月亮高高地升到我们顶头上的树梢时,除了偶尔的羊儿咩咩声,便是一片绝对的寂静。

然后,拉结站了起来,我跟着她,蹑手蹑脚地溜进拉班的帐篷。

我的姨妈对我的跟随不置可否,我不清楚她是不是知道我在她身后。直到走入帐篷时,她帮我拉着帐篷的门帘,我才肯定她默许了我。这个帐篷是我从来没有来过,也不想来的地方。

外祖父的帐篷黑得像干井底,空气污浊恶臭。拉结曾来给克缪尔灌迷魂酒,对这里非常熟悉,她走过正在打呼噜的克缪尔,直接来到帐篷的一角,那里有一张粗糙的木制长凳,这就是拉班的祭坛。神像在上面排列成两行。拉结毫不犹豫地伸出手,将它们一个一个地放进缠在腰间的布口袋里,好像收捡葱头一样。当最后一个神像落入她的围裙口袋时,她转身,看都不看克缪尔一眼就直接走出帐篷,当她从醉鬼身边走过时,还听见他在梦里呻吟,她无声地为我挑着帐篷门帘。

我们一起走进宁静的夜。我听见自己的心像擂鼓一样怦怦跳动,我深深地呼出一口气,清除憋在胸中的帐篷里的臭气,但是,拉结没有停步。她迅速回到她的帐篷里,辟拉已经睡下。我听见我的姨妈在毛毯下面瑟缩鼓弄的声音,但是,帐篷里太黑,我看不清她把神像藏在哪里了。然后拉结躺下了,我就什么都听不见了。

我多么想摇一摇她,要她给我看这些宝贝都是什么模样。我多么想让她搂住我,赞扬我一声不吭,表现出色。但是,我静不作声。躺下后我的心仍剧烈跳动着,心想克缪尔会冲进帐篷来,把我们都统统杀掉。我不知道神像会不会活起来,因为我们骚扰它们而投下可怕的诅咒。我觉得夜无限漫长,天明了无指望,虽然夜不算凉,我却颤抖着钻到毛毯底下。终于,我合上双眼熟睡了。

我醒来时,帐篷外面熙攘、嘈杂。拉结和辟拉已经起来了,帐篷里只剩下我和两堆叠放整齐的毛毯。我意识到拉结已经把东西带走了。她转移神像时,没有叫上我。我费尽心机地观察与尾随,还是错过了关键时刻。我冲到帐篷外面,看见我的兄弟们已经将

105

父亲的帐篷拆卸下来,正在把羊皮帐子卷成卷儿。我四周的帐篷都瘫倒在地上,帐篷柱子已经收了起来,绳子也卷起来了。我们的家都拆了。我们真的要走了。

雅各在黎明时分起来,用谷物、酒和油为旅途做了祭献。羊群感觉到了迫在眉睫的变化,咩咩地叫着,将尘土踢得四处飞扬。狗不停地叫。营地里一半的帐篷都拆了,这使营地看上去极不平衡,异常凄凉,好像一阵大风刮走了半个世界。

我们早饭里的盐,就是留下的人的眼泪。女人们把最后一只碗收拾起来,空手站着。没有任何事情可做了,但是,雅各没有下令上路。因为拉班还没有按他的许诺从哈兰城回来。

太阳升高了,我们早就该离开了,但是,雅各依然独自站在山脊上,面对着通往哈兰城的路,他眯着眼睛寻找拉班的影踪。雅各的儿子们嘀嘀咕咕,私下议论着。悉帕来到巴麻,她撕开自己的裙子,把炉灰揉进头发里。天气开始变热,牲畜都安静了下来。

在雅各观望的山脊下,站着等候命令的鲁便、西缅、利未和犹大,拉结从他们身边走过,来到山脊上,对她的丈夫说:"咱们走吧。克缪尔告诉我,他的父亲会带着骑兵和长矛回来,阻止我们离开。他去哈兰城,是为了上法庭控告你是贼。我们不能再等了。"

雅各听了,若有所思地回答:"你的父亲非常惧怕我的神,他不敢轻举妄动。克缪尔是个傻瓜。"

拉结低下头说:"我的丈夫可能比任何人都英断,但是,牲畜已经准备好,货物也打装完毕。我们穿好鞋,都站着无所事事。我们不该在夜里偷偷地走。我们没有拿不属于我们的东西。现在是离开的好时辰,假如再等下去,月亮渐亏,我们将贻误启程的良机。"

拉结说的句句是真言,雅各也不想再见到拉班了。的确,他很生气,他恨老头食言让他空等,逼他像个贼一样地离开,不给他的儿子们与外祖父一个体面的告别机会。

拉结说出了雅各自己的心里话。在她离开后,他便下令出发。雅各那些已经等得不耐烦的儿子们高兴地欢呼,但是,不能和他们一起上路的女人们开始号啕大哭。

父亲示意我们跟着他。他先把我们带到巴麻,让我们每一个人在祭坛上放一块小石头。男人们任意地在他们的脚边捡起一块小石头,放在祭坛上作为永别。利亚和拉结在大橡树下挑选她们的石头,多年来,这棵大树为她们提供过阴凉与慰藉。

没有人说话。这些石头会为我们见证一切,辟拉亲吻了她的石头后,把它放在小石头堆上。

悉帕和我早就为这一时刻的到来做好准备。几个星期前,这个忧伤的姨妈带我来到鲁提自杀的那个干枯河道,沟壑底部有许多圆滑的鹅卵石。悉帕选了一块白色的小鹅卵石,只有她的拇指大。我挑了一块红色带黑条纹的,几乎和我的拳头一样大。她替我收好,现在她把我的石头拿出来,放在我的手里,我们最后一次走向我们家的圣地。

然后,雅各带领全家翻过山脊,奴隶们已经带着牲畜在那里等候。母亲们没有回头望一眼,就连悉帕也没有回头,虽然她的眼圈发红,但没有流泪。

第 三 章

父亲为旅行的队伍做了安排,带着他的家人、牲畜、奴隶和所有的家当,我们上路了。他手持一只橄榄木大手杖领路,左右两旁是利未和西缅,他们趾高气扬,非常自以为是。他们后面走的是女人和小孩子,这些孩子们太小还不能照顾牲畜,因此乌兹娜的小儿子和女儿紧跟着母亲,西巴图把她的女婴放在斜肩而挎的婴儿兜里。我出发时是紧跟着悉帕的,希望能够减轻笼罩着她的忧伤,但是,她的哀伤终于把我赶回到母亲和辟拉的身边,她们两人只是忙着计划做饭的事情,根本没有注意到我。所以我又来到拉结的身旁,她灿烂地笑着,当炎热的太阳晒得人人发蔫时,她依然笑容满面。她背上的大包裹足能容下所有的神像,我敢肯定它们都藏在那里。

约瑟、塔利和以撒的任务是照管驮运物品的牲口,他们紧跟着女人的队伍,这让他们很不高兴,他们踢着脚下的土,口里咕哝着抱怨,说他们够大的了,应该得到信任,执行更重要的任务,而不是跟在温顺的毛驴和拉重车的老牛后面。

在我们和驮运行李的牲口后面,直接跟着鲁便掌管的牧羊人和羊群,包括西布伦和但,迦得和亚设,还有两个奴隶:诺米尔是西巴图的丈夫,西姆利是乌兹娜的孩子们的父亲。四只牧羊犬绕着羊群巡逻,它们工作时,耳朵紧贴着脑袋。只有在雅各来的时候,牧羊犬才会让自己棕色的眼睛离开羊群一小会儿,跑到主人身边,欢喜地等待他的抚摸,听他的声音。

犹大是我们的后卫,他走在羊群的后面,以防落伍的羊儿迷失。如果把这个任务交给我,我一定会因为没有人跟我说话而感到孤独,可我的这个哥哥似乎很享受他独自一人的清净。

我惊叹我们队伍的庞大:人数众多,财物丰厚。可是约瑟告诉我,无论按什么标准,我们只能算是一支很小的队伍,仅两只牲口就驮运了所有的家当。但是,我依然为父亲的家业感到骄傲,我觉得母亲的言行都俨然是一个皇后。

我们刚行进了一小会儿,利未就朝我们的前方指点,有一个人坐在路边上。当我们走近时,拉结兴奋地大叫:"英娜!"并跑上前去问候她的朋友和导师。接生婆一副远行的装备,牵着一头两侧驮着毛毯和篮子的毛驴。行进的队伍继续前进,没有因为碰见这个不请自来的孤身女人而停下来;因为在没有水的地方,是没有必要让羊群停下来的。所以,英娜只能凑上前来靠近雅各,她牵着自己的毛驴,仅落在雅各的后面一步。她没有直接与雅各讲话,而是和拉结大声说话,这样雅各就能听清她说的一切。

接生婆用华丽的辞藻讲述她的故事,这些话从她嘴里说出来,听上去很别扭,因为她通常只用最简朴的方式说话,有时甚至口吐最粗鲁的字眼。"啊,我的朋友,"她说,"我无法忍受与你们的分离。没有你们,我的生活将孤独绝望,我已经太老了,不能再带新学徒了。我只希望加入你们的家庭,在你们中间度过我的余生。我将把我的所有家当给您的丈夫,以换取他的保护,以及在他家帐篷中的一席之地。我愿作为你们的女奴或者侍女跟随你们,在南方施展我的医术,同时在那里向当地的导师学习。我会侍奉你们的家庭,为你们家的女人们铺摆分娩砖,医疗男人的创伤,以雅各的名义,敬奉治愈者——女神古拉。"

她奉承父亲,她说他充满仁慈与智慧。她宣布自己是他的仆人。

我不是英娜发表宣言时的唯一证人。利未和西缅也凑得很近,对接生婆的企图感到好奇。利亚和辟拉也加快脚步,要弄明白为什么她们的朋友出现在这里。甚至悉帕也从沉迷中唤醒自己,跟近来探个究竟。

拉结的脸冲着雅各,眉毛摆出祈求的模样,她的双手握在自己的胸前。她的丈夫冲着她笑。"欢迎你的朋友。在我的眼里,她将是你的侍女。她是你的,就当她是你的嫁妆。没有什么可说的。"

拉结亲吻了雅各的手,把他的手拉到自己的胸前放了一会。然后她领着英娜和她的毛驴,加入了我们的牲口驮运队伍,在这里女人们可以自由自在地聊天。

"姐姐!"拉结对接生婆说,"这究竟是怎么回事?"

英娜压低嗓门,从一个悲伤的故事开始,讲述她的遭遇。那是一例畸形死胎——细小的脑袋,扭曲的四肢——分娩的母亲是个刚来月经,就被迫怀孕的女孩。"太年幼了,"英娜愤怒地说,"简直还是个孩子。"死胎的父亲是个羁客,肮脏蓬乱的长发多年没有修剪过,身上只裹着缠裆布,他把妻子送到英娜的陋舍里。母婴双亡后,他倒打一耙,指控英娜下了符咒而招致他的不幸。

而英娜辛辛苦苦地拼搏了三天三夜,尽了一切努力挽救年轻的母亲。她忍无可忍,疲劳和悲哀使她不愿憋住她想说的话,她称这个男人是魔鬼,指责他乱伦,既是女孩的丈夫,又是她的父亲。然后,她愤然地朝他的脸上吐了口水。

一怒之下,男人掐住英娜的喉咙,要不是邻居听到她的尖声呼叫,赶紧跑过来拦住他,她早就一命呜呼了。英娜给我们看她脖子上的青紫伤痕。那个男人要求她的父亲给他赔偿,可她没有父亲,也没有兄弟或者丈夫。母亲死后她就独自一人生活。

英娜有家传的陋舍遮风挡雨,别无所求。作为接生婆,她的医术能换来足够的谷物、油,甚至羊毛可以交换其他物品。她不是任何人的负担,也没有任何人靠她养活。但是,现在这个愤怒的男人无理取闹,质问这个村子里的人,为什么能够容忍她这个"败类"。

"一个独身女人本身就是危险,"他冲着英娜的邻居尖声喊叫,"你们的法官在哪里?"他嘶哑着嗓子说,"谁是你的长老?"

这么一闹,英娜开始害怕了。这个泥土村子里最有权势的人,就是她的死对头,因为她曾经拒绝了他替他那半呆的儿子提出的求婚。她害怕这个野蛮男人的无理取闹给敌人可乘之机,自己到头来可能遭受被罚为奴的命运。"蠢货。都是蠢货,"她说,"呸!"她朝地上吐口水。

"我就想到找你们避难。"她对所有的女人说,女人们都靠得很近地走着,听得清英娜说的每一个字。"拉结知道,我一直想看看咱们这土丘以外的世界,而雅各对他的妻子们比大部分的男人强,你们的迁离对于我来说,真是天赐良机。"她接着说:"妹妹们,我必须告诉你们,我厌倦了孤身一人的生活。我希望看见我接生的孩子们长大成人。我想和我的朋友们一同庆祝新月。我想知道我死了以后,有人会掩埋好我的这把骨头。"她环视周围的每一个女人,咧嘴笑了,"就这样,我来了。"

女人们都冲着她笑,她们很高兴这样一个治愈者来到她们中间。虽然拉结技艺高超,英娜却以她的金手而著称,女人们还因为她会讲故事而喜爱她。

悉帕把英娜的出现看成是好兆头。接生婆的加入令她精神抖擞,后来我的姨妈竟然敞开歌喉唱了起来。不是什么激昂的歌,只是一首人人皆知的儿歌,说的是一只苍蝇打扰了一只兔子,兔子把苍蝇吃了,兔子被家犬吃了,家犬又被豺狗吃了,后来豺狗被狮子吃了,狮子被一个爱吹牛的猎人打死,最后,这个猎人被天神——安和恩尼尔抓到天上,好好地给了他一顿教训。

孩子们对这首简单的歌耳熟能详;有过童年的成人们,当然不会忘记。当悉帕唱到最后一句时,母亲们、女奴和所有的孩子们都唱了起来。就连我的兄弟们也加入了我们的大合唱,西缅和利未甚至相互比赛,看谁的声音更响亮。当他们唱完以后,大家都鼓掌、大笑。没有拉班阴影的生活是多么的甜蜜啊。新生活是多么的美好啊。

我是第一次听见女人和男人一起唱歌,在旅途中,女人和男人生活之间的界限也宽松了许多。我们和男人一起给羊群喂水,男人帮助我们拿出炊具准备做晚饭。我们听他们唱牧歌,望着夜空讲述星星的故事。他们听我们唱纺织歌,我们手拿小纺锤,一边走路一边纺线。大家为对方鼓掌加油,一起开怀大笑。这样融洽和谐的生活是多么好啊。就像一场美梦。

清晨和睡前是我们最爱唱歌的时候,因为这时我们精神最饱满,情绪最振奋。一到下午,每个人都开始饥肠辘辘,双脚酸痛了。从日出到日落,女人们一直穿着凉鞋,我们好几天以后才习惯呢,因为在营地时,不分帐篷内外,我们总是光着脚。英娜挑破我们脚上磨出的血泡,用麝香草的芳香油按摩,既止痛又缓解疲劳。

我们的胃口从来就没有不好的时候。走了一整天后,每个人都饿得头晕目眩,兄弟们一边走一边打猎,有飞禽和兔子添补单调匮乏的面包和稀粥,真是件令人开心的大好事。英娜做的肉味道不一样,她用了一种从集市上换来的亮黄颜色的香料,香喷喷的。

晚饭时,大家的话都极少。男人围坐一圈,女人围坐另一圈。

月亮升起时,每个人都熟睡了——女人和小孩子们挤在一个大帐篷里,男人和大孩子们则裹着毛毯,披星戴月地露宿。黎明时,我们匆匆忙忙地吃了冷面包、橄榄和奶酪,又开始赶路。这样过了几天后,我几乎忘记了以前只扎根一个地方的生活。

每天都有稀奇的事情发生。第一天是英娜加入了我们的队伍。第二天下午晚些时候,我们来到幼发拉底河。

父亲说过,我们要过一条大河,但我当时根本不理解他说的大河是什么意思。当我们来到山顶俯瞰河谷时,我简直惊呆了。我从来没有见过任何一个地方有这么多的水,我们中间除了雅各和英娜以外,谁都没有见过这样的大河。在我们可以涉水过河的地方,它还不算很宽。如果照悉帕的说法,应该把河说成是"他"。即使是最窄的地方,也比我见到过的任何小溪宽二十倍。"他"在峡谷里蜿蜒流长,晶莹闪亮;落日时,橘红的河水像火烧的一般。

我们来到一个渡口,河底都是鹅卵石,浅滩很宽。大河两岸都已经被许多商队踩得光滑了。父亲决定就地安营,第二天早上再涉水过河。有人引领牲畜去饮水,我们扎了营,在吃晚饭前,父亲和母亲们聚集在幼发拉底河岸边,将奠酒敬献于大河。

在渡口宿营的不只是我们。两岸上下都有商人停下来吃饭、睡觉。我的兄弟们四处走动,目瞪口呆地望着新面孔和奇装异服。"骆驼!"约瑟大声惊呼,兄弟们一哄而上,也要好好地看一看这种细腿大兽。我不允许跟他们去,但是,我没有后悔留下来。这给我一个走到岸边接近河流的机会,大河就像说书人一样吸引着我。

我站在河边,一直待到最后一抹落日余晖都完全消失的时候。吃完晚饭后,我又回到河边享受河水的芳香,对于我来说,河水的芳香比烧的灶香还要浓,是厚实而幽暗的那种气味儿,与井水的香甜与淡雅截然不同。母亲利亚一定会说,我闻到的只是湿地里的

113

烂草混杂着许多羊、牲口和男人的气味儿,但是,我懂得河水的芳香,就像我能够闻到母亲身上的香气一样肯定。

大家都睡觉了以后,我仍然坐在河边,两只脚泡在河水里荡水玩,脚被泡得又软又皱,我从来没有见过我的脚这么白。月光下,我注视着顺流缓慢而漂的树叶,目送它们去我看不见的远方。河水以轻慢的节奏拍打着浅岸,宛如催眠曲,我几乎睡着时,又被什么声音吵醒了。我朝上游看去,两个影子在河中央晃动。猛然间,我还以为是河魔或者水怪要把我拉到水下坟墓里。我不知道人还可以在水中如此动作——我从来不知道什么叫游泳。但是,很快我就意识到他们只是人,是两个赶骆驼的埃及人,他们用一种奇怪的语言愉快地交谈。虽然他们的笑声很轻,但是,河水带着声音向我流来,好像直接与我窃窃私语。我等他们从水里出来并离开以后,才回去睡觉。大河继续着"他"那宁静的夜间旅程,无人打扰。

第二天上午,父亲和兄弟们毫不犹豫地涉水过河,他们提起长袍,以免水把衣裳打湿。母亲们把她们的凉鞋挂在腰上,咯咯傻笑,说是双腿太暴露了。悉帕哼唱着一首关于大河的歌曲。双胞胎们冲到队伍前,忘情地打起水仗。

可是,我却害怕了。虽然我爱上了这条河,但是,我看见有的地方水深,浪花能够拍打到父亲的腰间。这就意味着河水会淹过我的脖子,我可能会被大水吞没。我想拉住母亲的手,像个小孩子一样,但是,她正忙着平衡头顶上的大包裹。其他的母亲们也没有闲下的手,我又不愿放下虚荣心去拉约瑟的手。

我没有时间害怕。驮东西的牲口紧紧地跟在我的身后,逼着我继续向前,我径直蹚进河水,感到河水淹没了我的脚踝,然后是小腿。水流抚摸我的膝盖和大腿。顷刻间,河水淹没了我的肚皮和胸脯,我笑出声来。没有什么可怕的!水没有威胁力,只是拥抱着我,我不愿挣脱这样的抚爱。我站在一边让老牛车先过,然后是其他的牲口。我在水中挥舞手臂,体会漂在水中的感觉,我的眼睛尾随着我拨动起来的波浪。我心想,这就是魔术。这一切是神圣的。

我看见绵羊在河里高高地挺着脖子,山羊呆呆地瞪着大眼睛,它们的蹄子刚刚能够碰到河底。然后是狗,它们居然有在水里跑的本领——四肢不停地蹬动,鼻子朝天大声喘气,但是,却丝毫不显得痛苦。这更令我感到惊奇;我们的狗能像埃及人一样游泳。

终于,最后一个过河的犹大来到我身边,面对大河他脸上写着难以置信的表情,就像我刚才那样。"妹妹,"他说,"醒醒吧,跟我一起走。来,拉着我的手。"他主动想帮助我。但是,当我伸手去拉他的手时,脚下一滑,身子向后倒下。犹大一把抓住我,他一拖,我就漂浮起来。我躺在水上,面朝天空,感到河水托着我。啊,嘻嘻。我的嗓子不由自主地冒出一声轻轻的尖叫。是河魔,我心想。一定是河魔将我托起。但是,犹大很快就把我拖出水面,放在对面岸边的鹅卵石上,我失去了在水中身体变轻的那种奇妙的感觉。

那天晚上,当我在女人们的身边躺下睡觉时,我把自己在河边,以及渡河时的所见所感,一股脑儿告诉了母亲们。悉帕宣布我是中了河神的蛊惑。利亚伸出手,攥紧我的手,好像这样就能消除我们母女俩的担忧。但是,英娜告诉我,"你是一个水性的女孩子。你的精神能够回应水的灵魂。你将来一定会生活在河边,迪娜。只有河流能让你感到幸福。"

我们去迦南旅途中的每一刻都令我欢心。只要我手里的纺锤不停地转,母亲们就不介意我干什么或者去哪里,所以我从队伍的前面游窜到后面,什么地方都想去,什么东西都想看。我记不太清大地和天空的模样,随着我们的行进,它们一定在不断地变化。有一次,拉结和英娜带我去山上采草药和野花,越往南走,山就越陡峭。我惊异地发现树丛非常茂密,像拉结和英娜这样苗条的女人,都只能一个人钻过去。我还记得令人好奇的针状树叶留在手上的芳香,一天都散不尽。

我最喜欢看路上的西洋景。回埃及的骆驼商队满载着雪松木材,排成队的奴隶向大马士革走去,从示剑城来的商人朝我们老家方向的迦基米施赶路。那么多的陌生人走过:刮净胡子、脸蛋光滑得像男孩一样的男人;裸露着宽大黝黑胸膛的男人。虽然路上很少有女人行走,但是,我看见几个披黑纱的母亲、赤裸的小女奴,还有一个穿着铜钱胸铠的舞娘。

约瑟和我一样对人感兴趣,他有时会凑近陌生人,仔细地看人家的稀奇动物或者是异国情调的服装。我因为太害羞而不敢和他一起去,母亲们也不允许我去。我的弟弟就把他看见的描述给我,我们一同唏嘘惊叹。

我暗中观察自己的家庭,却没有与约瑟分享我的发现,虽然我有点做贼的感觉,因为我暗中侦察的对象是自己的父母和兄弟们,但是,我按捺不住对他们的极大好奇心——尤其是父亲。每天雅各都要和我们走一段路程,因此我能够观察他,研究他如何对待母亲们。他和利亚谈粮草和家政计划,跟拉结说自己北上哈兰城时的记忆。他很细心,不让两个女人觉得他偏心或者忽视了哪一位。

悉帕看见父亲走过来便低下头,他温柔地回礼,但是,他们几乎从来不说话。雅各冲着辟拉笑,好像她是他的孩子一样。她是他会在公开场合下抚摸的唯一女人,他每次经过她身边,都要用手梳理她柔软的黑色长发。他用熟悉的方式来表达他的喜爱。但这也证明她是四个妻子中最没有权力的一个。辟拉什么都不说,但是,雅各的抚摸使她的脸臊得通红。

我注意到鲁便对辟拉的忠诚没有随着时间的漂移而减退。兄弟们的身体长高,胡子也冒出来后,他们儿时与母亲和姨妈们的亲密关系也大都疏远了。只有鲁便除外,他依然喜欢围着女人转,特别是辟拉。在旅途中,无论什么时候,辟拉在哪里,他似乎都一清二楚。当他叫她时,她回答:"哎,弟弟。"虽然他是她的侄子。她从来不跟任何人提到他,我从来没有听到她将他的名字念出声过,但是,我能看得出他们之间的真切感情,这让我感到高兴。

鲁便很容易了解,可犹大却一刻也闲不住。他自己要求给羊群断后,但是,他有时又会强迫一个小弟弟替他站岗,自己四处游荡。他会爬到附近的一座石头山顶,从高处对我们大叫,然后便消失了,一直到夜里才回来。一天晚上,犹大到篝火边找他的晚饭,英娜对母亲轻声说:"他的年龄干那事还太小,可这家伙已经在渴望女人了。"

我转身看犹大,意识到我哥哥的身体已经是大男人的模样了,他的双臂都是肌肉疙瘩,双腿的汗毛长长的。他是我所有的哥哥中最英俊的。他的牙齿完美:洁白而精巧;这个我记得很清楚,因为他很少笑,一旦笑了便总能给人一个惊喜。多少年后,当我第一次看见珍珠时,立刻就想到了犹大的牙齿。

我意识到犹大是大男人后,自然想到鲁便,他一定到了结婚育儿的年龄了。的确,他不比诺米尔小多少,但是,诺米尔的女儿都快会走路了,西缅和利未也到了结婚的年龄。这时,我明白了我们离开哈兰地区的另一个原因——给我的兄弟们准备新娘聘礼,贪婪的拉班无法干涉这些活动了。当我问母亲这件事时,她说:"嗯,当然喽。"我为自己的精明和深知世故而扬扬得意。

没有人再提到拉班了。当时间一天一天地过去,月亮渐渐地亏逝,我们似乎真的脱离了拉班的魔爪。雅各不再来找羊群后面的犹大,看他的身后是否有他的岳父追杀上来。他的担忧改变了内容,转向了以扫之地——以东,以及与以扫的会见。自从他偷走了父亲的祝福并逃跑的那一天起,他已经有二十年没有见到以扫了。我们离哈兰城越远,雅各就越来越多地说到以扫。

新月来临的头一天下午,我们比平时停得早了一点,以便有充分的时间准备红帐篷,并且把三天的饭提前做出来。由于我们将在这里连续住几天,所以父亲的帐篷也支了起来。我们在一条美丽的小溪旁扎营,这里有生长茂盛的野蒜。面包的香味儿很快溢满了营地,我们准备了大锅的炖肉,这样,当母亲们休息时,三天不做饭,男人们也有足够的食物。

日落前,母亲们和乌兹娜进入了红帐篷。我留在外面服侍男人们的餐饮。我长这么大,还从来没有这么辛苦地劳作过。总共十四个大男人和男孩子,再加两个小孩子,服侍他们吃饭可不是件容易的事情,这还没有算上红帐篷里的女人们。大部分的工作落在我的肩上,因为西巴图要经常给婴儿哺乳,英娜对我的兄弟们毫无耐心。

我为自己能够拿下大人干的活,独当一面地服侍家人吃饭而感到骄傲。天黑后,我终于干完活来到红帐篷,休息对于我来说,真是无比的美好。我睡得非常香甜,梦见自己戴着皇冠倒水。悉帕说这是一个确切的信号,说明我的初潮临近了。这是一个甜美的梦,第二天清晨,我的美梦却被夹杂着拉班声音的噩梦惊醒了。

比噩梦更糟的是这不是梦。我的外祖父真的来了,来讨公道。"快把偷走神像的贼交出来!"他咆哮着,"我的神像在哪里?"

我立刻跑出帐篷,正好迎面撞上父亲,他手里拿着橄榄手杖,大步迎见拉班。克缪尔和比欧站在外祖父的后面,还有哈兰的三个奴隶,他们的眼睛都盯着地上,不敢正视雅各的脸,他们都爱雅各。

"你叫谁是贼?"父亲义正词严地质问,"你想指责谁,你这个老傻瓜?我服侍你二十年,你既不给工钱,也不尊重我。这里没有贼,只有你破坏这里的和谐。"

拉班被女婿的声音镇住。"你舒适的晚年应该归功于我。"雅各说,"我是诚实的奴仆。我没有拿任何不属于我的东西,我带走的都是经过你同意的,我给你留下的,已经远远超出公平的范畴。"

"你的女儿是我的妻子,她们不愿意与你有任何关系。你的孙子是我的儿子,他们不欠你分文。我待在你的地盘上时,给足你荣誉,虽然你不配。现在我不再有任何责任招待你这样的客人。"

这时,我的兄弟们已经聚集在雅各的身后,他们站在那里像是一支小军队。就连约瑟手里都拿着一支手杖。紧张的空气中弥漫着仇恨。

拉班退缩了一步。"我的儿子!你为什么责怪我?"他假惺惺地说,声音突然变得苍老而软弱,"我来只是想跟我亲爱的家庭,我的女儿们和孙子们道别。我们都是一家人,你和我,血脉相连。你是我的外甥,我爱你就像爱自己的儿子。你误解了我的话。我只想亲吻我的家人,给予我的祝福。"他说着,伸开双手,张开十指,低着头,像是一条服输的狗。"难道亚伯兰的神不也是我祖先的神吗?神是伟大的,这是肯定的。但是,我的儿子。"拉班抬起头,看着雅各说:"我另外的那些神灵呢?你把我的神像怎样处置了呢?"

"你这是什么意思?"父亲问。

拉班眯起他的眼睛回答:"我家的神像全部被盗了,它们在你们离开的那天不见了。我来认领属于我和我的儿子的神像。"

"你为什么要剥夺它们对我的保护?虽然你只崇拜你那唯一的、无形的神,难道你就不害怕我的家神会愤怒吗?"

父亲将口水吐在拉班的脚下。"我什么都没拿。我的家里没有属于你的任何东西。我的帐篷底下没有贼待的地方。"

但是,拉班坚定地维持他的立场。"我的神像对于我来说很重要,外甥。找不回神像,我就不离开这里。"

听到这话,雅各耸了耸肩膀。"它们不在这里。"他说,"你自己看吧。"说完,他转身离开拉班,走进树林里,不见了。

拉班开始搜索。我的兄弟们双臂交叉抱在胸前,瞪眼看着老头打开每一只包裹,解开每一个帐篷卷,手指头伸进每一袋谷物,捏挤每一只酒皮囊。当他的搜索进行到雅各的帐篷前时,西缅和利未试图挡住他的去路,但是,鲁便示意他们放行。他们跟着拉班,看着他翻遍父亲的毛毯,甚至于掀开地毯,用脚踢地,探测可能的地洞。

时候不早了,拉班仍然搜索着。我穿梭往返于外祖父的搜索地点与红帐篷之间,把我的所见报告给母亲们。她们面无表情,但是,我知道她们很担心。在新月期间,我从来没有见过女人干活,可是现在她们每个人手里都拿着纺锤,忙于纺线。

拉班将父亲的帐篷翻了个底朝天后,除了红帐篷以外,该搜的地方都搜遍了。拉班的眼睛盯住了营地边缘上的女人帐篷。一个健康男人自愿在新月时,进入女人的红帐篷,这简直是不可想象的事情。男人和男孩子们紧张地盯着拉班,看他会不会将自己置身于月经期的女人中间——更糟糕的是,这些女人都是他自己的女儿。

拉班在接近红帐篷时,口中念念有词。走到门口,他停了下来,回头张望。他愤怒地盯着他的儿子和孙子们看了一眼,然后挑开门帘,走了进去。

帐篷里安静异常,只听见拉班粗重的呼吸声。他紧张地环顾四周,避开所有女人的眼睛。所有的人都纹丝不动,一声不响。终于,他带着极大的蔑视咕哝一声:"哼!"便朝着一堆毛毯径直走去。

拉结从她端坐的麦秸垫上站起来。当她对她的父亲说话时,她的眼神没有低垂。真的,她直视老头的眼睛,没有丝毫愤怒与恐惧,甚至没有任何表情,她说:"是我拿走的,父亲。我把所有的神像都拿走了。你所有的家神全在这儿。"

"我坐在它们上面。我们家的神像,现在都已经浸泡在我的经血里面,你的家神已经被污染得无法挽救了。假如你愿意,你可以把它们带回去。"拉结继续平静地说,好像她只是在说鸡毛蒜皮的小事情,"我会把它们挖出来,假如你愿意的话,我还会替你把它们擦干净,父亲。但是,它们的魔力已经转成针对你了。从现在开始起,你不再受到它们的保护了。"

拉结说话时,没人敢大声喘气。拉班的眼睛瞪得圆鼓鼓的,他浑身发抖。他盯着这个漂亮的女儿发愣,在红帐篷里柔和的玫瑰红微光下,她显得容光焕发。一触即发的紧张空气好像被凝固了,终于,拉班转身,拖着沉重的脚步离开了。在帐篷外明亮的阳光下,拉班猛然发现刚回来的雅各正面对面地站在他的面前。

"你什么也没有找到吧。"父亲非常自信地说。当拉班没有回答时,雅各继续说:"我的帐篷里没有贼。这是我们最后一次见面,老先生。你和我彻底没有关系了。"

拉班什么都没说,但是,他张开手掌,默认地低下头。"来,"他说,"让我们永远了断我们之间的恩仇。"外祖父示意雅各跟随

121

他,两人来到拉班驻扎在山坡上的临时营地。我的兄弟们跟随着他们去做证人。

拉班和雅各每人选择了十块石头,他们一块摞一块地将石头摆成一个圆锥形的纪念碑,象征着他们之间的界限。拉班往碑上敬了酒。雅各往上面献上油。他们向对方宣布和平誓言,触摸了对方的大腿。然后,雅各转身,走下山坡。这是我们最后一次见到拉班,我们都把他的消失看成是神的赐福。

＊　＊　＊

雅各急于离开此地,所以第二天早上就拆了红帐篷,我们继续朝着父亲所说的家乡行进。

父亲被有关以扫的记忆吞噬。虽然已经二十年了,但是,当以扫终于明白发生了什么,那一切意味着什么后果时,他当时的表情在雅各的脑海里打下了深深的烙印。雅各不仅夺走了本应属于以扫的父亲的祝福,因而背叛了以扫,而且显而易见的是,母亲利百加是阴谋的幕后人——这是她一直宠爱小儿子的终极证据。

雅各亲眼目睹以扫回味一切,意识到家庭的背叛,以扫脸色的变化让雅各感到耻辱。雅各明白以扫内心的痛苦,他明白假如自己是以扫,他也会短剑出鞘,追杀他的弟弟。

雅各总在幻想哥哥会以残暴的手段向他复仇,他每天都向儿子们描绘以扫的样子,从这时起,他每天都支起自己的帐篷,这样夜里总有一个女人安慰他,陪伴他一直到天明。在夜里,他还会把哥哥的事讲给利亚、拉结和辟拉听。雅各极度恐惧,以至于完全抹掉了哥哥曾经给过他的爱的记忆,而其实他的哥哥对他的爱远他对他短暂的愤恨强烈。他完全忘记了以扫曾经喂他吃饭,保护他,同他一起欢笑,还有赞扬他的时候。

父亲的恐惧将以扫变成了一个复仇恶魔,在我的想象中,以扫的手臂粗大如树桩,颜色通红像狐狸。这个大伯变成了我梦中挥之不去的幽灵,把我热爱的旅行,变成了朝着无法逃脱的死亡目的地的强行推进。

我不是唯一害怕的人。在父亲开始讲以扫的故事后,旅途中或者营地里都听不见歌声了。在永别了拉班后的几天里,我们的旅途异常安静,甚至犹大也不愿意独自走在羊群的最后面了。

我们很快又来到一条大河的渡口,以扫从我的脑子里消失了。我为再次看见流动的水而欢呼,我跑到河边,将我的脸凑近河水,闻它的香味儿,听它的声音。

父亲也因为看见大河而精神抖擞,眼前必须完成的渡河任务令他忘记担忧。他宣布我们今晚要在河对岸扎营,于是召集起大一点的儿子们,给他们分配任务。

这是博雅河,虽然没有北去的幼发拉底河宽,但是,河中央却相对较深,水流更加急湍。树叶子不是在水面上婀娜多姿地缓慢漂流,而是被激流追逐吞噬,转瞬即逝。太阳已经开始降落了,我们必须尽快过河。

在我们牵引着首批牲畜过河时,英娜和悉帕将奠酒倒入河中做祭献。小羊羔无法自己过河,必须由兄弟们揪住它们脖子上的皱皮,羊羔在内侧,人在外侧,把它们一对儿一对儿地拎过河。牧羊犬精疲力竭,有一只劳累过度的牧羊犬差一点被激流冲走,幸好约瑟手疾眼快,一把抓住了它,这也让约瑟在兄弟中当了一回临时英雄。

男人们都精疲力竭了。尤其是犹大,他顶着激流,引导受惊的羊群过河后,已经累得摇摇晃晃,站立不稳。大河非常慷慨,一头羊都没有损失。等到太阳落下树梢时,只有老牛、毛驴、女人和婴儿还没有过河。

鲁便和犹大拉着惊恐的老牛,老牛咆哮着像个即将被屠宰的困兽。等他们挣扎着把这只大兽牵过河时,太阳已经西落。母亲和我是最后一拨过河的,她攥紧我的手,否则我随时有被大水冲走的可能。当我们到达河对岸时,天已经黑了,只有父亲还没有渡河。

雅各从河对面大喊:"鲁便。"

哥哥回答:"我在。"

"照顾好羊群,"父亲说,"不必费功夫支帐篷。今夜够暖和。我明天拂晓的第一个时辰就过河。准备好明天尽早上路。"

母亲对雅各的计划不满意,告诉鲁便给父亲传话,主动提出过河去陪他过夜。雅各不允许。"告诉你的母亲不要害怕。我既不是孩子,也不是衰弱的老人。我会披星戴月自己睡觉,就像我年轻时去北方旅行时一样。准备好一大早就上路。"雅各如此说完,就没有商量余地了。

月牙幼细,夜很黑。羊儿浑身湿漉漉的,它们身上的气味侵袭了原本弥漫着河水甜香味儿的空气。羊儿在它们的睡梦中咩咩地叫,不习惯浑身湿漉漉地在凉夜里睡觉。我试图保持清醒,欣赏河水激流的乐声,但是,这一次水声像是摇篮曲,很快就送我进入甜蜜的梦乡。每个人都睡得很香甜。即使父亲大声叫我们,也没有人能够听得见。

第二天早上日出前,鲁便和利亚一起站在岸边,迎接雅各,但是,父亲没有出现。鸟儿报晓后,一切都安静了下来,太阳逐渐烤干草上的露水,但是,依然没有雅各的影踪。在利亚的指示下,鲁便、西缅和犹大跳进水里寻找父亲。在河对岸一块似乎刚刚被砍伐过的灌木林里,他们发现了全身裸露、遍体鳞伤的父亲。草和灌木都被压倒或者折断形成了一个大圆圈,父亲就躺在这个圆圈的中心。鲁便跑回去冲着我们大喊,要一件袍子给父亲遮体,随后他抱着雅各涉水过河。

昏迷的雅各躺在他儿子的手臂上被带回来,引起好一阵骚动,然后,大家都沉默了。他的左腿角度奇怪地吊着,好像是断了,已经与身体分开了一样。英娜冲上前,立刻命令把父亲的帐篷支起来。辟拉点上取暖的火。男人们空手站着。鲁便无法回答他们的问题,大家只好沉默。

英娜走出帐篷说:"发高烧。"拉结跑去拿她的医药箱。英娜示意鲁便跟她到帐篷里来,不一会儿,我们听见恐怖的、野兽般的尖叫声,原来是他们为父亲脱臼的腿复了位。接下来的哭泣声比刚才的那声惨叫还要难听。

无人注意,也没人需要我,我就坐在帐篷的外面,观察进进出出的人,我看见英娜表情坚定,拉结脸颊绯红。当母亲听别人汇报情况时,我看见她把嘴唇抿成一条细线。我把耳朵贴在帐篷壁上,听见父亲冲着蓝河恶魔大喊大叫,集结天使部队,勇战水中冒出的大敌。悉帕向女神古拉祷告,英娜吟唱呼唤古代神灵的歌曲,宁提奴迦、宁伊希娜、巴巴,等等,这些神灵的名字是我从来没有听见过的。

我听见父亲大声哭泣,祈求他哥哥的怜悯。我听见雅各,这个十一个儿子的父亲,呼唤他母亲的名字:"爱妈,爱妈。"他就像一个迷路的孩子。我听见英娜哄他安静下来,鼓励他喝酒,好像哄襁褓里的婴儿一样。

在那漫长的一天里,没有人吃东西,也没有人干活。到了晚上,我在帐篷外待了一整天后,疲惫至极,就地倒下睡着了,我的梦都是父亲的哭声和母亲的喃喃轻语。

第二天黎明,我醒来,感觉被奇怪的宁静笼罩着。我恐惧地跳起来,断定父亲已经死了。我们肯定会被以扫活捉,统统成为奴隶。我开始大哭时,辟拉来到我身边,把我搂在怀里。

"别这样,小宝贝,"她抚摸着我黏糊糊的头发说,"他很好。已经恢复了理智,现在正在安静地睡觉呢。你的母亲们也在睡觉,她们全都累坏了。"

在父亲遇险后的第二天黄昏,他已经恢复得能够坐在他的帐篷门口吃晚饭了。他的腿依然疼痛,几乎不能走路,但是,他的眼睛明亮,双手稳健。我又能够没有恐惧地睡觉了。

我们在雅博河边驻留了两个月,以便雅各恢复健康。女人们的帐篷和奴隶们的帐篷都支了起来。每天的生活都很有序,男人牧羊,女人做饭。我们用从河里掏上来的陶土制作了烤炉,每天都有新鲜的面包,温润香甜,不再吃路途上吃的那种有土味儿的干粮。在雅各病倒的头几天里,家人杀了两头绵羊,用羊骨头炖成健骨汤给他喝,羊肉也够家人吃一阵子的。这种少有的佳肴,让人觉得像节日一样。

但是,当父亲恢复健康以后,他的恐惧又开始困扰他了,甚至有增无减,他像是变了一个人。除了他的哥哥的复仇以外,没有别的话题,他把那天夜里遭到的袭击,还有他和一群天使共同战斗的经历,看成是兄弟间即将爆发战斗的不祥预兆。任何使他获得平安的努力都令他感到怀疑,他把和蔼的鲁便支走。他越来越依靠利未,因为这个儿子倾听他——列举他无尽的担忧,哪怕父亲做出最危险、最紧急、完全不合情理的预测,利未都会点头,完全赞同。

母亲们也在琢磨雅各最近做的梦,如此强大的梦一定有重大的意义。对于雅各的种种担忧、对他的计划,她们也争论不休。他应该主动进攻吗?让信使去找以扫是错误之举吗?如果向他们的父亲以撒求助,是不是更明智的做法呢?也许女人们应该让一个信使去找利百加?她不仅是她们的婆婆,而且还是她们的姑姑呢。但是,她们闭口不谈她们的丈夫在性格和举止方面的变化。这个自信的大男人已经变得诚惶诚恐,小心谨慎。慈爱的父亲变得无礼,甚至冷漠。母亲们认为,这可能只是他患病的症状。也许她们根本无法看清我能看见的事实。

我开始讨厌人们提到以扫这个名字,但是,过了一段时间后,我的恐惧变成了厌烦。母亲们甚至没有注意到,我有意避开她们的帐篷。她们完全沉浸在父亲正逐渐展开的故事里,猜测着将会发生什么,而我则无所事事。所有的羊毛都已经纺成了线,可织布机没有组装起来,所以我的手经常闲着。没有人叫我打水或者取羊毛,也没有园子需要除杂草。我处在儿童期即将结束的关口,比过去任何时候都清闲,将来也不会再有这种悠闲的日子了。

我和约瑟开始到河边探险。我们在河岸边行走,观看旋涡般的小鱼群。我们捉青蛙,谁都没有见过那种鲜绿色的青蛙。我采集草药,还有野菜。约瑟捕捉蚂蚱,抹着蜂蜜吃。我们在凉爽、湍急的河水中泡脚,打水仗,一直玩到两人浑身湿透。然后,在太阳底下将自己晒干,我们的衣服闻上去,带着雅博河的清风和河水的芳香。

有一天,我们朝河上游走,发现河上有一座天然的小桥——一排连在一起的扁平石头,让人很容易过河。没有人阻拦我们,我们过了桥,来到河对面,很快就意识到这正是父亲受伤的地方。这块空地完全符合他的描述:十八棵树围成的圆圈,被压倒的草,折断或者是压弯的灌木丛。我们发现地上有一块被大火烧焦的地方。

我感到毛骨悚然,害怕得手心直冒冷汗,约瑟拉住我的手。抬起头,我们什么都听不见——没有鸟儿唱歌,也没有树叶风中窃语。烧焦的地方没有一点儿焦煳味儿,我们周围的阳光似乎都黯淡下来。死寂的空气就像躺在枯干河道里的鲁提一样没有生命。

我想拔腿就跑,但身体僵硬,不能动弹。约瑟后来告诉我,他也想逃跑,但是,他的脚,也像是在地上生了根一样不能动弹。我们仰头看天空,不知道父亲的那些令人害怕的天使是否会回来,但是,天上依然空空荡荡。我们像石头一样立定在那里,好像是在等待什么事情发生。

一声巨响从十八棵大树围成的圆圈中爆发,如一声惊雷,我们厉声尖叫,确切地说是我们想大声尖叫,但我们张着大嘴,却发不出任何声音,这时一只黑色的雄性野猪冲出林子。它奔进空地,径直冲向我们。我们再次欲喊无声,而那只野兽跑起来也没有声音,它像羚羊一样飞快地冲向我们。这次我们死定了,我的眼睛里含着对母亲们的同情,我听见利亚在我的身后哭泣。

当我转身找她时,她却不在那里。这时,符咒破了。我的脚可以活动了,我使出超常的力气拉着约瑟,朝河边跑。也许我的身边也有天使,我踩着水中的石头,找到了过河的路,我过桥的时候,的确相信天使的守护。约瑟在第一块石头上滑倒,割破了脚。这一次,他负痛的喊声真真切切地在空中回荡。这喊声似乎把野猪喝住了,野兽马上瘫倒在地上,好像被长矛刺中一般。

约瑟爬起来,连滚带爬地回到岸边,我向他伸出手,我们在河水的流动声、树叶的瑟瑟声,还有我们心脏疯狂的跳动声中,紧紧地拥抱在一起,浑身发抖。

"那是什么样的地方?"弟弟约瑟问,但是,我只能摇头。我们回头看野猪、开阔地,还有围成一圈的大树,但是,野兽不见了,刚才那个地方看起来,毫无异常之处,甚至很美丽:鸟儿在天空飞翔,歌唱,树在风中摇动。我浑身打战,约瑟使劲捏了一下我的手。一句话都不用说,我们俩人宣誓将这一天发生的一切保密终身。

　　但是,弟弟不再是原来的弟弟,他变了。从那天晚上起,他开始做跟父亲一样的噩梦,那种强大而令人震撼的梦。刚开始,他只是跟我说他与天使和恶魔的奇遇,他与流星和会说话的野兽的奇遇。很快,他的梦对于我的耳朵来说,已经庞大得使我忍受不了了。

第 四 章

我和约瑟回到营地,生怕有人质问我们的去向,又担心在能洞察一切的母亲们面前,我们无法守口如瓶。但是,根本没有人注意到我们回来了。所有的眼睛都注视着站在雅各面前的一个陌生人。这个男人说话的口音是南方特有的略音,我从他嘴里听清的头几个字是"我的父亲"。我溜进人缝看见这个信使的面孔,知道他一定是我们家的亲戚。

他的名字叫以利法,是以扫的长子,我的堂哥,他长得太像犹大啦,我不由自主地用手捂住自己的嘴,以免惊叫出声。他和犹大一样红光满面,英俊潇洒,只是比犹大还要高一点——事实上,他和雅各最高的儿子鲁便一样高。他说话的样子也像鲁便。他的头稍微偏向一边,左臂握着右手腕,右手重复性地做着攥紧与松开的动作。就这样,他给我们带来了一直在焦急等待的消息。

"父亲将在黄昏前到达,"以利法说,"他带着我所有的弟弟,还有奴隶,一行四十人,包括女人,我的母亲也在其中。"他补充最后这句话时,朝着我的母亲们点了点头,母亲们不由自主地对他的礼貌报以微笑。

当以利法说话时,父亲的面孔像个面具——面无表情,镇定自若。但是,他的心里在流泪,并且感到恼怒。在此之前,他一直仔细计划家分两路,这样如果以扫进攻袭击我们,我们不至于全家覆没。现在他的计划全部落空。徒劳啊,多少个夜晚,他亲自挑选羔羊,吩咐我的兄弟们做和平祭;计划将一些牲畜藏起来,以免落入以扫的手中。父亲也准备以礼物来平息以扫可怕的怒气,但母亲们还没有来得及遵照父亲的命令分类准备给他的哥哥的礼物。

此刻他感觉落入陷阱一般,他诅咒自己长期沉溺于天使与魔鬼的无稽之谈,模糊了自己的目的,因为眼前我们的帐篷设在毫无防御能力的位置,博雅河又挡住了退路。

然而,雅各没有在他的侄子面前流露出任何内心活动。他以同样的礼节接待以利法,感谢他带来的信息。他将侄子领到他自己的帐篷里,请他休息,叫上食物和饮料。利亚负责做饭。拉结给他倒上大麦啤酒,女人们不慌不忙,有条不紊地做事,好给雅各更多的时间思考对策。

当以利法小憩时,雅各来找母亲,告诉她吩咐女人们穿上最好的衣裙,准备祭献。他让鲁便召集他的弟弟们,也穿上最好的衣装,但是,让他们把短剑藏在腰间,如果以扫要屠杀他们,也不至于手无寸铁而无力反抗。所有这些都迅速完成,当以利法起来吃饭时,我们已经列队准备出发了。

"这大可不必,叔叔,"以利法说,"父亲会来见您的。为什么不在您的营地里舒适地接见他?"

但是,雅各说不。"我必须以符合我的哥哥身份的礼仪敬见他。我们会走出营地去欢迎他。"

雅各只把奴隶和他们的家属留下,他带领自己所有的家人上路了。以利法走在雅各的身边,跟着是牲畜祭品——十二头强壮的山羊和十八头健康的绵羊——由我的兄弟们赶着。我看见利亚回头看着营地,悲哀和恐惧撩过她的脸庞,就像乌云遮盖太阳一样,但是,她很快抹去忧愁,仪态雍容地重新展现出平静安详。

只走了一小会儿——身上的长裙都没有沾土——父亲还没有

放下手杖休息,我们就能看见以扫站在远处峡谷的缓坡上。雅各独自一人走出队列去见他的哥哥,以扫也以同样的姿态独自一人迎出来,他已成年的儿子们和所有的随从,都在他身后一定距离内等候。从山坡上,我们惊恐万分地看见两兄弟面对面地走到一起。突然,父亲在他的哥哥面前倒下。那噩梦般的一刹那间,我还以为父亲被无影的箭或者长矛击中。但是,他改变了姿势,跪在他的哥哥面前,低头敬礼,然后又匍匐在地上,一次又一次,一共行了七次匍匐礼。这是奴隶对主人的见面礼节。母亲羞耻地扭头看着别的地方。

显然,我的大伯对他的弟弟的礼节深感不安,因为他弯腰,拽住雅各的胳膊,不停地摇头。我站得太远,听不见他们说什么,但是,我能看见两个男人互相交谈,先是蹲在地上说,然后站起来接着说。

然后,不可思议的事情发生了。以扫伸出双臂搂住父亲。我的兄弟们立刻将手按在腰里暗藏的短剑上。但是,以扫的动作不是伤害他的弟弟,而是亲吻他。他把我们的父亲搂在怀里,拥抱了很长时间,当他们终于松开对方时,以扫推了一下雅各的肩膀,像个调皮的男孩玩耍时那样。然后,他又将自己的手指穿过父亲的头发,这时,两个男人开怀大笑,无愧是同一个母亲身上掉下来的两块肉,虽然一个黝黑,一个白净;一个粗壮,一个高挑。

父亲对他的哥哥说了些什么,以扫再次将他搂入怀抱,但是,这一次是他们分离的时候,他们两人不再有笑声。鲁便后来说当他们转身朝我们走来时,他们泪流满面,两人的手臂搂着对方的肩膀。

我惊呆了。以扫,这个赤脸嗜血的复仇者,倒在父亲的臂膀里抱头痛哭?这个人怎么可能是那个在我梦中困扰我的幽灵?怎么是驱散兄弟们歌声的那个巨魔?

母亲们难以置信地交换眼神,但是,英娜抽动着肩膀无声地大笑。几个星期后我们到达疏割,再次回忆起那天雅各与以扫见面的这段故事,"你的父亲真是个大傻瓜。"英娜说,"害怕这么一个婴儿脸的甜心人?就为这么一个羔羊般的好心人,给我们制造了这么多的噩梦?"

父亲带着以扫来到我们列队站立的地方,雅各把礼物呈献给他的哥哥。我们的大伯按礼仪拒绝了三次,然后才礼仪性地接受了弟弟的敬献,他用最讨人欢心的语言称赞每一件礼物。献礼仪式用了很长时间,我只想凑得近一点,好好看看我的堂兄弟和堂姐妹们,他们都站在以扫后面,我尤其对女人们感到好奇,她们都戴着项链,一打子的手镯和脚镯。

在以扫接受了羊、羊毛、食物和一条雅各第二好的牧羊犬后,以扫转身面对他的弟弟,他用和我父亲十分相似的声音问:"这些棒小伙都是谁呢?"

就这样,雅各一一介绍了自己的儿子们,他们都按预先说好的,在大伯面前低头致礼。"这是鲁便,我的长子,利亚的儿子,她就站在那里。"母亲深深地低头敬礼,我心想,与其说她是在表示尊敬,不如说是想在雅各介绍她自己的儿子之前,不让以扫注意到自己颜色不同的眼睛。

"这些都是利亚的儿子们:西缅和利未,这是犹大。"父亲说。他在他的四儿子犹大的肩上拍了一下,对以扫说:"现在你明白了吧,为什么你的形象总是浮现在我眼前。"犹大和以扫对视而笑,他们的笑容一模一样。

"西布伦也是利亚的儿子,这两个是她的双胞胎儿子,拿弗塔利和以撒迦。"

以扫向我的母亲低头致意,他说:"利亚是无数儿子的母亲啊。"利亚骄傲的脸上泛着红晕。

接下来,父亲介绍了约瑟。"这是我的小儿子,拉结唯一的儿子。"他说话时,丝毫不掩饰对我的姨妈的宠爱。以扫点头,看看雅各偏爱的儿子,又看看美丽不减的拉结。拉结也盯着以扫看,她依然为眼前发生的一切震惊不已。

然后,雅各介绍了但。"这是拉结的侍女辟拉的儿子。这是迦得和亚设,我的这两个儿子是利亚的侍女悉帕所生。"

在公众场合,我第一次听见我的哥哥之间或者说我的姨妈之间的地位差别,而且是天壤之别。我看见没有妻子头衔的"侍女"所生的儿子们,在听见自己的名字被如此介绍后,都低垂着头。

但是,以扫理解当老二的滋味儿,他对待这些地位较低的儿子们和对我的其他兄弟们一样,他走到但、迦得和亚设的面前,握住他们的手致意。辟拉和悉帕的儿子们,立刻挺直腰板,都显得高大了一截,我立刻为我的大伯感到骄傲。

现在轮到父亲询问以扫的儿子们,以扫非常骄傲地将他们一一介绍,"你已经见过我的长子以利法,亚大斯的长子,她就站在那里。"他指着一个矮小而丰满的女人,她戴着一块装饰着手敲铜片的头饰。

"这是鲁珥。"以扫说,他的手臂搂着一个瘦而黑的大胡子男人,"他是巴塞抹的儿子。"以扫对那个面孔甜美的女人点了点头,她腰上搂抱着一个婴儿。

"我的小儿子们:耶乌施、雅兰和可拉。他们和巴塞抹站在一起,但他们是阿何利巴玛的儿子们,我最年轻的妻子。"以扫说,"她去年春天死于难产。"

当他们正式介绍家人时,大家都伸长脖子仔细观看。然后,我

134

们一起走回雅各驻扎在河边的营地,虽然只是短短的路程,却给了我们机会接近对方,仔细地互看。我的兄弟们看着他们成年的堂兄弟们,但是,没有主动说话。女人们相互靠近,谨慎相识的过程是缓慢的。我们发现以扫的女儿们也来了,包括亚大斯最小的两个女儿。其实,亚大斯生过许多女儿,有的已经长大成人,做了母亲,但是,莉比和阿玛特依然在她身边。她们与我年龄相仿,不会比我大得多,却不理睬我,因为我还穿着孩子的衣服,而她们已经是女人了。

巴塞抹自然成为阿何利巴玛所有孩子的慈爱后母,她特别呵护女婴艾蒂,因为孩子的母亲就是在生她的时候难产死的。巴塞抹失去过许多婴儿,有男有女,她自己都记不清到底有多少婴儿夭折了。存活下来的只有儿子鲁珥和女儿塔比。塔比和我个头一样高,我们肩并肩地走着,却没有说话,不敢打破行进队伍的庄严沉默。

当我们到达营地时,已经是下午了。信使已经提前给女奴们送了信,让她们开始做晚饭,所以当我们进入营地时,新鲜面包和炖肉已经香飘四溢。当然,庆祝以撒两个儿子和好的宴会一定需要更多的佳肴。

女人们开始忙碌,她们派塔比帮我到河边采集野葱。我们装作特别懂事的样子认真地点头,却在刚一转身背朝着大人时,便几乎笑出声来。我们的愿望得到了满足,两个女孩子终于可以单独相处了。

我和塔比肩负重大任务,朝着野葱生长的河边走去,到达雅博河的第一天,我就把那里的野葱采尽了,现在新葱芽又长了出来,我们采集了满满的一篮子。我们觉得没有必要让母亲们知道我们这么快就完成了任务,便充分利用我们的自由,把脚泡在河里,搜索童年记忆,讲过去的故事。

当我欣赏塔比手腕上的铜手镯时,她给我讲了她的母亲的故事。在幔利附近的集市上,以扫看见年轻漂亮的巴塞抹,他马上如痴如狂地迷恋上她。幔利就是我们的祖母利百加居住的地方。以扫向巴塞抹的父亲提亲,聘礼除了通常的山羊和绵羊以外,还加上铜镯子,不下四十只手镯呢,"要让她戴满手镯和脚镯,衬托出她的美丽。"以扫说,他宠爱巴塞抹,这招致了以扫的首任妻子亚大斯的嫉妒,她让巴塞抹吃尽了苦头。巴塞抹生了许多静胎,她的悲伤都不能软化亚大斯的心。我问如果家里有这么多的怨仇,女人们怎么在一起庆祝新月呢?塔比说她家的女人不在一起庆祝什么月亏月圆的。"这是祖母恨以扫妻子们的另一个原因。"塔比说。

"你认识我们的祖母?"我问,"你认识利百加?"

"是啊,"我的堂妹说,"我见过她两次,在大麦收获季节。祖母曾对我笑过,但是,她不跟我的母亲说话,也不跟亚大斯说话,当阿何利巴玛还活着的时候,祖母也当她不存在一样。"

"祖母只会说我母亲的坏话,这是不对的。"我的堂妹皱着眉头,含着眼泪,"但是,我喜欢祖母的帐篷。那里可漂亮啦,虽然祖母是我见过的最老的女人,但她的美丽仍依稀可见。"塔比咯咯地笑,她说:"祖母告诉我,我长得像她,事实上,我越来越像我的母亲。"

塔比的确像是与巴塞抹一个模子里刻出来的,她有与她的母亲一样细细的鼻子、油亮的黑发、纤细的手腕和脚腕。但是,当我后来见到利百加时,记起我堂妹的话,才明白了祖母为什么那么说。利百加可以说塔比的眼睛和自己的一模一样,因为我堂妹的眼睛黑而亮,眼光直接大胆,犀利如箭;而巴塞抹的眼睛是棕色的,且总是低垂着。

我给塔比讲红帐篷,跟她讲我的母亲们怎样用甜饼、歌曲和故事庆祝新月,在黑暗的时刻,将邪念摒弃。我作为唯一的女儿,任何时候都可以自由出入红帐篷,虽然这是违反常规的。通常情况下,断了奶的孩子和未成年的女人是不能进入红帐篷的。说到这里,我们低头看着自己的胸脯,把我们胸前的衣服拉紧,互相比较我们的身体发育状况。看来我们两人谁都没有可以哺乳的胸脯,但是,很可能我会先成为女人。塔比叹了一口气,我耸了耸肩,然后我们开怀大笑,一直笑到我们的眼睛里充满泪水,这让我们笑得更厉害,直到倒在地上打滚。

我们停止大笑以后,让自己好好地喘了口气,又说到我们的兄弟们。塔比说她并不是很了解以利法,但是,鲁珥非常善良。在小男孩里面,她讨厌耶乌施,因为他一见到她,就扯她的头发,每次被派到园子里帮她时,他都会踢她的小腿。我告诉她西缅和利未是怎样逼着约瑟和我其他的兄弟们放弃我们的游戏的,他们又是如何把我当成贴身奴仆,我的唯一职责就是给他们斟酒。我甚至告诉她,当我有机会的时候,会往他们的酒杯里吐口水。我跟她讲鲁便的善良、犹大的英俊,还有我和约瑟是怎样成为乳伴儿的。

当塔比说她不想生孩子的时候,我感到无比震惊。"我看见母亲抱过太多的死婴。"她说,"我还听见阿何利巴玛哭喊了三天三夜,最终还是因为生艾蒂而丢了命。我不愿意受那样的罪。"塔比说她不想结婚,她宁愿在幔利侍奉,做一名底波拉。否则,她说,她会去一个大寺庙,就像示剑城的那个,在祭坛上唱赞歌。"在那里,我会成为一个为神灵织布、献身侍奉的女人,永远穿着干净的衣服。我会独自一人睡觉,也可能在大麦节时挑选一个相好同枕。"

我不明白塔比的愿望。说实在的,我甚至听不懂她说的一些话,因为我根本没有听说过寺庙或者是在那里侍奉的女人。至于我自己,我告诉塔比,我希望生十个像母亲生的那样健康的孩子,但是,我希望至少有五个女孩。这是我第一次大声地说出我的愿望,也许是第一次想到这些未来的事情。但是,我说出了我的心里话。

"你不害怕生孩子?"我的堂妹问,"疼怎么办?婴儿死了怎么办?"

我摇了摇头。"接生婆不怕生命。"我说,我意识到我已经把自己当成是拉结的学徒、英娜的孙女。

我和塔比盯着河水发呆,我们的话像落潮一样消失了。我们掂量着我们之间的差异,不知道我们的梦想是否会实现,当我们的父亲分手后,我们是否还能再有对方的消息。我的思绪像织布机上的梭子,来回地快速穿行,当我终于听见母亲喊我的名字时,她的声音里带着些怒气。我们耽搁的时间太长了。我和塔比手拉手,快步回到做饭的篝火旁。

从那时起,我和我的堂妹尽量待在一起,我们观察到我们的母亲们按捺不住自己的好奇心,围绕着对方打转。她们研究对方的衣着和食谱,礼貌地请对方重复她们的名字:请再说一遍,假如您不介意的话,我想学习您的发音。当母亲看见迦南女人用盐的方法时,我发现她的眉头一挑;当亚大斯看见辟拉将一把鲜葱放进用羊肉干做的炖菜时,我也注意到她的身体不由自主地僵硬了一下。然而,在准备宴会的忙碌中,女人们把对对方的评价和看法,都巧妙地隐藏在淡淡的笑容后面。

当女人们准备晚宴时,以扫和雅各消失在父亲的帐篷里。以扫的儿子们把他们过夜的帐篷支起来后,便集合在父亲的帐篷前,我的兄弟们也都站立在那里。鲁便与以利法相互称赞了对方家的牲畜,微妙地比较每种牲畜的数目和健康情况,掂量对方放牧的技巧,以及训练牧羊犬的本领。以利法似乎对鲁便和他已成年的弟弟们还没有结婚生子而感到吃惊,但这不是鲁便可以与以扫的儿子讨论的话题。堂兄弟间的谈话间隔着长长的沉默,他们无聊地踢地上的土,拳头攥紧了又松开。

终于,父亲帐篷的门帘打开了,父亲和以扫走了出来,明亮的余晖使他们不由自主地揉了揉眼睛,叫上酒来,宣布晚宴开始。兄弟俩儿坐在雅各亲自铺好的地毯上。他们的儿子们也自觉地按照名位入座。以利法和鲁便站在各自父亲的身后,约瑟和可拉端坐父亲的身边。当我跑来跑去地给大家斟酒时,我注意到我的兄弟数目大大超过了塔比的,他们也比以扫的儿子们英俊多了。塔比端上面包,我们的母亲们和仆人不断往男人的盘子里堆放食物,直到他们实在吃不下了为止。

每一个女人都很留意,观察别人是否喜欢自己做的炖肉、面包或者是啤酒;每个男人都乐此不疲地赞扬兄弟媳妇的厨艺。以扫尽情地喝母亲酿制的啤酒,喜欢辟拉炖的葱花羊肉干。雅各吃得很少,但是,他尽量称赞巴塞抹和亚大斯做的食物。

等男人们都吃完以后,女人和女孩子们才坐了下来,每次准备完大餐以后,不停地搅拌和品尝使得女人们早就失去了胃口。母亲们由以扫的奴隶们服侍——两个身强力壮的女孩子,耳朵上方戴着小银耳环。其中一个女奴有身孕;塔比悄声说这是以扫的孩子,假如她能生个儿子,那么她就可以摘掉耳朵上方的耳环,成为以扫的妾。我盯着这个健壮的奴隶女孩看,她的脚腕和犹大的一样粗壮,然后又看了一眼苗条的巴塞抹,我跟塔比说,以扫对女人的品位就像他的胃口一样,够大够广的。她听了以后咯咯地笑,但是,亚大斯锋利的目光让我们立刻住了嘴。

落日余晖褪尽时,雅各和以扫开始讲故事。我们的女奴拿出油灯,以扫的奴隶不停地给油灯添油,灯光舞动,照亮我们家人的脸,好像一下子变成了无数张脸一样。我和塔比碰膝而坐,听关于曾祖父亚伯兰的故事。亚伯兰世代安居于乌尔,那是个崇拜月亮的地方,月神名叫南纳,还有他的妻子宁格尔;他离开乌尔到了哈兰,在那里蒙听上帝厄尔的声音,召唤他去了迦南。在南方,亚伯兰得以建立伟大功勋——因为厄尔赋予了他万人之力,令他一口气歼敌一千。

雅各讲到萨莱超凡的美貌,萨莱是亚伯兰的妻子,也是个女祭司,是月神南纳和宁格尔的女儿伊南娜忠实的侍奉者。女神伊南娜非常钟爱萨莱,亲自来到幔利的橡树林,赐予年事已高的萨莱一个健康完美的儿子。她的那个儿子就是我们的祖父亚撒——利百加的丈夫,而利百加是女祭司萨莱的侄女。现在,在幔利萨莱的圣树下,继续为百姓敬奉神的女祭司正是我的祖母——利百加。

父亲和大伯严肃地回忆了家史,然后,他们开始讲述童年的故事,他们说到如何从母亲的园子里溜出去和羊羔玩,兴奋之余还互相拍打对方的后背。他们帮助对方回忆起他们的爱犬的名字——阿黑、小花、三脚怪,特别是那只三脚怪,它是一只神奇的母狗,遭遇豺狗的袭击后死里逃生,只剩下三条腿,却依然是最好的牧羊犬。

父亲讲故事时神采飞扬,真是太棒了。我仿佛看见他又回到了童年——健康强壮,无忧无虑,刚愎自用。以扫提醒雅各,还记得有一次他掉进干枯河道的泥潭里,浑身是泥,不见人样地回到母亲的帐篷里,说到这时,雅各保守矜持的仪态早已烟消云散了。他开怀大笑地说,兄弟俩儿曾经偷了全家一整天的面包吃,把肚子都撑疼了,然后挨了一顿好打。

讲完这些故事以后,大家都满足地默不作声了。我们倾听牲畜淅淅瑟瑟的声音,还有雅博河委婉的窃窃私语。然后,以扫开始唱歌。父亲咧嘴露出笑容,与哥哥同声高唱,他的歌声洪亮而滋润,唱的是一首我不熟悉的牧羊歌,关于一头公羊的本领。当歌词变得一句比一句更色情、更大胆时,女人们都屏住呼吸、抿紧嘴唇。令我惊讶的是,我的兄弟和堂兄弟们对每一句歌词都耳熟能详,他们加入了父亲们的二重唱,不乏喊叫声,歌声在热烈的欢呼声中结束,大家开怀大笑。

男人们唱完以后,以扫对他的第一位妻子点了点头,她给以扫的妻女和女奴发出歌唱的信号。女人们唱的是一首献给亚拿特的赞歌,亚拿特是迦南女人对女神伊南娜的称呼,她们颂扬女神在战争中的威力和爱情中的魔力。

我从来没有听过如此回肠荡气又迷人的歌声,后背上的汗毛都立了起来,好像约瑟在用一根草挠我一样。但是,当我转身去责骂他时,只见他端坐在父亲的身边,双眼发亮,正入迷地盯着唱歌的女人们看呢。她们一板一眼,步调一致,以每个人特有的音质特色编织成一张网。这张网是她们用彩虹七色织成的,看不见,却能听见。我不知道这样的美竟然能够由人的嗓子创造出来。在此之前,我还从来没有听过和声呢。

当她们唱完时,我竟然眼含热泪,我发现悉帕的脸颊也是湿润的。辟拉的嘴忘情地半张着,拉结闭着眼睛,沉醉而专注。

男人们使劲鼓掌,要求再唱。巴塞抹亮开歌喉,唱了一首关于丰收和富饶大地的新歌。塔比也加入了合唱,我的朋友和她的母亲们的表演就像是奇迹,她们的奇光异彩令我感到眩晕。我情不自禁地闭上了眼睛。女人们的歌声像鸟儿一样婉转,只是更加甜美;美妙的歌声如树林里的风声,只是更加响亮;她们的歌声又如河水湍流,但更加有意义。后来,她们的歌没有了歌词,只唱着没有特定意思的象声词,但是,她们给欢乐、喜悦、渴望与和平赋予了声音。"啰,啰,啰。"她们唱着。

当她们唱完后,鲁便为我们同族女人的歌声鼓掌,并向她们鞠躬致谢。约瑟、犹大和但也站起来,向她们行鞠躬礼。我心想,"这四个兄弟是我最喜欢的,也是所有兄弟中最好的。"

接下来,又有人唱了几首歌,讲了几个故事,我们静坐在灯火旁。当月亮开始降落时,女人们才收拾起最后的酒杯。年轻母亲们怀里的小孩早已熟睡,她们抱着孩子回帐篷,男人们也陆续离开。最后,只有雅各和以扫依然坐着,沉默地盯着最后一盏油灯噼啪爆响的灯芯。

我和塔比溜到河边,我们的手搂着对方的腰。我太幸福了。我愿在河边一直待到天亮,可是母亲来找我了,她虽然朝塔比笑了笑,却拉住我的手,把我从我的朋友身边拉走。

* * *

第二天早上,以扫一家准备离开,我在嘈杂声中醒来。昨天夜里,父亲和大伯继续促膝交谈,我的父亲告诉他的哥哥,他不会跟哥哥回西珥。虽然两兄弟热情地会见了对方,但是,两家的财富无法相提并论。大伯的土地广阔,地位巩固。假如我们加入他的家庭,雅各的财产便相形见绌,显得微不足道。因为以扫的儿子们已经拥有他们自己的牲畜和土地,可想而知我的兄弟们将处于弱势。昨夜,虽然以撒的两个儿子骨肉情深,但兄弟之间的隔阂并没有完全消除,也许他们永远无法亲如一人。二十年前的伤疤是不可能因为一晚上的会见而抹平的,这么多年来,他们生活在不同的世界里,有不同的生活习惯,这些迟早都会给两家制造摩擦与矛盾。

但是,无论如何,兄弟俩儿在爱的誓言中相互拥抱,保证探望对方。鲁便和以利法紧紧地抓住对方的肩膀,女人们点头道别。塔比显露她大胆的性格,从她的母亲的身边跑过来拥抱我,我们尝到了对方流下的离别泪。当我们拥抱时,她对我轻声窃语,"别忘了,我们很快就会在祖母的天蓬里相会。我听母亲说,我们会在大麦节上再见。记住从现在起发生的一切,到时候你要仔细地讲给我听哦。"她说完便亲吻我,然后跑回她的母亲身边。她频频回头招手,直到从我的视野中消失。以扫一家刚离开,父亲便指示鲁便和母亲做好准备,我们也要尽快上路。

我愉快地做着准备工作,我们的旅行不再笼罩在对以扫的恐惧中,我急于再见到我的朋友,也渴望见到祖母,她已经在我的想象中鲜活起来。我敢肯定利百加会爱我的母亲们;毕竟,她们都是她的侄女,也是她的儿媳。我想象自己是她的宠物,她最喜欢的人。为什么不呢,我心想,我毕竟是她宠爱之子的女继承人。

第二天一早,我们就上路了,但是,我们没有走太多路程。上路的第二天,在一条小溪旁,父亲将手杖插在一棵小橡树下,宣布就此扎营安居。这里靠近一个名叫疏割的村庄,他说,他去北方时曾经路过这里,此地对他有恩。我的兄弟们四处查看,为我们找到一块安家之地,几天内,牲畜的栏圈都立了起来,一个精良的陶土大烤炉也糊好了,可以烤制面包和糕点。我们在这里一住就是两年。

走出拉班家的旅行让我尝到变化的滋味,在疏割的固定生活,刚开始竟然让我感到单调。好在每天都起早贪黑地忙碌,将面粉烤制成面包;生肉做成炖肉;水酿成啤酒;我很快就喜欢上炼金术一样的厨艺。我还从纺线升级到织布,其难度远远超出我的想象,我始终没有掌握到悉帕和辟拉那样的高超技术,她们的经线从来不会断。

作为大女孩,我经常照管女奴的小孩子们,对这些流鼻涕的小魔鬼们,我是爱厌参半。女人的圈子非常需要我,我几乎没有留意到自己与兄弟们失去了联系,也不了解他们之间发生了什么变化。正是在这些日子里,利未和西缅取代了鲁便成为雅各的左右手,成为父亲最信任的智囊。

疏割是有恩于我们家的沃土。西巴图添了一个儿子,乌兹娜也生了一个儿子——父亲把这两个男婴带到橡树下的祭坛上。给他们施了割礼,宣布他们是不受父辈契约束缚的自由人,是厄尔祝福的亚伯兰家族中的全权成员,雅各的部落正在成长壮大。

辟拉在疏割怀孕,但不幸在有胎动之前就流产了。拉结为此感到悲哀,在那以后的近一个月内,她不允许约瑟离开她的身边。母亲也怀孕了,但是,婴儿因为早产而夭折了。女人们扭头不看那个命运悲惨的小女婴,但是,只有我能够看见她的完美。她眼皮上的血管清晰可见,像是蝴蝶的翅膀;她的小脚趾弯曲着,像是花瓣。

我抱着我的妹妹,她没有名字,没有睁开过眼睛,她在我的怀里咽气。

抱着这个小小的尸体,我没有丝毫恐惧。她的脸异常地平静,小手一尘不染。她仿佛在熟睡,会随时醒来一般。我的眼泪落在她那雪花石膏一样苍白的脸颊上,好像她也在哀悼自己逝去的小生命。母亲想把我的妹妹从我的怀里抱走,但是,当她看见我的悲哀时,她允许我把她抱到埋葬她的地方。她被裹在一块细布里,埋在从母亲的帐篷处可以看见的最老最壮的大树下。没有祭献。但是,当这个小包裹被土掩埋好以后,母亲们流露出的叹息比雅歌还要优美,不言而达意。

当我们离开埋葬婴儿的地方时,悉帕嘀嘀咕咕地说这个地方的神灵不利于生命,但是,一如既往,我的姨妈又误解了神的旨意。因为女奴们刚给小孩断奶,她们的肚子马上又大起了。每只母绵羊和母山羊都生双胎,而且所有的羊羔都活了下来。牲畜迅速繁衍增长,父亲变成了富有的人,这就意味着我的哥哥们可以娶妻了。

在疏割,我的三个哥哥结婚了。犹大娶了书亚,一个商人的女儿。新娘在新婚七天内就有了身孕,生了个儿子,名字叫珥,这是犹大的长子,雅各的长孙。我喜欢书亚,她胖乎乎的,性格随和。迦南的歌声像礼物一样,被她带进我们的帐篷里,她教我们如何和声。西缅和利未娶了两姐妹为妻——亚露图和英布,她们是陶匠的女儿。

当雅各的妻妾参加婚礼庆典的时候,我总是被留下来照顾婴幼,看守炉火。我为此感到愤愤不平。但是,婚礼后的几个星期内,我听见母亲们无数遍地讲述婚礼的每一个细节,让我感觉自己也参加了婚礼一样。

"你听出婚礼上的歌声很美吧。"悉帕说,每次婚礼回来她都哼唱一首新的旋律,手拍着消瘦的大腿打拍子。

"嗯,当然喽,"母亲不假思索地说,"从她们的母亲和祖母那里学来的嘛。"

拉结露齿而笑,靠近利亚说:"真可惜她们的祖母没有教会她们做饭,呃?"

利亚轻蔑地笑,赞同拉结的观点。"等轮到迪娜进新婚帐篷的时候,我要让所有的人开一开眼界,看看什么叫婚礼盛宴。"她说,双手摸着我的头。

只有辟拉似乎很享受她这些侄子们的婚礼。"啊,姐姐,"她对利亚说,"你不觉得新娘的面纱很漂亮吗?绣在上面的金线和嫁妆钱币闪闪发光。我觉得新娘装扮得像女神一样。"

利亚可不愿意听她这一套。"你是不是想说那顿饭把你撑坏了?"

但是,她对儿子娶回来的媳妇不是不满意。她们都健康,懂得尊重人。书亚很快就成为她最偏爱的媳妇。但嫁过来的两姐妹却一直没有真正地进入母亲们的圈子,她们和自己的丈夫把帐篷扎在离我们的帐篷有点距离的地方,我的两个哥哥说,她们只是想住得靠牲畜近一点,好照顾它们。其实,我想西缅和利未之所以住在现在的地方,是因为亚露图和英布故意与我们保持距离。我也丝毫不想和她们住在一起。她们鄙视我,这种态度与她们的丈夫一样,再说了,母亲是对的,她们俩没有一个会做饭的。

雅各的这群大儿子里,只有鲁便没有结婚。我的大哥似乎满足于服侍他的母亲,他对辟拉也很好,而小姨妈自己唯一的儿子还年幼,不会打猎。

一天早晨,当每个人都还在熟睡的时候,营地响起一个女人的喊声:"萨莱的女儿们在哪里?雅各的妻子们在哪里?"

她的声音虽然柔和,仍然把躺在母亲脚旁熟睡的我唤醒。和我一样,利亚闻声跳起,急忙到帐篷外探究竟,拉结与她同时到达。在心跳那么快的一瞬间,悉帕和辟拉也到了,我们五个人盯着从幔利来的信使,在黎明时分的蓝色柔光下,她的衣服闪烁着粼粼银光。

她以信使特有的正式口吻说话:"利百加,幔利的预言者,雅各和以扫的母亲,多孙多福的祖母,邀请你们到她那大橡树下的天蓬里庆祝大麦节。"

"敬请转告雅各。"信使说。

我们瞠目结舌地盯着来访者,算是对她的迎接,她操着一口陌生的口音,每个字都要拐三个弯儿。我们好像都在做着同样的一个梦,因为谁都没有见过红头发的人,也从来没有见过背着条纹包的女信使。但这不是梦,清晨的寒气使我们哆哆嗦嗦的。

终于,利亚如梦初醒,回过神来,她欢迎来访者,请她坐下,请她吃面包。但是,当我们都围住客人入座后,我和我的姨妈们又大惊小怪地盯着客人发呆。信使环视每个女人,不禁失笑,她的嘴唇上有奇怪的斑纹,双唇间露出一排黄色的小牙齿。她改用日常的口吻说话,语气中的轻松打破了紧张气氛,她说:"我知道你们这里很少有红头发的人。我的家乡有个说法,红头发女人是母亲月经期受孕而来的。这就是北方大地的愚昧。"

陌生人大胆爽快,令辟拉开怀大笑。她的笑声让客人感到高兴,她转身面对辟拉,自我介绍,"我的名字叫韦仁罗,我服侍祖母。"说到此,她把耳朵上的头发拨开,露出耳朵上方的纯铜耳环,她又添了一句:"我是世界上最幸福的奴隶。"她直截了当的说法,令辟拉再次放声大笑。我也咯咯地笑。

刚服侍男人们吃完早饭,利亚就派人去找雅各,将信使站在他面前,这时的韦仁罗已经戴好头巾,盖住她那火焰般的红发,她低垂下眼睛。"她是从您母亲那儿来的信使。"利亚说,"利百加邀请我们参加大麦节。信使等待着您的回答。"

雅各似乎对来人感到诧异,但是,他很快就恢复了常态,告诉利亚他愿意听从利百加的任何安排,他将在大麦丰收的季节,带着他的妻妾、儿子和女儿去拜见她。

韦仁罗退回到母亲的帐篷里,睡觉去了。整整一天,我都在靠近她的地方做家务,希望能够再看见她。我试图找个借口进帐篷。我想再看看她的头发,摸一摸她那像水草在水中飘动一样的裙子。

英娜告诉我,她的裙子是丝绸做的,是蚕吐在自己的小织布机上的蚕丝织成的。我挑起我的眉毛——尽量模仿母亲最轻蔑时的动作——表明我已经不是小孩子了,不会相信她唬我的这些瞎话。英娜笑我,知道我不相信她的话,也不愿意浪费力气多做解释。

韦仁罗一觉睡到天黑,直到男人们吃完了晚餐,女人们也吃完了饭,收拾好了餐具以后,她才醒来。母亲们聚在炉火旁,希望客人出现的时候,还有足够的时间给我们讲故事。

信使走出母亲的帐篷,看见我们列队静候她,便张开十指,深深地施鞠躬礼,我们不熟悉她的这种礼节。她挺直腰板,仔细地看着我们每个人的面孔,然后,她露齿而笑,像是个偷食了无花果的小孩子。韦仁罗举止非凡,与众不同。我被她迷住了。

她点头感谢母亲给她准备的一碗橄榄、奶酪,还有专门给她留在一边的新鲜面包。吃饭之前,她用像鸢声一样的语言做了短暂祷告。我笑她发出的嗡嗡声,心想她又是在开一个玩笑,但是,红头发的陌生人好像生气了一样,朝我投来刀子一般锐利的目光。我感到被打了一记耳光似的,面红耳赤,红得像她的头发,她没有裹头巾,头发还是我记得的那样红。紧接着,她冲我笑了笑表示原谅,拍了拍她身旁的空位,欢迎我坐在她那个尊贵的位置上。

韦仁罗不断夸奖面包好吃,对啤酒更是赞不绝口,一直赞扬到吃完最后一口。然后,她开始吟唱。她的故事里有许多稀奇古怪的名字,歌曲的旋律比我听到过的任何音乐都忧伤。我们就像是坐在她膝头的婴儿,她的故事让我们迷醉。

这是一个世界混沌初开时的故事,大树和雄鹰生了一只红狼,除了男人与女人之外,世界上所有热血动物都是红狼的后代。这个故事神秘而漫长,有许多我不熟悉的树木和动物的名字。故事发生在寒冷的地方,呼啸寒风,鬼哭狼嚎。令人感到畏惧、惊悚而又孤独。

　　当韦仁罗停下来时，炉火已经烧尽，只有一盏孤灯噼啪地轻声爆响，发出黯淡的光。小孩子都在母亲的膝头睡着了，甚至有几个女人耷拉着脑袋打盹。

　　我盯着这个信使的脸看，但她没有看我。她微笑着闭上眼睛。她依然远在她故事里的大地上，在那片奇异神话中冰冷土地上，埋葬着她的母亲。我感觉到信使的孤独，和她远离家乡之苦。我明白韦仁罗的心，就像太阳温暖我的脸时，我能够理解太阳一样。我伸出手，把我的手放在她的肩膀上，她转身看我，睁开含泪的眼睛，亲吻我的唇。"谢谢你。"她说着便站了起来。

　　她回到母亲的帐篷里，黎明前不辞而别；她的故事还没有讲完，我不知道红狼与女人和男人之间是什么样的关系。可我并不担心，因为我知道我们终归会去幔利见我的祖母，到那时，我就可以接着听她讲故事啦。

第 五 章

大麦节前的一个月,我们就开始为行程做准备。父亲决定带上所有的妻妾以及大部分的儿子去幔利。西缅和利未将留守营地,照顾牲畜,因为他们的妻子都怀孕了,所以他们不反对这个决定。虽然书亚没有怀孕,犹大也要求留下来,女人们都知道其中的奥妙;这对夫妇夜里欢愉的呻吟声,一直是女人们调侃的笑料。

我和我的兄弟们都被召到母亲们面前,她们仔细地检查了我们最好的衣装,结果很不满意。接下来就是旋风般的清洗和缝补。拉结决定为她的独儿子做一件新长袍。约瑟的新衣有红黄彩条装饰,这为他招来了哥哥们的讥笑。他丝毫不在乎他们的奚落,发誓自己非常喜欢母亲给他做的彩衣,这比男人们平时穿的灰暗的衣服好看多了。我无法判断他是真的喜欢他的漂亮衣服,还是戴上一副勇敢的假面具。

我得到了三只手镯——这是我的第一套首饰。虽然是铜质的,但我爱不释手。我特别喜欢听它们碰撞时发出的响声,感觉很有女人味儿。真的,我总是在欣赏三只手镯都戴在我手腕上的样子,我竟然忘记了怎么走路,戴上手镯的第一天就摔了一个大跟头,蹭破了下巴颏。我很害怕祖母见到我会以为我脸上有疤,于是每天都在拉结的镜子前查看自己的脸,哀求英娜救我,帮我去掉那个大红痂。

我们起身前往幔利的那天,我激动得忘乎所以,完全忽视了我该做的家务。母亲忙得恨不能有分身术,她检查并确定油罐和酒罐密封良好,我的兄弟们都修剪好自己的头发和胡子,她要确保一切准备就绪。终于,她对我失去了耐心。她很少对我高声说话,只有屈指可数的几次,这就是其中的一次,"你要么帮助我,要么就留下来,和你的嫂子们待在家里。"她说。她话到如此,当然就再也不用多说一个字了。

旅途非常愉快,只是两三天的路程。我们边走边唱,炫耀自己的漂亮衣服,为肥壮的牲畜骄傲,只有最好的牲畜才会被我们选为礼物献给祖母。

清晨,雅各走在拉结身边,呼吸她身上的香气,微笑,很少说话。然后,他又走在利亚的身旁,讨论牲畜、庄稼和见他父母的礼仪。下午,雅各来到辟拉身旁,迫使与她形影不离的鲁便离开。父亲走路时把他的手搭在辟拉纤细的肩膀上,好像他需要她的支撑一样。

我兴奋极了。约瑟走在我身旁,一不留神就会忘情地握住我的手。夜里,我躺在悉帕的身边,她给我讲了祖母利百加作为神谕者、治愈者和预言者的故事,这增加了我对祖母的敬畏,久久难以入睡。在路上,我难以抑制自己奔跑的冲动,因为我快要见到塔比了。韦仁罗会冲着我笑,给我讲更多的故事。我终于要见到祖母了,我想象她会立刻明白我的,她会喜欢我,胜于喜欢我的任何一个哥哥。

第三天的上午,利百加的帐篷出现在我们的视野里。虽然只是遥望,但已经能够看出它的神奇,我刚开始还不知道出现在峡谷远方微微闪光的东西是什么。它是个庞然大物——比我见过的任何帐篷都大,完全不像我们居住的那种灰暗的山羊毛帐篷。万里无云的苍穹下,一棵参天古树伫立在高坡上,古树下飘扬着扎根于大地的彩虹——红色、黄色与蓝色。

我们走近后才发现它更像是天蓬而不是帐篷,因为它四面敞开,欢迎八方而来的旅行者。天蓬内,我们瞥见一些生动的挂饰,图案精美而大胆,有舞蹈的女人、飞鱼、星星、月亮、太阳和鸟。比我见过的任何手工艺品都漂亮。

当我们几乎能感觉到圣树的阴凉时,祖母出现在我们眼前。她没有走出来迎接我们,也没有派她的侍者出来,她只是双臂交叉抱胸,在她那神奇的天蓬阴凉底下等候着,观察着。我无法将视线从她身上移开。

父亲做了正式的问候并一一介绍我的兄弟们,接着呈献礼物,最后才介绍母亲们和我,但整个过程我都不记得了。当时我的眼里只有她,祖母——我的祖母。她是我见过的年纪最大的人。岁月刻写在她眉头和嘴角深深的皱纹里,但她年轻时的美丽依稀可见。她挺拔地站立着,几乎与鲁便一样高。她的黑眼睛清澈而锐利,她把眼圈描成黑色——那是埃及风格的眼线,令人感觉她的眼睛有洞察万物的威力。她穿的长裙是紫色的——那是象征高贵、神圣和财富的颜色。她头戴织有金线的黑色长头巾,给人一种满头浓密黑发的幻觉,而事实上她只剩下几缕白发了。

利百加没有发现我正死死地盯着她看。祖母全神贯注地看着她二十年不见的儿子,他走的时候还是个没有长胡子的男孩,现在是一个儿子都长大成人的大男人,还要做爷爷了。当雅各介绍他的孩子、妻妾,并呈上礼物时,她毫无表情,只是点头,接受了所有的东西,却什么都没有说。

我觉得她很伟大——像女皇一样高贵。但是,我看见我的母亲不高兴地抿着嘴。她以为能够看到一位母亲对自己最偏爱的儿子表达情意。我看不见父亲的脸,不知道他是什么样的反应。

正式欢迎仪式结束后,祖母转身离开了,我们被带到山坡的西边,在那里支起帐篷,准备晚餐。我们这才知道塔比还没有到,韦仁罗被派到泰尔城去了,去到那里换取祖母喜欢的、稀有的紫色染料。

大橡树下不住男人。利百加由十个女人服侍,她们负责也照料来这里的朝圣者,这些人来这里寻求利百加这个"神谕者"的指导与预言。当我问及我的祖父时,一个祖母的侍者告诉我,以撒住在不远的亚尔巴村里,温暖的石头小屋比帐篷更适合他那把老骨头。"他会过来吃晚餐。"这个女人说,她只有一个名字——底波拉。祖母为她所有的侍者都起名叫底波拉,为了纪念一个叫底波拉的女人,她是祖母儿时的奶妈,一辈子的忠诚跟随者,她的骨头就埋葬在幔利的大橡树下。

祖母的侍者们都含羞地轻声窃语,她们都穿着同样的白色平布长裙,就连心地都一模一样地善良,但给人距离感,我很快就不再把她们看成是个体,而都是底波拉。

整个下午很快就在准备晚餐的忙碌中过去了。当第一批面包出炉时,有人说亚撒来了。我赶紧跑出去,看见祖父正在朝天蓬走来。利百加也出来观看,她抬手一挥,算是做了简短的迎接。父亲走出去迎接他的父亲,他的脚步不断加快,变成一溜小跑,冲向父亲。

以撒没有回应他妻子的招呼,也没有回应他儿子的激动。他坐在有坐垫的毛驴上朝天蓬行进,牵毛驴的是一位身着白裙的、祖母的底波拉——只不过她戴着面纱,只露出一双眼睛。当祖父走近时,我才看清他是盲人,他双眼紧闭,这让他阴郁的脸上似乎永远带着怒容。他骨架瘦小,看上去很孱弱,但一头乌黑浓密的头发像是年轻人的一般。

祖母看着侍女帮助以撒从驴背上下来,搀扶着他朝幔利东面走去,那里已经铺好他的毛毯。在侍女松开以撒的胳膊肘之前,以撒握着她的手,拉到自己的唇边。他亲吻了她的手掌,然后又把她的手掌放在自己的脸颊上。以撒的脸上露出轻松的笑容,任何人都能看得出,这个戴面纱的女人是祖父的贴心伴侣。

父亲站在以撒面前,他喊了:"父亲?"便泣不成声。以撒扭头转向雅各,张开双臂。父亲拥抱了老人,两人抱头痛哭。我的兄弟们站在一旁等着父亲将他们介绍给祖父,而父子俩则轻声交谈着。母亲们停下手里的活儿,互递眼色表达对食物的关注,假如不赶紧开饭,食物就会变干而无味了。

但是,女人是不能催促男人的。以撒让自己的儿子在他身边坐下,雅各一一介绍了他的儿子们。以撒用手挨个地摸我哥哥的脸:鲁便、西布伦、但、迦得、亚设、拿弗塔利和以撒迦。当介绍到老幺约瑟时,祖父把他拉到膝头坐下,好像他不是一个快要成年的大男孩,而是一个婴儿。以撒亲切地抚摸约瑟的脸庞和肌肉强健的胳膊。一阵微风平地而起,吹得丝绸天蓬高高地鼓起来,微风在绚丽彩虹般的天蓬里拥抱祖父和他的孙子。这异常壮观的画面,令我震惊得忘记了呼吸。这时,一直与大家保持距离的利百加断然打破了威严的沉默。

"你一定又渴又饿,以撒。"她说,她用不礼貌的口气尽东道主之责,"你的孩子们旅途辛劳,一定渴了。让你的底波拉扶你到里面去吧。我要看看你的儿媳妇们会不会做饭。"

白衣底波拉们一阵忙碌,摆设好晚餐,宴会开始了。我的祖父胃口很好,戴面纱的女人亲手给他喂食。他问他的孙子们是否吃得饱,时不时地伸手找儿子——宠爱地把手放在儿子的肩膀上或者脸颊上,留下油迹,我的父亲也不抹掉。我在大树后面从容地观察着一切,因为有这么多的侍者,我不必帮忙。

我的兄弟们非常饿,他们迅速吃完晚餐,悉帕很快就来叫我吃饭,我们来到天蓬里女人的地盘,这时,女人们已经聚集好。祖母坐下,我们看着她尝试了摆在她面前的每一种食物。吃了炖肉、面包和甜点心后,她没有发表一句评价。她也没有夸赞奶酪或者母亲采集的大橄榄且居然只字不提母亲酿制的啤酒。

利百加的沉默不再令我感到惊讶。我已经不把她当成是我的母亲那样的女人,或是任何普通的女人。一个下午的时间里,利百加已经展现了一股神灵般的力量,像是暴风雨,或是灌木林火。

因为祖母吃得很少,又沉默不语,所以我们的晚宴气氛严肃,不太喜庆。没有人传递大碗,要求再添一份,没有赞扬,没有问题,干脆完全没有谈话。宴会几分钟就结束了,当你在考虑是否再喝一杯时,底波拉们就已经把杯子都收走了。祖母站起身来,走到天蓬的西边,沐浴在落日橘红与金黄的辉煌中。她的侍者跟随着她。利百加向着太阳伸出手,好像是在抚摸落日余晖。

利百加放下双手,侍者们开始吟唱,邀请大麦收获季节的月亮。歌词重复的是一个古老的预言。当每一片大麦地里的每一棵大麦都结了二十七颗种子时,日子就终结了,疲劳的人将得休息,邪恶将从地球上消失,就像星光在日出后隐去一样。当黑暗吞没营地时,最后一段合唱结束了。

男人的营地点了油灯,女人的营地也点上了灯。祖母来到我们中间,我担心我们会陪伴她沉默地坐一夜,但是,我的恐惧毫无必要,油灯刚一点燃,她就开始说话了。

"我要讲的故事是我来到幔利天蓬的那天,来到这里的圣树丛,世界的中心。"祖母利百加说,她的声音洪亮,如果男人们想听,都能听清。

"那是萨莱先知死后的几个星期里,萨莱是亚伯兰的爱人,以撒的母亲。当年她生以撒的时候,已经到了水都抬不动的高龄,别说生孩子了。萨莱,这个大家所珍爱的母亲。"

"我来到这个树丛的那天早上,一朵云停留在萨莱的帐篷顶上。一朵既不孕育雨,也不遮挡太阳的金色云朵。这是一种只出现在大河或者是大海上的云朵,从来没有在这种高地上出现过。但是,那片云朵挂在萨莱帐篷的上空,就是这时以撒认识了我,我成为他的妻子。我们的新婚七天就是在那片云朵底下度过的,那片云朵里肯定有神灵。"

"那年春天,酒、谷子和油都获得了前所未有的大丰收,我的女儿们。"她轻声说,口吻中同时包含着骄傲与挫折,"唉,可我呢,生了无数女儿都是死胎;无数儿子,也都胎死腹中。只有两个孩子存活下来。谁能解释这样神秘的事情?"

祖母沉默下来,她的黯然情绪压抑着听众,我们的肩膀耷拉下来。虽然我只是个女孩,没有失去过孩子的经历,但是,我能感觉到一个母亲的哀伤。停顿一会儿后,祖母站了起来,指着利亚,让她跟随她进天蓬内的小帐篷里。这个帐中帐里点了烧芳香油的油灯,壁毯蓬荜生辉。我们呆坐了一会儿,才意识到可以解散了。

我的母亲与祖母的会见一直进行到深夜。首先,祖母盯着她的儿媳妇看了好久,而且凑得很近,凝视着她的脸,暴露了自己有近视的毛病。然后,她开始盘问利亚生活中的每一个细节。

"为什么他们没有在你出生时把你扔掉?让你死掉算了,因为你的眼睛太奇怪了。你的母亲被埋葬在哪里?你在染羊毛前怎样处理羊毛?我的儿子雅各是个什么样的父亲?你偏爱哪个儿子?害怕哪个儿子?在春节的时候,我的儿子给厄尔祭献几只羊?

你怎样度过新月？你失去过多少婴儿？你对你女儿初潮到来时的计划是什么？你们在疏割种了多少伊法①的大麦？多少伊法的小麦？"

母亲已经记不清祖母那天晚上问的所有问题了，但她每问必答，一刻都没有回避祖母的眼神。这让老太太吃了一惊，她见惯了在她面前神经紧张的人，但是，利亚并没有被吓倒。两个女人对峙而视。

当祖母问遍了所有的问题后，她终于点了点头，对无懈可击的母亲无言而勉强地哼了一声。"很好，利亚，那么多儿子的母亲。很好。"她手一挥，就算打发了母亲。母亲回到自己的毛毯上，疲倦至极，马上倒头大睡。

接下来的两天里，我的姨妈被一一召到祖母的内帐中，单独面谈。

拉结得到祖母的亲吻和拥抱。她们两人一起度过了整个下午，内帐中时时传出孩子气的笑声。祖母疼爱地拍一拍漂亮姨妈的脸颊，温柔地揪一揪她的胳膊。利百加是她那一辈人里的大美人，她拿出化妆盒——一只黑色的大漆盒，里面有许多格子，每个格子里盛放着脂膏、药水、香水和颜料。拉结离开祖母时，满脸的微笑，满身的莲子香气，她涂了绿色眼影，眼睛四周是黑亮的埃及式眼线，看上去不仅漂亮，而且神圣、令人敬畏。

当悉帕被召见时，她在祖母面前摔了个嘴啃泥，得到一首短诗作为奖赏，这首诗是关于厄尔的夫人，大海之女神，地母神亚设拉的。祖母瞥了一眼悉帕的脸，就闭上了她的黑眼睛，预言了我这个姨妈的死亡时间和地点。悉帕得知这个预言后，没有告诉任何人，

---

① 伊法是古犹太干谷度量制，1伊法相当于35公升。

丝毫不为之困扰。假如说她身上发生了什么变化的话,那就是她获得到了一种宁静,这种宁静延续终身。从那天起,悉帕在织布机上织布时都带着微笑——一点没有愁闷和苦涩,只是露齿而笑,好像她突然想起一个开心的笑话。

辟拉为见祖母而担忧,当她走向老人时,居然跌跌撞撞。辟拉只是低着头,盯着自己的手看,祖母皱了一下眉头,叹了一口气。沉默压得人喘不过气来,没过一会儿,利百加转身走了,让辟拉独自站在漂亮的壁毯前,好像周围的一切都在嘲笑她一样。

这些会见对我毫无意义,因为我的眼睛只盯着地平线,巴望塔比的出现。她终于在大麦节开始的那天来了,她是跟以扫和他的第一位妻子亚大斯一起来的。看见天底下最好的朋友,我欣喜若狂地朝她奔跑。她伸出双臂拥抱我。

拥抱后,站在对方面前互相凝视,几个月不见,塔比身上发生了巨大的变化。她比我至少高出半头,没有必要拉紧她胸部缠的布就能看到她乳房的发育。但是,当我看见她系着女人腰带,表明她已经是个女人时,我依然目瞪口呆。她已经进入红帐篷了!她不再是女孩,而是一个女人了!当她的脸颊因为骄傲而红润时,我感到自己的脸颊因为嫉妒而发烧。我有一千个问题要问她,来月经是什么样的感觉?她的初潮庆典是什么样的?世界因为她的地位的变动而改变了吗?

但是,我没有时间问我的堂妹任何问题。祖母已经注意到塔比的腰带,她冲着带硬币装饰头巾的亚大斯走去。顷刻间,老太太愤怒地冲着她尖叫,我还以为只有神灵才能像这样雷电般暴怒。

利百加的愤怒令人恐惧。"你想告诉我她的初红就这么浪费掉了吗?你把她一个人关起来,对她像动物一样?"

亚大斯退缩了,祖母挥舞她的拳头,好像是要强迫她回答一样。"不要给自己找借口,你这个无知的蠢货!"她声嘶力竭地说,"你这个狒狒!我告诉过你该怎么做,可你有意违抗我,现在说什么都无济于事了。这是他的女儿中最好的一个,他后代里唯一有点头脑或者有点情感的孩子,而你对她就像……就像……哼!"利百加在她儿媳妇的脚下吐口水,"我对这种令人厌恶的事情,简直无言以对。"

利百加的声音变得冰冷而嘶哑。"够了。你不配待在我的帐篷里。滚开。被诅咒的人,离开这里,永远不要让我再见到你。"

祖母挺直了腰板,用尽浑身力气给了亚大斯一记耳光。可怜的女人瘫倒在地上,她惊恐地哭泣,因施加在她身上的诅咒感到恐惧。男人们匆忙赶过来,当他们发现祖母生气的原因后,都因为害怕神谕者的诅咒而畏缩,显然这是女人间的事情,他们迅速转身离开了。

亚大斯连滚带爬,踉跄逃离,可是,可怜的塔比却匍匐在利百加的脚下哭泣,"不,不,不。"我的堂妹脸色如灰,恐惧地瞪大眼睛,"抛弃我的名字,叫我底波拉。让我做你最微薄的侍者,但是,千万不要舍弃我。哦,求求你,祖母。求求你。我求求你。我求求你。"

但是,利百加根本不理会她脚下这个受折磨的可怜东西。塔比抓破自己的脸,鲜血顺着脸颊流淌,利百加对她视而不见;塔比把自己的裙子撕成碎片,吞下大把大把的土,祖母依然无动于衷;面对希望破灭、生不如死的塔比,祖母转身,漠然离开,她拉紧披风,好像是保护自己不被眼前的悲惨境况浸染一样。最后,祖母的底波拉将塔比从地上抬起来,搬到以扫妻妾的帐篷里去了。

我被这突如其来的事件弄蒙了,但是,我知道我亲爱的朋友遭到了不公平的待遇。我的耳朵嗡嗡鸣响,心怦怦剧跳。我简直不敢相信祖母的残酷。我亲爱的堂妹,她在乎利百加胜于自己的母亲,她得到的待遇还不如寻求奇迹的麻风病人。我痛恨利百加,胜过我恨过的所有人。

母亲抓住我的手,带我回到她的帐篷里,给我一杯甜葡萄酒。她抚摸着我的头发,在我还没有提问题之前就回答了我。利亚——我的母亲,她对我说:"这个孩子会吃一辈子的苦,你的同情心是可以理解的。但是,你不应该恨祖母,女儿啊。"

"她的本意不是去伤害塔比。我想她已经够爱她的了,但是,她没有选择。因为她在捍卫她的母亲、她自己、我和你的姨妈、你和你的女儿,还有她们以后世世代代的女人。她在捍卫我们做母亲的,母亲的母亲,所有的前辈女人,无论她叫什么名字,她的名字正面临被遗忘的危机。"

"要解释这个不容易,但我依然要跟你讲。因为你是我唯一的女儿,因为我们长期与世隔绝地生活,你已经明白了许多东西,超出你应该知道的范畴。你已经和我们一起在红帐篷里生活过。你已经帮助过产妇分娩,这一点你可千万不要告诉祖母。我也知道你不会告诉她我现在跟你讲的话。"

我点头保证,母亲在心里叹了一口气。她低头看着自己的双手,因日晒而变成棕色的手,智慧勤劳的手,极少像现在这样闲置下来的手。她手掌朝上放在膝头,闭上眼睛。半吟唱,半窃语,利亚说:"这个我们称为伊南娜的伟大母亲,是个勇敢的斗士,死亡的女傧相。伟大母亲伊南娜是情欲愉悦的中心,是她让男人和女人在夜里相欢。伟大母亲伊南娜是海洋之女皇,雨露之施主。"

"这是人人皆知的——无论女人还是男人。包括吃奶的孩子和衰竭的老爷爷。"

说到这儿,她停顿下来,露出孩子般的笑容。"悉帕要是看见我讲这个故事的样子,一定会觉得好笑的。"她说,她直视我的眼睛,盯了一会儿,我冲着她微笑,分享这个笑话。但是,没一会儿,母亲又严肃起来,她接着说:"伟大母亲伊南娜给每个女人一个男人不明白的礼物,这就是月经的秘密。在月亏天黑时,女人的血液开始潺潺而流,这是伴随月亮新生而来的治愈之血——对于男人来说这是异常流血,疾病一般,不洁净,是麻烦和痛苦。他们想象我们为之受苦,庆幸自己不来月经。我们可不想纠正他们的想法。"

"在红帐篷里,真相大白。在红帐篷里,日子像温柔的小溪一样流过,正像伊南娜的礼物流出我们的身体一样,清洗身体里一个月以来的死亡,准备接受新月里的生命,女人感恩——为她们少有的清闲与更新,为知道生命来自于两腿之间的知识,为生命要付出的血的代价。"

然后母亲拉着我的手,告诉我:"我现在就跟你讲这些,我的女儿,因为无须太久你就会进入红帐篷,我,还有你的姨妈们,要一起庆祝你的初潮。你会在爱你的众手环绕和簇拥中变成女人,接住你的初潮,保证将它归还到伊南娜的子宫里,归还到捏成第一个男人和第一个女人的泥土中。那泥土中包含着伊南娜的经血。"

"哀哉,许多女儿忘记了伊南娜礼物的秘密,背叛了红帐篷。以扫的妻妾,以东的女儿们,利百加痛恨的是她们,这些女人不教导自己的女儿,在女儿初潮时,没有盛典欢迎她们成为女人。她们把女儿当成野兽——把她们放在外面,孤独而恐惧;将她们遗弃于新月的黑暗中,没有葡萄酒,没有母亲们的关怀和指导。她们既不为给予生命的女人庆祝初潮,也不把经血归还到伊南娜的泥土中。她们不给女儿举行神圣的'开宫'仪式,反而允许男人展示染有女儿的新婚初夜之血的床单,即使是最卑贱的魔鬼,也不会要求这样卑劣的侮辱为祭献。"

母亲看见我的迷惑。"你还不可能理解这一切,迪娜。"她说,"但是,很快你就会明白的,我保证我们将以庄重的仪式和敏感的温柔,欢迎你开始女人的生活。不惧怕。"

当母亲说完最后几个字时,天已经黑了。大麦节的歌声传到我们的耳朵里,母亲站起来,向我伸出一只手。我们一起走入夜里,观看在最高的大橡树下的那个祭坛上正在进行的燔祭仪式。美妙的音乐此起彼伏,多处有和声。底波拉随着自己的掌声节奏,围成一圈跳舞。她们步调一致地旋转、蹲下、跳跃并左右摇摆,好像是同一个头脑,同一个身体。我明白塔比为什么希望加入她们舞蹈。

当天夜里,亚大斯带着我的朋友一同消失了。塔比被捆绑在驴背上,像是还没有死掉的祭品,为了堵住她的哭叫声,她的嘴里被塞上一块破布。

在我们离开的前几天,我避开祖母,待在母亲们的身边。我只希望离开这个地方,但是,当我们准备返回疏割时,利亚阴沉着脸来找我。"祖母说要留下你,在幔利住三个月。"她说,"利百加跟你的父亲说了,没有经过我同意就……"她看见我恐惧的面孔时,停顿下来,"我希望我能和你一起留下来或者让悉帕和你一起留下来,但是,祖母不同意,她只要你。"

她在停顿了很长时间后说:"这是个荣誉。"她双手捧着我的脸,温柔地加了一句,"当小麦成熟的时候,我们就再次团圆了。"

我没有哭。我害怕,我愤怒,但是,我下定决心不哭,所以我紧闭双唇,只用鼻子呼吸,眼睛一眨也不眨,我就是这样挺过来的,眼睁睁地看着母亲远去的身影变得越来越小,最后消失在地平线上。

我从来没有想象过没有母亲的孤独,没有我的姨妈们,甚至没有一个兄弟。我感觉到自己是个被遗弃在荒野里等待死亡的婴儿。但是,我没有哭。我转身来到正在紧张地注视着我的底波拉们的身旁,我没有哭。

夜里,裹在毛毯里趴着,脸朝大地,我才开始哭泣,一直哭到自己喘不过气来。每天早上起来,我都是头昏眼花,糊里糊涂,不知身在何处,许久才意识到自己是孤身一人在祖母的天蓬下。

我在幔利这几个月的记忆似乎苍白而凌乱。当我回到母亲身边时,她们失望地意识到,我说不出自己见到过什么奇迹,更没有学习到什么秘密。好像我走过充满珠宝的洞穴,却只捡回几颗灰色的石头。

当然,我也有印象深刻的经历。

记得每到安息日,祖母便摆出戏剧化的架势烤制面包。平时,她根本不沾手做女人的家务,更别指望她揉面了。但是,每逢第七天,她会拿出面粉、水和蜂蜜,搅和均匀,揉出面团,将三角甜饼的一角做燔祭,"献给圣母。"她对着面团轻声说,然后把它放在火上烧掉。

我怀疑圣母是否会理会利百加献上的干巴而无味儿的东西。"好吃吗?"当她烤制的面点出炉时,她会追问。仅出于责任,我无可奈何地点了点头,就着水好不容易把我的那份面点咽下去,用光了我一整天定量的水。幸运的是,她的侍者都是比她好得多的厨师,她们烤制的甜饼香甜而滋润,足以愉悦任何女皇。我的祖母捧着她自己烤制的祭品,轻声祷告,这是她眼睛里充满笑意的唯一时刻。

每天早上,我的任务就是协助利百加做清洁仪式,为她接见络绎不绝的朝圣者做准备。我拿着她那精致的化妆盒,里面有各式各样的香水,专门用于额头、腋窝、手腕和脚腕的香水,用于眼睑的药水,还有用在脖子上的酸味混合剂。涂完香水和膏脂以后,她便仔细地化妆,涂口红、上眼影、描眼线、抹胭脂。她相信首要的美容诀窍就是体香,她从早到晚都嚼薄荷,口中总有薄荷清香。

祖母好像是用特殊燃料做能量的人。她吃得很少,也很少坐下。她瞧不起那些需要休息的人。的确,除了自己的儿子雅各以外,她可以挑出任何人的毛病;她偏爱雅各,赞扬他相貌英俊,雅各的儿子们也都帅气十足。但显而易见,她的日常生活却依靠我的大伯。每天都有去往西珥的信使。差遣以扫多送一伊法大麦或者去找适合祖母的肉食。我至少每两个星期就见一次大伯,他手里总是拿着礼物。

我的大伯是个好人,他是祖母的好儿子。他确保富裕的朝圣者前来访问橡树丛,带来丰富的祭献。他安排以撒住村里的石头小屋,保证利百加不使用男仆,生活豪华得像个女祭司。在以扫离开她的帐篷之前,祖母总是拍拍他的脸颊,这竟然让他神采飞扬,好像她给了他与日同辉的赞扬。可事实上,她从来没有赞扬过他。

我的祖母从来没有说过以扫的坏话,也没有说过他的好话。然而,她极端厌恶他的妻妾。她们本是孝顺的女人,有一次,她们携带精美的礼物,希望为她所接纳,但是,她把她们看成肮脏的傻瓜而打发了。多少年来,她公开嘲笑她们,所以,若不是以扫坚持,她们是不肯来访问利百加的。

利百加对我的母亲们也没有什么慈悲可言。她认为拉结懒惰——的确漂亮,但是,懒惰。她说辟拉丑陋,悉帕是个迷信的呆货。她被动地承认利亚是个持家能手,生了这么多健康的儿子,很显然是应该得到祝福的。但是,即使是利亚也配不上她的儿子,雅各应该有个完美的配偶,而不是连眼睛颜色都不一样的巨人。

她毫无忌讳地当着我的面说这些话！好像我不是母亲的女儿或者我的姨妈们都不是我挚爱的母亲。但是，我没有为她们辩护。神谕者说话时，不允许任何人反驳。我没有利亚的胆量，我在夜里孤独流淌的眼泪中都带有羞耻的味道。

利百加把最恶毒的话留给了她的丈夫。以撒年纪越大就变得越愚蠢，她说，他臭气熏天——令她无法忍受。他忘记自己亏欠了她，让他把祝福给雅各，难道不对吗？她不停地抱怨以撒知恩不报，她在他手里受了苦。但是，我不明白祖父到底做了什么，让利百加如此不满意。当他在炎热的夏日来大橡树丛乘凉时，看上去和蔼可亲，善良无害。我很高兴以撒不需要利百加亲手照料，因为他被戴面纱的底波拉照顾得非常周到。谣传这个底波拉之所以戴面纱是为了遮掩她的兔唇，很难想象这样的女人，居然没有在出生的时候被扔掉。

当以扫来幔利时，他总是先拜访他的母亲，满足她的需要。在母亲面前，他总是礼貌周全，甚至可爱，但是，一旦有机会，他就会立刻去找父亲，陪他回亚尔巴，在那里父子俩一起享用葡萄酒，由戴面纱的底波拉照顾他们。他们谈笑风生，很晚才休息。

这些都是从白裙底波拉们那里听来的。她们待我很好。她们给我晚餐时，会拍拍我的肩膀，给我梳头，让我用她们的漂亮的象牙纺锤。但是，她们在傍晚时不讲故事，我不知道她们的母亲给她们的名字是什么或者她们是如何来到幔利的，她们是否会渴望男人的陪伴。她们看上去都很温顺与满足，但却像她们的衣着一样没有个性。我可不羡慕她们和神谕者在一起的生活。

新月时，利百加不允许我和来月经的女人一起进入红帐篷；她严格执行这个习俗。绝经的她也不能进入红帐篷，就像我这个没有成熟的女孩子一样。有一个底波拉和我们一起待在红帐篷外面,她说她从来就没有来过月经,但是,她丝毫不抱怨自己得不到休息。我和她一起做饭,服侍红帐篷里庆祝月经的女人们,她们的轻声窃笑让我思念起母亲们的帐篷。

黎明前,休养了三天的女人们微笑着从红帐篷出来,我得到许可,跟她们一起去山坡的最高处观看日出。当女人们轻声咏唱没有歌词的欢庆歌曲时,祖母亲自倒出奠酒。在接下来的绝对寂静中,我感觉到圣母就在我们头顶的大树里。每当新月时,这个记忆就会浮现在我的脑海里。

从情感上讲,我一直没能全心去爱我的祖母。我无法忘记或者原谅她对塔比的不公正待遇。然而,有一天,我开始对她肃然起敬。

神谕者天篷的大门总是四面敞开,欢迎来自四面八方的陌生人。根据萨莱和亚伯兰的约定,王子和乞丐应该得到同等待遇。就这样,每天上午利百加都在她那漂亮的天篷里接待朝圣者。她来者不拒——无论他卑微下贱,还是大富大贵——绝不会匆匆糊弄打发穷人。

我和她的侍者站在一起迎接客人。首先进来的是一个不能生育的妇人,她来祈求一个儿子。神谕者给了她一根红线,系在幔利的一棵树干上,她对不育的妇人轻声说了祝福的话,然后送她去找精通草药的底波拉。

接下来的是一个商人,来为他的货运商队寻求护符。"我碰上一个倒霉的季节,"他开口说,"我濒临破产,但是,我听说了你的魔力。"他说,语气里带着一丝激将的口吻,"我亲自来探个究竟。"

祖母走近他,盯着他的脸看,看得他毛骨悚然,经受不了她那锋利的眼神,他示弱地将眼神移开。"你必须赔偿!"她以警告的语气说。

商人的肩膀下垂，狂妄自大的模样顿时瓦解。"我没有东西做赔偿，祖母。"他说。

"别无他策。"神谕者说，她的声音洪亮而严肃。她一挥手就打发了他，商人胆战心惊地倒退出去，好像身后有一支军队追赶他一样，屁滚尿流地跑下山坡。

利百加看见我目瞪口呆的样子，耸了一下肩膀解释说："只有强盗才会来寻求贸易奇迹。"

那天上午，最后一个朝圣者是个怀抱孩子的母亲，孩子早就到了会走路的年龄——已经三岁，也许四岁了。但是，当妇人解开包裹孩子的毛毯时，我们立刻明白为什么他还要被母亲抱着。小男孩双腿萎缩，双脚布满流脓的烂疮，旁观者都觉得痛苦。看看孩子的眼睛，显然他已经被折磨得奄奄一息了。祖母从母亲的怀抱里接过孩子。她抱着孩子回到自己的坐垫上，让孩子坐在自己的膝头，嘴唇贴着孩子的前额。她叫人拿来一种治疗烧伤的药膏，虽然不能根治疾病，但是，可以缓解疼痛。利百加毫不迟疑，亲自给孩子的烂脚抹药膏。上完药膏后，她用自己散发着香气的手捧着孩子生病的双脚，好像那是精美、干净而宝贵的东西。孩子的母亲惊诧地张着嘴，但是，孩子并不懂得对治愈者伟绩的赞赏。当他的疼痛得到缓解时，他把自己的脑袋靠在利百加干瘪的胸脯上，熟睡了。

当孩子睡觉时，我们都纹丝不动地站着，也没有人说话，不知道我们到底站了多久，等孩子终于醒来时，我都腰酸背痛了。他的小胳膊搂着祖母，亲吻她。她给他亲切的拥抱，把他抱还给他的母亲，妇人看见儿子脸上的笑容，不由得感动落泪；但是，当她看见神谕者脸上的忧伤时，她明白没有人能够挽救孩子的生命，不禁再次凄然泪下。

从此以后,我无法再恨利百加了。虽然我从来没有见过她给予别的任何人这样的温柔,但是,我不能忘记她将那个孩子的疾苦当成自己的疾苦,给孩子安慰,给母亲平安。

我从来没有跟祖母提起塔比。我不敢。沉默中,我为失去我最好的朋友而悲哀,感觉好像她被包上裹尸布埋葬了一样。

但是,我没有想到被埋葬的是韦仁罗。

我急切地盼望再次见到这个信使,在幔利的其他人也是这种心情。当我问底波拉们她什么时候回来时,她们都笑了,人人都喜欢韦仁罗。"她肯定快回来了。"爱给我梳头的那个底波拉说,"到那时,我们晚上就有故事听喽,你就不会这么忧伤了。"

可是,一个从泰尔城来的商人路过这里,他给幔利的利百加带来了韦仁罗的坏消息:信使被谋杀了。她的遗骸是在泰尔城边被发现的,她的舌头被割掉,红发零落在身旁。一个许多年前曾经来朝圣的商人,想起服侍神谕者的这个长相特殊的女人,认出她的信使包。便收罗起她的遗骸,带回来见祖母,面对这个可怕的消息,利百加没有让自己的感情溢于言表。

我们把商人带回来的可怜的一小包残骨遗骸装在一个土陶罐里,深深地埋在地下。那天晚上,我听见底波拉们哭泣,我的泪水在自己的毛毯上又添加了一层盐。但是,当我梦见韦仁罗时,她坐在大树梢上,张开有特殊斑纹的嘴唇微笑,一只大鸟坐在她的肩头。

在埋葬了韦仁罗后的第二天早上,我像通常一样去见利百加,可她已经穿戴完毕,抹好香水,化好妆。她坐在坐垫上,沉默而孤独。我不敢肯定她是否注意到我来了。我咳嗽了一下。她没有抬头看我,但是,过了一会儿后,她开始说话,然后我明白为什么朝圣者会来幔利。

"我知道你在这里,迪娜。"她说。

"我知道你因为以扫的女儿而恨我。真可惜啊。她是那群人中最好的,当然,那不是她的错。都怪她那个愚蠢的母亲,没有根据我的指示去做,而是依顺了她自己的愚蠢的母亲。我应该当她还是个婴儿时,就将她领养了。那个孩子再也没机会了。"

祖母说这些时,没有看着我,好像她只是有声地思考。然后,她转过身来,死死地盯着我的眼睛。

"你的命运不会那样悲惨的,"她说,"你的母亲不会让任何人将你的初潮变成有利可图的猎物。她会保证你宝贵的初红回归到伟大母亲的泥土中,绝对不允许它被利用。这你不用担心。"

"但是,另有不幸等待着你。"她说着意味深长地瞥了我一眼,好像试图看清我的未来一样,"有些事情我无法度量与预测。正如我不能预料韦仁罗的结局那样。也许你将来生活中的悲哀,至多是失去一两个婴儿,也许你会年轻守寡,因为你的生命会很长。但是,我没有必要吓唬你这样的孩子们,提及未来要付出的生命代价。"

一阵沉默后,利百加再次开口说话,虽然她的话是关于我的,但是,她的那种口气,好像我根本不在她身边似的。"迪娜也不是继承人。我现在看得清清楚楚,没有继承人。幔利会被人遗忘的。我走后,这个天蓬将不复存在也。"她耸了耸肩,漠然地安泰。

"事实上,伟大的神灵不需要我们做什么。我们的奠酒和祷告不比蜂鸣鸟语更灵验。至少它们的颂扬是真心实意的。"

她站起身,朝我走过来,直到我们几乎鼻尖碰鼻尖。"我原谅你对我的憎恨。"她说,然后一挥手,就让我离开了她的帐篷。

几天后,鲁便来接我回去。我离开幔利时,祖母甚至没有点一下头。我很高兴自己就要回到母亲的帐篷里,但是,当我们离开时,我的眼睛被泪水刺痛。我空手而归。我既没有赢得祖母的注意力,也没能取悦她。

第 六 章

在幔利的每一刻,我都盼望着回家,但是,当我终于回到家时,却感到无比的震惊。一切都不是我原来记忆中的那样了。我的兄弟们、我的父亲,所有的男人,都变得不合情理地粗鲁与残忍。他们有话不好好说,而是哼哼唧唧地咕哝,他们抓耳挠腮抠鼻子,甚至于光天化日之下,在女人面前大小便。唉,简直是臭气熏天!

营地里也噪音喧天。狗叫、羊咩、婴儿哭、女人尖叫。我以前怎么从来没有注意过,女人竟然冲着彼此或者是孩子们尖叫?甚至连母亲也变了。她嘴里说出的每一句话都像在批评、命令和挑剔我。事事要按她的想法去做,我无论做什么都无法让她满意。她发号施令:去打水,照顾小孩子,帮悉帕织布!她的声音里面只有责怪和怒气。

她对我发话的时候,我必须强忍眼泪,羞愧和愤怒使我的喉咙发紧,我踢脚下的土。"到底怎么啦?"她责问我,一天三次。"你哪里不对劲?"

不对劲的不是我,我心想。是利亚她自己变得性情狂躁、刻薄和刁难。不知怎么的,在我离开的几个月里,她苍老了许多。她的前额上的深皱纹里夹着灰土,指甲里面的脏东西让我恶心。

当然,我绝对不能说出这些不尊重母亲的话,所以我尽量避免她,逃到悉帕的织布机旁,沉溺于她的安宁意境中或者是躲避在辟拉温柔的声音里。我甚至睡在拉结的帐篷里,这一定给利亚带来更多的痛苦。还有英娜,我现在才意识到她起码和祖母的年纪一样大,她怪罪我给母亲平添烦恼。可是因为我太年轻了,所以我当时不明白,真正变化的不是母亲,而是我自己。

几个星期后,我逐渐习惯了日常的噪音和男人的气味,发现自己对男人充满了奇异幻想。我盯着光屁股疯跑傻玩的小男孩的小鸡鸡看,秘密监视发情交配的狗。夜里,我躺在毛毯上辗转难眠,我的手在自己的胸前和两腿之间探索,脑子里充满奇想。

一天夜里,英娜在犹大的帐篷外面抓了我一个正着,我正在偷听他和书亚制造小孩。接生婆揪住我的耳朵,把我拎走。"用不了太久了,哈,我的姑娘。"她朝我斜眼一瞥,"你的时候就要到了。"我害羞得无地自容,又非常害怕英娜告诉母亲。即使是这样,我依然抑制不住对男女之事的神秘幻想。

在我被好奇与渴望折磨的那些夜晚里,父亲和他的儿子们正在彻夜长谈。家里的牲畜很快就多到没有牧场牧养的地步了,我的兄弟们希望自己有更好的前程,那样他们的儿子也能拥有更好的生活。雅各又开始做梦了,这一次是一座有城墙的城市,两山之间的峡谷平川都属于他的家族。在他的梦里,我们来到示剑城,在那里,他的祖父在一堆石头上倒上奠酒,将之称为圣坛。我的兄弟们喜欢这个梦。他们白天进城做贸易,晚上带着在许多集市上听到的故事回到帐篷里,集市里的羊毛和牲畜价格都很好。示剑的国王哈抹王是个爱好和平的人,他欢迎能够与他的大地共同繁荣的家族。西缅和利未以父亲的名义与哈抹王的大臣谈判并达成了协议,获得了带有一口井的大片土地,他们回到雅各身边时,为自己的成就沾沾自喜。

就这样,我们收起帐篷,赶着牲畜,旅行了很短的一段路程,举家搬迁到与国王约定好的地方。母亲们宣布她们对这个峡谷很满意。

"山是苍天连接大地的地方。"悉帕说,她为自己找到了灵感而满足。

"山会保护我们不受邪风的侵害。"利亚说,她的话总是有道理的。

"我一定要找一个土生土长、懂得草药的女人给我指点迷津,看看这里的山上都有什么样的宝藏。"拉结对英娜说。

似乎只有辟拉对生活在以巴路山的影子下感到不满,而我们正是在以巴路山坡上支起帐篷扎营的。"这个地方太大,"她叹气道,"我感到迷失了方向。"

我们修建了炉灶,种上了菜园子。牲畜繁衍,我的另外三个哥哥娶了妻,都是年轻姑娘,没什么能让母亲们反对的地方。她们是迦南人,不懂得哈兰的习俗,在哈兰做母亲,必须既美丽,又能干。我的新姐妹们进入红帐篷,只是想取悦利亚,她们从来不和我们一起笑。看见我们向圣母献祭,她们毫无兴趣,拒绝学习怎么做祭奠。"祭献是男人的事情。"她们边吃甜饼边说。但是,我兄弟们的新娘都是家务能手,生育能力也强。在示剑,家里又添加了许多的侄子和侄女,雅各的家族兴旺起来。

我们的营地平平安安,只有西缅和利未除外,他们的不满情绪越来越大。因为有那口水井,这块土地听上去像是块宝地,结果只是一个古老的烂石坑罢了,我们来了没有多久,井就枯干了。我的兄弟们又挖了一口井,挖井是累断腰的活,他们的第一次尝试就没有成功。西缅和利未断定是哈抹王故意欺骗他们,说这是个耻辱,两人添油加醋,煽动对方的怒火。等到第二口井出水的时候,可以说他们已经忘记自己姓什么了,他们的名字成怨恨的同义词。幸运的是我们和他们不用打什么交道。看见他们都让我感到害怕，他们总是黑沉着脸，长刀佩带腰间。

当春天里空气甜蜜、母羊怀羔时，我的初潮来了。在月亏的傍晚，当我蹲下来解手时，我注意到大腿上的一丝血迹。我好一阵子才醒悟出自己看见的是什么。它的颜色更偏于棕色。初潮是否应该是鲜红色的？我应该感到肚子疼吗？也许我弄错了，这只不过是不小心时划破了腿？可我找不到任何伤痕。

我有生以来似乎一直在期待着进入女人期的这一刻，但我没有立刻跑去告诉母亲们。我蹲在原地不动，藏在灌木丛里，我心想：我的童年结束了。我将穿上围裙，盖住我的头。新月时，我不必拿东西、干活了，我将和其他的女人们一起坐着休息，一直等到我怀孕时为止。我将和母亲们和嫂子们一起闲坐在泛着红光的红帐篷里，三天三夜，直到新月女神出来。我的血液将流到干净的麦秸上，空气中将弥漫着女人血液的咸味儿。

一时间我衡量着是否应该保密，依然做个女孩，但是，我很快就打消了这个想法。我只能做我自己。我是一个女人。

我站起身来，手指上染着我成熟的里程碑，发现自己的肚子的确隐隐钝痛。我带着骄傲，朝红帐篷走去。我知道女人们不会再取笑我逐渐鼓起来的乳房了。当拉结和英娜接生婴儿时，无论在哪个帐篷里，我都能名正言顺地加入她们，受到正式的欢迎。现在，每逢新月，我都能倒奠酒和祭献甜饼了，很快我就能懂得男女之间的秘密了。

原本被差遣去打水，现在我双手空空地走进红帐篷。在母亲们开口责怪我之前，我举起有血迹的手指。"我也不能去拿任何东西了，母亲。"

"啊,啊,啊!"利亚还是第一次说不出话来。她亲吻了我的双颊,我的姨妈们争相拥抱我,亲吻我。我的嫂子们拍着手,一时间内,每个人都在讲话。英娜跑进红帐篷,看看到底出了什么事,我被无数笑脸围绕着。

夜幕几乎降临了,我还没有回过神来,庆典仪式就开始了。英娜拿出擦得锃亮的金属酒杯,斟满色深味甜的酒,我几乎没有尝出酒精的味道。但是,当母亲们用棕红色的散沫花染料画我的脚底和手掌时,我已经醉得有些飘飘然了。和新娘的图案不一样,她们从我的脚底起画了一条红线,一直到两腿之间女人的终极点;又从我的双手开始,用圆点构成的图案一直画到肚脐眼。

她们给我涂眼影,描眼线,("这样你就能看得远。"利亚说。)她们给我的额头和腋窝喷上香水,("这样你就像走在花丛中。"拉结说。)她们取下我的手镯,脱去我的裙子,给我换上家织的粗布裙子,分娩的女人才穿的那种,也就是裹胎盘用的那种粗布,一定是药酒的效力,我感觉轻飘飘的,顾不上问她们为什么在给我画了身子,喷了香水以后,还穿上这身粗布裙子。

她们对我是多么的疼爱、温柔,同时又是多么的滑稽啊。她们不让我自己吃饭,而是用她们的手指挑选了最好的部分,一口一口地喂我。她们按摩我的脖子,我的背,直到我柔软如猫。她们唱了我们会唱的每一首歌。母亲不停地给我斟酒,端到我的唇边,很快我就发现自己言语不清,我周围的声音化成一团幸福而模糊的嗡嗡声。

西布伦的妻子亚哈娃挺着妊娠晚期的大肚皮,拍手舞蹈。我捧腹大笑,直笑到肋骨酸疼。到后来,我微笑一下,脸部肌肉都会发酸。做女人真好啊!

然后,拉结拿出老家的神像,每个人都沉默下来。这些家神一直被隐藏着,这还是第一次拿出来。虽然最后一次见到它们时,我还是个小孩子,但是,它们就像我的老朋友一样,我记得一清二楚:一个怀孕的母亲,一个头顶装饰着蛇的女神,一个雌雄双性的神,一只严肃的公羊……拉结仔细地把它们摆放好,她特意选择了一个笑脸青蛙一样的三角形女神拿在手上。女神的大嘴里含着自己下的蛋,而她的双腿呈匕首形张开,似乎随时准备再下一千个蛋。拉结用油使劲摩擦这个黑曜岩神像,直到它在油灯下散发出光芒,剔透得要滴油似的。我盯着青蛙女神那荒唐的脸,咯咯地笑,但是,没有人跟我一起笑。

接下来,我发现我们已经来到帐篷外面。我们在园子中间的一小块小麦地里——这个隐蔽地点种出的谷物,是专门做祭献的。这里的土已经翻耕好,准备在月盈后播种。我赤裸着身体,脸朝下躺在凉爽的土地上。我浑身颤抖。母亲把我的脸贴在地上,散开我的头发。她把我的双臂铺展开,"拥抱大地。"她对我轻声地说。她又把我的膝头朝外摆,双腿弯曲,脚心碰脚心地趴在地上,"初潮回归大地。"利亚说。我能感觉到凉爽的夜风吹进我两腿之间女性器官里,在夜空下如此地敞开自己,真是一种奇怪而美好的感觉。

母亲们聚拢在我身边:利亚在我的上方,辟拉在我的左手边,悉帕的手放在我两腿的后面。我像青蛙一样咧着大嘴笑,美滋滋的,喜欢这一切。拉结的声音在我的身后响起,打破了沉默。"母亲!伊南娜!夜之圣母!请接受你的女儿献上血祭,以她的母亲的名义,以你的名义。在这血里,她将获得生命;在这血里,她将给予生命。"

当狭窄的三角形青蛙女神从我两腿之间进入我时,一点也不疼,也许是油起了润滑作用,它的大小完美地充满了我。当它冲破锁住我的子宫的大锁时,我正面朝西,而它面朝东。我大声惊呼,并不是因为疼痛,而是感觉意外,甚至可能是快感,我好像觉得是圣母本人躺在我的身上,而她的爱人杜姆兹躺在我的身子底下。我就像一块布,夹在他们做爱的躯体之间,被他们的激情温暖着。

母亲们同情地轻声呻吟。假如我能说话,我一定会告诉她们放心,其实我感觉非常幸福。因为夜空里所有的星星,都跟随着咧嘴大笑的青蛙女神进入了我的子宫。自从开天地、分水陆以来,在这个最温柔、最自由的夜里,我躺在地上像只狗一样气喘吁吁,感觉到自己在天堂里旋转。当我开始从天而降时,我没有丝毫恐惧。

我睁开眼睛,天空泛着粉红,英娜蹲在我身边,看着我的脸。我背朝地脸朝天躺着,四肢张开像轮辐,母亲用最好的毛毯盖住我赤裸的身体。接生婆扶我站起来,带我回到红帐篷里柔软的角落里,其他女人都还在梦乡里熟睡。"你做梦了吗?"英娜问我。当我点头肯定时,她凑近我,"她是什么形状的?"她问。

奇怪的是,我明白她想知道什么,但是,我不知道怎么称呼那个冲着我笑的精灵。我从来没有见过这样的动物——庞大、漆黑、龇牙咧嘴的笑容,皮肤像皮革。我试图将这个怪物描述给英娜听,她却一脸的困惑。然后她问:"她在水里吗?"

我说是呢,英娜笑了。"我告诉过你,水是你的命。这是个老家伙,塔沃里特,一个生活在河里的埃及女神,她张着巨口大笑。她赋予母亲乳汁,保护所有的孩子。"我的老朋友亲吻我的脸颊,然后轻轻地捏了我一下。"我对塔沃里特也就知道这么多,但是,我活到今天,还从来没有听说过任何女人梦见过她的。这一定是个好兆头,小家伙。现在,你赶快睡觉吧。"

我一闭眼就睡到了第二天晚上,这一整天梦见的都是金色的月亮在我的两腿间发光。曙光来临时,我得到了第一个走出红帐篷的殊荣,问候新月时的第一束日光。

当利亚告诉雅各他的女儿已经成年的消息时,她发现丈夫已经知道了。英布将消息告诉了利未,而利未早已将"家丑"传到了他父亲的耳朵里。

这个迦南女人对女孩的成人庆典仪式感到无比震惊,丝毫不理解大地、血和天之间的古老契约。没有家教的英布,对打开子宫大门的"开宫"仪式无知到了极点,称之为"家丑"。真的,她嫁给我哥哥时,她的母亲冲进新婚帐篷,夺走他们初夜染有血迹的毛毯,以备雅各要求检查她女儿是处女的证据——毕竟他为新娘出了全额聘礼。好像父亲竟然会低贱到看一个女人的初夜之血的那种地步,真是荒唐透顶!

但是,现在英布将园子里的祭献——或者至少是她猜中的部分——告诉了利未,利未随即告诉了父亲雅各。男人对红帐篷里的仪式和祭献本是毫不知情的。现在,雅各知道了这事以后,很不高兴。事实上,他的妻妾对他以及他的神都一直尽职尽责;他也与她们或者她们的女神毫无瓜葛。但是,他现在不能假装拉班的神像不在他的家里,更不能容忍他宣誓抛弃过的神灵仍然供奉在他家的帐篷里。

雅各愤怒地召见了拉结,逼她把她从拉班那里弄来的家神交给他。他把它们拿到一个秘密地点,用石头把它们统统砸碎。一不做,二不休,再将它们秘密地埋掉,这样就没有任何人可以在它们的残骸上倒奠酒。

一个星期后,亚哈娃流产了,悉帕说这是报应,预兆着更加悲惨的事情即将发生。利亚不是很关注神像。"它们被藏在篮子里这么多年了,也没有伤害我们一根毫毛。问题是我的儿媳妇们,她们不遵守我们的规矩。我们应该引导她们。我们必须把她们变成我们的女儿。"就这样,母亲开始留心栽培亚哈娃,还有犹大的妻子书亚。接下来的许多年里,她也试图教导以撒迦的新娘赫西亚,还有迦得的新娘俄利特。但是,她们都不能放弃自己的母亲的老规矩。

英布的背叛使女人之间的关系遭到了巨大的破坏,她们之间的隔阂永远没能消除。利未和西缅的妻子们再也不进红帐篷了,在新月时,她们只待在自己的帐篷里,把自己的女儿们也留在身边。雅各开始对红帐篷皱起眉头。

每个新月,我都来到红帐篷那个属于我的角落里,跟母亲们学习如何保持双脚不碰裸露的土地,如何舒服地久坐在麦秸坐垫上。我的日子完全遵守月盈月亏的节奏。时间在我的身边流淌,也在我的体内急行,我的乳房肿胀,欲望沸腾,渴望释放,三天的静养仅仅是暂时的隔离与停顿。

虽然我不再视母亲们为完美的人,但是,我依然期待着与她们,还有其他女人一起进入红帐篷的时刻。有一次,正好只有我和母亲们坐在红帐篷里,拉结说这正像在哈兰时的旧日时光。但是,利亚说:"这可完全不一样。现在有许多人服侍我们,而且我的女儿也和我们一起坐在麦秸上了。"辟拉观察到母亲的话刺伤了拉结的心,因为她依然梦想有个女儿,还没有放弃希望。我这个温柔的小姨妈说:"啊,利亚,又是只有我们五个人,真是太美好啦。要是亚大看见还不知道会多么高兴呢。"我外祖母的名字就像是灵丹妙药,姐妹们立刻轻松愉快地回忆起她来。但是,覆水已然难收。利亚和拉结之间的宿怨又复苏了。

我们在以巴路山的影子下扎营没有多久后,英娜和拉结为家里一个女奴接生了一个难产的婴儿：一个脚先出来的大胖男婴。母亲也幸运地活了下来！遇到婴儿脚先出来这种难产的情况，一般来说母亲都是在劫难逃。很快这消息就传了出去，山坡一带，甚至于峡谷远方的孕妇，只要一出现难产的征兆，就派人来找英娜和拉结。有传言说英娜和拉结——特别是拉结，这个幔利的血脉之亲——具有降服拉马丝图和莉拉卡的能力，这些女恶魔专门害产妇，吸食新生婴儿的血液，令当地人闻风丧胆。

我曾多次随拉结和英娜出诊，老接生婆的肩膀已经背不动背包了，拄着拐棍才能走路。山坡上的乡亲们看见像我这样没有结婚的女孩来帮助接生都非常震惊。而峡谷里的人就不在乎，第一次做母亲的女人中，有的甚至比我年轻，她们选择我来握住她们的手，当阵阵剧痛来临时，她们让我看着她们的眼睛，给她们鼓励。

虽然我敢肯定我的导师们已经知道关于接生的一切知识，但是，拉结和英娜还是不断地学习，走到哪儿，学到哪儿。她们很高兴地发现，山里长着一种很甜的薄荷，具有迅速解除胃痛的功效，这对于胀气和呕吐的孕妇来说是个福音。但是，英娜看见山里的一些女人，在孕妇的肚皮上画上黄色的螺旋图案，目的是"愚弄恶魔"，她不禁翘起嘴角，轻声细语地说这样的东西只会刺激皮肤，什么用都没有。

我的导师们从示剑峡谷里的女人那里寻得一件法宝。它既不是草药，也不是工具，而是一首接生歌，这是英娜和拉结用过的最有效的镇静剂。歌曲让产妇呼吸轻松，自如许多；让皮肤弹性地伸缩，而不会撕裂。它能减缓最剧烈的疼痛。即使是那些面临死亡的产妇——无论接生婆的技艺多么高超，哪怕是像英娜这样的接生婆，也有无计可施而产妇死于难产的时候——当她们永远闭上眼睛的那一时刻，她们也会在歌声中面带微笑，不惧怕。

我们唱:

> 不惧怕,时辰就到
>
> 不惧怕,你筋骨强壮
>
> 不惧怕,帮手就在这里
>
> 不惧怕,女神古拉在身旁
>
> 不惧怕,婴儿就在门口
>
> 不惧怕,他会活着给你荣耀
>
> 不惧怕,接生婆的双手充满智慧
>
> 不惧怕,大地在你脚下
>
> 不惧怕,我们有水也有盐
>
> 不惧怕,小妈妈
>
> 不惧怕,我们所有人的母亲

英娜爱这首歌,特别是当产妇家里的女人们汇入和声时,效果更是魔术般的好。她为自己在晚年还学到这样实用的歌曲而欣慰。"即使是快作古的老太婆。"她冲着我晃动着她那枯瘦如柴的手指,"即使是我这样干瘪的老太婆,偶尔也能学点新把戏。"

我们这个可爱的朋友的确是老了,终于有一天,英娜浑身僵硬,无法夜行了,她也不能走陡峭的山路了,拉结只好带着我一起出诊,我不仅用心观察,也得以动手实践。

有一次,我们被召唤去为一位年轻的母亲助产,那是她的第二胎——一切都非常顺利,可爱的母亲甚至在分娩时还微笑着——我的姨妈让我放置分娩砖,给男婴剪断脐带。在回家的路上,拉结拍了拍我的肩膀,说我将成为一个出色的接生婆。然后,她又添了一句,说我的嗓音非常适合于唱《不惧怕》这首母亲之歌,我别提多么自豪啦。

第 七 章

有时,我们会被召到靠近城市的地方去接生。我非常喜欢这样的旅程。迷雾缭绕的高山曾赋予雅各和悉帕献祭的灵感,而示剑城的城墙却带给我更为强烈的震撼。构思如此浩大工程的头脑使我感到心明眼亮,而修建这些城堡的肌肉的力量使我感到身强体健。只要那些城墙出现在视野中,我都无法不盯着它看。

我渴望走进城里,看一看有寺庙的广场、狭窄的街道和拥挤的民房。我从约瑟那里听说过一些关于示剑城的情况,他曾跟随哥哥们去过示剑城。他说哈抹王、他的埃及王后以及十五个妾住在金碧辉煌的王宫里,宫殿里房间的数量比我兄弟的总数还多。他还说哈抹王拥有的仆人多过我们家养的羊。我的弟弟说像他这样肮脏的牧羊人根本不能指望往那辉煌的宫殿内望上一眼。我喜欢约瑟夸张的故事。任何关于示剑城的消息,哪怕是谎言都会让我激动不已,当兄弟们从集市归来后,我幻想自己能够从他们的长袍上嗅到城里艺伎的香水味儿。

我的母亲决定亲自到集市上看个究竟。利亚敢肯定,由她出马,羊毛的价钱肯定比鲁便卖得高,鲁便太慷慨,不能把这种讨价还价的事情放手交给他。当她说我可以跟去帮忙时,我几乎亲吻了她的手。鲁便给我们在城东门外找了个好位置摆摊,而自己却站在稍远的地方,看着母亲对每一个路过的陌生人大声兜售,并且像个骆驼商人一样,跟感兴趣的人讨价还价。

我除了张望以外,也没有什么事情可做,只是兴奋地消化着眼前的一切。城东门外的这一天可真是太美妙了。我第一次看见玩杂耍的人;第一次吃石榴。我看见黑色的脸蛋、棕色的脸蛋、奇特卷毛的山羊,还有裹罩着黑长袍的女人和赤裸的奴隶女孩。我们好像又回到旅行时的大路上,只是没有酸痛的双脚罢了。我看见一个侏儒牵着一头像月亮一样雪白的毛驴蹒跚而行,又看见一个穿着长袖长袍扎腰带的祭司买橄榄。突然,我看见了塔比!

哦,至少我认为我看见了她。一个身高和皮肤颜色与她相同的女孩朝我们的羊毛摊走来,她身穿寺庙侍者的白色长裙,剃光了头发,两只耳朵都穿孔戴环。我站起身,大声喊她,她转了身,急匆匆地跑了。我不假思索,拔腿就追,就像自己不是个年轻女子,而依然是个小孩,母亲都来不及阻拦我。"塔比!"我大声喊"堂妹!"但是,她没有听见我喊她;也许她听见了,但是,不愿意停下来,直到白色的裙子消失在一扇大门的后面。

鲁便追上我。"你这是干什么?"他问。

"我以为那是塔比。"我强忍泪水说,"但是,我弄错了。"

"塔比?"他问。

"以扫的女儿,我的堂妹。你不认识她。"我说,"对不起,还要你来追我。母亲生气了吗?"

我的蠢问题令他笑了出来,我也笑了。母亲当然是怒气冲天,接下来的整个下午,我被罚面朝城墙坐着。好在这时我已饱眼福,只任轻飘的心飞翔神游,光是听着集市的嘈杂喧嚣,回忆我失去的朋友,就已经让我心满意足了。

当我们从集市回来后,城里来了一个信使。她穿着亚麻长裙,漂亮的凉鞋,非拉结不见。"王宫里的一个女人即将生产。"她对我的姨妈说,"哈抹王的王后召唤雅各家的接生婆们前去出诊。"

看见我为旅程准备接生医药箱,利亚很不高兴。她找到拉结,质问她:"为什么不带英娜去见王后?为什么一定要把迪娜从我的身边拉走?眼下正是采集橄榄的季节。"

我的姨妈耸了耸肩,"你明明知道英娜走不动路,不能再进城了。假如你想让我带一个女奴去,我愿意。但是,王后召见的是我和迪娜二人,假如我独身一人进宫而没有助手,她一定不会再派人来买你的羊毛了。"

利亚盯着拉结,听着她怡然顺理地说出这番话,我赶紧低垂眼帘,害怕她看出我眼神中的渴望。我屏住呼吸,等待母亲做决定。"哼!"她一甩手,走开了。我双手捂住自己的嘴,以免自己大声欢呼,拉结露齿而笑,就像一个小孩子与长老斗智胜利后那样高兴。

我们准备好行装,穿上节日衣装。但是,就在我们刚要跨出帐篷时,拉结叫住了我,她把我的头发编成平滑的小辫子。"埃及风格。"她轻声对我说。当我们跟信使一同走入峡谷时,辟拉和悉帕与我们挥手告别,可我们却看不见利亚的影踪。

第一次跨过城门,我极度失望。街道比我想象的要肮脏狭窄。空气中弥漫着烂果子和人类排泄物的混合臭气。我们走得太快,看不清昏暗的破屋子里面是什么模样,但是,我能听见而且闻到山羊和主人同住陋室,我终于明白为什么父亲讨厌住在城市里。

但是,一跨入王宫的门槛,我们便进入了一个截然不同的天地。我们站在宽敞而明亮的庭院里,宫殿的厚墙完全隔离了外界的噪音和气味。

一个赤裸的女奴朝我们走来,示意我们跟着她,通过一道门,进入女性居住区,然后进入产妇的房间。将做母亲的女人正躺在地上,上气不接下气地喘息。她与我几乎同龄,看样子刚开始分娩。拉结摸了摸她的肚子,仔细地给她做了检查,并悄悄地朝我翻了一下白眼。这将是最简单而容易的顺产,居然把我们俩给召来了。我们当然不在乎来一趟,到宫殿里来也算是一次刺激的探奇,我们还是很感激的。

当我们与产妇见面后不久,王后就进入产房,她出于好奇,要来看看山里来的接生婆们。王后的名字叫拉·内弗尔,她身穿一条亚麻薄纱紧身裙,外面套上一条绿松石珠子串成的裙子——这是我见过的最优雅的服饰。即使是穿着这样华贵的衣裙,王后还是没有拉结那么美丽动人。虽然拉结已经不再年轻,脸上刻着日月沧桑与劳累留下的皱纹;此刻,她正蹲在地上,一只手伸进产妇的两腿间——即使是这样,我的姨妈仍是容光焕发,光彩照人。她的头发依然油光锃亮,黑眼睛闪烁明亮。两个女人相互对视,目光中带着对彼此的赞许,并向对方点头致意。

拉·内弗尔将她的紧身裙提到膝盖头,蹲在产妇亚丝南的身旁,年轻的产妇大声喘息,不停地呻吟,她这种表现多出于恐惧而不是疼痛。两个年长些的女人开始讨论用油润滑婴儿的头,高贵的王后居然还有这么多关于分娩的知识;而拉结与王后谈话时雍容不迫,不卑不亢,她们二人的表现都让我敬佩不已。

原来,亚丝南是王后保姆的女儿,既是王子儿时的玩伴儿,也是他的奶伴儿——就像我和约瑟一样。保姆死的时候她的孩子们都还年幼,拉·内弗尔尤其怜爱亚丝南这个女孩子,自从她怀上哈抹王的孩子后,王后对她更是百般呵护。亚丝南是国王新娶的妾。

所有这些都是拉·内弗尔告诉我们的,从中午到日落时分,她一直陪伴着亚丝南。年轻的母亲身体强壮,所有的迹象都良好,只是分娩进展缓慢。剧烈的宫缩阵痛后,便是长长的停顿;下午,亚丝南精疲力尽地睡着了,拉·内弗尔把拉结带到自己的房间里吃点心,留我看守产妇。

我刚要打盹儿,就听见前厅有男人的声音。按照宫中的规矩,我本应该派女奴探听情况;但是,长时间枯燥地坐着,让我感到非常疲倦,所以我不假思索地站起身来,走出产房。

他的名字叫萨兰姆。他是国王的长子,事实上,他也是最英俊、最敏捷、最聪明的王子,示剑城所有的人都爱他。他像落日那样辉煌耀眼。

我低垂眼帘,不敢盯着他看——好像他是双头山羊,或是什么稀奇古怪的东西。但是,他的确是违反了一切自然规律。因为他完美无瑕。

为了避免直接盯着他的面孔犯傻,我低着头,注意到他的手指甲很干净,手也光滑。他的胳膊不像我的兄弟们的那样因日晒而黝黑,也不是病态的苍白。他只穿了一条短裙,裸露着无毛且肌肉发达的胸。

他也正盯着我看,我发现自己的围裙上有产妇的血迹,不禁打了一个寒战。即使是我的节日盛装与他那微光闪烁的家织亚麻便装相比,也显得十分粗陋寡味。我的头发蓬乱,没有戴头巾。我的双脚肮脏。我听到粗重的呼吸声,但弄不清是我自己的,还是他的。

终于,我抑制不住自己,抬起头来看他。他的个头比我高出一手掌。他的头发乌黑锃亮,牙齿整齐洁白。他的眼睛好像是金色的,或是绿色的,还是棕色的?事实上,我的目光不敢久驻,根本没有看清他的眼睛是什么颜色,因为从来没有任何人如此看过我。他的嘴礼貌地微笑着,但是,他的眼睛却在寻求答案,只是我不明白他的问题是什么。

我的耳朵嗡鸣。我本想拔腿逃跑,但又不情愿结束这种莫名的、混杂着强烈欲望的刻骨铭心。我什么也说不出。

他也惊慌失措。他朝自己的拳头里咳嗽了一声,又朝亚丝南产房的门口瞥了一眼,然后盯着我看。终于,他结巴地问了一个关于他奶妹的问题。我当时肯定回答了什么,但后来竟然一点都记不清了。当我们在狭小空荡的走廊里碰面时,我所记住的一切只是一种因欲望而生的痛楚。

所有这一切都发生在能够感觉到对方沉默呼吸的狭小空间里,每当想起当时的情景,我心里都会产生一种奇妙的感觉。我一直在责怪自己,心想:愚蠢!幼稚!愚蠢!如果我讲给母亲听,她一定会嘲笑我的。

但是,我知道我是不会告诉母亲的。这个念头让我脸色潮红。我脸红倒不是因为这位萨兰姆让我心头燥热,我还不知道他的名字,却在他面前张口结舌,手足无措。让我脸红的是我知道自己不会把内心那种充实的、着火的感觉告诉利亚。

他看见我潮红的脸,笑容更加灿烂。我的尴尬消失了,我也朝着他笑。好像是新娘的聘礼已经付讫,嫁妆已经定好一样。好像只有我们两人在新婚帐篷里。他要问的问题已经得到了回答。

现在回忆起来,都觉得滑稽荒唐,假如我的女儿跟我吐露这样的经历,我一定会大笑或者大声地责怪她。但是,那天,我是个已经准备好接受男人的女孩子。

当我们冲着对方笑时,我想起犹大帐篷里的动静,明白曾在夜日燥热而辗转难眠的自己。萨兰姆比我大几岁,他完全理解自己的欲望,但是,他感觉到的不仅是单纯的情欲涌动,后来,当我们花好月圆、躺在对方的怀抱里时,他跟我讲了他当时的感觉。他说在女性居住区的前厅走廊里,他完全为我倾倒,却带着羞涩。他说他被迷咒勾魂一般,欲言无声,刻骨铭心地激动着。正如我一样。

我们没有机会说话,拉结和王后就旋风般地进来,把我拉回产房里。我没有时间再想萨兰姆,因为亚丝南的羊水破了,她几乎没有什么产道撕裂,就生下一个健康的大胖男婴。"你一个星期内就能完全恢复。"拉结告诉年轻的母亲,她正因顺利产子喜极而泣。

那天晚上,我们在王宫过夜,我激动得彻夜无眠。第二天早上离开时,就好像面临死亡。我想我永远不能再见到他了。我想这一定都是我的错觉——一个粗糙的乡村女孩在王子面前的幻想。但是,我的心抗拒着这种念头,当我们离开时,我扭着脖子拼命地回头张望,盼望他来认领我。但是,萨兰姆没有出现,当我们爬上山坡,快回到父亲的营地时,我紧咬嘴唇,强忍热泪。

没有人知道!我还以为所有的人都能看透我的心思。我以为拉结能够猜出我的秘密,她会在我们回家的路上探出我的故事。但是,我的姨妈只想聊关于拉·内弗尔的话题,王后赞扬了拉结的技能,送给她一条缟玛瑙珠子项链。

回到营地后,母亲拥抱我时也没有发现我身上新生的火焰般的激情,只是马上吩咐我去了橄榄树林,这是采集橄榄的繁忙季节。悉帕在那里指挥榨油,她几乎没有回应我的问候。甚至于心路最敏感的辟拉,也正在为一批油罐有裂纹而操心,丝毫没有察觉我的心思。

她们没有注意到我的变化,这倒给了我一个启示。在去示剑城之前,我还以为母亲们可以洞察我的一切想法,直接看透我的心思。但是,现在我发现我是一个不透明的个体,我有自己的运行轨道,有个无人知晓的个人世界。

这个发现令我欣喜,并立志维护这份独立,我独自在橄榄树丛最远的一个角落里忙碌,甚至和嫂子们一起睡在园子边上的临时帐篷里。我幸福地沉浸在我的个人世界里,心中只有我的爱人,回忆他的英俊相貌,想象他的品格德行。我盯着自己的双手,幻想触摸他光滑的肩膀、健美的胳膊,该是什么样的感觉。梦乡中,我看见阳光闪烁在涟漪水面上,我在微笑中醒来。

沉溺于三天幸福的幻想后,我感到希望逐渐落空。他会来找我吗?我这双长满老茧的手是不是太粗糙而无法取悦王子?我咬噬自己的指甲,废寝忘食。夜里,我躺在毛毯上,在脑海里一遍又一遍地重演我们见面时的情形。我满脑子里都是他,但是,我开始怀疑我的记忆。也许他的微笑仅是逢场作戏,不是钟情。也许我是一个单相思的大傻瓜。

正当我担心自己会背叛自己,泪如雨下地向母亲们倾诉衷肠时,我获救了。国王本人派人来找我了。哈抹王对他年轻的妾必定百求百应,亚丝南一问国王,能否让雅各年轻的女儿来陪她坐月子,信使便立刻被差遣出来。国王的人甚至安排了一个奴隶来替我采集橄榄。母亲都觉得这种做法很体贴周到,慷慨大方。"让她去吧。"利亚对父亲说。雅各没有反对,他派利未护送我,一直送到哈抹王宫殿的女性居住区大门口。

与母亲们挥手告别时,我能看见辟拉和拉结瞥眼看我。也许是我急匆匆的样子,也许是听到国王召唤时的兴奋太溢于言表,什么地方露了破绽使她们开始警觉,可就算她们有心质问我,那也来不及了。当我走下山坡时,她们挥手道别,我能够感觉到她们的疑问在我身后滋生。我们通往峡谷的路上,一只山鹰一直在我们的上方盘旋。利未说这是好兆头,可信使不这么认为,山鹰每次在我们头顶掠过时,信使都会往地上的影子处吐口水。

我的哥哥把我送到哈抹王的宫殿门口,为了让信使听清楚他说的话,他用夸张而响亮的声音嘱咐我:"你的言行要符合雅各女儿的身份。"听他那副口气,好像雅各有多少女儿似的,而我是雅各唯一存活的女儿,我忍不住笑了。我又被他告诫不要忘记自己是谁,我岂不是全心全意地渴望我能够做自己。

接下来的三个星期里,我见了示剑城的女儿们。所有重要人物的妻妾都来看望亚丝南和她的儿子,孩子还没有起名字,要等到他满三个月的时候,才是他的正式而公开的命名日,这是埃及的生活习俗。"这样妖魔就不知道怎么找到他了。"亚丝南悄声地说,在自己舒适的房间里,她还害怕有妖魔偷听。

亚丝南是个傻乎乎的女孩子,红唇皓齿,乳房硕大。她把儿子交给奶妈哺乳,自己很快就恢复了体形和美颜。我从来没有听说过健康母亲把孩子交给奶妈喂奶这样的事情;在我的世界里,只有生母死了或者快死了,才会把孩子交给奶妈喂养。话又说回来,我哪里知道皇家女人的生活方式呢?真的,刚开始的一切所见所闻都让我惊讶不已。

我不想做亚丝南的仆人,但她就是这么对待我的。我为她端上食物,喂她吃。给她洗脚洗脸。她喜欢按摩,我就从宫里的老女人那里学会了按摩的艺术。她也喜欢化妆,一边聊天,一边教我如何涂绿色眼影,画黑色眼线。"这不仅让你的眼睛看上去更漂亮,"亚丝南说,"蚊子小虫都不再叮咬你了。"

亚丝南让我体会到什么是无聊,这对宫廷女人来说是个可怕的灾难。当亚丝南午休时,我必须静坐,有一天,这种枯燥与单调居然折磨得我伤心落泪。我每时每刻都在担忧,萨兰姆知道我就在他家吗?我开始怀疑他是否还记得我——这个在他奶妹分娩时来过的、蓬头垢面的接生婆助手。我陷于无答案的茫然苦海中,宫中的厚墙将男女住区分开,没有什么家务或者差事能够为我们创造碰面的机会。

我来了许多天以后,拉·内弗尔来看望亚丝南,我试图鼓足勇气问她儿子萨兰姆的近况。但是,在她面前我只是面红耳臊,结结巴巴。"想你的母亲吗,孩子?"她亲切地问。我摇了摇头,我的模样一定非常悲惨,王后同情地握住我的手,她说:"我觉得你需要散散心。你是个生活在太阳底下的女孩子,在这样的高墙中,一定有鸟困笼中的感觉。"

我对拉·内弗尔笑,她捏了一下我的手指。"我让你和我的女仆一起赶集去。"她说,"你帮她挑选最好的石榴,也看看能不能为我的儿子找到最好的无花果。萨兰姆喜欢吃无花果。"

第二天早上,我走出宫殿,进入嘈杂的市区,在这里我可以随心所欲地张望。我身边的女仆似乎也不催促我,随便我到哪里逛。我几乎在每一个商人的摊位前都要停留,惊喜地看着各种各样、数量惊人的货物:油灯、水果、编织物、奶酪、染料、工具、家禽、牲畜、篮子、首饰、笛子、药草,应有尽有。

但是,那天就是没有无花果。我们找啊找,酷暑令我感觉口干头晕,可我还是不愿意没能满足王后的要求就回宫,不愿让我的爱人没有无花果吃。我们寻遍了每一个角落后,才无奈地空手而归。

在我们踏上回宫之路的那一时刻,我瞥见我一生中见过的最老的脸庞——一个卖药草的老太太,她那黑色皮肤上的皱纹就像枯干的河道一样深。我站在她的地毯旁,听她唠叨什么"专治腰痛"的膏药。当我弯腰去摸一根我从来没有见过的根茎药草时,她突然抓住我的手腕,盯住我的眼睛。"哈!小姑娘想给她的爱人找点什么!寻找魔药把年轻男人勾引到她的床上,实现她渴望已久的初夜吧。"

我惊恐万分地把手缩回来,因为这个女巫看透了我的心思。

也许她只是哗众取宠,对每一个光顾她摊位的女孩都说同样的话,但是,拉·内弗尔的仆人看出我的困惑,大笑起来。我感到十分尴尬,匆匆离开了老人。

萨兰姆近在眼前!我根本没有看见他朝我走来。那天下午明媚的阳光在他头顶弥散,好像他戴着金光闪闪的皇冠一样。我目瞪口呆地望着他,喘不过气来。"你好吗,我的小姐?"他用我熟记的声音问候,那种笛子般甜美的声音。我瞠目结舌。

我们饥渴地看着对方,他用温暖的大手托着我的胳膊肘,绅士般地带我回宫,王后的女仆在我们的身后跟着,咧着大嘴笑,她的女主人是对的:王子和幔利的孙女一见钟情呢。

* * *

与我不同的是,拉·内弗尔的儿子却无法在母亲面前掩藏他的心意。拉·内弗尔自从作为新娘嫁到示剑城以来,就不喜欢这个城市里的女人。"愚蠢而空虚。"她将她们一概而论,"她们不会纺线,更别提织布啦,简直就像犯罪一般地糟蹋毛线,她们穿着如男人,没有药草知识。她们生出来的孩子当然也是愚蠢的。"拉·内弗尔告诉她的儿子,"我们要为你找到般配的新娘。"

拉·内弗尔对山里来的气质高贵的接生婆印象深刻,她也喜欢我这个为接生婆背包的女孩子的长相。她喜欢我的个头、臂膀的力量、肌肤的颜色,还有我不卑不亢地抬着头的模样。事实上,我这么年轻就已经走上了接生婆的道路,说明我不是一个傻瓜。在亚丝南分娩时,王后请拉结到她的房间去吃点心,并非常巧妙地从我的姨妈那里,得到了更多关于我的信息:年龄,母亲的地位,以及我织布和做饭的技能,拉结甚至没有怀疑她问这些情况的目的。

那天,当拉·内弗尔和拉结出现在前厅的时候,看到我和萨兰姆惊慌的样子,她便立刻察觉,她希望的种子已经主动发芽了。她只需尽力呵护罢了。

拉·内弗尔让亚丝南派人到父亲家去找我。今天上午,又是她告诉儿子到集市上去找我。"我担心那个山里来的小姑娘会迷路。"她对萨兰姆说。"你知道我的女仆傻乎乎的,没准会把她弄丢。可是,你也许不记得那个叫迪娜的女孩长什么模样了吧?"她问儿子。"她是那个跟接生婆一起来的卷发黑眼睛的姑娘,她有一双纤巧又能干的手。亚丝南分娩时,你还和她在前厅说过话呢。"萨兰姆对母亲吩咐的任务,答应爽快,拉·内弗尔强忍着不让自己大声笑出来。

当王子和我回到宫殿时,我们发现庭院空荡荡的,正如拉·内弗尔吩咐的那样。跟我去集市的女仆也不见了。我们沉默地站了一会儿,然后萨兰姆把我拉到院子一角的阴凉处,他双手放在我的肩上,身体贴近我,吻我的唇。虽然我从来没有被男人触摸过,更没有被亲吻过,但是,我毫无惧色。他百般温柔,不慌不忙,我搂着他的后背,贴近他的胸膛,将自己融化在他的唇和他的怀里。

当他的唇吻到我的脖子时,我不由自主地呻吟,萨兰姆停顿了。他看着我的眼睛,用自己的眼神询问我的意思,当他确定自己看到了肯定的答案时,他抓住我的手,把我带入一个陌生的走廊,进入一间地板光亮的卧室,里面有一张大床,床的四脚都是雕刻的鹰爪。我们在甜香的黑丝绒上躺下,探索对方。

当他进入我的那一刻,我没有叫出声,虽然我的情人很年轻,但他并不急促。后来,当萨兰姆终于在我的身边安静地躺着时,他发现我的脸颊湿润了,他说:"哦,我的小夫人。我不会再伤害你了。"但是,我告诉他,我的眼泪与疼痛毫无关系。这是我生命中第一次喜悦的泪水。"你尝尝。"我对我的爱人说,他发现我的泪水是甜的。他也哭了。我们紧紧地拥抱,直到萨兰姆的激情重新亢奋,当他再次进入我时,我没有屏住呼吸,我开始感觉我的身体,让自己的身体听从爱的呼唤,明白爱的愉悦。

没有人打扰我们。夜幕降临,食物就会留放到我们的门口——珍奇水果、金色葡萄酒、新鲜面包、橄榄和滴着蜂蜜的甜饼。我们像是饿狗,将所有的食物一扫而光。

吃完饭后,他带我到大浴缸里,给我沐浴,缸里温暖的水和食物一样被神秘地预先备好。他给我讲埃及,讲伟大的河,他将来会带我到河里沐浴、游泳。

"我不会游泳。"我告诉萨兰姆。

"好啊。"他回答,"那我就是教你游泳的人啦。"

他双手爱抚地插进我的头发里,直到我的头发打结,他的手绕进里面出不来,我们费了好大的劲儿才把他的手解救出来,"我爱这样的枷锁。"他说着,激情再次使他肿胀,这一次,我们体贴入微地缓慢做爱。他的手轻抚着我的脸庞,愉悦使我们不约而同地欢呼。

除了亲吻、做爱和睡觉,萨兰姆也和我交换故事。我给他讲父亲和母亲们,逐个地描述我的兄弟们。他喜欢他们的名字,根据出生顺序,他开始了解他们每一个人,知道谁是哪个母亲生的。我怀疑我父亲都不能像他这么清楚地记住这些。

他给我讲了他那个声音饱满圆润的跛脚宫廷教师,他教他唱歌与阅读。萨兰姆告诉我他母亲的奉献,还提到五个同父异母的弟弟们,说他们中间没有一个人能够掌握埃及艺术。他告诉我他曾经访问过一位女祭司,她以上天的名义与他做爱,那是他的第一次。"我根本没有看见她的脸。"他说,"整个仪式是在寺庙最深的卧室里进行的,那里没有任何光线。整个过程就像是锁在梦里的一个梦。"他告诉我他曾经和一个奴隶女孩睡过三次,她在他的怀抱里咯咯地笑,然后问他要钱。

当我们一起度过第二天时,我们的拥抱已经超越了他和其他女人的经验总和。"我已经把她们全部忘记了。"

"那好,我也原谅你和那些女人。"我说。

我们一次又一次地做爱。我们睡前和醒来时,手必放在对方的身上。我们吻遍爱人全身每一个地方,我知道我的爱人脚趾头的滋味,做爱前后他阳具的气味,还有他脖子上的潮湿。

我们像新郎新娘一样甜蜜地度过三天三夜后,我才开始奇怪,为什么没有人来找我给亚丝南洗脚或者给她揉背。萨兰姆也忘记了他应该陪伴父亲吃晚餐。但是,拉·内弗尔将一切都安排好,不让我们受到外界的打扰,让我们得到完全的安宁。她派人送来最好的食物,无论白天黑夜,仆人都在我们睡觉时,为萨兰姆的浴缸换上新鲜而芳香的水。

我不担心将来是什么样子。萨兰姆说我们做爱,就已经锁定了我们的婚姻。他调笑地说作为我的新娘聘礼,他会给父亲送去:一筐筐的金币,满载青金石和亚麻的骆驼队,一大群奴隶,一群精美的绵羊,它们的羊毛如此干净漂亮,永远都不用清洗。当我们飘飘然地进入我们共同的梦乡时,他轻声对我说:"你配得上一个王后的聘礼。"

"我会为你建筑一个空前绝后、无与伦比的壮丽陵园。"萨兰姆说,"世界将永远不会忘记你的名字——迪娜,是她肯定了我的真心。"

我希望自己的语言也能像他的那样豪壮。萨兰姆知道我在他那里得到的愉悦,我对他的感激,对他的情欲。我给了他一切。我毫无保留地投入他的怀抱,沐浴在爱河里。此刻,不是因为我害羞,只是找不到声音和语言来表达我那如潮一般的幸福感觉。

当我第一次躺在萨兰姆的怀抱里,与他做爱的时候,也正是利未暴怒而离开哈抹王宫殿的时刻,他没有得到国王的接见,愤怒地感觉到没有得到应有的尊重。我的哥哥是被派来询问什么时候可以接我回家的,如果他当时得到一顿好饭招待,一张暖床歇脚过夜,我的生活可能就是完全不同的结局了。

后来我想,如果那天是派鲁便或者是犹大来探望我,结果会怎么样。哈抹王不愿意接见雅各的这个儿子,因为他爱挑事,并曾指责哈抹王欺骗他的家庭。为什么国王要接见一个牧羊人的粗鲁儿子,忍受这个怨气冲天、无理取闹的年轻人?

假如那天真的是鲁便来,哈抹王一定会设宴招待他,并留他过夜的。的确,假如那天是我的任何一个别的兄弟来,甚至是约瑟,他都一定会得到热情款待的。哈抹王赞赏雅各,正如他的王后喜欢雅各的妻妾一样。国王知道父亲凭借自己高超的技艺,很快就变成峡谷一带最富裕的牧羊人。雅各的羊毛是最柔软的,他的妻妾聪明能干,大部分的儿子们也忠诚可靠。他和邻居和睦相处,无仇无怨。他的到来让峡谷变得更富裕,哈抹王期望与他建立良好关系。他希望两家联姻,所以当拉·内弗尔轻声地告诉丈夫,他们的儿子喜欢雅各的女儿时,哈抹王非常高兴。的确,国王一听说萨兰姆与我圆床后,就立刻数点出一份可观的聘礼。

哈抹王听仆人说年轻的一对非常般配,相亲相爱,正忙于生孙子,国王欣喜若狂,居然把还有一个星期才坐完月子的亚丝南召到自己的床上。当拉·内弗尔发现以后,也因为她为儿子找到完美的婚配而高兴,几乎没有责怪她的丈夫和亚丝南破坏规矩。

在我们幸福结合的第四天,萨兰姆从浴缸里站起来,穿戴整齐,告诉我他要去找他的父亲谈话。"是哈抹王父君安排聘礼的时候了。"他穿着长袍和凉鞋,看上去如此地英俊,我的眼睛里再次充满了幸福的泪水。"不要流泪,哪怕是因幸福而流淌的泪。"他说着将我抱起,我的身子依然湿漉漉的,他亲吻我的鼻子和嘴,把我放在床上,他说:"等着我,我的爱人,不要穿衣服。就躺在这里,这样我脑海里的你,也这个样子。我很快就回来。"

我吻遍他的脸,告诉他快去快回。

当我熟睡时,他在我的身边躺下,这些天来,我这是第一次闻到他身上有外面世界的气味。

哈抹王第二天一早就离开宫殿去见雅各,身后跟着满载聘礼的货车。他没有带帐篷,也没有带仆人,他不准备过夜。他不期望停留或者讨价还价。面对这样的好消息和慷慨的礼物,他想象不出雅各会有任何反对意见?

关于萨兰姆和雅各女儿的消息迅速传遍全城,但是,雅各家却无人知晓。当雅各听说我已经做了城市里的王子的妻子时,他什么都没说,也没有回复哈抹王的提亲。他只是像石头一样静静地站着,盯着眼前的这个男人看,他的儿子利未和西缅曾经恶毒攻击过哈抹王——现在他终于看见了这个男人,其实,他是个与自己同龄的父亲,只不过衣着华丽,说话文雅,身形肥胖。国王指着满载物品的货车,还有跟在后面的一群群绵羊和山羊,他宣布他们是亲戚了,很快就会有共同的后代。

雅各用手遮住自己的眼睛和嘴,不愿意让哈抹王看出他的不安或者是吃惊。当哈抹王赞扬他女儿的美丽时,他只是点头。雅各到目前为止,还没有考虑过女儿的婚姻问题,虽然他的妻子已经向他提过。她到了年龄,这是毫无疑问的。但是,雅各对哈抹王的提亲感到不安,虽然他说不清到底为什么。哈抹王期待雅各毫不迟疑地接受他的安排,按照他说的去做,而雅各面对这种期待只觉

197

得脖子僵硬。

他搜肠刮肚,想找个办法,让自己掌握主动权,推迟决定。"我要和我的儿子们商量一下。"他告诉国王,语气之强硬超出了他的本意。

哈抹王受到了意外的打击。"你的女儿已经不是处女了,雅各。"国王施加压力,"但是,这里的聘礼完全配得上埃及的处女公主——比我的父亲给我王后的聘礼还要厚重。倒并不是说你的女儿不值,我们觉得无论聘礼多厚重,她都值。因为我的儿子爱这个女孩。我听说她也心甘情愿。无论你想要什么,开口就是。"说到这里,哈抹王的微笑有些太灿烂,超出了雅各的欣赏趣味。他不愿意听见有人这么粗鲁地说自己的女儿,虽然他自己都记不清迪娜的脸庞的模样。他能清楚地回想起来的,只有迪娜的头发,当她追逐约瑟时,头发蓬乱地在空中飘扬。并且,这个记忆还是很早以前的事情。

"我要等我的儿子们。"雅各说,他转身离开了国王,好像示剑城的主人只不过是一个普通的牧羊人罢了,他让妻妾招待国王吃喝。但是,哈抹王觉得没有理由滞留,便起身返回宫殿,身后是新娘的聘礼。

雅各叫来利亚,用他从来没有对妻妾用过的最狠的口气说:"你的女儿已经不是个女孩子了。"他说,"你胆大目空,竟然对我隐瞒真相。你曾经自作主张,有手伸得太长的时候,但是,还从来没有羞辱过我。但是,你看看你现在都干了些什么。"

母亲和她的丈夫一样吃惊,她要求雅各说出女儿的消息。"示剑城的王子已经占有了她。他的父亲来付处女的全额聘礼了。当然,我只能假设她是处女,直到进了臭粪熏天的城墙之内,才失去了贞洁。"雅各苦涩地说,"她现在属于示剑城的人了,我想,对我没有什么用了。"

利亚十分愤怒。"去找你的老婆,我的妹妹,"她说,"是拉结带她去那里的。拉结才是眼红城市的人,不是我,丈夫。去问你的老婆吧。"母亲的话充满了苦涩。

我想知道利亚是否思念我,她是否为我的状况担惊受怕。难道她不想弄明白我是不是受了折磨,是心甘情愿的,还是曾哭着喊着呼救。她的心是否渴望发现我是快乐的,还是忧伤的。但是,她的话里只有自私的感受,说她失去了唯一的女儿,到城里和异国女人住在一起,遵照她们的习俗生活,忘记了自己的母亲。

父亲接下来召唤了拉结。"丈夫!"拉结大声喊道,当她向雅各走来时,满脸的笑容,"我听见好消息了。"

但是,雅各没有笑。"我不喜欢城市,也不喜欢那里的国王。"他说,"但是,我更不喜欢不值得信任的女儿和撒谎的妻子。"

"不要说你将来会后悔的话。"拉结回答,"我的姐姐挑拨你跟我作对,跟你唯一的女儿作对,迪娜是你在幔利的母亲宠爱的孙女。这是一桩好婚姻。国王说他们相亲相爱,难道不是吗?难道你忘记了自己的激情,丈夫?难道你已经变得如此苍老,记不得那种欲望了吗?"

雅各似乎面无表情,不露声色。他久久地盯着拉结,拉结不退却地回视着他。"祝福他们吧,丈夫,"拉结说,"收下一车车的银子和亚麻布,给予哈抹王国王的礼遇和欢迎。你是这里的主人。没有必要等待。"

但是,雅各在拉结的催促下僵硬地说:"等我的儿子们旅行归来时,我会决定的。"

哈抹王从来没有受到过如此糟糕的待遇。即使是这样,他对雅各的态度还是善意的。"他是个好联盟,我相信这一点。"第二天他告诉萨兰姆:"但是,要避免与他为敌。他是个骄傲的男人。"哈抹王说,"他不喜欢失去对自己家庭命运的控制。奇怪的是他为什么还不明白孩子们一旦成人,就不再对父母唯命是从了。即使是女儿也是这样的。"

但是,萨兰姆请求父亲尽快再回去找雅各谈判。"我爱这个女孩子。"他说。

哈抹王咧嘴笑,"不要担心。这个女孩子已经是你的了。没有哪个父亲会把已经和男人睡过的女孩接回家的。回到你妻子身旁去吧,让我来对付她那个父亲。"

又一个星期过去了,我和丈夫的爱与日俱增,以更加微妙的方式抚爱和宠爱对方。我的双脚几乎不沾地。我的脸因为不停地笑而肌肉酸痛。

这时,我收到了一份特殊的结婚礼物:辟拉来看我了。我的姨妈来到宫殿大门口,要求会见迪娜,萨兰姆的妻子。首先,她被带去见拉·内弗尔。王后有问不完的问题,为什么雅各对她丈夫的提亲和聘礼犹豫不决。王后也询问了利亚和拉结,告诉辟拉离开宫殿时,千万不要忘记给她儿媳的家人带礼物。然后,拉·内弗尔亲自把我的姨妈带到我身边。

我紧紧拥抱身材娇小的姨妈,把她双脚离地高高抱起来,我在她那黑皮肤的脸上亲吻了几十次。"你红光满面,神采飞扬。"她抓住我的双手说,退后一步仔细端详我。"你很幸福。"她笑了。"你能找到这样的幸福,这是一件多么美妙的好事啊。我会告诉利亚,她会顺从你的心愿的。"

"我的母亲生气了吗?"我困惑地问。

"利亚相信拉结将你卖给恶魔了。她像你父亲一样不信任城市,她不愿女儿在墙壁之间的床上睡觉。最根本的,我认为啊,是她想你想得发狂。但是,我会告诉她你眼睛里的光彩、唇上的笑,你妇人一般的风度仪态,因为现在你已经是你的爱人的妻子了。"

"他对你可好,呃?"辟拉问,这给了我一个赞扬我的萨兰姆的机会。爱情在我的心中洋溢,我多么渴望讲述每一个细节,让自己的幸福流淌到辟拉自愿奉上的耳朵里。她拍着手,专注地倾听我像个新娘一样念叨。"啊,如此去爱,如此被爱。"她感叹。

辟拉和我一起吃饭,并偷窥了萨兰姆。她赞同他很英俊,但是,拒绝与他见面。"我不能在我丈夫没有同意之前跟他说话,"她贤惠地说,"但是,亲自目睹了足够的事实,我回去将对我们女儿的情况作正面的汇报。"

第二天早晨,辟拉拥抱了我,跟带她来的鲁便一同回家了。她带着我很幸福的信息来到父亲的帐篷里,但是,她的声音被我的兄弟们的怒吼淹没了,他们骂我是妓女,雅各袖手旁观,根本不制止他们的诽谤诋毁。

几天后,西缅和利未回到父亲面前,他们此行不可告人的目的未能得逞。他们这次去的是亚实基伦,不仅是为了卖家里的绵羊、山羊、羊毛和橄榄油,而且还和奴隶贩子打了交道。显然贩奴的利润很大,要比种地牧羊这样的辛苦劳作来得容易。西缅和利未想通过贩奴得到他们梦想的财富与权势,这两样东西都是他们从雅各那里继承无望的。很明显,鲁便有长子的名分,而父亲的祝福一定会给受宠的老幺儿约瑟,所以他们下定决心自己闯出一条富强之路,哪怕是不择手段。

但是,西缅和利未发现奴隶主只要孩子。贩奴这个生意可不是那么容易的。贩奴者蜂拥而上,市场价格压得很低,现在只有健康的少年才能确保好价格。我的哥哥们本想把他们妻子娘家嫁妆里带来的两个老女奴卖掉,结果根本无人问津。他们大受挫折,苦涩地回到家里。

他们听说哈抹王向父亲提亲,给出与王后一样身价的新娘聘礼,便提高嗓门,反对这桩婚姻,觉得这样的联姻会更加削弱他们的地位。雅各家必被示剑王朝吞没,当鲁便有望成为王子的同时,他们和他们的儿子们却依然是牧羊人,可怜的堂亲,一名不闻。"我们的地位会比以扫都不如。"他们两人悄声地谈论,同时将这个言论散布到他们依然控制得住的弟弟中间:利亚生的西布伦、以撒迦和拿弗塔利,悉帕生的迦得和亚设。

当雅各把所有的儿子都叫到自己的帐篷里,商议哈抹王的提亲时,西缅举起拳头,声嘶力竭地大喊:"复仇!我的妹妹已经被埃及狗蹂躏了!"

鲁便替萨兰姆说话。"我们的妹妹没有不愿意。"他说:"王子也没有抛弃她。"

犹大赞同鲁便的说法。"新娘聘礼与我们的妹妹、与父亲、与雅各家族都相称。我们本身也因此联姻而成为王子。如果不接受神灵赐予我们的礼物,我们岂不是愚蠢?什么样的傻瓜把祝福当成诅咒?"

但是,利未撕破他的衣服,好像我已经死了,他在为我吊丧一般,西缅警告大家:"这是他们给雅各的儿子们设下的陷阱。假如我们允许这桩联姻,生活糜烂的城市将毁灭我的儿子们,还有我兄弟的儿子们。这桩婚姻会触犯我们家祖辈信奉的上帝。"他说。显然,他是在挑战雅各。

众人的声音越来越大,在油灯下,我的兄弟们的眼睛死死地盯住对方,但是,雅各不动声色,不让他的儿子们知道他在想什么。"那条没有受过割礼的狗每天都在强暴我的妹妹。"西缅暴跳如雷,"难道我能容忍他对我唯一的妹妹这样玷污吗?容忍他糟蹋我自己的母亲的女儿吗？"

听到这话，约瑟的脸上写着对西缅动机的怀疑，他半窃语地对鲁便说："假如哥哥如此关心他妹夫的阳具的模样，那就让我们的父亲要萨兰姆的包皮做聘礼。真的呢，让示剑城所有的男人都变成与我们同样的德行。让他们都受割礼，将他们的包皮堆得像父亲的帐篷柱子一样高，这样他们的儿子们和我们的儿子们撒一样的尿，守一样的习惯，没有人能够分辨出你我有什么不同。用不着等待雅各的家族在许多代以后才发展壮大起来，明天我们就能实现这个目标。"

雅各像是见到救星一样地抓住约瑟的话，而约瑟的话只是说来愚弄那些自他小时候就不断折磨他的哥哥们的。但是，雅各没有听出他么子话里的讽刺味道。他说："亚伯兰就曾经为家族中信奉不同教约的成员施割礼。如果示剑城的男人们接受施割礼，就没有人能说我们的女儿被伤害了。假如城市里的男人们为我祖先信奉的神做出这样的牺牲，我们将成为团结人类的先驱，成为灵魂塑造者，并因此而名垂千古。我们的家族兴旺如天上璀璨的繁星，正像上帝告诉我的祖父亚伯兰的那样：如大海里的沙子，也正像母亲利百加预言的那样。而现在，我就要让这一切得以实现。我要照约瑟说的那样去做，因为他明白我的心。"雅各激情亢奋地演讲，没有给人留下任何讨论的余地。

利未不满意雅各的决定，他的脸因为愤怒而扭曲，但是，西缅把一只手放在利未的胳膊上，拉着他走入黑暗的夜，远离油灯发出的亮光，远离兄弟家人，在黑暗中筹划他们的机密行动。

当哈抹王第二次来到雅各的帐前时，萨兰姆也与父同行。哈抹王下定决心不得到我父亲的祝福就不返城，所以他又增加了两只毛驴满载的礼物。我的爱人离开王宫时非常自信,但是,当他们到达父亲的营地时,国王一行再次遇到胳膊横抱在胸前的冷面孔,在男人们谈判之前,雅各家甚至连一勺水都没有给他们喝。

父亲先说了话,不讲任何客套。"你们为我的女儿而来,"他说,"我们同意这桩婚姻,但是,我怀疑我们的条件是否能为你们所接受,因为我们的要求很苛刻。"

哈抹王刚来时的热情已经因为冰冷无礼的侮辱而烟消云散,他回答:"我的儿子爱这个女孩子。他愿为她做一切,而我会为我的儿子做他希望我做的一切。提出你的条件吧,雅各。示剑定会满足你的要求,这样你的孩子和我的孩子将为示剑大地带来子子孙孙。"

但是,当雅各说出他女儿的聘礼时,哈抹王顿时脸色苍白。"这是何种野蛮行为?"他问,"你以为你是什么人,你这个羊倌儿,竟敢张口要我的儿子、我、我的亲人和我的臣民——所有男人骄傲之本的血液?你肯定是晒多了太阳,在荒野里流浪太久,头脑发昏了。你想要你的女儿回家吗?像她这个样子回来吗?你竟然拿女儿的前程和幸福做如此儿戏,竟然丝毫不为自己的女儿着想!"

但是,萨兰姆上前一步,将手按在父亲的胳膊上。"我同意你们的要求。"他盯着雅各的眼睛说,"此时此刻,假如你愿意,我立刻实践我妻子家的习俗,我会命令我的奴隶和他们的儿子们跟我一样受割礼。我知道父亲说出了他为我而感到的恐惧,他是在替忠诚于他的人民说话,不愿让他们受罪。但是,我本人义无反顾。我听见,我照办。"

哈抹王欲提出异议,利未和西缅摆出一副要在国王脸上吐唾沫的架势。紧张的空气一触即发,要不是辟拉端着水和葡萄酒出现,短剑就出鞘了。女人们拿着面包和橄榄油跟着辟拉,雅各点头

204

让她们开始服侍客人。男人们在沉默中心不在焉地吃了几口。

当天晚上,男人们达成了协议。雅各接受了四只毛驴满载的新娘聘礼。萨兰姆和哈抹王将在三天之后接受割礼,所有示剑的男人,无论贵族或奴隶都接受同样的条件。包括示剑城城内所有健康的非示剑男人,都要在第三天早晨接受雅各家族的烙印,哈抹王保证从现在起,城里所有新生的男婴都要在出生后的第八天遵照亚伯兰子孙的规矩受割礼。哈抹王还宣誓要在他的寺庙里崇拜雅各家族的神,国王甚至于称雅各的神为耶洛因,意思是造物主——众神之神。

父亲给了我一份丰厚的嫁妆。十八只绵羊、十八只山羊、我所有的衣服和首饰、我的纺锤和磨石、十罐新榨的橄榄油和六大捆羊毛。雅各同意从现在起,允许他的后代与示剑人通婚。

哈抹王把他的手放在雅各的大腿底下,雅各也同样触摸国王,我的订婚仪式就在没有笑容和满足感的气氛中尘埃落定。

当天夜里,萨兰姆溜出他父亲的帐篷,带着消息回到我的身边。"你现在是结了婚的女人啦,不再是一个被毁掉了贞洁的落难女子。"他在黎明第一束曙光中将我轻声唤醒。

我亲吻他,然后假心假意地推开他。"那好啊,现在我已经结婚了,你甩不掉我啦。我可以告诉你,我今天头痛,此刻不能讨好我的主。"我用睡袍裹住肩膀说,当我把自己的手伸到我的丈夫的两腿之间时,还假装打了一个大呵欠。"你是知道的,我的主,女人只愿意接受丈夫的温柔抚爱——无法享受丈夫粗鲁地利用她的身体。"

萨兰姆大笑,将我拉倒在床上,那天早上我们万般温柔地做爱。这是自从他在集市上找到我后,我们分别最长的一次。那天他把我带到他的床上,我们就在这张床上,如胶似漆,难舍难分。

暂时的离别,让团聚更加甜蜜。

我们几乎睡过了白天,吃完晚餐后,他才跟我讲了父亲的苛求。我浑身发冷,胃痉挛得想呕吐。我的脑海里浮现出我的爱人挣扎在剧痛中的画面,我看见刀子割得太深,伤口化脓,萨兰姆倒在我的怀里奄奄一息。我突然泪如雨下,像孩子一样号啕大哭。

萨兰姆轻松地淡化一切。"没什么,"他说,"一点点皮伤。我听说在那以后,你会让我产生更强烈的快感的。你可得做好准备,女人啊。我会昼夜都要你的。"

但是,我笑不出来。刺骨的寒冷穿透我的骨头,挥之不去。

拉·内弗尔也试图安慰我。她对她丈夫谈判的结果并无不满。"在埃及,"她说,"男孩子在变声时才受割礼。那似乎是可以接受的年纪——他们抓住乱跑的男孩子,完事以后,抚爱地拍拍那个男孩子,给他吃各种各样的甜食或者他想吃的任何美味。丝毫不用担心,每个男孩子都能平安地挺过来。"

"我们会让我的卫兵内赫西来实施手术。"她说,"内赫西割过许多包皮,经验丰富。我来解决止痛问题,你也能帮助我啊,我的小接生婆。"王后喋喋不休地说,这是多么容易的一件事情,然后她以一种谙熟秘密的表情,悄声地对我说:"难道你不觉得那个雄壮的精兵不戴帽子的时候更英俊迷人吗?"但是,面对萨兰姆的考验,我听不出她的话里有什么有趣的地方,我无法用笑容回答我的婆婆。

三天过去了。每天夜里,我像一只野兽一样紧紧地搂着我的丈夫,即使当我感到比以前更强烈的快感时,我的眼泪还是情不自禁地流了出来。我的丈夫舔干我脸上的泪水,他带咸味儿的舌头舔遍我全身每一个角落。"等我们第一个儿子出生的时候,我不会忘记笑话你现在的这个模样。"他轻声地说,但是,当我躺在他的胸膛上时,我依然冷得发抖。

预定的时辰到了。萨兰姆在黎明时离开了我。我躺在床上,假装睡觉,虽然我闭着眼睛,也能看见他洗漱、穿衣。他弯腰亲吻我,但是,我没有转过脸迎上他的热唇。

我孤独地躺在床上,酝酿着我的仇恨。我恨父亲竟然开出这样可怕的价码。我恨我的丈夫和他的父亲居然会同意做出这样的牺牲。我恨我的婆婆推波助澜,安慰大家。我最恨的是我自己,我是罪魁祸首,居然让这样的事情发生。

我躺在床上,裹在毛毯里,我气愤、恐惧,在数不清的噩兆中发抖,直到我的爱人被送回来。

手术是在国王的前厅里完成的。萨兰姆是第一个,接下来是他的父亲哈抹王。内赫西说国王和王子都没有哼一声。亚丝南的小男孩是下一个,他撕心裂肺地哭嚎,但是,小家伙没受多少苦,因为他很快就开始吸吮奶妈肿胀的乳房,不再哭了。宫里所有的其他男人,还有几个没有翻越城墙逃到农村去的可怜家伙就不那么幸运了。他们对刀伤的疼痛非常敏感,好多男人都尖声嚎叫,好像他们被谋杀了一样。整个早晨,空气中都夹杂着他们的哭喊声,但是,到了中午一切都恢复了平静。

这一天,酷暑异常,炎热无情。晴空无云,没有一丝凉风,甚至在宫殿的厚墙里面,空气也因潮湿而凝重。在恢复过程中的男人们大汗淋漓,他们睡觉时,汗水湿透了床榻。

哈抹王在手术时一声不吭,但是,在炎热中忍受疼痛的他晕倒了,他醒过来后,他咬着一把刀,不许自己叫出声来。我的萨兰姆也吃尽苦头,但显然比他父亲好多了。他毕竟年轻些,止痛药膏似乎也有效果,但是,对于他来说,唯一的疗养妙方就是睡觉。我给他服了一剂安眠炖服药,每当他醒来时,都是下巴颏松懈,头昏眼

207

花,极度疲劳的状态。当他处在药物诱发的睡眠状态中,我给我的爱人洗脸,用最温柔的触摸擦干他出汗的后背。我尽了最大的努力控制自己的眼泪,因为我想在他醒来的时候,看见鲜亮的我,但是,无论我怎么努力,眼泪还是止不住哗哗地落下。

夜幕降临,我已经精疲力尽,我在爱人的身边躺下,虽然萨兰姆赤裸着身子在酷暑中睡觉,可我裹着毛毯,也抵挡不住因为恐惧而产生的寒冷。

夜里,我醒来一次,感觉到萨兰姆正在爱抚我的脸颊。他看见我睁开眼睛,强忍疼痛,勉强地笑了一下,他说:"很快,这一切就会如梦一般成为过去,我们相爱做爱,会比任何时候都更甜蜜。"说完,他就闭上了眼睛,我第一次听到他打呼噜。当我不知不觉坠入梦乡之际,我想我一定不能忘记日后拿他的呼噜声取笑他——像一条晒太阳的老狗。直到今天,我都不能确定是萨兰姆的确对我说了这番话,还是我在梦中自我安慰。

但是,接下来发生的一切,我知道是真实的。

刚开始,是女人的尖叫声。可怜的女人,一定是什么可怕的事情在她身上发生了,我心想,只盼望这种刺骨寒心的尖叫和哭泣赶紧消失,这种可怕的声音是噩梦里才有的噪音,不应该发生在现实世界里。

这些狂野、恐惧的尖叫来自遥远的地方,但是,叫声中的悲惨是如此地真切和肯定,令人惊悚不安,我无法置若罔闻,我想从沉睡中清醒过来,逃避噩梦中的惨叫。可是叫声越来越可怕,直到我意识到自己双目怒睁,我同情的那个受折磨的灵魂,不在遥远的地方,也非来自噩梦。非人的尖叫声源于,现实中不可能存在的悲惨声音发自于我扭曲的嘴。

我浸泡在血液里。我的胳膊被萨兰姆喉咙里流出的黏稠而温暖的鲜血覆盖,河流一般的血液从床上流到地上。萨兰姆的鲜血覆盖我的脸颊,刺激我的眼睛,在我的唇上留下咸咸的味道。他的鲜血浸透了毛毯,烧痛了我的乳房,小溪般流到我的腿上,一直浸泡到我的脚趾。我被我的爱人的鲜血淹没。我的尖叫声足以唤醒死鬼亡魂,但是,似乎没有一个人听得见。没有卫兵冲进来。没有仆人跑过来。好像我是世界末日时最后一个活着的人。

我没有听见脚步声,却毫无防备地被一双强壮的手揪住,我本能地死死搂住我的爱人,而那双手粗暴地将我从爱人身上撕开。他们把我从床上拖下来,凡经过之处都染上我爱人的血,我的尖叫被黑夜吞没。是西缅抓住我,利未堵住我的嘴,他们二人将我的手脚捆绑起来,就像捆一只祭献的山羊,然后把我扔在驴背上,送回父亲的帐篷,我没有机会警告毁灭之城中还可能幸存的可怜灵魂。我的哥哥们的尖刀一直忙碌到黎明,第一束曙光暴露了雅各的儿子们带来的灭顶之灾。他们谋杀了他们能够找到的每一个男人、男孩和男婴。

但是,那时我并不知道这么多。我只知道我想死。除了死亡,没有什么可以停止我的恐惧。除了死亡,没有什么能够给我安宁,没有什么能够消除我的爱人萨兰姆在我记忆中的最后形象:他的喉咙被割断,从梦中惊醒、流血、死亡。当我呕吐的时候,要不是什么人把塞在我口中的布条抽出,我就如愿死了。从山坡到雅各的帐篷,一路上我无声地尖叫。啊,神灵啊。啊,苍天。啊,母亲。为什么我还活着?

第八章

她们在看见我的一瞬间,才意识到发生了不幸。我的母亲看见我时,冲着血迹斑斑的我大声尖叫。她瘫倒在地上,伏在她以为已被杀害的孩子身上哀号,帐篷里所有的人都跑出来了,想知道为什么利亚这般悲伤。辟拉替我松绑,扶着我站起来,而利亚只是瞪眼发呆——首先是恐惧,然后为我还活着松了口气,最后是百思不解的震惊。她朝着我伸出双手,但是,我的怒容遏制了她。

我转身,要返回示剑城。可我的母亲们把我抱起来,我虚弱得无法挣扎。她们剥掉裹着我的毛毯和睡袍,浸透了萨兰姆的血以后,它们已经变得又黑又硬。母亲们将我洗干净,抹上药膏,给我梳理头发。她们把食物喂到我的唇边,我不吃。她们将我放在毛毯上,我不睡。这一天,没有人敢跟我说话,我也什么都不说。

夜幕降临时,我听见哥哥们回来了,带着他们掠夺的赃物:哭泣的女人,鬼嚎的孩子,咩咩叫的羊,吱吱嘎嘎的货车满载着偷窃掠夺来的物品。西缅和利未粗暴地发号施令。雅各却一声不响。

我本该被哀伤摧毁。我本该精疲力尽、双目昏暗。但是,仇恨使我的脊梁骨坚硬起来。像祭献的羔羊一样被捆绑着在山里行进,使我心中萌生熊熊怒火,当我僵硬而清醒地躺在地毯上时,这种怒火已经将我吞噬。哥哥们的声音刺激我从地毯上暴跳而起,我冲出去面对他们。

我的眼睛喷射着火焰。我的一个字、一口气、一瞥,都能把他们统统烧成灰烬。"雅各!"我嘶声大喊,我的声音犹如受伤的困兽。"雅各!"我哭嚎,叫他的名字,好像我是父亲,他是惹祸的孩子。

雅各从他的帐篷里出来,浑身发抖。后来,他声称自己不知道别人以他的名义做了什么。他责怪西缅和利未,抛出他们做替罪羊。但是,当他站在我面前时,在他那一团团迷雾遮挡的眼睛后面,我能看得出他什么都知道。在他张口抵赖之前,我已经看到了他的负罪感。

"雅各,你的儿子们犯下了谋杀罪。"我说,我已经听不出这是我的声音了,"你撒谎,你纵容,你的儿子们谋杀了正直的人。你用自创的习俗让他们失去抵抗的能力,然后遭受下贱懦夫的阴险袭击。你剥夺了他们的生命,侵略了他们葬身的地方,他们的灵魂将永远跟着你。你和你的儿子们亲手制造了一代寡妇和孤儿,他们永远不会原谅你。"

"雅各!"我呐喊,我的回声如雷鸣,"雅各!"我声嘶力竭,像是蜕去蛇蜕,依然活着的蛇。"雅各!"我一声凄惨嚎哭,月亮突然消失了。

"雅各将永远不得安宁。他必将失去财富,断亲离友。他永无宁息,他祖上的神将不再听他的祷告。"

"雅各,你知道我说的是真的。看着我,因为我的身上沾满示剑城正直之人的鲜血。你的手,你的头,都沾满了他们的鲜血,你永远是肮脏的。"

"你是肮脏的,受诅咒的。"我说。我把唾沫啐在曾经是我的父亲的这个男人的脸上。然后我背朝着他离开,他在我的心中已经死了。

我诅咒了他们所有的人。我的鼻孔里依然带有丈夫血液的气

211

味。我点着他们每个人的名字,呼唤每个神灵、每个恶魔和每种折磨,借助所有力量,将点了名的人统统摧毁:我的母亲利亚的儿子们、我的母亲拉结的儿子、我的母亲悉帕的儿子们、我的母亲辟拉的儿子。萨兰姆的血嵌在我的手指甲里,我的心中不容丝毫同情。

"雅各的儿子们都是蝰蛇。"我对已经开始抖索的兄弟们说,"他们像吃腐肉的蛆虫一样堕落。雅各的儿子们必替父蒙难,愿他们的灾祸附加在他们的父亲身上。"

当我转身背离他们时,绝对的寂静如同坚不可摧的厚墙。我只穿着一件衬衫,赤足离开了我的兄弟们、我的父亲,还有曾经是家的一切。我背离的不仅如此,我不得不放弃母亲们的爱,永远看不见自己的身影映在她们的眼睛里了。但是,我无法再生活在她们中间了。

我走进晦月的黑夜,在峡谷的小道上划伤了膝盖,磨破了脚,但是,我没有停顿,一口气来到了示剑城的城门前。我只剩下一个信念。

我要为我的丈夫下葬,然后和他埋在一起。我要找到他的尸体,裹上亚麻,拿起盗取他生命的同一把尖刀,割开我的手腕,这样我们就能在尘土中一同长眠。我们在死亡世界里,在灰暗、悲哀与宁静中,共度永恒,我们口吞尘土,通过尘土生成的眼睛,冷眼旁观人类虚假的世界。

除此之外,我别无所念。孤身一人,空壳一个。我就像一座空坟,等待死亡的宁静来填满。我赤足走到示剑城的大门口,双膝跪地,不能动弹。

假如鲁便找到我,把我带回去,我的生命早就结束了。也许,我会如同行尸走肉,再活几年,再哭几年,半疯半癫,在一个没有地位的哥哥的第三个妾的门口苟延残喘。但毫无疑问,我的生命完结了。

假如鲁便找到我,西缅和利未一定会杀了我的孩子,弃之于荒野,黑夜中让豺狗碎尸万段。他们可能将我连同约瑟一起当奴隶卖掉,先撕掉我的舌头,不让我诅咒他们的眼睛、皮肤、骨头和阴囊。哪怕他们遭受千刀万剐,我都不觉得过分。

什么都不能平息我的痛苦和怒火。雅各吓破了胆,将自己的名字改为"以色列",期望人们忘记他就是血染示剑城的屠夫。面对"雅各"这个名字,他落荒而逃,因为"雅各"成了"撒谎者"的同义词。而"你侍奉的是雅各的神,"这句话,变成在这片土地上,世世代代以来,最伤人、最可怕的侮辱。假如我亲眼见证这种情形,我可能会笑的。他牧养牲畜的本领消失殆尽,就连他的牧羊狗都弃他而去。后来,当得知约瑟被野兽撕碎时,活该他落入极度痛苦的深渊。

假如鲁便在示剑城的城门找到我,我会给拉结一个般配她的体面葬礼。当示剑的和平与哈抹王同时遭到毁灭时,峡谷一带发起愤怒的复仇,雅各仓皇逃跑,拉结死在逃亡的路上。她生下雅各最后一个儿子,便在极度痛苦中死去。生这个儿子让她黑血成河,她给儿子取名为"便·欧尼",意思是"灾难之子"。但是,拉结为儿子选择的名字里充满了谴责,所以雅各故意违背了妻子弥留时的愿望,假装"便·欧尼"就是"便·雅悯"。

雅各极度恐惧,驱使他匆匆弃拉结的尸体而去,草草地将血液流得枯干的拉结埋在路旁,甚至没有任何仪式,除了几块小碎石以外,什么都没有,如此纪念他一生之至爱。也许,我会陪着英娜留在拉结的坟地,同她一起成为拉结的守墓人;英娜收集了漂亮的石头,建造了一个祭坛来纪念她唯一的女儿。英娜教峡谷的女人们说拉结的名字,将红线系在她的坟墩上,向女人们保证这样做她们的肚子会怀上活胎,让我的姨妈的名字永远活在女人的口头。

假如鲁便找到我,我会亲眼目睹,我的诅咒缠绕在我的大哥的脖子上,释放他一生不得释放的激情,说出他从来不敢公开的爱情:他和辟拉互馈的伟大爱情。当激情像大坝破堤后的洪水一泻千里时,他们不顾一切地冲进对方的怀抱,在田地里、在星星下,甚至在辟拉的帐篷里做爱。他们是最真诚的情人,是海之女神与她同体的"神与兄"的人间再现,是天造地设的一对,但是,他们的命运注定是悲惨的毁灭。

当雅各撞上他们时,他剥夺了鲁便的继承权,即使他是最配得上继承家业的儿子,放逐他到遥远的牧场去放牧,在那里他无法再保护约瑟。雅各大打出手,抽了辟拉的耳光,打掉了她的牙齿。从那时起,她就日渐消瘦。这个亲和娇小的小母亲,每天都变得更瘦更小,更加沉默,更加戒备而不思睡眠。她不再做饭,只是不停地纺线,她纺出来的线比任何女人纺的都细,细得像蜘蛛网。

有一天,她蒸发了。她的衣服平放在她的毛毯上,人们在她平时睡觉放手的地方发现了她的几枚戒指。没有去远方的脚印。她只是风一样地飘逝了,雅各再也不提她的名字了。

雅各在圣树下将拉结的最后一个神像砸碎,当天夜里,悉帕死于高烧。雅各碰巧发现了那个小青蛙女神——正是那个为无数代初潮女孩"开宫"的女神——他拿出一把斧子将这个古代偶像砸碎。在破碎的偶像上撒尿,咒骂它是引起他所有不幸的根源。目睹这一切的悉帕,揪掉自己的头发,冲天尖叫。她朝记忆中抛弃她的母亲吐唾沫,请求死亡的降临。她倒在地上,将大把大把的泥土塞进嘴里吞下。三个大男人才降服她,将她捆绑起来,不让她伤害自己。她的死是一种恐怖的死亡,当人们准备给她下葬时,她的身体像是一只脆弱的老陶土灯,哗啦一下变成了无数碎片。

我很高兴自己没有亲眼目睹这一切。我也满怀感激,我没有看见利亚的双手不能做事情了,然后是她的双臂不能动弹,好在我也没有看见利亚早上醒来,躺在自己失禁的大小便中,无法站立起来。她会乞求我,正像她乞求她那些没心没肺的媳妇一样,向她们乞讨毒药,我定会给她。我会可怜她,给她熬剧毒的药汤,成全她死,然后安葬她。这样死要比屈辱地活着强。

假如鲁便把我带回我的兄弟们的帐篷里,面对这些利用我为借口谋杀萨兰姆的禽兽们,我会每天都在心里千刀万剐地杀他们。好像吃苦胆一样,梦中都是苦涩的。我会是大地上的一个污点。

但是,神灵对我另有安排。鲁便来晚了。当他来到城东门时,太阳已经高照在城墙上,这时,一双臂膀早已经将我抱走。

第 三 部

埃及岁月

第 一 章

我毫无生气地躺在内赫西的臂膀中,他是拉·内弗尔的管家和卫兵。内赫西将我抱进宫殿。父亲们和儿子们尸体满城,血流成河,肮脏的苍蝇无孔不入,无处不在。我恶魔般的兄弟们竟然对亚丝南的男婴举起屠刀,可怜的母亲举起胳膊,试图阻挡屠夫的斧子——她的胳膊被砍断,流血过度而死。

宫里的所有男人,除了内赫西以外,无一幸存者。那天,乍闻尖叫声,内赫西便冲进国王的卧室,及时保护了拉·内弗尔,使她免于做利未和他的帮凶的刀下鬼。当内赫西到达的那一刹那间,王后正在勇敢地举刀指向利未。内赫西刺中利未的大腿,当场杀了他的帮凶。他夺下王后手中的尖刀,阻止了她将刀插入自己胸腔的自杀企图。

内赫西将我抱到拉·内弗尔身边,她坐在宫殿庭院的地上,头靠着墙,头发肮脏蓬乱,指甲内都是积血。我多年以后才明白,为什么她没有弃我不顾,让我死掉罢了,为什么失去挚爱的亲人也没有使她迁怒于我,毕竟,我是一切不幸的契因。但是,拉·内弗尔将丈夫与儿子的死怪罪于自己,因为是她希望我们成婚,是她做出牺牲来保证我们的婚姻。是她安排萨兰姆到集市上去找我,是她为我们投入对方的怀抱扫除了一切障碍。她承担了罪疚,再未放下。

拉·内弗尔对我的同情甚至大于自己的内疚,还另有原因。

她希望我给她生一个孙子——一个能够为她修建陵园的后代,以拯救她残存的生命,给她生活的目的、意义和寄托。这就是为什么在她逃离迦南之前,派内赫西到哀哭连天的城里去寻找我。

她的仆人沉默地服从了她,心有余悸地执行命令。他最了解王后的心思——胜过所有的女仆,甚至于胜过她的丈夫。内赫西是陪同拉·内弗尔一同来到示剑城的娘家人,她刚来时,还是一个胆小的新娘。当内赫西找到我的时候,我的模样如此悲惨,令他拿不准主意,是否应该把我抱回去,唯恐在女主人的哀愁和痛苦中雪上加霜。我躺在他的胳膊上像是尸体一样,一苏醒过来,便尖叫抓挠,直到把自己的脖子抓出血来。他们不得不捆住我的手,堵住我的嘴,我们才能趁夜溜出示剑城。

拉·内弗尔和内赫西挖出埋藏在地下的金银,带着我,连夜赶到雅法港,在那里雇了一只米诺斯船,前往埃及。航行中,可怕的风暴撕破了船帆,几乎将船吹翻。水手们听见我嘶声嚎叫和哭泣,还以为我被妖魔附身,兴风作浪,制造灾难,要不是内赫西提宝剑护卫在我身旁,水手们早就把我扔到汹涌波浪中喂大鱼了。

我当然对这一切毫不知晓,我躺在黑暗中,裹着毛毯,浑身发汗,我只想寻夫而死。也许我太年轻而不应该死于悲伤,也许我被照顾得太好而没有在忧伤中消失。拉·内弗尔寸步不离我的身旁。她让我的嘴唇保持湿润,柔声地对我说安慰的话,就像母亲面对哭闹的婴儿,用的是那种原谅一切的音调。

她很快就找到了希望的理由。当我暗无天日地昏睡时,新月来临了,而我两腿下的毛毯没有血迹。我的肚皮柔软、乳房发烧、呼吸中散发着大麦的气味。几天后,昏睡中的我渐渐退烧。我大口吞下拉·内弗尔喂到嘴边的汤,我捏她的手指,无言地表示谢意。

我们登陆的那天,我的婆婆来到我面前,把手指坚定地压在我的嘴唇上,语气中带着紧迫感,而且话题并非关于我的健康。"我们将回到我父母的故乡。"她说,"听清楚我要说的话,服从。"

"我将在我哥哥和他的妻子面前叫你女儿。"她说,"我会告诉他们你曾是我们家的侍女,我的儿子在我的同意下要了你——一个处女。我会说是你帮助我们逃离野蛮人的。你将成为我的儿媳,我是你的女主人。你在我的膝头怀你的儿子,而他将成为埃及的王子。"

她的眼睛盯着我的眼睛,要求我完全理解她的意思。她很慈爱,我爱她,但是,不知是什么让我觉得别扭。当她说话时,我说不清自己在惧怕什么。后来,我意识到我的新母亲完全没有提到过她儿子的名字,也没有提到过她丈夫的名字,更是只字不提他们惨遭谋杀,也不说关于我的兄弟的事情,以及他们的骗局。我们完全没有机会为萨兰姆哭泣或者哀悼;她也从来没有告诉过我,我的爱人被埋在什么地方。恐怖的过去只字不能再提,我的悲哀被封在我的唇后。我们再也没有提到过我们共同经历的历史,我被她空洞抽象的故事固封锁定。

当我们踏上埃及的土地时,我是个身怀遗腹子的寡妇。我身穿埃及人的白亚麻布衣服,我不再是姑娘,我像这里的其他女人一样不戴头巾。我为拉·内弗尔提着一只小篮子,但是,我没有一点属于自己的东西。连一块自己的母亲们织的布头都没有,甚至连一点能带来安慰的记忆都没有。

拉·内弗尔的哥哥住在埃及南方的一个大城市——底比斯。旅途上有许多奇观异景。我们路过了许多城市和金字塔、异鸟和猎人、棕榈和奇葩、沙漠和峭壁,但是,我对这一切均视而不见。我的眼睛绝大部分时间都是看着河流,死盯着河水,顺流而下,流向无尽头的黑暗,而河水本身不断地变换着它的颜色:棕色、绿色、黑色、灰色,有一次我们经过一家鞣革厂,河水都是血红色。

那天夜里,我被血淹没,尖声呼救,呼唤萨兰姆,呼唤母亲,我双手撕挠着自己的脖子从噩梦中醒来,同样的噩梦将夜夜重复。刚开始,我感觉到萨兰姆的身体靠在我的背后,那奇妙的重力让我的整个身心都得到了安慰。但是,接下来一种非自然的热力涌向我的胸膛和我的双手,然后,我发现自己满嘴都是萨兰姆的鲜血,眼睁睁地看着生命从萨兰姆的身上消失,变成泥土,泥土味儿将我的鼻子堵塞。我的眼睛被鲜血覆盖,我挣扎着睁开眼睛。我无法喘息,只是尖叫,虽然我听不见自己的叫声。但我依然声嘶力竭地喊叫,只希望我的五脏六腑跟着叫声涌出来,让我也死去。

每夜都是同样的噩梦,第四天夜里,正当血液将我淹没,我张着大口寻死的时候,一阵钻心刺骨的疼痛令我难以呼吸,我震惊地坐立起来,发现内赫西站在我面前,他将宽剑的剑背紧紧地按在我的脚板底下,原来是他打了我的脚心。"够了。"他狠狠地说,"拉·内弗尔受不了了。"

内赫西离开时,我依然汗毛倒立,挣扎着喘息。从那天夜里开始,只要我一感觉到胸部温暖,便立刻惊醒。大声喘气,汗流浃背,我睁眼躺着,不敢再入睡。我从此害怕日落,就像有的人恐惧死亡一样。

破晓后,太阳消除了我的恐惧。早晨,在天气变得酷热难耐之前,拉·内弗尔跟我和内赫西坐在一起,讲述她儿时的欢乐故事。当我们看见一只鸭子时,她就回忆起她和父亲以及她的兄弟们的打猎之行,她的大哥家就是我们前去寻求庇护的地方。当她还是一个小姑娘的时候,就担当起掌管猎鸭刺棍的重任,她能够揣摩猎人的需要,将刺棍预先交到猎人的手中。当我们路过一栋大房子时,拉·内弗尔描述起她父亲在埃及孟菲斯的家,大庭院里有许多花园,还有许多池塘。她的父亲为太阳神"拉"的祭司们做书吏,生活对于他的家庭来说,非常的富裕和舒心。

拉·内弗尔回忆起儿时曾经伺候过她的每一个仆人、每一个奴隶。她说到自己的母亲,内伯坦尼,记忆中的母亲很可爱,但也很遥远——她总是摆弄一堆盛着眼影和眼线黑颜料的小罐子和小盒子。坐在美观的浴池里,让仆人将一罐又一罐的香水倒在她的后背上,是她最开心的时刻。但是,当拉·内弗尔还是留着额发的小姑娘时,内伯坦尼便因难产死了。

我的婆婆的回忆尽是有趣的故事与精彩的典故,从她婴儿时期到离开埃及出嫁的那一个星期。嫁妆厚重,运输嫁妆的准备过程精心而周密。拉·内弗尔依然记得大批箱子里装着的亚麻布匹的数目,她手上和脖子上的首饰,还有给她撑驳船运嫁妆的船夫们。

我身体不由自主地前倾,希望能够知道些在示剑城的生活细节,听她讲萨兰姆出生时的故事或者是他儿时的轶事。但是,当她讲到到达丈夫的宫殿时,便戛然而止;原本绘声绘色的快活模样变成了眼神空荡荡地发呆。她只字不提迦南,不提她的丈夫,不提她给他生的婴儿。她连哈抹王的名字都没有说过一次,好像萨兰姆从来就没有出生过一样,好像他没有爱过我,不是在我的怀抱里流血而死。

拉·内弗尔的沉默中涌动着无法掩饰的痛苦,但是,当我伸出手去触摸她的手时,她马上又恢复了振奋的笑容,打开话匣子,说棕榈树的美丽或者是她的哥哥作为总书吏的至高职位,他为太阳神的祭司们掌管财务和行政管理大权。我又把眼神收到河流上,眼睛一直没有离开过水，直到我们到达底比斯。

坐落在尼罗河畔的这座伟大城市，在落日中灿烂辉煌。向西，紫色的陡壁簇拥着绿色的峡谷，油漆明亮的庙宇上挂着绿色和金色的三角旗，庙宇点缀于峡谷中。东岸上，有寺庙、豪宅和白石灰小民房，它们在落日余晖中，泛着玫瑰红色和金色，落日转眼即逝于西山后。我看见房顶上有白色帐篷，心里奇怪：在城市住房的上面，难道还有另外一族人生活在房顶上吗？

从河岸起通向远处的街道非常嘈杂喧闹，尘土飞扬，我们迅速穿过大街，急于在夜幕降临前找到我们的目的地。当余晖渐退时，荷花香味儿逐渐增强。内赫西向一个陌生人打听，问他是否知道去书吏那卡特·拉家怎么走。这个男人指着坐落在东岸庙宇群中的一座大神殿旁边的那座庞大住宅。

一个赤裸的小女孩打开铮亮的大门，冲着三个陌生人迷惑地眨眼睛。拉·内弗尔要求见那卡特·拉——她的哥哥。但是，这个女孩子只是愣着看我们。她看见一个穿着脏衣服的埃及夫人，没有化妆，也没戴珠宝首饰；一个大块头、腰里别着宽剑的赤脚黑卫兵；一个穿装不合体的异国女人，她头垂得那么低，可能是想隐藏她的兔唇。

拉·内弗尔重复了她的要求，仆人还是呆着不动，内赫西径直推开大门，走过门厅，进入大客厅。家里的主人正在结束一天的工作，膝头是卷文，身边是助理人员。他盯着内赫西，吃惊而困惑，但是，当他看见拉·内弗尔时，他跳了起来，冲上去拥抱他的妹妹，卷文撒得满地都是。

当哥哥的臂膀拥抱住拉·内弗尔时，她开始号啕大哭——不是宽慰的眼泪，也不是一个女人与家庭幸福团圆的喜泪，而是一个母亲——这个母亲的儿子在睡梦中被谋杀了——如此悲恸欲绝的哀号。拉·内弗尔在她疑惑不解的哥哥怀里哀哭。她瘫倒在地上跪着,她的哀悼之声终于冲出她那颗破碎的心。

恐怖的哭嚎将整个那卡特·拉家的成员召到大客厅里:厨子、园丁、面包师、孩子,还有家里的女主人。那卡特·拉抱起自己的妹妹,把她放在自己的椅子上,仆人赶紧给她扇扇子,喂水。所有的眼睛都盯着拉·内弗尔,她抓住哥哥的手,讲述她编织的故事,正如她事先跟我排练好的那样。她说她的家被野蛮人侵略,所有的家当都被掠夺,家人被杀,她的整个一生都被毁掉了。她说到逃亡和海上风暴。当那卡特·拉询问她的丈夫时,她回答:"死了。还有我的儿子!"然后,她再次流着眼泪瘫倒在地。这时候,家里所有的女人都开始了尖声的哀号,阴寒的哭声穿透我的脖子,爬遍全身,就像诅咒一样。

拉·内弗尔再次被她的哥哥抱起来,她平静了下来。"内赫西是我的救命恩人。"她说,所有的眼光都转到站在我身边的内赫西身上。"要不是他强壮的手臂、智慧和安慰,我早就是亡魂了。他将我带出迦南,还有这个女孩子,她是我的儿子的配偶,她的肚子里怀着我的孙子。"现在所有的眼神又转到了我的肚子上,我的手不由自主跟随他们的眼光,移动到我的孩子生长的地方。

对于我来说,这是一场哑剧。我只能听懂几句当地的语言,还是我跟我的爱人在床上学会的。我知道关于身体部位的字眼,日出、日落、面包、酒和水。当然还有——爱。

但是,埃及人是溢于言表的人,他们说话时露着牙齿,手舞足蹈,我竟然能跟上他们的故事。我观察拉·内弗尔的脸色,知道她的父亲死了,她的小哥哥去了远方,一个挚友——也许是一个妹妹——在分娩中死去,那卡特·拉像她的父亲一样成功。

我站在靠近大门的地方,被安全地遗忘了,直到我昏倒在地上。后来,我在黑暗中醒来,发现自己躺在有甜香味儿的地铺上,拉·内弗尔的床紧靠着我的床,她正熟睡着。所有的家人似乎都睡着了。黑夜如此寂静,要不是昨天下午穿过嘈杂喧闹的街道,我还以为自己是在孤寂的草原上或者是在没有人烟的山峦峰顶上。

一只鸟儿的歌声打破了寂静,我倾听,试图在它原始的歌声中找到旋律。我什么时候在夜里听见鸟儿唱过歌?我记不清了。一时间,除了鸟儿对着半月的歌声,我竟然忘记了一切,我的脸上几乎挂着微笑。

当我感觉到我的手指被轻轻触摸时,我的微笑早已烟消云散。我立刻跳起来,记得内赫西的宽剑打在我脚心上的痛楚,我抑制住自己的叫声。一个小黑影子正围着我转圈儿。那只鸟儿依然啭鸣,但是,它现在的腔调似乎是取笑我刚才感到的快乐。

我惊恐地看见那个黑影子跳到拉·内弗尔的床上,似乎就那么消失了。我在黑暗中搜索,直到眼睛酸痛,我发现自己在为善良的女主人的死亡大声哭泣,因为那个鬼影一定把她杀了。我搓拧着我的双手,可怜自己,再次孤独地被抛弃在异国他乡。我的一阵抽泣惊醒了拉·内弗尔。

"怎么了,孩子?"她半睡半醒地咕哝。

"危险!"我打着嗝说。

她坐直身子,那个鬼影突然朝我扑来。我抱头尖叫。

拉·内弗尔轻声笑了。"一只猫,"她解释说,"只是一只猫。巴斯特统治着这个家的心。快睡吧。"她叹了一口气,倒在枕头上又睡了。

虽然我又躺下了,但整夜没有合眼。没过多久,晨光就透过靠近天花板的一排窗户透射进来。当阳光照亮整个房间时,我开始仔细地观察四周:白色的墙壁,墙角有一个蜘蛛网。我看见墙壁上的神龛里摆放着我不熟悉的神像,我伸手去触摸我的女主人睡床的漂亮床脚,它们被雕刻成巨兽的脚爪。我嗅着我的床垫散发的芳香味儿——草垫饱和着一种我不知晓的花香。房间里摆满精致的篮子和手编垫子。一只精美的埃及嵌饰盒子上,摆放着一套高颈玻璃瓶,旁边是一大摞叠放整齐的毛巾,后来我才知道那是浴巾。每一块浴巾都染成明亮的颜色或者绘有彩色的画。

在这些精致美妙的物件中,没有我的位置,但是,这是我唯一的家。

刚怀孕的头几个星期里,我几乎感觉不到孩子的存在。我身体也没有异样,我的思绪完全被新环境占据,竟然没有注意到月盈月亏,埃及女人没有什么针对新月的庆典仪式,更不会隔离自己。我一直待在拉·内弗尔的身边,开始的几天,她一直在花园里休息,当我听不懂别人跟我说的话时,她就为我翻译。

那卡特·拉全家人对我都不错,他们都很善意,甚至包括女主人赫里亚,她要接纳嫁出去很久却突然归来的小姑子,还有她的两个陌生仆人。好在内赫西知道如何发挥自己的作用,那卡特·拉很快就把他当作信使,派他穿梭于家、寺庙和西谷地陵园建筑区传递信件。

我既不完全是仆人,也不完全是侄女,只是一个没有什么特殊技能、语言不通的异乡人。女主人看见我时,会拍一拍我,好像我是家里的猫一样,没有必要说什么,便已经转身走了。家仆也拿不准如何待我。她们给我示范如何纺亚麻线,希望我能够帮助她们,但是,我手笨,学得很慢;在厨房里,我无法和她们一起说三道四,所以也被晾在一边。

我的主要任务就是照顾拉·内弗尔,但是,她宁愿孤独一人,所以我便寻找其他的事情来打发光阴。我对房子里的楼梯特别感兴趣，总是找借口上下楼梯，站在每一级台阶上，从不同的角度观察整个房间。我晚上扫楼梯，早上洗楼梯，主动揽过楼梯的清洁工作，心中带着一种下意识的骄傲。

一有机会，我就会一直爬到屋顶，尼罗河上吹过来的凉爽北风会把凉棚顶子吹得鼓鼓的。房子里大部分的人都会在炎热的夜晚到这里睡觉，但是，我从来不敢加入他们，害怕我的噩梦惊扰他们。

从屋顶上，我盯着太阳映在河中的影子，看着阳光下美丽的帆船。我想起我们全家从哈兰迁移到南方时看见过的大河，那时我还是个小女孩。我想到另一条河，在河边约瑟和我曾遭遇无形魔力的袭击，并被母亲们的爱救了一命。当我想起萨兰姆对我许下的愿，说要教我游泳时，我的嗓子就因极度痛苦而收缩关闭。这时我便拼命地睁大眼睛，正像我在幔利时做的那样，盯着远方的地平线，不让自己哭泣，或从屋顶上跳下去。

白天在新的生活方式和新景象中模糊掠过，但是，黑夜依然漫长如旧。我总是挣扎着从噩梦中醒来，汗流浃背，当梦中萨兰姆的血液湿透我们的床时，我的汗水便浸透了我的床垫，我上气不接下气，同时担心弄出任何声响。到了早晨，我的眼睛酸痛，头痛欲裂。拉·内弗尔为我的状况感到担忧，她为此咨询了她的嫂子。她们规定我在下午卧床休息。还在我的腰上系了一条红绳子。她们给我喝加了黄色药液的羊奶，我的舌头蒙上了厚厚的黄色舌苔。

当我的肚子变大时，家里的女人开始对我百般呵护。那卡特·拉的家里很久没有小孩子了，人人都盼望着孩子带来的天伦之乐。我每天都吃花样百出的食物，有的食物对于我来说，就像屋后花园里永远开放的鲜花那样充满异国情调。我吃过橘红色瓤或者粉红色瓤的西瓜，各种品种的枣更是琳琅满目。在祭家神或者是家庭节日的庆典上,还会有蒜烧鹅、蜜汁鱼。

但是,最美的食物是黄瓜,翠绿而香甜,它是我能想到的最好吃的东西。在炎热的太阳下,黄瓜用月亮般的凉爽吻我的舌头。我可以不停地吃而不感到胀肚,绝没有吃腻的时候。在我第一次咬了一大口水汪汪的、脆生生的黄瓜时,我就想,我的母亲一定会喜欢这种蔬果的。这是一个多月来,我第一次想到利亚。母亲不知道我怀孕了。我的姨妈们甚至不知道我还活着。孤独使我浑身颤抖。

赫里亚看见我的肩膀发抖,便拉着我的手,带我走到前门门厅里。我们停在墙壁上的神龛前,她示意我拿过一个小女神偶像。这是一只靠后腿支撑的水马,鼓鼓囊囊的大肚子,狮子脚,鳄鱼背与尾巴,露齿大笑的大嘴。"塔沃里特女神。"她触摸着陶塑偶像说,然后又把她的手放在我的肚皮上。我疑惑不解地皱着眉头。她蹲下,模仿女人分娩,把小偶像放在她的两腿之间,哑剧一般地告诉我,塔沃里特会保佑孕妇分娩顺利以及婴儿的安康。

女主人以为我害怕生孩子。我点头表示明白她的意思,冲她笑了。她说:"男孩。"她又拍了拍我的肚子。

我点头。我知道我怀的是儿子。"男孩。"我用主人的语言说。

赫里亚把着我的双手,让我的手指环抱住小偶像,表示将小女神送给我,然后又吻了我的脸颊。突然,我的耳边响起英娜嘶哑的大笑声,我还以为那个老接生婆此刻就在屋里呢,她曾经说过塔沃里特会把我接纳到自己的门下,而英娜正因为自己的预言应验了而哈哈大笑。

接下来的一个星期内,我感觉到心窝底下有了鸟儿翅膀噗咚般的动静。我腹中生命产生的爱让我万分惊喜。当我躺在床垫上时,我会对我的儿子轻声细语地说话,当我扫地和纺线时,我会哼唱儿时的歌曲。无论我梳头、吃饭,不分早晚、场合,没有不想我的儿子的时候。

充满萨兰姆鲜血的噩梦变成了关于他的儿子的快乐美梦,我叫儿子巴尔·萨兰姆。在梦里,我的儿子不是一个婴儿,而是他父亲的一个小翻版,他躺在我的怀抱里,跟我讲述他儿时在宫殿里的故事,关于河流的奇迹,关于此生之后的另一个世界。在这个梦里,我的爱人保护我,击退袭击我和儿子的饥饿的鳄鱼。

我沉溺于梦中不愿醒来,我越来越晚起床,只期望流连于这样的美梦中。拉·内弗尔允许我贪床,事事百依百顺。我们睡觉前,她会和我一起盯着我的肚皮,看着它摇动。"他好强壮!"她高兴地说。

"愿他体魄强壮。"我祷告。

分娩的时刻来临时,我并没准备好。好在我师从拉结和英娜,对自己学习到的一切信心十足,并不担心分娩过程。我已经见证了无数健康婴儿的出生,目睹了许多伟大母亲的勇气。我想象不到有任何值得害怕的地方。

第一阵剧烈的疼痛袭上我的肚皮,顷刻夺走了我的正常呼吸,我想起分娩中晕厥的女人、尖叫的女人、哭嚎的女人,还有寻死觅活的女人。我想起一个双目圆睁在恐惧中死亡的女人,还有一个因大出血而丧命的女人,她精疲力尽,双眼枯干塌陷。

婴儿的羊水袋破了,哗啦一下,羊水从我的双腿间涌泻出来,我不由自主地一声抽泣。"母亲!"我大喊,感到四个母亲们的面孔不在眼前,四双温柔的手不在身边。她们是多么的遥远啊。我是多么的孤独啊。我多么渴望听到她们用我儿时的语言说安慰我的话。

　　为什么没有人告诉过我,我的身体将变成战场,面对牺牲和考验?为什么没有人告诉我,分娩才是女人找到勇气做母亲的巅峰时刻?当然,没有人能够告诉我这些,我也没有机会听到这些。除非轮到你自己站在分娩砖上,否则,你不知道死亡就等候在角落里,时刻准备登场亮相;除非是你自己站在分娩砖上,否则,你不会理解其他女人迸发出的力量——哪怕是说异国语言的陌生女人,向从未听说过名字的女神祈求,她们都有神奇的力量。

　　拉·内弗尔站在我的身后,我的重量放在她的膝头上,她赞扬我的勇气。女主人赫里亚抓住我的右臂,向塔沃里特、艾西斯女神、贝斯乐神——爱婴儿的丑陋侏儒轻声祷告。女厨子在我的左边,她在我的头上方挥舞着一个刻有分娩画面的曲棍,用来减缓我的疼痛。蹲在我的面前准备接住婴儿的,是一个叫莫里特的接生婆。我虽然不认识她,但是,她的手正像我想象中英娜的那样自信而温柔。她朝着我的脸吹气,这样,当疼痛来临时,我不至于不能呼吸,她甚至让我觉得有点好笑,我把气吹回到她的脸上。

　　当剧烈阵痛减弱时,四个女人便在我的头上方聊天,当剧烈阵痛侵袭而来时,她们便喁喁细语,给我鼓励。她们把果汁喂到我的唇边,用芳香的毛巾给我擦汗。莫里特按摩我的腿。拉·内弗尔的眼睛里闪烁着泪花。

　　我哭泣,我喊叫。我放弃了所有的希望,我祷告。我呕吐,我的膝盖瘫软。虽然她们看见我的疼痛后眉头紧锁,但是,没有一个人表现出任何担心或者急躁。所以,我得到鼓励,战斗下去。

　　当我觉得自己没有什么可做时,就开始用劲。

　　我用劲推啊,用劲挤啊,直到我以为自己已经昏厥过去。但是,无论我如何使劲推挤,孩子就是没有出来的动静。时间不断消逝。我接着用劲推挤。依然没有进展。

莫里特抬头看拉·内弗尔,我看见她们交换眼神,这种眼神,似曾相识。我曾经看见拉结和英娜交换过这样的眼神,那是当普通的生命之路变成生死战场时的严峻眼神,我感觉到角落里的死亡阴影,正向我和我的儿子逼近。

"不!"我第一次用我的母语大声喊。"不!"我又用身边女人们的语言尖叫。

"母亲!"我对拉·内弗尔说:"给我找个镜子来,让我自己看看。"通过镜子,我在油灯的光线下看见我的生命通道之门皮肤紧绷。"伸手进去。"我对莫里特说,我记得英娜在这种情况下的措施,"我怕他会转身改变方向。伸手进去,调转过他的脸,他的肩膀。"

莫里特照我说的去做,但是,她的手太大,我的皮肤太紧,我的儿子太大。"拿刀来!"我几乎尖叫着说,"孩子需要更大的门。"

拉·内弗尔将我的话翻译给女人们,赫里亚用一种严肃的语气轻声回答了她。"家里没有能动手术的人,女儿。"拉·内弗尔听完后,跟我解释,"我们马上就去请外科医生,但是……"

这些话听上去就像是来自遥远的地方。而我现在想做的一切,就是排空自己的肚子,驱除极度的痛苦,我要排空自己,然后睡觉,或者死掉。我的身体感觉到推挤的冲动,但是,当角落里的死亡阴影点头称赞时,我拒绝服从它。

"你来操刀。"我对莫里特说,"拿起刀来,为他打开大门。拜托了。"我祈求她,她毫不理解,只是充满怜悯地看着我。

"刀!母亲!"我绝望地尖叫,"拉结,你在哪里?英娜,我该怎么办?"

拉·内弗尔大声命令,刀子立刻被送来。莫里特胆战心惊地接过刀。当我尖叫着,控制自己不要推挤时,她将刀刃贴到我的紧绷的皮肤上,打开了生命之门,从前到后,正如我见过的那样。她将手伸进去,掉转了孩子的肩膀。令人眼盲的疼痛折磨着我,好像我坐在太阳上一样火辣。一刹那间,孩子出来了。但是,我的周围没有快乐的欢呼声,沉默的孩子被沉默迎接。脐带绕在儿子的脖子上,他的嘴唇青紫。

莫里特手脚麻利地忙碌着。她剪断绕颈的脐带,拿起芦苇吸管,将死亡从孩子的口腔中吸走,又将生命气息吹进他的鼻孔。我大声喊叫、抽泣、颤抖。当我们紧张地看着接生婆忙碌时,赫里亚紧紧地搂着我。

死亡那狗头一样的阴影靠近我的儿子张望了一下,就在这时,孩子咳嗽了一声,接着是愤怒而坚定、消除一切余虑的大哭。死亡的狗头阴影立刻退缩、消遁,阴暗的角落明亮起来。死亡不在被击败的地方驻留。四个女人喜悦的声音在我的周围回荡,叽叽喳喳,嘻嘻哈哈,声音好大。我倒在床垫上,失去了知觉。

我在黑暗中醒来。身旁一盏孤灯闪烁着微光。地板已经清洗干净,甚至连我的头发都散发着洁净的气味。看护我的女孩见我睁开眼睛,赶紧跑去找莫里特,她抱着一个亚麻襁褓过来。"你的儿子。"莫里特说。

"我的儿子。"我回答。我惊讶地发呆,接过孩子抱在怀里。

正如分娩到来前没有警告,我看到孩子的第一眼,竟然也毫无准备。我仔细地看他的脸、手指、好像没有骨头的腿、腿上的皱褶、耳朵上的漩涡,还有他那小胸脯上的小乳头。他叹气一般呼吸时,我屏住自己的呼吸;他打呵欠的时候,我会大笑。我好奇他是否能抓住我的大拇指。啊,我看着他,真是看不够啊。

应该有专门为女人在这个时刻敞开歌喉而写的赞歌,或是特殊的祷告词。但是,之所以没有这样的赞歌或者祷词的存在,是因为这样的时刻不是言语和旋律可以表达的。正如亘古以来的第一位母亲,我也曾被击垮、被遗弃,曾狂喜,也曾历劫。我跨越了女孩的门槛,进入了母亲的神圣国度。我回头,看见自己是躺在母亲怀里的婴儿;我向前,也瞥见自己的死亡。我哭泣,不知道是高兴,还是悲哀。当我悲喜交加地把儿子搂在怀里时,母亲们,还有她们的母亲们都和我在一起。

"巴尔·萨兰姆。"我轻声呼唤。他含住我的奶头,边睡边吃。"幸运的孩子。"我喜出望外地说,"吃睡两不误。"

我们两人在埃及接生婆莫里特关爱的目光下睡着了,我知道哪怕我再也见不到莫里特的脸庞了,我也会永远爱她。那天夜里,我做了个梦,拉结给我一对金分娩砖,英娜给我一支银吸管。我严肃而郑重地接过礼物,莫里特站在我身旁,我非常骄傲。

当我醒来时,我的儿子不见了。恐惧中,我试图站起来,但是,疼痛把我束缚在床上。我大声呼叫,莫里特拿着医治伤口的亚麻纱布和药膏进来。"我的儿子。"我用她的语言说。

她温柔地看着我,回答:"孩子和他的母亲在一起。"我以为我听错了。也许我没有选对字眼。我又问了一遍,慢慢地说,但是,她同情地摸了我一下,摇了摇头,不。"孩子和他的母亲在一起,和夫人在一起。"

我依然糊涂,我大声地哭喊:"拉·内弗尔。拉·内弗尔。我的宝贝儿子被抢走了。母亲。帮帮我。"

拉·内弗尔进来了,怀里抱着孩子,孩子裹在一条精细的镶有金线的白色亚麻毯子里。"我的孩子。"拉·内弗尔对我说。她居高临下地站在我的面前。"你干得非常出色。的确,你很伟大,底比斯所有的女人都将知道你的勇气。而我,将对你感激终生。你在我膝头生下的孩子将成为埃及的王子。他将作为伟大的书吏那卡特·拉的侄子,两代君主的总书吏——国王财务账目的总管——帕瑟尔的孙子,被抚养成人。"

她看着我困惑不解和悲痛不堪的脸,在剥夺我母亲的身份时,又让我为孩子的前途放心。"我是他在埃及的母亲。你是他的奶妈,他将知道是你给了他血肉之躯。照顾他是你的福气,他会管我们两人都叫妈,在这里一直住到学龄,为此,你应该感恩。"

"因为他是我的儿子拉·摩斯,太阳神拉的孩子,是你为我和这个家庭生的孩子。他将为我建造陵园,也写上你的名字。他将是埃及的王子。"

她把孩子递到我的手里,孩子开始哭啼,拉·内弗尔转身离开。"巴尔·萨兰姆。"我对着儿子的耳朵柔声轻呼。拉·内弗尔听见了,停下脚步。她没有转身看我,她说:"假如你再叫他那个名字的话,我就把你从这个家里扔出去,把你赶到大街上。假如你对我的指示掉以轻心,无论是这件事,还是我们的儿子的教育问题,你就会失去他。你必须完全理解这一点。"

然后,她转过身来面对我,我瞥见她的脸颊湿润有泪。"我唯一的生命在这里,在河边。"她说,她的声音哽咽而沉重,"噩运和邪恶的魔鬼偷走了我的'卡'——灵魂,将它抛弃到西部荒野的兽群中,但一段已经彻底结束了。我回到自己的家里,回到文明的人类中,为太阳神拉服务。我已经咨询了我哥哥服侍的祭司们,他们说你的'卡'——灵魂,你的精神,一定也是属于这里的,否则,你怎么能够在遭受了疾病、旅途,还有难产的磨难后,幸运地生存下来了呢?"

拉·内弗尔看着我哺乳的婴儿,带着无限的疼爱说:"他一定会得到保护,不受邪风、妖魔或者任何反对者的伤害。他将成为埃及的王子。"她轻柔的语调丝毫没有掩盖她的坚定决心,她轻声地对我说:"你将照我说的一切办。"

刚开始,拉·内弗尔的话对我没有什么意义。房间里有人的时候,我会特别小心不叫我的儿子巴尔·萨兰姆,除此之外,我是他的母亲。拉·摩斯和我日夜在一起,这样,无论他什么时候哭,我都能给他哺乳。他就睡在我身边,我抱着他,跟他玩,记住他的一举一动、一瞥一笑。

我们在拉·内弗尔的房间里住了三个月。我的儿子每一刻都在长大,变得结结实实,胖嘟嘟的,他是世界上最漂亮的婴儿。而我在莫里特的精心照顾下,也完全康复。在炎热的下午,拉·内弗尔会照看孩子,好让我洗浴,睡午觉。

日子一天天地过去,没有形状和色彩,无须工作,也没有记忆。在我怀里哺乳的婴儿就是宇宙的中心。而我是他一切幸福的来源,至少在数星期里,女神与我合体统一。

儿子出生后的第四个月,举家聚集在大厅里,那卡特·拉的助手们围坐在他身旁。女人们靠墙边排成行,男人们簇拥在婴儿周围,他们把书吏用的工具放在他的手里。他的小手指弯曲起来,抓住新毛笔,他还抓住环形的墨盒。他双手抓住一张纸莎草纸,像扇扇子一样挥舞着,这可让那卡特·拉高兴极了,他宣布这孩子生来就是书吏。就这样,我的儿子被纳入到男人的世界里。

此时此刻,我才想起父亲的家规,要在新生男孩的第八天时施割礼,第一次做母亲的,都会蜷缩在红帐篷里发抖,而年纪大些的女人就会安慰她。我的心裂成两半,一半悲哀父亲的神将认不出这个孩子,我的弟弟约瑟,甚至于他的外祖母们也认不出他;一半骄傲儿子的阳具完整无痕。凭什么他要带上一个伤疤?这个痕迹只会时刻提醒他,自己的父亲是如何死的,我是如何成为寡妇的,而他是如何成为孤儿的。凭什么为这样的神牺牲自己的包皮呢?

那天晚上家里举行了盛大宴会。我坐在地上,靠着拉·内弗尔,她把孩子抱在膝头,往他的嘴里送捣碎的西瓜,用羽毛挠他的痒痒,上下摇动着他,让他开心地大笑,在前来庆祝那卡特·拉家添子之喜的客人面前,炫耀这个可爱的孩子。

食物和饮料之丰盛超出我的想象:鱼和野味,水果和甜点。好吃的东西太多,牙齿都招架不住了。葡萄酒和啤酒,杯满罐盈。乐师们演奏管乐器和叉铃,带着叮当小锤的乐器,发出酷似流水一般的声音。歌曲有逗乐的、关于爱情的,还有赞扬神的。当小手鼓敲起来时,舞娘们便跑到大厅中央:旋转,跳跃,她们下腰时,头顶能够点到身后的地上。

每个客人进门时,都得到一块锥形的香蜡,戴在头上,随着夜晚的逐渐消逝,香蜡融化,散发出荷花和百合的香味儿。当我从拉·内弗尔的膝头抱起熟睡的儿子时,他的头发上都是黏糊糊的香蜡,香气在他漆黑的头发上萦绕,数日不散。

这是我在这里经历的第一次宴会,见识了许多奇闻逸趣,其中一个就是女人和男人一起吃饭。整个一顿饭的工夫,丈夫和妻子都坐在一起,相互交谈。我看见一个女人把一只手放在她丈夫的胳膊上,一个男人吻女伴戴着珠宝的手。而让我的父亲和母亲们在人前坐在一起吃饭,是绝对不能想象的事情,更不可能互相触摸了。但是,这就是埃及,我是这里的陌生人。

那个夜晚标志着我的闭门静养结束了。我的伤口复原了,儿子很健康,有人将我们送到花园里去玩,这样他不会弄脏家里的地面,也不会打扰书吏的工作。所以白天的时光,我都是在室外度过的。当儿子在花床上睡午觉时,我就除杂草,帮厨子择一天要用的菜,熟悉这片土地上的花与果。当孩子醒来,迎接他的是鸟儿的歌声,看到鸟儿飞起来,他高兴地睁大眼睛看鸟儿飞。

花园变成了我的家,我儿子的导师。拉·摩斯在有鱼和飞禽类的池塘边,迈出蹒跚的第一步。他总是张着嘴,惊异地看着水中的鱼儿和游水的鸭子。他说的第一个字是"妈"——然后就是"鸭子"和"荷花"。

他的祖母给了他许多精美的玩具。几乎每一天,她都会给他一个惊喜:一只球,一只陀螺或者一条小猎棍。有一次,她给他一只用线提控的木偶猫,嘴巴可以一张一合,十分可爱。这些好玩的玩具带给我的兴奋一点都不亚于儿子的喜悦。我的儿子爱拉·内弗尔,每当他看见她来的时候,他就会蹒跚地奔向她,拥抱她。

我在花园里的生活也不是不幸福。拉·摩斯身体健康,性格阳光,给了我生活的目的和家庭的地位,因为家里的人都宠爱他,所以大家把他的彬彬有礼和令人愉悦的性格都归功于我。

每一天,我都是先亲吻我的手指,然后再触摸艾西斯的偶像,向众多的埃及神感恩,虽然我不知道这些神灵的故事,但是,我为得到儿子这个宝贵礼物而感激。儿子每一次拥抱我时,我都感恩。每个安息日,我都会掰碎一块面包喂池塘里的鱼和禽,纪念母亲们对圣母的祭献,祷告他们继续保佑我的儿子拉·摩斯的健康。

日复一日,时间甜蜜地流逝,月复一月,也在每天都全心投入爱一个孩子的忙碌中消磨。我没有精力回忆过去,也没有必要展望未来。

我多么想永远驻留在拉·摩斯童年的花园里,但是,时间是母亲的大敌。在我意识到之前,我襁褓中的婴儿就开始蹒跚学步,刚刚牵着他的手走路,他就变成了到处疯跑的小男孩。儿子断奶以后,我也摆脱了迦南女人的保守,开始穿埃及女人的透明亚麻衬衫。拉·摩斯剃掉了一些头发,只留着编小辫的边发,这是所有埃及小孩子的发型。

我的儿子长得强壮而肌肉发达,有时还会和他的大伯那卡特·拉随意打闹,他叫他的大伯"巴",灵魂的意思。他们互相宠爱,拉·摩斯陪着大伯参加猎鸭子活动。根据拉·内弗尔的描述,儿子能够像鱼一样游泳。虽然我从未离开过住宅和花园,但是,拉·内弗尔曾到船上看他游泳。他只有七岁的时候,与他的大伯玩版图游戏赛耐特,就能取胜了,甚至是二十个格子的那种呢!这些版图游戏非常严谨,需要战略和逻辑才能获胜。当儿子刚会拿小木棍的时候,那卡特·拉就教他如何在小石子上绘画,刚开始是作为好玩的游戏,然后,就是导师认真地教授学生。

当拉·摩斯逐渐长大,他在屋里面待的时间越来越长,观察那卡特·拉如何工作,练习写字,和他的祖母一起吃晚餐。一天早晨,他和我在厨房吃早饭,当他看见我用自己的牙齿,将一只无花果咬成两半,递给他一半时,突然身体僵硬,脸臊红。我的儿子没有对我说什么让我尴尬伤心的话——但是,从那儿以后,拉·摩斯就不再和我一起吃饭了。他搬到屋顶上过夜,把我一个人舍在花园里的床垫上,我奇怪这八年都到哪里去了。

拉·摩斯九岁时,到了男孩第一次系腰带的年龄,这标志着他光屁股的时代正式结束了。该是他上学,成为一个真正的书吏的时候了。那卡特·拉决定将他送到孟菲斯最好的学校受教育,因为本地的学校和导师都配不上他聪明的侄子,而孟菲斯的学校云集了最有权势的书吏家子弟,他们都在那里受到正规教育和训练,然后得到工作和委任,那卡特·拉本人就是这所学校的优秀生。一天早晨,那卡特·拉在花园里跟我解释了这一切。他充满同情心地轻声跟我说话,因为他知道我眼睁睁地看见拉·摩斯离开自己,该感到多么的伤心。

拉·内弗尔跑遍了所有的集市,为拉·摩斯买最好的衣服篮子、最结实的凉鞋、完美的毛笔盒。她请一个雕刻家为拉·摩斯专门刻制了一块调墨砚。那卡特·拉为拉·摩斯离城上学计划了一个大型欢送宴会,送给他一套精致的毛笔做礼物。拉·摩斯为马上就要踏入广阔的天地而激动万分,每当我们在一起的时候,他都会憧憬他的旅行。

我像是在黑暗的井底下,眼巴巴地看着儿子做离家的准备工作。一想跟他说话,我的眼睛就会泪流不止,嗓子紧闭。他尽了最大努力来安慰我。"我又不是去送死,妈。"他跟我说,他严肃的体贴只让我更加忧伤。"我会给你带礼物回来的,当我成为伟大的书吏,正如巴一样,我会给你建造一座大房子,后花园将是南方大地上最大的花园。"在他离开的前几天,他拥抱我,好几次抓住我的手。他将下巴颏扬得高高的,这样我就不会担心他是否害怕,是否忧伤。毕竟,他只是个小男孩,第一次离开家,离开自己的母亲。在花园里,靠近他曾经对着鱼惊叹、对着鸭子大笑的池塘边,我亲了他最后一次,然后,那卡特·拉牵住他的手。

我站在屋顶上,看着他们离开家,我把一块布塞进自己的嘴里,我终于可以无声地流泪了,一直流到自己变成了一个空壳。那天夜里,我的旧梦完完全全地回来了,我在埃及再次孑然一身。

第 二 章

从儿子出生的那一刻起,我的生命就在围绕着他运转。我的心跟他的一起跳动,我的心只牵挂他的幸福。他的快乐就是我的快乐,因为他是一个金童,我的日子充实而有目的,充满喜悦。

当他离开时,我比刚来埃及时还要孤独。萨兰姆和我只在一起生活了短暂的几个星期,虽然他是我的丈夫,我的爱,我对他的记忆却已经退化为困扰我睡眠的悲哀阴影,但是,拉·摩斯是我成人后生活的一切。他在我身边的这些年,我的身体发育为成熟女人,我的心智也成长了,因为我明白了如何做母亲。

当我瞥见自己在池塘中的倒影时,我看见一个女人,她的嘴唇薄,头发卷曲,有一双小而圆的异国眼睛。一点都不像我那黑发英俊的儿子,他更像他的大伯,他正如拉·内弗尔预言的那样:成了一个埃及王子。

我没有时间多愁善感,抱怨孤独,因为我必须在那卡特·拉的大家庭里争得一席之地。虽然拉·内弗尔从来没有亏待过我,但是,自从拉·摩斯走了以后,我们之间的话越来越少,我感觉这种沉默是不祥之兆。我几乎不再进屋了。

我在花园工棚的一角安了身,这个工棚本是储存镰刀和锄头的——是拉·摩斯藏宝的地方:他的宝藏包括光滑的小石头、羽毛,还有从那卡特·拉工作的大厅里收集来的纸莎草纸碎片。他漫不经心地将这些东西留下,永远不会再看它们一眼了,但是,我把它们小心地裹在一块精细的亚麻布里,好像它们是象牙雕刻的神像,而不是一个孩子遗弃的玩具。

花园里的男园丁不反对一个女人掺在他们中间。我拼命干活,他们欣赏我在花果园艺上的一些窍门和技术,我为厨子提供蔬果。我不需要男人的陪伴或者是他们的注意力,对他们一概拒之千里,所以也没有人敢对我感兴趣或者愿意浪费精力了。当我看见我儿子的家人享受花园阴凉时,我们会点头示意,我们的交流从来不超过礼貌的问候。

当孟菲斯传来拉·摩斯的消息时,那卡特·拉就会亲自把导师卡尔送来的消息转告给我,卡尔是拉·摩斯的导师,也曾经是那卡特·拉的导师。我因此了解到拉·摩斯仅仅用了两年的时间,就掌握了"科密特"——古埃及神体系与宗教经文——一个记忆力过人的奇迹,这证明我的儿子会步步高升,前途无量,甚至可能成为辅佐国王本人的人。

但是,从来没有过他要回来的消息。拉·摩斯受孟菲斯总督的儿子们邀请去一起打猎,像这样幸运的事是无法拒绝的。后来,我的儿子又荣幸地当选卡尔的实习助理,陪同大师接受王朝召唤做法律案件的裁判长,这样的实习一做就是几个星期,别的孩子都回家探亲,而他则继续工作。

有一次,那卡特·拉和拉·内弗尔到孟菲斯探望了拉·摩斯,朝拜了他们父亲在那里的陵园。他们给我带回亲切的问候,还有儿子成长的消息;在他离家的这四年里,他的个头已经超过了那卡特·拉,他文质彬彬,充满自信。他们还带回来他接受了良好教育的证据——一些刻满文字和图案的陶瓦片。"看啊。"那卡特·拉指着一块陶瓦片上的猎鹰图案说,"你看他把鹰神荷鲁斯的双肩塑造得多么的强壮啊。"他们把儿子亲手制作的这个宝贝送给我做礼物。我对儿子的大作惊叹不已,把它拿给莫里特看,她对他绘制的图案如此工整精美而感到新奇。儿子能够分辨出涂鸦在碎瓦片上的图案和意义,这不禁使我对他肃然起敬,我为他将成为一个伟大的人而感到安慰。他可能成为阿蒙祭司们的书吏,甚至有可能成为宰相大臣。难道这不是那卡特·拉亲口说过,拉·摩斯甚至有望为国王执政吗?但是,所有这些梦想,没有一个可以使我觉得我的怀抱不再空荡,或者我的眼睛不再流泪。我知道我的儿子正在进入成人期,变成一个男子汉,但是,我害怕下一次我再见到他时,我们便是陌生路人了。

在这漫长的岁月里,如果我消失都不会有人注意到,不会有人思念我,但是,莫里特除外。莫里特总是回到我的身边,即使当我转身离开她,或者不给她任何理由爱我的时候,她也从来没有减弱对我的眷顾和慈爱。

在拉·摩斯出生后的几个星期内,这个接生婆天天来看我。她给我的伤口换绷带,给我喝牛骨汤补气,甜啤酒下奶。当我抱婴儿累得肩膀僵硬时,她替我按摩,扶我站起来,使我得以在生孩子后第一次真正的洗浴,她将洒有香水的清凉水淋在我的后背上,然后又用新鲜浴巾将我裹起来。

在我闭门静养结束后的很长一段时间里,莫里特继续来看望我。她为我的健康操心,为婴儿的成长高兴;她仔细检查孩子的身体,给他缓慢而舒服的按摩,让他睡眠安好。在儿子断奶的那天,莫里特给我一件礼物——一个以哺乳中的母亲为形的黑曜岩小雕像。我被她的慷慨弄糊涂了,但是,当我试图拒绝她的礼物或者是她对我的关心时,她毫不气馁地坚持。"接生婆的生活不容易,但是,我们没有理由不爱啊。"她说。

莫里特跟我说话时,总是把我当成接生婆同行对待。虽然自从我的儿子出生后,我就再没见过一个分娩的产妇;她仍继续为我在生拉·摩斯时展现出来的接生技巧唱赞歌。在帮助我生下儿子的那天,她回家后,就向她的女主人打听我的一切消息;她的女主人——鲁德迪特,也只是从拉·内弗尔的嘴里得知过一些关于我的消息,细节极少。莫里特根据这些只言片语,编织出一个神话般的故事。

在莫里特讲的故事里,我变成了接生婆世家的女儿和孙女,我们家世传的接生婆们关于药草树皮的知识和智慧,甚至超过安城的巫师们,而安城是教授埃及医术的地方,那里的巫师们个个谙熟向亡魂问卜之能事。她相信我是一个迦南的公主,一个被邪恶的国王抛弃之伟大王后的后代。

我没有纠正她错误的说法,担心实话会暴露母亲们的名字或者英娜的名字,致使我的来历暴露无遗,这样一来我定会被扫地出门,更可怕的是我的儿子也会被排斥在名门望族之外,因为他的血管里流动着谋杀犯的血液。莫里特接生出访的地方大多是北方境域,在那里,无论是平民还是贵族,她都跟她遇见的女人们不断重复我的故事,就这样莫里特编织了我的辉煌历史。在她的故事里,我这个英雄用自己的双手拯救了儿子的生命,而她从来都只字不提自己的贡献。她夸张地赞扬我的草药知识,鼓吹我在西部荒野中作为治愈者的声望。而这些完全出于她自己的想象力。当我帮助那卡特·拉的一个仆人接生了她的头生婴儿时,莫里特公布的新闻则是我如何在孕妇怀着六个月身孕时,将母亲肚子里的婴儿位置调正。我一步不出那卡特·拉的花园,就在当地的女人圈子里变成了一个传奇式的英雄人物,这都得归功于莫里特。

莫里特也有她自己的故事。虽然她是在底比斯出生的,她的母亲的血管里却混杂着遥远的南方的血液,她的皮肤颜色也是来自努比亚的深色,但是,不像辟拉的那样深。当莫里特跟我聊天时,辟拉的脸庞就会浮现在我眼前,只不过莫里特个头较高,块头较大。"假如我不是一个接生婆,"她说,"我就要做一个舞娘,在大家族的大宴会上跳舞,甚至可能到国王的宫殿里去跳舞。"

"但是,那样的生活会过得太快,"她说,假装叹了一口气,"我已经太胖了,不能为王子们跳舞了。"她拍了拍自己的瘦胳膊,结实的胳膊在她的拍打下一点动弹的囊肉都没有,她放声大笑,我无法抗拒她的幽默。

莫里特有能够让任何人大笑的本领。即使是处在分娩关键时刻的女人,听了她的笑话后,都会忘记剧痛而笑一笑。当拉·摩斯还很小的时候,他就叫她"妈妈的朋友",这还是在我自己意识到她是我真正的朋友和遇到她是我的运气之前呢。

因为莫里特爱聊天,所以我对她了如指掌。她的母亲是个厨子,嫁给一位面包师还以会唱歌著称,经常被主人叫去给聚会的客人唱歌娱乐。她那浑厚、圆润、磁性共鸣的声音,能够让听者因为愉悦而颤抖。"假如她不是赤裸着乳房,人们还会怀疑她到底是不是女人呢。"莫里特说。

但是,当莫里特还是个小姑娘时,她的母亲就死了,家里觉得要她这个小丫头没用,就把她送给她至今仍然跟随的主人家。还是个小孩子时,她就给女主人鲁德迪特打水,女主人来自安城,那里的祭司都是著名的魔术师和治愈者。女主人对莫里特很好,看见小女孩很聪明,鲁德迪特就送她跟随当地的一个老奶奶学习接生,这位老奶奶的手指头出奇地长,据说这给她接生的母亲们带来好运。

莫里特在主人家成年后,像她的母亲一样,也嫁给了主人家的

245

一位面包师。他是个好人,待她很好。但是,莫里特不能生孩子,什么都无法使她怀孕。多年后,莫里特和她的丈夫领养了两个男孩子,孩子们的亲生父母死于河热。她的两个儿子现在已经长大成人,在尼罗河西岸,在陵园建筑者的村庄里,为那里的工人烤制面包。

莫里特的丈夫早就去世了,虽然她极少见到儿子们,但她经常夸奖他们的技能和健壮的身体。"我的儿子们有最漂亮的牙齿,是你从来没有见过的那种。"她会这样严肃地说,是因为她自己满口龋齿,整天要靠嚼墨角兰来镇痛。

多少年来,莫里特不厌其烦地跟我说她的生活中的大小故事,希望我也能够披露一些关于我的来历。虽然她最终放弃了了解我身世的希望,但是,却从来没有停止邀请我和她一同出诊。她每次出诊前,都要先来那卡特·拉家,要求赫里亚或者是拉·内弗尔允许我陪同她出诊。夫人们让她征求我的意见,而我总是断然拒绝。我不希望离开拉·摩斯,我也没有任何想看外面世界的愿望。自从我来到这里,就不曾跨出这个住宅和花园半步。当日子从月复一月变成年复一年时,跨出门槛的想法都会让我害怕。我敢肯定我会迷失或者更糟糕——也许有人会发现我的真实来历。我想象人们能够从我的脸上看出我的家人犯下的罪孽,我将被当众碎尸万段。我的儿子会发现关于他的母亲、母亲的兄弟们,也就是他的舅舅们的真相。他将被流放,失去本将由他继承的好生活,他会诅咒我的记忆。

我的内心藏着恐惧,并为此感到羞耻,这使我背弃了拉结和英娜传授给我的知识和经验,因此,我也背叛了对她们的记忆。我的生命没有价值,这感觉将我囚禁;虽然意识到这一点,但我无法做我应该做的事情。

莫里特坚持不懈。有时候,遇见难产,结果不好,她回来的路上,哪怕是深夜,也会来到花园工棚的角落里,把睡着的我叫醒,告诉我刚刚发生的故事,问我是否能有不同的措施,更好的结果。通常,我会慰藉她,说她做了最好的接生婆所能做的一切,然后我们便沉默地坐在一起。但是,有的时候,我会听到一些让我的心变沉重的故事。有一次,一个分娩的女人在婴儿马上就要出生时,突然死亡,而莫里特不知道她应该拿起一把刀,将婴儿释放出来,结果母婴均亡。我没有隐瞒住我的遗憾和困惑,莫里特从我的脸上看了出来。

"那么,教我。"她双手抓住我的肩膀,提出要求,"不用翘起你的嘴角,你知道你能够救下那个婴儿。至少教我,我可以试试。"

看见莫里特的眼泪,我感到耻辱,我开始教她英娜的方法,如何用刀,如何调整婴儿的胎位。我试图解释如何用药草,但是,我不懂植物和药物的埃及名字。所以莫里特拿来她的药草包,我们开始翻译。我描述母亲们如何运用荨麻、茴香、香菜,而莫里特则走遍集市,寻找我从来没有见过的药草叶子、茎秆和种子。

莫里特给我带来码头上能够买到的每一种花和茎的样本。有的是我熟悉的,有的臭烘烘的,特别是本地的含有动物尸体的混合剂:干燥的动物肢体碎块,研碎的矿石和贝壳,各种能够想象到的动物粪便。埃及治愈者入药的用料范围广泛:河马和鳄鱼的粪便,马和孩子的尿液,不同季节里动物的身体部位。有的时候,好像是最臭的制剂最有用,但是,我总是惊叹:特别讲究身体洁净的埃及人,怎么会接受这样恶臭的药剂。

虽然埃及的药草学古老而深奥,但是,我惊奇地发现,有一些我司空见惯的方法和植物,他们却全然不知。莫里特在集市上找到孜然籽,她惊奇地发现它能够帮助伤口愈合。她把海索草和薄荷连根带回来,我们把这些植物种在花园有辛辣味儿的黑土中,它们都茂盛地生长。那卡特·拉家里的人再也不受胃酸的困扰了。因此,莫里特因为"她的"异国药草的神奇疗效而出名,我很满意母亲们的智慧得到了发扬光大。

当轮到鲁德迪特的女儿站在分娩砖上时,也就是拉·摩斯离开那卡特·拉家的第四年,我的宁静生活结束了。

产妇的名字叫哈特纳芙,她的情况非常糟糕。她的第一个婴儿就是死胎——胎儿不瘦不小,五官完美,只是没有呼吸。在那以后,她多次流产,这个胎儿终于扎根,分娩却是噩梦一场,经过一整天的痛苦折磨,胎儿丝毫没有出来的意思。莫里特负责接生,女主人找来一个集两职为一身的"祭司医生",当哈特纳芙痛不欲生地蜷缩着身体时,祭司医生振振有词地祷告着,将护符挂满产房,点燃一堆药草和一堆羊粪,房间里烟雾袅袅。

但是,药草和羊粪的臭气把分娩中的母亲熏得昏厥过去,她倒下的时候磕破了前额,血流不止。从这以后,鲁德迪特将那个两职一身的医生流放到前门外,他只能作为祭司不停地吟唱单调沉闷的咒语。白日变黑夜,黑夜过后,天边发亮又是黎明,产妇的疼痛不减,婴儿还是没有出来的动静。哈特纳芙是女主人唯一的女儿,她已经饱受恐惧与疼痛的折磨,到了死亡的边缘,这时莫里特建议把我找来。

这一次,她们不是来问我能不能去。莫里特出现在花园工棚的门口,鲁德迪特紧紧地跟在她的身后,她们身上披着淡淡的曙光。鲁德迪特已经不再年轻,但是,她脸庞上的风采和美丽没有被疲倦和担忧抹去。夫人用浓重的埃及口音叫我的名字,"德·娜儿"她说:"你必须跟我走,为我的孩子尽你所能。我们已经走投无路,产房里已经散发着死神阿努比斯的气味。带上你的医药箱,跟我来。"

莫里特快速报告了产妇病情,我抓了一些晾在工棚橡木上的药草。夫人几乎是小跑地走起来,我还没有意识到离开,自己就已经走出了花园。我们走过那卡特·拉家大门前,想起第一次看见这个地方的那天,好像隔世一般。阳光照亮前方大寺庙旗杆的金色杆尖,彩旗在无风的黎明毫无生气地耷拉着。鲁德迪特家的房子就在寺庙对面,所以几乎不用花什么时间我们就来到她家前厅,可怜的哈特纳芙躺在地上抽泣,她周围是几乎和她一样精疲力尽的仆人们。

死亡就在屋里。我看见死亡的影子就在贝斯——乐神的雕像下面,这个丑陋却友善的小矮人是婴儿的守护神,他似乎为自己的无能为力做出抱歉的鬼脸。

鲁德迪特将我介绍给她的女儿,产妇用空洞的眼神看着我,但是,还是根据我的指示配合着。她侧身躺着,这样我就能把上了润滑油的手伸到子宫里,但是,我却摸不到婴儿的头。房间里安静异常,所有的女人都在看我能做什么或者要求她们做什么。

狗头形状的死亡阴影骚动了一下,它嗅到了我的沮丧。但是,它的蠢蠢欲动只是惹怒了我。我诅咒它的咆哮、它的尾巴,甚至它的母亲。我用的是我的母语,在埃及住了这些年以后,我听到我现在的诅咒都觉得粗俗。莫里特和其他女人还以为我在说秘密符咒,她们都轻声地赞同,回应。就连哈特纳芙都骚动了一下,四周张望。

我让人拿来油和研钵,把我手头最强的药草研在一起:生育草和蓖麻萃取液,这两样东西都是妊娠早期打胎用的。我不知道它们用于分娩时的效果如何,担心这样的混合使用会有害,但显而易见,如果什么都不试,我们就等于向死神缴械投降了。产妇正在死去,婴儿已经死了,但是,没有理由放弃母亲。

我涂抹了混合制剂,很快,剧烈的疼痛俘虏了年轻的姑娘。我让女人们将产妇扶上分娩砖,我按摩她的肚子,将婴儿往下推挤。哈特纳芙双腿无力地支撑着自己的身体,站在产妇身后的鲁德迪特精疲力尽,很快就得由莫里特接替她的位置。这时我伸手进去,便摸到了婴儿的头,婴儿到了门口。莫里特一直在哈特纳芙的身后说着鼓励的话。

无休止而难以承受的疼痛折磨着站在分娩砖上的产妇。她的眼睛向上一翻转,瘫倒在莫里特的怀里,无声无息,无法推挤肚子里的婴儿了。

现在是阳光明媚的时候,但是,房间里的阴影却不让阳光穿透阴霾而进入房间里。我的脸颊流着眼泪,我不知道接下来该怎么办。英娜曾经告诉过我如何从死亡母亲的肚子里取出活着的婴儿,但是,这个母亲没有死。而我已经没有办法了,也没有任何可以试用的药草了。

就在这时,我想起了英娜喜欢的那首名叫《不惧怕》的歌曲,那是她从示剑城上方山丘一带学来的。

"不惧怕。"我唱,很容易就想起了歌曲的旋律,我集中精力回忆歌词。

> 不惧怕,时辰就到
> 不惧怕,你筋骨强壮
> 不惧怕,帮手就在这里
> 不惧怕,女神古拉在身旁
> 不惧怕,婴儿就在门口
> 不惧怕,他会活着给你荣耀

不惧怕,接生婆的双手充满智慧
不惧怕,大地就在你脚下
不惧怕,我们有水也有盐
不惧怕,小母亲
不惧怕,我们所有人的母亲

莫里特附和着我一起唱"不惧怕"几个字,虽然她不知道她唱的是什么意思,但是,她能感觉到歌声中的力量。等我们唱到第三遍时,所有的女人都加入了"不惧怕"这句和声,哈特纳芙居然又开始了深深的呼吸。

婴儿很快就生了下来,的确是死胎。哈特纳芙转过头,脸冲着墙壁,闭上眼睛,只希望自己能够跟儿子一同死掉。但是,当莫里特正在准备用开水煮过的亚麻布填上她那遭受百般磨难的子宫时,哈特纳芙又如同最后时刻的产妇一样大叫起来。"还有一个婴儿。"莫里特说。"快!德·娜儿,"她说,"接住这个双胞胎。"

只消稍微推挤一下,哈特纳芙就生下这个与他的哥哥完全不同的婴儿。第一个婴儿胖乎乎的,样子完美,只是没有生命;第二个看起来弱小,浑身起皱,号啕起来却像只老牛。

听见婴儿强壮的哭声,莫里特大笑起来,产房里爆发出阵阵如释重负的咯咯细笑声和喜悦的爽朗大笑声。还没有擦干净浑身是血、号啕大哭的婴儿,在场的每个女人都加入了来回传递着这个小生命的行列,给他亲吻和祝福。鲁德迪特怀抱外孙子跪倒在地,喜极而泣。但是,哈特纳芙听不见我们的笑声了。在小家伙出世的一刹那间,一股鲜血喷涌而出,血流不止。再多的包扎都阻挡不住出血,在儿子出生后很短的时间内,哈特纳芙就死了,头瘫倒在母亲的腿上。

产房里的景象令人毛骨悚然:母亲死了,一个婴儿死了,活着

251

的这个瘦弱的新生儿号啕着寻找那对永远无法哺育他的乳房。鲁德迪特呆坐在地上,为失去唯一的女儿而悲哀,就这样,她成了外祖母。莫里特和她的女主人一起哭泣,我悄悄地溜了出去,只希望从此寸步不离我的花园。

在那恐怖的一幕后,我还以为自己将受到惩罚,永远不得进入另一个产房了。但是,根据莫里特的故事,是我的孤军奋战挽救了现存的这个孩子,她说,这个孩子的出生日子极其不吉利,邪恶力量之神赛特痛恨这一天,那孩子居然活了下来,他能够喘上一口气都是个奇迹呢。

很快,底比斯名门望族的信使们便带着没有德·娜儿这个接生婆就不要回家的命令来到那卡特·拉家的花园里。这些信使都来自祭司、书吏等有名望的家庭。我坚持只有在莫里特陪伴下才出诊,而她永远没有说不的时候。我们就这样,成了当地的接生婆,而当地有许多生活富裕的家庭,家里的妻妾和仆人都有良好的生育能力。我们至少每周出诊一次,每接生一个健康的婴儿,就得到珠宝、护身符、精美的亚麻布或是一罐罐的油作为奖赏。莫里特和我总是平分所得。我总是要把我的所得上交给拉·内弗尔,而她坚持让我自己留下所有的礼物。

一年之内,我的工棚就堆满了我用不着,也不在意的玩意儿。有一天,莫里特在我的工棚里环顾四周,宣布我需要一只大柳条箱子来装我的小玩意儿。因为我已经有了足够的物件去交易,莫里特便为我们选择了吉日去逛集市。

虽然这时的我已经出诊过无数次,但是,我依然害怕到外面的世界去。莫里特知道我害怕,她握住我的手一同走出花园,她一路上跟我聊天,分散我的注意力,打消我的余虑。我像害怕失去母亲的幼儿一样,紧紧地拉着她的手。但是,无须多久,我就找到勇气,开始欣赏繁忙的底比斯码头。还得再过几天才是丰收季节,大部分的农民都在翘首等待农作物的成熟,眼下很少有什么让他们忙碌的活计,所以许多的货摊旁都挤满了闲聊解闷的乡亲们,除了时间以外,他们没有什么货物可以交换。

莫里特拿出她接生过的一位母亲留给她的一条珠子项链,换来一些甜饼,我们手臂挽着手臂,边走边吃,从一个摊位逛到另一个摊位。我对着那么多的首饰和珠宝惊叹不已,奇怪谁能买得起这么多的小玩意儿。我看见鞋匠制作的便宜凉鞋,还可以按照顾客的要求定做。有男人排长队等待一位特殊的理发师,他是当地最著名的小道消息传播中心。面对一堆迦南羊毛织物,我避开眼睛不敢看,它们也许是我的姨妈们亲手织出来的。莫里特和我观看了一个猴子的滑稽表演,禁不住捧腹大笑,猴子牵着一对高大而看似饥饿的狗,让它们讨饭吃。

我们看够了以后,我的朋友说,现在该认真寻找我们需要的东西了。我们碰到了第一个编织匠,但没有我想要的大篮子,我们便接着找,路过卖酒和卖油的商人、面包摊位,还有卖活鸟的男人们。我们还看见许多漂亮的东西:古什雕花陶器、锤制的铜花瓶、家神和女神偶像、三角凳和椅子。我惊诧地盯着一只精工制作的木箱子发呆:箱子的盖子是一幅由象牙、彩釉陶瓷和珍珠母镶嵌出来的百花齐放的花园。"啊,这一件可是达官贵人才用得起的陪葬品。"莫里特说,她真心实意地崇拜这件杰作。

木匠出现在他的杰作后面,开始讲述他的制造过程:他讲了购买金合欢木的地方,还说了镶嵌象牙有多么艰难。他讲得非常细致,且不疾不徐,好像只是为了讲故事,而不是为了把它卖掉。当他说话时,我目不转睛地盯着箱子,只倾听他声音里的温暖,在他抚摸工艺品的时候盯着他的双手看。

莫里特开始与木匠调侃。"你以为我们是什么人呐,小兄弟?"她说。"你以为我们是化装成接生婆的贵妇人?这么精美的东西除了富翁以外,谁能买得起?除了国王本人的造墓人以外,谁敢据这样的工艺品为己有?你真是会拿我开心,小伙子。"她说。

他一听到她这么说就笑了,他回答:"假如你认为我个头小,那你们一定是从巨人国来的,大姐。我的名字叫伯尼亚。"他自我介绍。"你们可能会在我的摊位上找到物美价廉的东西,让你们自己都感到吃惊呢。这全看买主的喜好,我亲爱的。"他反过来逗她,"漂亮女人总是能够得到她希望得到的。"

听到这里,莫里特捧腹大笑,她捅了一下我的肋骨,但是,我什么都没说,因为我知道他的话是冲着我说的。莫里特也立刻明白这个木匠喜欢我,虽然我目前还没有开口,但是,他说话的声音,话语的温柔,都已经打动了我。

我的手指情不自禁地抚摸着箱子盖上镶嵌的图案中奶白色叶子的纹路。"这是一种海洋动物的心脏,来自遥远的北方。"伯尼亚指着另一部分的图案说。

我注意到他巨大的双手。他的手指像果树树苗的枝条一样粗壮,甚至比他那庞大的手掌还长,辛勤的劳动已经让他的手掌结出小丘一样的老茧,有肌肉的部分就是峡谷了。他发现我在盯着他的手看,下意识地把手缩回去,好像是耻辱一样。

"我出生时,母亲查看她的新生儿,当她瞥见我的手时,绝望得大叫。"伯尼亚说,"我的这双手大得出奇,尤其是和我的身体比,更不成比例。'雕刻匠。'她对父亲说,就这样,父亲后来送我去跟最好的石匠学徒。"

"但是,我与石头无缘。我如果盯着一块雪花石膏看一会儿,它都会破裂,甚至于花岗岩都不让我靠近。只有木头理解我的双手。柔软、温暖、富有生命力,木头会和我的心对话,告诉我的手如何雕刻,如何塑型。我爱我这一行,夫人。"

他看着我的眼睛,因为我的眼睛在他说话的时候就抬了起来,正对上他的眼睛呢。

莫里特看见我们两人的眼神,就像是诡计多端的渔民悍妇,立刻打破沉默。"这是德·娜儿,我的手艺人哎,她是一个寡妇,是底比斯最好的接生婆。我们来集市上找一只最简朴的篮子,放那些感恩的母亲们送给她的礼物。"

"但是,一只篮子可配不上最好的接生婆啊。"伯尼亚说,他转身和莫里特谈价钱,"让我看看你都带了些什么来交换,母亲,我在这里坐了一整天都没有交易。"

莫里特打开一包小玩意儿:一块雕花石板,是用来将孔雀石研磨成绿色眼影粉的粉砚;一只红玛瑙大圣甲虫,那红色鲜艳得让我恶心;还有一块漂亮的串珠头巾,这是一个富贵人家年轻漂亮的妾送给我的,她生下一个健康漂亮的男婴,看都不看孩子一眼,就直接把孩子交给了女主人。(莫里特和我在底比斯的产房里,看见过许多这样稀奇古怪的事情。)

伯尼亚假装对圣甲虫感兴趣。"给你的夫人?"莫里特一点含蓄和修饰都没有地问。

"没有妻子。"伯尼亚简单地回答。"我住在我姐姐家,许多年来都是这样,但是,她的丈夫对我坐在他家餐桌上吃饭已经感到不耐烦了。很快我就会离开这个城市,到国王的帝王谷和那里的工匠们住在一起。"他慢慢地说,他这些话又是对着我说的。

他话音未落,莫里特就开始兴奋起来,她告诉他,她的儿子们就是受雇于那里的工匠们的面包师。"等我到了那里以后,我会去找他们的。"伯尼亚向她保证,然后他又说:"他们会给我分配一栋房子,这是雕刻大师的待遇。就我一个人,四间屋子。"他这么说,好像已经听到自己的声音在空荡的房间里发出回声一样。

"多么浪费呀,木工大师。"莫里特回答。

当他们两人为了我而交换信息时,我的手指顺着箱子盖上花园池塘的边缘移动着。在我把手缩回来之前,伯尼亚的大手将我的手罩住了。

我惊慌地看着他的脸。也许他正在向我送秋波。也许他以为他可以做一桩荒唐的交易——用一个漂亮而不值钱的小玩意儿,换他那巧夺天工的杰作——我因此而欠了他,必须用我的肉体做代价来偿还。但是,当莫里特捅了一下我的肋骨让我回答,我看见木匠的脸上只有善意。

"把这个箱子送到那卡特·拉——众神之王阿蒙·拉的祭司们的书吏家,直接送到后花园门口。"莫里特说,"明天就送来。"她把那个圣甲虫交给他。

"明天一大早。"他说。随后我们便离开了。

"啊,这可是一桩好交易,我的孩子,"莫里特说,"那个圣甲虫可是一件幸运之宝,可以给你买一个藏宝的宝贝箱子,还搭配一个丈夫呢。"

我对我的朋友摇了摇头,冲着她笑,好像她只是在跟自己唠叨一样,但是,我并没有说不。我什么都没说。我既觉得尴尬,又觉得激动。我感到两腿之间一种不熟悉的紧缩感,我的脸颊潮红。

但是,我还不能真正地理解我自己的心,因为这和我第一次见到萨兰姆时的感觉完全不一样。没有来自伯尼亚的热风扑面将我席卷而起。他给我的感觉更多的是凉爽与宁静。即使是这样,我的心还是狂跳着,我知道我的眼睛比早些时候更加明亮了。

伯尼亚和我只说了几句话,轻轻抚摸了对方的手指。就这么短暂的接触,我感到了与这个陌生人之间的共鸣。毫无疑问,他对我的感觉是同样的。

在回家的一路上,我的脚步打着节拍,重复着我内心惊奇的节奏——"怎么可能?怎么可能?"

当我们接近那卡特·拉家的房宅时,莫里特打破少有的沉默,她大笑着说:"我还没有接生过你的婴儿呢。按照我的计算,你在这世界上还没有过到三十个春秋呢。你是我心中的女儿,我可要看见好多外孙子外孙女哦。"她亲吻我,说了再见。

我的脚一踏进花园,所有关于伯尼亚的思绪都烟消云散了。家里一片喧腾。拉·摩斯回来了!

他在我们离开后不久就到了家。仆人们立刻被派去找我,因为我从来没有在不先通知拉·内弗尔的情况下离开过家,所以她警觉起来,甚至给她的朋友鲁德迪特报了信。当我的婆婆看见我跨进院子,手里还拿着从集市上换来的吃了一半的甜饼时,她越想越生气,虽然没有说什么,却一跺脚,转身走了。这时,一个厨子走过来,让我赶紧去看我的儿子,说他是回家来疗养的。

"疗养?"我问她,恐惧突然使我浑身发冷,"他病了?"

"啊,不,"她咧着大嘴笑着说,"他在受割礼后,回来疗养,同时举行隆重的成人庆典。这个星期,从黎明时起,我一睁眼就开始做饭,一直要忙到每天半夜。"她一边说,一边拧了一下我的脸蛋。

除了"割礼"这两个字以外,我什么都没有听进去。当我急忙赶到大厅时,我的脑袋嗡嗡鸣响,心怦怦狂跳,我看见拉·摩斯坐在那卡特·拉椅子旁边的轿板上,他抬起头看见我,自然地露出笑容,毫无疼痛的迹象,他的脸和他离开时完全不一样了。

他离开我已经快五年了,小男孩变成了眼前这个小伙子。他的头发已经没有剃光的部位了,长得漆黑而浓郁。他的胳膊肌肉强健,他的腿不再是丝绸一般的平滑,他的胸膛是他父亲英俊的再现。"妈,"这个是我的儿子的年轻男人说,"啊,妈,你看上去很好。甚至比我记得的都好。"

他只是礼貌问候罢了。这是埃及王子与他的女仆说话的方式,这个女仆只不过生了他罢了。这正是我恐惧的:我们成为陌生人,我们不同的命运永远也不允许我们超越王子与女仆的关系。他示意我靠前,坐在他身边,那卡特·拉微笑着许可了。

我问他是否受苦了,他一挥手,轻描淡写地说:"我不觉得疼,"他说,"在手术前他们给我喝了带有罂粟浆液的葡萄酒,术后也喝了同样的酒。"他说:"这都是一个星期前的事情了,我现在已经基本恢复了。现在是庆祝的时候,我是回家参加我的成人庆典宴会的。"

"你可怎样啊,妈?"他说,"我听说你现在是著名的接生婆了,你是底比斯高贵的夫人太太们唯一信任而召唤到产房里的接生婆。"

"我尽力服务。"我轻声地回答,把他的话题搁在一边,因为一个女人如何告诉一个男人关于婴儿和血的事情呢?"啊,你,儿子,告诉我你都学了什么。告诉我你在学校的这些年,你争到的荣誉,获得的友谊,因为你的大伯说你是同学中最优秀的。"

一阵淡淡的阴云扫过拉·摩斯的脸,从这张脸上,我认出那个看见花园池塘里的死小鸭时,流出热泪的小男孩。但是,我的儿子没有讲他上学的第一年里,他的同学们如何奚落他,也没有提到他们如何追逐他,捉弄他说:"你的父亲在哪里?你没有父亲。"

拉·摩斯没有讲他的孤独,当他证明了自己是班上最优秀的学生时,导师注意到了他,把他作为自己宠爱的得意门生,他的孤独有增无减。他只讲到他的导师,卡尔,他热爱并凡事尊崇的导师,而导师反过来也非常宠爱他。

与其他的导师不同,卡尔从来不体罚学生,也不因为学生犯错误而羞辱他们。"他是我见过的最崇高的人,当然除了我的大伯以外。"拉·摩斯说着,把大伯那卡特·拉的手握在自己的手里,"我回家不仅是为了我的成人庆典,而且还因为卡尔给了我一件伟大的礼物。"

"我的导师让我陪伴他南下古什,那里的乌檀和象牙交易正在复苏,古什的宰相因贪污而被贬职。国王本人要求卡尔亲自前往古什,负责选拔新的宰相,调研当地局势,亲自向国王汇报。"

"我将作为导师的助手随行,当人们在他面前呈献案例和辩论时,我将观察他的裁审。"拉·摩斯停顿了一下,这样我就能听清他接着要说的话的重要性,"我得到学习宰相职责的指示。这次旅行结束后,我的学业和训练就完成了,我将接到我的任命,开始为我们的家庭争取荣誉了。我的大伯会很高兴的,母亲。你也高兴吗?"

这个问题很真诚,反映了一个男孩渴望母亲赞赏自己取得的成就。"我很高兴,我的儿子。你是一个给这个家庭带来了荣耀的年轻精英。我祝愿你幸福,将来有一个善良的妻子,多子多福。我为你感到骄傲,也为是你的母亲而感到骄傲。"

这就是我能说的一切。正如他没有告诉我他在学校的遭遇,我也没有说我是多么的思念他,我的心是多么的空虚,当他离家的时候,他是如何把我生命中的光带走的。我看着他的眼睛,他充满爱意地回望着我。他拍了拍我的手,把它放在他的唇边亲吻。我心中幸福和孤独的两只鼓,按照同一个节奏敲打。

两天后,拉·摩斯的成人庆典晚宴开始了,我在大厅的远端观察他。他坐在那卡特·拉的身边,胃口好得像是一个星期没有吃东西的小男孩。他喝葡萄酒,眼睛兴奋地闪光。我也喝了葡萄酒,盯着我的儿子看,想知道他的生活将是什么样子,惊叹他已经是个成年男子了,我第一次在他父亲家见到他的父亲时,萨兰姆比他现在也大不了几岁。

站在进入成年男人生活的门槛上,拉·摩斯比那卡特·拉高出半个头,他的眼睛清澈明亮,腰板挺拔得像棵树。多年来拉·内弗尔和我第一次肩并肩地坐在一起,崇拜地望着这个孩子——男人,是他给了我们俩共同的生活目的和理由。我的手触摸到她的手,她没有将自己的手缩回去,而是把我的手指握在自己的手里,至少在这短暂的时刻里,我们分享着对我们的儿子的爱,通过拉·摩斯,分享不再提及的示剑的儿子和丈夫。

一个漂亮的年轻女仆向他暗递秋波,他回应了她的挑逗。我心想,这个我给他洗过屁股的婴儿,现在居然开始喜欢女孩子了,想到这里我不禁哑然失笑。我笑得脸都疼了,然而,我的叹气声太大了,有一次,拉·内弗尔听见我叹气后,便转身看看我,问我哪里不舒服。

这是我见过的最精美的宴会,云集了底比斯的达官贵人。鲜花在一百盏油灯的照亮下,光彩绚丽。空气中饱和了丰富食物、新鲜荷花、炷香和香水的混合气味。笑声被六种啤酒和三种葡萄酒不断催化,在房间里此起彼伏,朗朗不断,舞娘们跳跃、旋转,直到她们满身的汗珠闪烁,大声喘息。

除了当地的艺人以外,宴会还邀请了第二支专业乐队。这个乐队沿尼罗河上下漂流,专为沿岸寺庙或者家族显赫的演奏,与其他乐队不同,他们拒绝为跳舞的舞娘伴奏,要求观众专心欣赏他们的歌曲演唱,他们的音乐具有魔术般的魅力。这个乐队的领队和歌手是个戴面纱的神秘女人。像许多竖琴大师一样,她是个盲人;她也是叉铃大师,叉铃是带钩叉铃铛的手摇乐器。

根据谣传,戴面纱的女人从死神亚努比斯的嘴里死里逃生,获得了第二次生命,但是,死神把她的脸咬掉了,这就是为什么她一直戴着面纱。人们在讲述这个故事的时候,会挤一下眼睛,捅一下肋骨,因为埃及人懂得如何用有滋有味的故事为正题拉开序幕。当戴面纱的歌手被带入大厅时,期待的人们顿时鸦雀无声,微醉的众人都挺直腰板坐着。

歌手一身白衣,从头到脚都是层叠交错、一直飘洒到地上的轻纱。拉·内弗尔的身体朝我倾斜,对我窃语:"她看上去像是一团云雾。"

在凳子上坐下后,她从云雾般的裙子里伸出双手,拿起乐器,众人不由自主地轻声倒抽了一口气,因为她的手跟她的裙子一样雪白,不食人间烟火那样的苍白,似乎被烈火烧伤后留下了疤痕。她拿起叉铃摇了四下,每一下都是完全不同的声音,立刻让听众清醒过来,每个人都全神贯注地期待着。

首先,乐队用笛子和鼓演奏了轻快的乐曲,然后是小号独奏,委婉悲哀的旋律让女人们叹息,男人们抚摸自己的下巴颏。然后是一首古老的儿歌,让大厅里所有的人都面带天真无邪的微笑,好像自己又回到了童年。

这音乐里真的有魔力呢,它能把最黑暗的忧伤变成最明朗的喜悦。客人们举起双手,为表演的艺人们报以热烈的掌声,他们感激地向那卡特·拉举杯,感谢他为大家提供这么美妙的娱乐。

当掌声终于停息后,叉铃表演者开始唱歌,由她自己的乐器和一只单鼓伴奏。这是一首很长的歌曲,有许多副歌。故事本身没有什么离奇:爱情的获得与失去——一个世界上最古老的故事。唯一的故事。

歌曲开始时,故事里的男主人翁回应了年轻姑娘的爱,他们相爱相欢。然后,故事悲哀地一转弯儿,情人抛弃了姑娘,孤独的姑娘整日以泪洗面,她向金色的爱情女神哈托尔祷告,但无济于事。硬心肠的爱人就是不愿与她重修旧好。姑娘的悲哀无边无际,无以慰藉。听到这里,女人们毫不掩饰地流泪,都想起自己曾经拥有的青春。男人们也不觉得抹自己湿润的眼睛是件丢人的事,回忆起自己年少时的激情。就连少年们也开始叹气,为自己未来要面临的失意而感到痛楚。

歌曲结束后,是一片久久的沉默。竖琴表演者选择了一段优美而静谧的乐曲,但是,人们的交谈已经结束。也没有人再次举杯。拉·内弗尔站起身,没有什么告别仪式就离开了大厅,就这样,一个接一个,其余的人都渐渐地离开。宴会就这么安静地结束了,大厅在轻声的叹息和感激声中逐渐腾空。乐队收拾起他们的乐器,牵着他们的领队离开了。有的仆人精疲力尽,倒在地上,席地而睡,要等到明天早上再收拾打扫。房子里一片绝对的寂静。

我朝着乐队过夜的地方走去,离黎明还早。戴面纱的女人倚靠着墙壁,纹丝不动。我以为她也睡着了,但是,她转头朝着我,伸出手摸索是谁走向她。我把我的手放在她的手里,她的手小而凉。

"韦仁罗。"我说。

我说话的口音让她吃了一惊。"迦南。"她苦涩地轻声说,"那是我痛苦与磨难的名字。"

"那时,我还是个孩子,"我说,"你是利百加的信使,她是我的祖母。你给我讲了一个我终生不忘的故事。但是,你被谋杀了,韦仁罗。当有人把你的残骸送回来的时候,我正在拜访我的祖母。

我亲眼看见她们埋葬了你的遗骨。你真的是死而复生了吗?"

她的头在面纱的遮盖下向前低垂,沉默了许久。"是。"她说。然后,又是停顿,"不。我没有逃脱。事实上,我已经死了。"

"我知道在尼罗河畔的豪宅里发现一个过去的死鬼,你一定疑惑不解。告诉我,"她问,"你,也死了吗?"

"也许是。"我回答,不寒而栗。

"也许你也死过,因为活着的人不会问这样的问题,没有音乐的慰藉,活着的人无法承受真相大白的痛苦。只有死人才理解。"她说。

"你见过死亡的面孔吗?"她又问。

"见过。"我说,我想起在产房里经常看见的狗影子一样的死神,它既有耐心,又急不可待。

"嗯。"她说,没有任何警告,她掀开了自己的面纱。她的嘴唇依然完整,但是,其余的地方都是撕开的沟壑与节疤,面目全非。她的鼻子敞开、断裂、脸颊塌陷、布满深疤,她的眼睛是牛奶一样白的石头。简直难以相信任何人能够在这样的毁灭中存活下来。

"我在泰尔城为利百加——你的祖母,换到一瓶紫色染料,便离开那里。那天的黎明如此灿烂辉煌,幔利那绚丽的五彩天蓬也相形见绌。正当我仰望天空时,他们向我袭来。一共三个,他们像其他的迦南男人一样,肮脏而愚蠢。他们什么都没有对我说,也不互说话。只是夺下我的背包、篮子,把它们撕碎、砸烂,然后就朝我袭来。"

韦仁罗痛苦不堪地前后摇晃,但是,她的声音却异常平淡,"第一个将我推倒在大路的中央。第二个撕破我的衣服。第三个掀起他的长袍,压在我的身上。他在我的身上发泄了兽欲,我还是个从来没有接触过男人的处女。事后,他把唾沫吐在我的脸上。"

"轮到第二个时,他阳痿不振,便开始打我,咒骂我,怪我引发他的毛病。他打断了我的鼻子,敲掉我的几颗牙,只有当他看见我流血时,他才亢奋起来,如愿以偿地干了他的勾当。"

"第三个把我反转过来,后面将我刺破。他狂野地笑了。"她停止了身体的摇摆,挺直腰板,耳旁依然是野兽般的狂笑声。

"我脸朝下躺在路上,当他们三个站在我的上方时,我以为他们会杀了我,结束我的痛苦与折磨。"

"但是,他们不成全我。'你为什么不哭喊呀?'那个狂笑的人大叫。'你没有舌头吗?也许你根本就不是女人,因为你没有女人的颜色。你是恶心的臭狗屎色。我要听你哀哭,我们要看一看你到底是女人,还是鬼魂。'"

"就是这个时候,他们把我弄成现在这个样子。我不必再说了。"韦仁罗放下她的面纱,又开始摇晃。

"一听到脚步声,他们便立刻离开了我,让我死去。"她说,"我躺在地上奄奄一息,一只牧羊狗找到了我,狗的主人是个小男孩,他看见我后,便大声喊叫,我听见他呕吐,还以为他会害怕得逃之夭夭,但是,他不但没有逃跑,而且还把他的衣服盖在我的身上,然后找来他的母亲。她给我的脸上涂抹了敷剂,给我的身体上了药膏,她怜悯地抚摸我的手,保住了我的命。她从来没有问我一句什么或者要我解释什么。"

"当她肯定我能够活下来的时候,她问我是否要给幔利带个口信,因为她根据我褴褛的衣服判断出,我是从幔利来的。但是,我说不。"

"我已经当够了奴隶,看够了利百加的傲慢,无法忍受迦南了。我唯一的愿望就是回家,再次闻到大河的气味,还有早晨起来荷花的清香。我告诉她,我希望在幔利成为死人,她便照了我的心愿安排。"

"她剪下我的几缕头发,包在我的破衣服里,在我的信使口袋里装上几根羊骨头。她派她的儿子进城,找到一个去幔利的商人,给祖母带去我的死讯。"

"迦南女人给了我一块面纱,一支拐杖,带着我去了泰尔城。她找到一个前往大河之乡的骆驼队。他们收下了迦南女人的一只羊,在我保证给他们唱歌、讲故事,为他们提供娱乐的条件下,他们接纳了我。商人们将我带到安城,一只叉铃周转到了我的手里。现在,我发现自己和你在一起,我又张口说迦南话了。"说到这里,她转头背朝我,吐了一口唾沫。在她吐口水的地方,一条蛇开始蠕动,蜿蜒滑动而去,我被韦仁罗突然爆发的、令人胆寒的怒意,吓得颤抖了一下。

"除了那个善良的女人以外,我诅咒整个迦南。可惜我的眼睛被弄瞎了,我永远也看不见她的脸,但是,我想象她那美丽的脸上放着异彩。真的,每当我想到她的时候,我就看见满月一样的脸庞。"

"也许,她是在为自己做错的什么事情赎罪。或者她也曾经被抛弃,有人在她危难之时帮助过她逃脱。或者当她最需要帮助的时候,没有人帮助过她。她对我毫无企图,甚至不知道我的名字。除了她的好心肠以外,她救我完全没有任何理由。她的名字本身就代表慈爱,'塔玛',就是爱果的意思。"韦仁罗说,她的身体又开始前后摇晃。

黎明前,我们就这样一同坐着,陷入长长的沉默。终于,她又开口了,回答了一个我永远不会提出的问题。

"我不是不幸福,"她说,"但是,我也不满足。我的心中空虚。我不惦记着任何人,对任何事情都没有欲望。我的梦里都是张牙舞爪的恶狗。我真的死了。而死亡并不是那么可怕。"

沉睡的乐队成员的酣睡声和叹息声打断了她的话。"都是好人。"她带着温柔说她的伙伴们,"我们互相之间毫无企图。"

"但是,你,"韦仁罗说,"你是怎么开始说大河之地的语言的?"

没有丝毫犹豫,我告诉了她一切。我的头向后靠在墙壁上,闭上眼睛,首次给我的故事赋予了声音。这些年来,我还从来没有像现在这样说了这么多,这么久,但是,言语来得异常轻松,好像我已经把自己的故事讲过无数次了一样。

我向她敞开心扉,这让我自己都感到吃惊,我回忆起塔比、鲁提,想起我在红帐篷里度过的初潮庆典。我跟韦仁罗讲到萨兰姆,毫无羞色地讲到我们激情地做爱。讲到我的家人的背叛和萨兰姆被谋杀。我告诉她拉·内弗尔和我做的交易,莫里特对我的眷顾,我说到我的儿子时,充满了骄傲和爱。

其实,说出这些比我想象的容易。真的,就好像干渴了许久之后,喝到清凉的甘露。我说"萨兰姆"时,我的呼吸在恶臭和苦涩了这么多年以后,终于清新起来。我叫我的儿子"巴尔·萨兰姆"时,那种原本让我胸口发紧的感觉居然轻缓多了。

我一一说出我的母亲们的名字,心中确信她们都已经死了。我将我的脸埋在韦仁罗的肩膀上,想着利亚、拉结、悉帕和辟拉,浸湿了她的衣裙。

在听我讲这一切的时候,韦仁罗点头、叹气,她握住我的手。当我终于不再说话时,她对我说:"你还没有死。"她的声音里带着一丝悲哀,"你不像我。你的悲哀无法掩饰地发自你的心窝。爱的火焰依然强烈。你的故事还没有讲完,迪娜。"她用母亲们的乡音叫我的名字。不是"德·娜儿"异国接生婆,而是"迪娜",一个被四个母亲爱过的女儿。

韦仁罗抚摸我的头,我就这么一直将自己的头靠在她的肩膀上,当黎明的第一束曙光照亮房间里的时候,我靠着她睡着了,但是,当我醒来时,她已经不见了。

一个星期后,拉·摩斯就陪同卡尔离开了,他的导师从孟菲斯路过这里,两人一同前往古什。拉·摩斯把他敬爱的导师带到花园里,介绍我们相识,但是,老头仅仅高傲地表示他知道他宠爱的学生有这么一个卑微的母亲罢了。当他们离开后,我不带任何同情地想,这个老朽是否能够经受得了长途的颠簸,而不赔上他的性命。

第 三 章

伯尼亚照他的许诺把箱子送来了,但是,收箱子的时候我却不在场。当他把箱子送到花园大门口时,他被粗暴地告知,德·娜儿正和她的儿子坐在大厅里,不是一个手艺人想找她,就能把她给叫出来的。箱子就放在厨房的一个角落里,直到拉·摩斯离开了底比斯,大家庭恢复了正常以后,我才看见它。

当厨子将它交给我的时候,她的好奇心堪比天高。怎么这么优雅而金贵的东西会落到我的手里?谁是那个对我如此热心的男人?我没有回答这个家中任何人提出的关于那个男人或者是箱子的问题,闲话也就很快消失了。我也没有给伯尼亚捎回话,只希望他将我的沉默当作是我拒绝他在集市上对我表达的间接求爱。虽然当时我的心被他的话语和触摸打动,但是,我还无法展望自己能够和别的女人一样正常生活。显然,韦仁罗看透了我的心,然而,我敢肯定只有拉·摩斯能够决定我人生故事的下一章,和最终一章。

莫里特对我拒绝伯尼亚感到非常气愤。"一个这样的男人?如此斐然的成就?如此善良?"她威胁我说,再也不理睬我了,但是,我们两人都知道这是不可能的。我是她的女儿,她永远不会抛弃我的。

伯尼亚的箱子是件尴尬之物,似乎在谴责着我。它不属于花园里的工棚,也不属于一个没有家庭和社会地位的异国接生婆。

它落入我手中，只因为木匠意识到我的孤独，我也看见他的需要。我往箱子里装满感恩的母亲们送给我的礼物，但是，我用一张纸莎草纸做的旧垫子盖在箱子上，遮盖住流光溢彩的美丽花园，这样它就不会提醒我伯尼亚的存在了，我把他深藏在心中的一个角落里，和其他死掉的梦幻在一起。

数个星期转眼流逝，好几个月也不知不觉地淌过。岁月唯一的标记就是婴儿的出生，大部分的婴儿都是健康的。我学会用生长在我园子里的红茜草酿造补剂，对大部分的分娩有帮助。莫里特和我被叫到远方的街区出诊的次数越来越多。有一次，一只三桅帆船将我们接到安城，在那里，一个祭司的爱妾已经因为难产而奄奄一息了。我们发现这个女孩太年幼了，根本不到生孩子的年龄，她恐怖地尖叫着，独自一人待在一间房子里，甚至没有一个女人陪伴她，给她安慰。我们刚到没有多久，她就咽了气，我们帮她合上了眼睛，我试图释放她肚子里的婴儿，但是，那个女婴也死了。

莫里特去和女婴的父亲汇报情况，那个祭司一点悲哀的神情都没有，他指责我和我的朋友杀了他的妻子和孩子。我还没有来得及给那个可怜的母亲盖上条单子，他就冲进产房。"外国人对她提着屠刀？"他尖声叫喊，"只有外科医生才能做手术。你这个女人是个危险人物，是东方来的妖魔，企图毁灭我们的大河王国。"他说着便朝我扑了上来，但是，莫里特抵挡住了他的攻击，我从来不知道她有这么大的力气，她把他推到一堵墙上，把他按在那里一动不动，她试图给他解释我之所以给她动手术，是因为我想把婴儿救出来。

但是，我明白没有任何必要解释自己。看着那个祭司的眼睛，我看见一个丑恶而可怜的灵魂，我怜悯脚下躺着的年轻女人并为她感到无比的气愤。"变态的流氓。"我用我的母语冲着他咆哮，

269

"蛆虫的肮脏儿子,愿你还有那些与你同流合污的魔鬼像沙漠里的小麦一样枯萎死亡。躺在这里的死人是一个没有得到爱的女孩。她的浑身都写着不幸。你欠下了血债,你不得好死。"

莫里特和祭司都目瞪口呆地看着我爆发的诅咒,当我骂痛快后,祭司浑身发抖,惊恐万分地轻声说:"一个神殿中的异乡女巫!"

我们的喧闹声引来了其他的祭司们,他们不敢面对我的眼睛,只是拉住他们这个胡搅蛮缠的兄弟,好让我们离开。在回去的船上,我看着河岸在眼前移动,想起英娜的预言:我的心属于大河的岸边。我不禁摇头,她的远见只是一个讽刺而已,我烦躁不安地回到我的花园工棚里。

自从初潮期之前那阵骚动后,这还是第一次,我感到烦恼不安。我已经不再梦见萨兰姆或者是他的死。但是,每天早晨我都在可怕的梦境中醒来,到处是被抛弃的家园大地、枯瘦如柴的羊、哭天喊地的女人。我从床垫上爬起来,试图把让我的烦躁原因梳理清晰,却是徒劳无获。莫里特注意到我的头上生出白发,居然要用黑公牛的血和木灰制成的染料给我染发。我觉得她的主意滑稽可笑,虽然我肯定她自己用过染发剂,因为她看上去比她的实际年龄年轻多了。她的建议让我觉得我的烦恼只不过是上了年纪的一个迹象罢了。我几乎到了女人在新月时不再来月经的年龄了,我想象着自己在那卡特·拉家花园熟悉的宁静中度过晚年。我在床垫前面摆设了艾西斯的神像,只祈求女人的女神——全人类的治愈女神,赐予我智慧与平静。

但是,我疏忽了为我日常生活的保护者祷告。一天深夜,我被哭嚎的猫吵醒,第二天早晨,那卡特·拉来通知我,拉·内弗尔在睡眠中死了。她的尸体已经被祭司们运走,他们将为她开始下一段生命的准备,成殓尸体,并举行繁复的仪式,将她安置在孟菲斯她父亲的陵园中,那里已经预备了纪念她的塑像。整个仪式要进行三天。

那卡特·拉问我是否想和他一起参加仪式。我对他的邀请表示感谢,但是,我回绝了他。我的回答一定让他感到如释重负,因为我们两人都明白,我要是夹在那些达官贵人中间,不伦不类。

拉·内弗尔死后的几天里,我为她哭泣,也同时诅咒她。她是我的拯救者,也是监禁我的狱守。她给了我萨兰姆,然后又强盗一般地夺走了我对他的记忆。最终,我一点也不了解这个女人。自从拉·摩斯离开家以后,我就极少看见她,不知道她这些年里都在忙些什么;她是纺线还是织布?她是否白天睡觉,夜晚为她的儿子和丈夫哭泣?她是否恨我?可怜我?爱我?

拉·内弗尔死后的那几天夜里,我清晰地梦见她来看我,她是一只从曙光里飞出来的小鸟,尖声叫着:"示剑!"她的声音听上去很耳熟,可我却说不清那是什么样的声音。拉·内弗尔这只鸟,试图把人和东西从地上叼起来,但没有足够的力量,她焦躁地扑动着翅膀,直到她雷霆狂躁,气衰力竭。每天夜里,她都尖叫着消失在太阳中。好像她那受折磨的灵魂,永远也找不到安宁与归宿。在连续七夜同样的梦境后,我对她除了同情,便没有别的感觉了。

那卡特·拉是在下一个季节死的,我毫无保留地哀悼他。诚实、慷慨、和蔼,总是很和善,他是品格高尚的埃及贵族的典范。我的儿子有这么一个父亲真是他的福气,我知道拉·摩斯会为他这个唯一的巴而哭泣的。我估计拉·摩斯一定去了孟菲斯,参加那卡特·拉的纪念仪式,但是,没有人告诉我这方面的消息。因为只有那卡特·拉会告诉我拉·摩斯的行踪。他死了以后,我感到我和拉·摩斯的联系随之减弱了。

那卡特·拉死后,他的妻子去了三角洲的北面,搬到她哥哥家度余生。那卡特·拉的房子被移交给新委任的书吏住。如果拉·摩斯年龄再大一点,在寺庙政治上经验再丰富一点,他可能就会拿到这个位置。但是,现在这个被选中的书吏正是那卡特·拉以前的对手。大部分的仆人都选择留下来,厨子也劝我留下来。那天,新的女主人来看将成为她家的这个宅子,她那冰冷的眼神让我不寒而栗,我不愿与她有任何关系。

莫里特也面临着变化。她的长子,米纳,被任命为帝王谷的总膳长,分配到了更大的宅子,他欢迎他的母亲来与他们同住。米纳来到底比斯看望他的母亲,他说这峡谷一带有许多工匠的妻子生孩子,但是,却没有医术过硬的接生婆,有许多母婴死亡。假如莫里特来与他们同住,她将是受欢迎的荣誉公民。

我的朋友有些心动。自从那次灾难性的安城之行后,关于异国女巫和她的帮凶的谣言便此起彼伏。那个被我痛骂的祭司从此失声,没有多久又开始跛足。显贵人家的女人发出的出诊邀请越来越少,虽然她们的奴仆和工匠的妻子们依然不断邀请我们。

我知道荣誉和新的开始对我的朋友很有吸引力,但是,她也有和媳妇一起生活的担忧,要放弃底比斯的舒适生活让她心有余悸。她回答她的儿子,她将认真考虑他的邀请,要到下一个季节,也就是新年开始的时候再做决定。毕竟,她给我解释,新年时狗星的出现将是最适合做出变化的良辰。

我的朋友和我一起斟酌利弊,但是,我们常常陷入沉默,不愿挑明自己最担忧的地方。事实上,我已经走投无路。那卡特·拉的妻子赫里亚并没有主动提出让我跟随她。我只能留在原地不动,希望新的主人不把我一脚踢出花园。假如莫里特也离开这里去和她的儿子住,孤独将吞没我,但是,我没有说出我的担忧,只是听她描述峡谷里的生活。

莫里特从来没有考虑过撇下我独自离开,但是,要求她的媳妇同时接受两个女人,她也羞于启齿。我的朋友把她的困境向她好心的女主人倾诉,鲁德迪特祈求她留下来,并让她带话,说她永远欢迎我,任何时候都可以搬到她家来。

但是,鲁德迪特的丈夫可不是那卡特·拉那样的贵人。他有时会对仆人发脾气,是个思维狭隘的暴君,他的妻子都与他保持距离。假如我到了他的屋檐底下,我的生活一定会拘谨、无奈的。

我可能早就该死心了,但是,我依然有梦境的安慰,在我的梦里,有一个千朵荷花绽放的花园,孩子们欢笑,强壮的臂膀搂住我,让我感到安全。莫里特对这个梦境充满信心,她访问了一个当地的预言者,通过解读一只山羊热气腾腾的内脏,问卜我的爱情和财运。

新年到了,米纳回来看望母亲。这次,他的妻子示夫·拉与他同行,媳妇说:"母亲,请来与我们同住。我的儿子们整天和他们的父亲在膳食部工作,我经常独自一人在家。家里有足够的地方让您晒太阳和休息。如果您想继续做接生婆的话,我帮您背医药箱,当您的助手。您将给我丈夫的家庭带来荣耀,您的阳寿结束后,我们会在大河西岸为您立碑,让人们记住您的名字。"

莫里特被媳妇的话感动了。示夫·拉只比我年轻几岁的样子,看上去相貌平平,但是,她有长长的浓睫毛,衬托出明亮而不同寻常的大眼睛,闪烁着同情和慈爱的光芒。"米纳得到你真是幸运。"莫里特说,她把媳妇的手握在自己的手里。

"但是,我不能把德·娜儿一人留在这里。她现在是我的女儿了,没有我,她在这个世界上就孤独一人了。事实上,她才是最好的接生婆,而我只是她的助手。她才是底比斯王公贵族的女人召唤出诊的接生婆呢。"

"我不能要求你接纳她。但是,如果你也能同样地对待她,我相信你这一辈子会有好报的。她的命中有财运双星高照。她的梦境有强大的力量,能辨人言的真伪。我只是受了她的熏陶而已。接纳她一定会给你和你的家庭带来利益的。"

示夫·拉将莫里特的话转告她的丈夫。米纳对家里再增加一个上了年纪的女人不是很乐意,但是,她能够给家庭带来好运,这一点倒是迎合他的心理。他与他的母亲和妻子一同来到我住的花园工棚,欢迎我和莫里特一同到他家里去,我满心感激地接受了他的邀请。我从我的藏宝箱子里取出一只绿松石圣甲虫,将它赠送给米纳。"好客是神灵本身的珍宝。"我说,我跪在膳长面前,前额磕地,他因我这样的谦卑礼节而感到不好意思。

"也许我的弟弟能够把他的园子交给你呢。"他一边扶我站起来,一边说,"他的妻子不会种植任何东西。母亲告诉我,你对土壤和植物,有农业之神欧西里斯般的魔力呢。"这次轮到我因他的好意夸奖而尴尬了。我的一生中怎么碰上这么多的好人?这些好运的降临是为了什么?

米纳因为工作的缘故必须马上回去,而我们也只有几天的时间准备上路。首先,我们来到集市上,请一个为文盲写信的书匠,给住在古什的大书吏卡尔的助理拉·摩斯写信,告知他的母亲德·娜儿搬到了帝王谷总膳长米纳的家里。我以艾西斯和他的儿子荷鲁斯的名义,为儿子献上祝福。我给书匠付了双倍的报酬,希望确保这封信能够送到儿子的手里。

我采集了我在园子里种植的药草,剪下再生的根茎,收集好晾干的药材。当我做这些准备时,我想起当我们离开拉班时,母亲们为开始新生活而采空园子时的情景。我独自一人斗胆来到集市上,把我收集的小玩意儿都换成了橄榄油和蓖麻油,以及刺柏油和莓子,因为我听说峡谷里很少有树木能够成活。我寻遍了所有的货摊,找到一把最好的刀,在我们离开的头一天,莫里特和我来到河边,割了大量的苇秆,足够接生一千个婴儿用的了。

我把自己所有的东西都放在伯尼亚做的箱子里,箱子的木头随着日月的流逝,变得更加成熟和漂亮。扣上箱子盖,我尝到了走向希望的轻松滋味,宽慰自己远离了这里等待着我的不幸未来。

在离开那卡特·拉宅子的头一天夜里,我漫步在花园池塘边,抚摸园子里的每一棵树木,用我的鼻子吸嗅正在盛开的荷花的浓香和新鲜苜蓿的清香。当月亮落下之后,我悄悄地潜入屋里,绕过熟睡的人们,来到屋顶上。猫咪在我的身上蹭痒痒,我笑了,记起第一次在这里看见"长毛的蛇",被它吓得魂飞胆丧的时候。

我在埃及所有的岁月都是在这个家庭里度过的。黑夜中,我凝神注视着周围的一切,没有太多的回忆,在我脑海里打下烙印的不多,但都是美好的记忆:我的儿子婴儿时的香气、那卡特·拉和蔼慈祥的脸庞、凉爽清脆的黄瓜、喷香的蜜汁鱼、莫里特的笑声,由我接生、诞下健康婴儿的母亲们脸上的笑容。而痛苦的事情——韦仁罗的故事、拉·内弗尔的选择,甚至于我的孤独——都好像是一条美丽的项链上的结,它们的存在是必要的,能够使宝贵的珠子固定在应有的位置上。当我和这段岁月说再见的时候,虽然我的眼睛里充满了泪水,但是,我毫无遗憾。

我坐在花园的门外,我的箱子和一个小包裹就放在我的身边,我静静地等候莫里特等人,等候早晨的到来。鲁德迪特陪伴我们一直走到渡口,直到不能再送我们才止步,在我上船之前她紧紧地拥抱了我。她在莫里特的怀抱里哭泣了很久,当摆渡船离岸时,她是唯一挥泪的人。我再次向她挥手告别,然后,我的眼睛便开始朝着西方看了。

从书吏家到膳长家的旅程只需一天的时间,但是,旅途本身就充分反映了这两个世界的截然不同。摆渡船上挤满了洋溢着节日喜悦的峡谷居民,他们都在赶集后兴高采烈地往家走。好些男人在露天理发馆刮了脸、剪了发,他们的脸颊平滑泛光,头发干净闪亮。做母亲的相互间聊着关于孩子的话题,时而疼爱地拍一拍孩子们,时而又教训他们。陌生人之间也亲切交谈,他们比较交易商品的价格,询问对方的家族姓名、职业和地址,从中找出他们在某一方面的关联。好像总能找到一个共同的朋友或者是共同的祖先,然后就像失散多年的兄弟一样,拍一拍对方的后背。

他们无论是待己待人,都轻松自然,这是我从来没有见过的,我纳闷这样的氛围由何而来。也许因为这船上既没有贵族,也没有卫兵,甚至没有一个书吏的缘故。只有回家的工匠和他们的家人。

摆渡结束后,是通向城里的一小段蜿蜒山路,过了山坡以后就进入了巨型马蜂窝一样的峡谷。我的心马上就沉了下去。这是我见过的最丑陋的地方。在烈日炎炎的午阳下,街道冷清,两旁的树都无精打采,脏兮兮地耷拉着头。数百个房子一个挨一个地挤在一起,单调乏味,毫无特色。打开房门就是一条引向黑暗的狭窄通道,我惊诧地发现,最大的一扇门恐怕都太矮小,无法让我直着身体进出。街巷左右没有一点花园、色彩,甚至看不见有生命迹象的东西。

米纳居然能分辨出回家的路,带我们来到他弟弟的家门口,那里站着一个正在张望的光屁股小男孩。他一看见我们,立刻大喊他的父亲,莫里特的二儿子荷利马上冲到门口,双手还没放下新鲜面包。他跑向莫里特,用胳膊肘把她抱起来,甩着她转了一圈又一圈,他的笑就像莫里特的一样。他的全家聚集在一起,拍着手,看着祖母冲着她儿子的脸笑,亲吻了他的鼻尖。荷利有满屋子的孩子,一共五个,从可以出嫁的大女儿,到刚才瞄见我们的光屁股小不点儿。

他们全家都拥到街上,家庭团聚的欢笑招来面带微笑的邻居围观。大家把莫里特带进荷利家的前厅,然后进入大厅。朴素的房间,高高的窗户,下午明亮的阳光洒进来,照亮地上颜色鲜亮的垫子和四壁上葱翠花园主题的壁画。我的朋友坐在家里最好的椅子上,由儿子正式将她介绍给她的每个孙子和孙女。

我靠墙坐在地上,看着莫里特沐浴在儿孙满堂的幸福之中。女人从后面的房间里拿来食物,我瞥见他们的菜园子。莫里特夸奖食物的美味,每一种食物都是精心配料制作的,数量丰饶,莫里特说她在富贵之城尝遍了所有的啤酒,而这啤酒是她喝过的最好的。她的媳妇听到这话,高兴地露出灿烂的笑容,她的儿子骄傲地点头。

孩子们盯着我看,他们从来没有见过这么高的女人,面貌有如此明显的异国特征。他们与我保持着距离,除了刚才站岗的那个小家伙,他爬到我的膝头,坐在我的怀里吸他的大拇指。膝头的孩子,靠在我的胸前,让我想起我这样搂着拉·摩斯的那段甜蜜日子。我居然忘情地深深叹气,怀旧之音使所有的人都转头看我。

"我的朋友!"莫里特大声说,她冲到我身边,"请原谅我忘记了你。"孩子的母亲过来,把小孩子从我的怀里抱走,莫里特把我拉起来。

"这是德·娜儿。"她向家人宣布,把我的身子推转着,面对大家,好像我是个孩子一样,她要让每个人看清楚我的模样。"米纳会告诉你们,他出于同情和慈悲收留了她,因为她无亲无故了。但是,我要告诉你们,我不仅是她的朋友,她的姐姐,我还是她的学生,因为我从来没有见过,也从来没有听说过比她技艺更高超的接生婆。她有艾西斯的金手,有女神对孩子的爱,她体现了神对母婴的怜悯和慈爱。"

莫里亚在全家人的关注下,兴奋得脸色潮红,她介绍我的时候,就像是集市上自吹自擂促销的商人。"哦,她还是个预言者呢,我亲爱的家人。她的梦很有力量,她的愤怒令人恐惧,我可是亲眼目睹她摧毁了一个害死年轻女人的邪恶男人,他的身体原本健康。她能够清楚地透视男人的心,没有人能够花言巧语地在她面前掩饰任何谎言。"

"她来自东方,"莫里特说,她完全沉醉在自己的声音和孩子们的注意力中,"在她的家乡,好多女人和埃及的男人一样高。我们的德·娜儿不仅个子高,她的智慧更是鹤立鸡群呢。她会说两种语言:她那东方的乡音和我们的语言。她的儿子拉·摩斯——是书吏,而且是著名书吏那卡特·拉的继承人,他有一天会成为这片大地上的重要人物。我们有他的母亲在我们中间是多么的幸运啊,米纳的家庭会因为她睡在他家的屋檐下而得到好运气。"

这么多双眼睛注视着我,我感到害羞。"谢谢!"这是我能说的一切。"谢谢!"我说,我向米纳和示夫·拉施鞠躬礼,然后又向荷利和他的妻子塔克哈鲁致谢。"感谢你们的慷慨。我是你们感恩的仆人。"

我回到自己在墙边的位置上,满足地旁观这个家庭说笑、吃喝、享受家人团聚。当日光开始逐渐黯淡下来时,我闭上眼睛,看见拉结抱着约瑟坐着,她的脸紧贴着她儿子的脸。

我有许多年没有想到我的弟弟约瑟了,我无法理解为什么这个时候,会捡起这样的记忆。但是,这个情景是如此清晰,就像我回忆起利亚的触摸一样,就像幔利的天蓬在我的脑海里打下的烙印。甚至还是孩子的时候,我就知道约瑟是我们这个家族承上启下的人物。他将会蜕变得更有意思,更复杂,不仅仅是一个漂亮母亲生出来的英俊男人。

莫里特的家人还以为我在靠着墙打盹,但是,我完全沉浸在对到达示剑城之前那些日子的回忆中:约瑟和拉结、利亚和雅各、我的姨妈们,还有英娜。我又一声叹息,这是一个孤儿的叹息,我的呼吸给房间里注入一股忧郁的气息,欢迎宴会就在这时宣布结束了。

夜幕降临时,米纳带着莫里特和我走在月光下的街道上,来到附近不远处他的家。虽然他家的宅子比荷利家的要宽敞些,设施配备得好一些,但是,房间里依然闷热,所以我们都拿着床垫,爬上楼梯,到屋顶上面睡觉,星空像是触手可及的天蓬。

我在日出前醒来,我站起来,看见整个城依然酣睡。人们都在屋顶上睡觉,有的是独自一个人睡,有的成双成对,有的是一群孩子,还有狗。一只猫在下面的街道上行走,嘴里叼着什么东西。它把叼着的东西放在地上,我看出来是一只小猫,母猫开始给小猫舔毛,清洁它的宝贝。当我在四处张望和观察时,曙光将四周的山崖染成粉红色,转眼又变成金色。女人们醒来,伸了伸懒腰,顺着楼梯下来。很快,早饭的香味就在空气中萦绕,一天开始了。

刚开始,示夫·拉不让我和莫里特在她的厨房或者园子里做任何事情,所以我们两人感到自己是废人,只是眼巴巴地看着她干活。莫里特心有余悸,害怕自己变成干预儿子家事情的多事婆婆,但是,她的手闲得发痒。"这次就让我来榨啤酒行吧。"她征求示夫·拉的意见。"让我扫一次屋顶吧。"我提议。但是,示夫·拉好像被我们的要求冒犯了一样,一概拒绝。闲坐了一个星期以后,我们实在受不了了。我拿起一只大水罐宣布:"我打水去了。"在女主人说出反对意见之前,我已经出了门,让莫里特和我自己都吃了一惊。在底比斯时,我多年不敢步出房门,现在我却冲出大门,根本都不知道自己该往哪儿走。但是,因为路上总有来去打水的女人,所以我很快就发现了要走的路线。

走在街上,我朝敞着门的家里张看,冲着光着屁股玩泥巴的孩子们笑。我这才发现一个房子与另一个的不同之处:点缀在不同地方的花草,漆成红色或者绿色的门楣,摆在门口的凳子。我觉得自己又是一个好奇的小姑娘了,我睁大眼睛看着新鲜景色,游手好闲,无所事事。

在泉眼附近,我赶上一个在我前面摇摆着走路的孕妇。"这不是你的第一胎,对吧?"当我和她并肩走路时,我兴致勃勃地搭讪。但是,当她转过头来看我时,我看见拉结的表情,那是在约瑟出生前那漫长的岁月里,不能生育的拉结的脸。这个女人的脸被愤怒和绝望扭曲。

"啊,亲爱的,"我羞愧地说,"我只是快口直言,没想到会伤害你的感情。别害怕,小妈妈。这个男孩一定会一切平安的。"

她的眼睛带着恐惧和希望瞪得大大的,嘴不由自主地张着。"你怎么敢这么跟我说话?这个孩子也会跟从前的一样死掉的。我是被神灵痛恨的女人。"她的话带着苦涩和痛苦,"我是一个倒霉的女人。"

我的回答带着伟大母亲的慰藉,虽然出自于我的口,但好像不是我说的话。"他将是个健康的孩子,很快就要来到这个世界上了。假如不是今晚,就是明天。到时候来找我,我帮你踩上分娩砖,剪断婴儿的脐带。"

这个女人的名字叫亚欧利,当我们都灌满了自己的水罐后,她带我回到膳长家。她就住在米纳家向东再隔几个门。第二天晚上,当她生产的时辰到来时,她的丈夫果然来找异国接生婆。

我和莫里特一起出诊,这是我们见过的最简单、最容易的分娩。当亚欧利怀抱着第三个孩子,也是唯一一个生下来有呼吸的婴儿时,她喜极而泣。这是一个健壮的男婴,她给他起名叫德·欧利,这是以我的名字命名的第一个婴儿。她的丈夫是个陶匠,他给我一只漂亮的陶罐作为感谢,并亲吻了我的手,假如我允许的话,他一定会用双臂捧着我,把我送回去。

莫里特讲述这个故事时,好像我给亚欧利施了什么魔法一般,我们很快就比在底比斯时还要忙碌了。在峡谷里工作的大部分男人都是年轻人,他们的妻子正值生育年龄,我们最忙的一个月接生了十个婴儿。示夫·拉不再是干养着两个闲人了,真的,她很快就收到许多的美味食物和亚麻布,吃不完,用不了,她都不知道该怎么处置它们了。米纳为自己家里住着这样受尊重的女人而感到骄傲,他待我就像待自己的姨妈一样。

光阴飞逝,峡谷里的生活有着它自己的规律和节奏。在酷热到来前的早晨是最繁忙的时辰。男人们早早就离开家上工了,孩子们在大街上玩耍,而女人们则开始收拾和清理家、做饭、打水,泉眼边是交换小道消息和计划下一次庆祝活动的场所。

虽然这个城镇望不见尼罗河,且峡谷一带土壤贫瘠,但是,大河依然主宰着这里的日常生活节奏。工匠们和他们的家庭,以最高涨的激情庆祝大河的季节,他们生活在尼罗河畔的农作韵律中。在来到大河之地的数年后,我终于学会了关于大河季节的美丽字眼。"亚基特"——洪水;"费利特"——枯干;"示蒙"——丰收。

每个季节都有特殊的庆祝节日和月历仪式,都有特殊的食物和庆祝歌曲。

就在我到了峡谷后的第一个丰收月前夕,一个书吏来到米纳的门前,送来一封我的儿子的信。拉·摩斯信上说,他又回到底比斯生活了,给国王新委任的宰相希法那特·法纳·亚担当书吏。他以阿蒙·拉和艾西斯的名义对我致以问候,为我的健康祷告。虽然这是一封书写正式的信件,但是,我很高兴他心里有我,还能记得给我送信。那片石灰石上,有儿子的亲笔字迹,它成为我最珍贵的收藏。虽然我心里不情愿这样,但是,它还是成为我作为一个重要人物的凭证。

在儿子的信件到达后不久,另一个男人来到膳长家门口,寻找一个叫德·娜儿的女人。示夫·拉问他,是否他的妻子或者是他的女儿需要接生婆出诊,可他说:"都不是。"然后她又问他是否是书吏,又带来从底比斯来的信件,但他还说不。"我是一个木匠。"他说。

示夫·拉带着奇怪的消息来到园子里找我,一个单身木匠来找接生婆。正在纺线的莫里特机警地抬起头,她摆出一副丝毫不感兴趣的样子对我说:"德·娜儿,去看看这个陌生人要干什么?"我不假思索便去了。

他的眼睛更加忧伤了,但其他一切似乎都是老样子。我呆立着,伯尼亚对我伸出他的右手。毫无犹豫,我把我的左手放在他伸出的手里。我又伸出我的右手,他的左手拉住我的手。我们就这样,手拉着手站着,傻笑而不说话,直到莫里特无法忍受这个悬念,好奇地喊:"喂,德·娜儿?"她假装关心地叫我,"你在哪儿呀?是不是门口来了个强盗?"

我把伯尼亚领进屋里,莫里特正在像鸟儿一样捯腾着两只脚朝门口张望,脸上一副乐神贝斯一般的诡笑。示夫·拉也笑,她刚知道莫里特把过去这好几个月的时间,都花在寻找伯尼亚这件大事上面了,最后终于找到这个把他的心和精美豪华的箱子都给了我的艺术家,正是这只箱子伴随着我从底比斯来到这里。

她们请伯尼亚坐下,给他端上啤酒和面包。但是,他只是深情地望着我。我回视着他。

"那么,你就走吧!"莫里特说,她给我一个拥抱,然后将我推开,"米纳明天早上会把你的箱子送过去的,我会跟着他,带上面包和盐。走吧,以女神艾西斯和她的爱人欧西里斯的名义。走吧,要满足哦。"

跟着一个陌生人离开我的朋友的家,我为自己如此肯定而感到吃惊,但是,我义无反顾。

我们肩并肩地走过大街,好像很长时间都没有说话。他的宅子就在帝王谷的边缘,靠近通往陵园的大路上,离莫里特家有数街之遥。当我们走路时,我想起母亲们的故事,新婚那天,她们用散沫花在新娘的身体上描绘出棕红色的图案,新郎和新娘在歌声中进入新婚帐篷。我微笑着想象自己这时候就是走在前往新婚帐篷的路途上,走向我的新婚之床。我微笑着,想到明天早上莫里特会匆匆忙忙地从一个泉眼跑到另一个泉眼,告诉每个人关于木工大师伯尼亚和魔力接生婆德·娜儿之间的爱情故事。想到这里,我不禁哑然失笑。伯尼亚听见我嗓子里溢出的声音,还以为是我有担忧之心。他伸出胳膊搂住我,将他的嘴唇靠近我的耳朵,轻声地说:"不惧怕。"

这是魔术一般的话语。我把头靠在他的肩膀上,接下来的路程,我们手拉手地走,就像孩子一般。

当我们来到他家时,他带我看了每一个房间,他的房子几乎和米纳的一样大。他带着极大的骄傲给我看他自己制作的家具——两只帝王椅一般的椅子,一张雕木大床,各种各样的箱子。当我看到便盆椅时,我大笑,这么漂亮的东西,可惜是派了这种用途。"当我制作这些家具的时候,满脑子想的都是你。"他说着,有点尴尬地耸了耸肩膀,"我想象着你坐在这里,睡在这里,把一切都安排成你自己喜欢的样子。莫里特找到我后,我就给你做了这把特殊用途的椅子。"

他从墙上的一个龛里,取出一只精美的小盒子。盒子虽然没有镶嵌装饰,但非常完美,是用乌檀制作的——这种木料几乎只有帝王的陵园才能使用——经过精心的擦磨,明亮闪烁如黑色的月亮。"为你的接生婆医药箱配备的。"他捧着盒子对我说。

我盯着它看了一会儿,被他的慷慨和温柔感动得不知如何是好。"我没有任何东西给你,哪怕是一个小小的象征性的东西都没有。"我说。他的一只肩膀耸了一下,后来,我对他的这个动作非常熟悉,就像了解自己的手一样。"你什么都不用给我。假如你以你的自由意愿,从我的手里接过这个盒子,你的选择就象征着给我的礼物。"

就这样,我在埃及成为一个结了婚的女人。

伯尼亚为我们摆设好晚餐:面包、葱、水果,我们坐在厨房里,在有些紧张的沉默中吃、喝。我最后一次与男人睡觉时,还只是个小姑娘。自从两年前在集市上见到我以后,伯尼亚就一直在思念着我。我们两人竟然像是被父母安排好婚姻的童男处女一样羞涩。

吃完饭后,他牵着我的手,带我来到主厅,那里摆放着一只大床,床上铺垫了干净的亚麻布。这让我想起那卡特·拉家拉·内弗尔的床。让我想起萨兰姆在他父亲家里的床。但是,当伯尼亚将我拉到他的面前,抚摸我的脸颊时,此时此刻的我,忘记了我以前见过的所有的床。

我们躺在一起,似水柔情,令我吃惊。从我们的第一夜起,伯尼亚就特别照顾我的感受,好像他因我的愉悦找到了自己的快感。那天夜里,我的羞涩逐渐消失;数星期后,我在自己的身上发现了源源不断的欲望和激情,这是之前我做梦都想不到的。当伯尼亚躺在我的身旁时,过去便消失了,我是一个崭新的灵魂,重生于他的亲吻和他的触摸中。他巨大的手捧起我的身体,解开了我身上多年的孤独和沉默纠集而成的秘扣。看见他那裸露的大腿,肌肉发达而强健,我便心旌荡漾,欲望中烧。伯尼亚早上去工地时,总是会逗我开心地拉起他的袍子,露出他的大腿,让我脸色潮红地咯咯直笑。

我的丈夫每天早上都去工地,但是,他不像其他的艺术家,比如说石匠和画匠,他不必在陵墓里面工作,所以每天晚上都能回到我身边,我们相互探索对方,从彼此身上汲取过多的幸福感——也意识到令人遗憾的事实:我不会做饭。

在那卡特·拉家的日子里,我几乎从来不涉足厨房,更别提做饭了。我从来没有学过如何用埃及烤炉制作面包,怎么破膛洗鱼,如何杀禽拔毛。我们吃伯尼亚被疏忽的园子里采集的半生不熟的果子,从米纳那里要来的面包。我满脸羞色地求示夫·拉给我上烹调课,莫里特也紧紧地跟着我们,她的目的只有一个:取笑我让她自己开心。

我试图再现母亲们的厨艺,但是,我既没有我需要的材料,也忘记了用料的比例。我感到十分的羞愧,但是,伯尼亚只是笑。"我们饿不死的,"他说,"这些年来,我都是靠水果和借来的面包活着,偶尔在朋友和亲戚家享用一次大餐。我娶你不是要一个厨子。"

虽然我在厨房是个新手,但是,在收拾整理家方面,我非常的在行而乐在其中。我以最佳的方式摆放好一张椅子,选择在园子里种的植物,这一切都是无比甜蜜的事情。无论是扫地,还是叠毯子的时候,我都一边哼着曲子,一边做,能够主宰和创造自己的生活秩序,这是一件多么轻松愉快的美事。我花了很多时间摆放厨房里的瓶瓶罐罐,先是根据大小排顺序,然后又根据颜色。

这个家是我拥有的个人王国,我既是统治者,又是庶民;我既施大权,又服务巨细。一天夜里,在接生了一对健康的双胞胎后,我很晚才回家,黑夜伸手不见五指,站在寂静的大街中间,我以为我迷路了。但是,我嗅着特殊的气味,找到了家——一种香菜、苜蓿,还有伯尼亚的雪松木混合在一起的香味。

在我搬进自己家的几个月后,米纳为我和伯尼亚准备了一个小型宴会。我的丈夫的工友们唱了木匠歌。莫里特的儿子们唱了面包歌。然后,所有的男人、他们的妻子和孩子,同声高唱爱情歌曲,他们好像有唱不完的爱情歌曲。频频举杯,开怀大笑,热情亲吻,面对他们如此关注我们俩人,我感到害羞。虽然我和伯尼亚都老大不小了,不在乎这些形式了,但是,我们还是非常享受这个庆典,感到轻飘飘的。莫里特侧身悄声跟我说,不要吝啬与大家分享我们的幸福时光,我感激地抛掉羞怯,朝着我的朋友们开心地笑。

我对伯尼亚的信任是正确的,他有善良的灵魂。一天夜里,我们面朝星空躺着,面对着闪烁着跳舞的星星和一牙细细的弯月,他娓娓道出他的经历,其中好多都是哀伤的记忆。

"我对父亲只有一个记忆,"伯尼亚说,"那就是他的背影,我们一同犁地,他走在我的前头,拉着犁头,我在犁头后面打碎翻耕后的大泥块。他死的时候,我只有六岁,他撇下母亲和四个孩子就走了。我是家里的老三。"

"母亲没有兄弟,父亲家又不是慷慨大方的人。她必须给我们找到一个容身的地方,所以母亲就带我进城,把我的手给石匠们看。他们收下我做学徒,我一边学习一边工作,直到我的手上长茧,腰板强壮。但是,我在厂房里却变成了笑柄。我一走进厂房,里面的大理石就会破裂;我一冲着花岗岩举起凿子,石头就会哭泣。"

"有一天,我在集市闲逛,看见一个木匠为一个穷女人修补一张破凳子。他看见我的腰带,便向我施鞠躬礼,虽然我只是一个学徒,但是,石匠是与不朽的材料打交道,地位比木匠要高一大截,因为木匠的成就再大,他的杰作也会像人体一样腐烂的。"

"我告诉他,他对我的尊重算是给错了人,哪怕是砂石到了我的手里都是浪费。我坦诚地讲,让我在大街上闲逛,都具有危险性。"

"木匠拉过我的手,翻过来正过去地看。他交给我一把刻刀和一块木头,让我为他的孙子刻一个玩具。"

"木头在我的手里有了温度,鲜活起来,我不费吹灰之力就刻出一个小娃娃。松木的纹路都好像在对我笑。"

"木匠看着我刻的玩意儿点头,然后带我去作坊见他的导师,把我当成是有希望的学徒来介绍。就在那里,我找到了我一生的工作。"

说到这里,我的丈夫深深地叹了一口气。"在那里,我也遇见了我的妻子,她是我的主人家里的女仆。我们是那么的年轻。"他轻声地说,接下来的沉默让我明白,他全心全意地爱过他青年时期的妻子。

长长的停顿后,他说:"我们有两个儿子。"然后,他又停了下来,在沉默中,我听见小男孩的嬉戏声,伯尼亚疼爱的笑声,一个女人唱的催眠曲。

"他们都死于河热。"伯尼亚说。"我带着全家离城去看我的弟弟,他和一个农民家的姑娘结了婚。但是,当我们到了弟弟家时,发现他染上河热,奄奄一息,他们全家都染了病。我的妻子照顾了他们所有人。"他轻声地说。"我们本应该离开的。"他这么说,我能感觉到他在这么多年以后,依然非常内疚。

"从那时起,"他说,"我就只有工作,只爱我的工作。我找过一次妓女。"他羞愧地承认,"但是,妓女的生活太悲伤了。"

"直到那一天,我在集市上看见你,我本告诉自己不要抱任何希望。可是当我意识到你就是我的爱人时,我的心又活了过来。"他说:"但是,当你失踪以后,命运好像是在嘲笑我,我变得愤怒起来。这是我一生中第一次感到愤怒,苍天偷走了我的家庭,然后又把你摆在我的面前一晃,便将你生生地夺走了。我为自己的孤独感到愤怒与恐惧。"

"所以,我娶了妻。"

我原本纹丝不动地躺着听他说话,他说到这里,我按捺不住地坐了起来。

"是啊,是啊,"他窘迫地说,"我的姐姐给我找了一个到了结婚年龄的女孩子,一个画匠家的仆人,我把她带到这里。真是一场灾难啊。我对于她来说太老了;她对于我来说又太天真了。"

"啊,德·娜儿,"他伤感地说,话语中饱含歉意说,"我们真是阴差阳错啊,到了滑稽的地步。我们之间绝对无话可说。试图睡在一张床上,试了两次,糟透了。"

"最后,还是她比我勇敢,可怜的女孩子。两个星期后,她走了。当我出工的时候,她离开了,回到渡口那个画匠家,她待在娘家不回来了。"

"我认命了,用烈酒做自己的伴侣,直到有一天,莫里特找到了我。她来了三次,我才同意来找你。我真幸运,因为你的朋友不知道'不'是什么意思。"

我转身面朝我的丈夫,我说:"你的善良无限博大,正好丈量我的幸运。"

那天晚上,我们从容地做爱,好像是最后一次一样,我们都哭了。他的一滴眼泪落在我的嘴里,变成一颗蓝宝石,象征着力量的源泉和永恒的希望。

伯尼亚没有反过来要求我讲我的故事。当我提到母亲们如何制作啤酒或者我的姨妈高超的接生技术时,他的眼睛里充满了疑问,但是,他总能从好奇中退后一步,给我空间和时间。他似乎害怕他的问题会使我消失,哪怕是一个简单的问题,比如我的名字是什么意思,连怎么用我的母语说"水"这个字,他都不敢问。

在另一个无月的夜晚,我向他敞开心扉,尽我最大的努力讲述了真实的一切:拉·摩斯的父亲是拉·内弗尔的儿子,她是那卡特·拉的妹妹,我的丈夫在我们的床上被谋杀后,我来到了底比斯。当伯尼亚听到这里时,他浑身打了一个冷战,把我搂在他的怀里,好像我是个小孩子一般,抚摸着我的头发,他除了"可怜的东西。"以外,什么都没说。而这正是我渴望听到的。

我们两人都没有说出我们死亡的爱人的名字,因为这是对死者的尊重,允许我们和新的伴侣一同平静地生活,白天不被哀伤的思绪困扰,夜里不被噩梦纠缠。

在尼罗河西岸帝王谷的日子非常甜蜜。伯尼亚和我在对方身上找到我们相互需要的一切。真的,我们一切都丰饶,只是没有孩子。

我不能生育,也许只是年纪不轻了。虽然我已经活了一把年纪——将近四十岁了——我的腰依然强健,我的身体依然遵守月亮的节奏,依然有月经来潮。我敢肯定是我的子宫太冷了,即使是这样,我的心中也没有完全放弃过希望,每次月经来潮时,我都有难以启齿的悲哀。

但是,我们不是完全没有孩子,因为莫里特常常到我们的门口闲坐,身后总是跟着一群孙子孙女,他们把我们当成是叔叔和姨妈——特别是那个小姑娘基亚,她特别喜欢在这里过夜,她的母亲有时干脆就送她来我们这里住上一阵子,帮助我种园子,让我们的日子充满阳光。

晚上,伯尼亚和我喜欢听对方讲故事。我给他讲我接生的婴儿,讲在分娩中死去的母亲,幸运的是这样的情形毕竟屈指可数。他说到他接手的工程——每一项任务都是一个新的挑战,不仅要看买主或者建筑商的要求和喜好,而且还取决于他手头的木料。

日子平安地过着,没有任何特别的事情发生,每天都是一样,这对于我来说似乎是个巨大的礼物。我有伯尼亚的大手、莫里特的友谊、新生儿肌肤的感觉、新母亲的笑容、一个小女孩在我的厨房里开怀大笑、一个属于我自己的屋顶。

这真是比我的梦想还要美。

第 四 章

在信使到达我家时,我就已经知道拉·摩斯来信了。基亚跑进门说一个书吏到米纳家找接生婆德·娜儿,现在正在来伯尼亚家的路上。

想到自己马上就会收到来自儿子的信,我心里非常高兴。从上封信到现在,已经有一年多了,我想象着当伯尼亚晚上回家时,我会把儿子亲自刻写的石灰石板给他看。

我站在门口,焦急地想知道信的内容。但是,当一个英俊的男人转过街角,前呼后拥地跟着一群孩子过来时,我意识到信使就是写信的人。

拉·摩斯和我互望对方。我看见一个我不认识的男人——除了眼睛像他的父亲以外,整个人都是那卡特·拉的翻版。站在眼前的这个埃及王子没有一点像我的地方。他穿着精美的亚麻衣装,金胸饰在他的胸膛前闪闪发光,脚趾甲修剪整齐的脚上穿着新凉鞋。

当他看着我时,我不知道他看见了什么。我似乎察觉到他的眼睛里有一丝蔑视,但这也许只是我自己的恐惧罢了。我想知道他是否注意到我比以前显得高了些,因为没有那么多悲伤压在我的后背上了。无论他看见什么或者怎么想,我们都是陌生人。

"原谅我的不礼貌。"我终于说,"请进伯尼亚的家里来,让我给你倒杯凉啤酒,拿水果吃。我知道你从底比斯来,一路风尘仆仆。"

拉·摩斯也恢复了常态,他说:"请原谅我,母亲。自从上次看见您可爱的脸庞,已经很长时间没有见面了。"他冷静地说,给我一个短暂而别扭的拥抱。"我当然喜欢喝杯饮料。"他说着,便跟着我进了家。

我用他的视角看着每一间房间,他的眼睛已经习惯了宫殿和寺庙的宽敞和辉煌。前厅和我的房间都是我最喜欢的,墙上有彩色壁画,突然间,它们显得狭小而光秃,我很高兴他只是匆匆而过。伯尼亚的大厅要宽敞一些,家具都是只能在大户人家或者是陵园里才能见到的精品。椅子和床的质量都赢得了儿子赞赏的眼神。我让他待在大厅里,去拿食物和饮料。基亚跟着我们进屋,盯着屋里这个衣着华贵的男人看。

"这是我的妹妹吗?"拉·摩斯指着沉默的女孩问。

"不是,"我说,"这是一个朋友的侄女,就像是我的侄女。"我的回答似乎让他松了口气。"好像神灵注定你是我唯一的孩子。"我又加了一句。

"我很高兴看见你身体健康,事业成功。告诉我,你结婚了吗?我做祖母了吗?"我问。

"还没有,"拉·摩斯说,"重任在身,没有时间顾及成家之事。"他说,拘谨地挥了一下手,"也许有一天,情况好转,那时我会给你孙子孙女,放在你的膝头逗玩。"

但是,这只不过是客套的谈话罢了,话音萦绕在空气中,带着一丝虚假的气味。我们之间的鸿沟如此之大,两岸没有任何相似之处。假如哪天我真的做了祖母,那么一定是一个信使用石灰石板送来消息——读完信后就被扔掉的石板。

"妈,"他喝完一杯啤酒后说,"我来不仅是私事。我的主人派我来接埃及最好的接生婆,为他的妻子出诊。"

"哦,千真万确!"他看见我耸肩后说,"不要说任何诋毁您的名誉的话,因为在底比斯没有任何人可以取代您的位置。我的主人的妻子已经流产了两次,几乎因为静胎而丧命。医生和巫术师对她没有一点帮助,现在接生婆都不敢为这个倒霉的公主出诊了。她自己的母亲已经死了,她非常害怕。"

"我的主人特别疼爱这个妻子,盼望她能给他生儿子。亚斯·那特从她的仆人那里听说您的医术高超,就让她的丈夫去寻找这个曾经在底比斯服务过的异国金手女人。我的主人万事都依靠我,所以在这件事情上自然也是要我负责。"拉·摩斯说,每当他提到自己的主人,他的嘴就变得越来越小,越噘越高。

"当我知道他要找的接生婆不是别人正是我的母亲时,想象一下我是多么的吃惊。当他了解到您和他来自于同一个国度,他突然赏识起我的家世来。"拉·摩斯不无讽刺地加上一句,"我的主人——宰相,让我放下一切国家大事,到帝王谷,将您带到他的家中。他命令我,没有您就别回来。"

"你不喜欢这个男人。"我温和地说。

"底比斯的希法那特·法纳·亚是国王选定的宰相。"我的儿子用一种正式而暗含怨念的声音说,"据说他是一个伟大的预言者,他能够看见未来,读梦解梦,这些对于他来说,就像伟大的书吏解读小学生的雕刻文字一般,轻而易举。但是,他本人竟然是个文盲。"拉·摩斯苦涩地说,"他既不会读,也不会写,更看不懂任何书信,这就是为什么国王任命我这个卡尔最得意的门生做他的左膀右臂,辅佐他。这就是为什么我至今依然孑然一身,无家无室无子,和野蛮人过的日子差不多。"

听了他的话,我身体僵硬。拉·摩斯注意到我的反应,面带羞

293

色。"啊,妈,不是说您。"他迅速说,"您不像他们那群人一样,否则父亲和祖母绝对不会选择您的。您是个好女人。"他说,"在埃及,没有比您更好的母亲。"他的奉承使我不由自主地笑了。他拥抱了我,至少这一时刻,我的儿子又成了我可爱的孩子。

我们沉默了一会儿,只喝啤酒,然后我说:"当然我会跟你回底比斯的。假如国王的宰相命令你带我回去,我就跟你走。但是,我必须先跟我的朋友莫里特说一声,她是我在产房里的左膀右臂,她应该跟我一起去。"

"我还得跟我的丈夫,木工大师,伯尼亚打声招呼,这样他就知道我去了哪里,可能什么时候回来。"

拉·摩斯又噘起了嘴。"没有时间做这些,妈。我们必须马上离开,因为夫人已经开始分娩了,我的主人希望我尽快返回。派这个女孩去通知别人。我不能耽误片刻。"

"我必须打招呼,这不由得你。"我说着,便离开房间。拉·摩斯跟着我到了厨房,一把抓住我的胳膊肘,他像个要驯服不听话的仆人的主人。

我挣脱他的手,看着他的脸说。"那卡特·拉宁愿死也不会这样对待一个亲戚——更别说是母亲了——看看你的嘴脸。难道你就是这样纪念你唯一的父亲吗?你的巴,我记忆中的他是个贵人,你应该将一切归功于他。而你这样做会让他蒙羞。"

拉·摩斯停住手,低垂着头。他的野心和他的真心在战斗,他的脸上写着两个灵魂的纷争。他跪倒在地,眉毛碰着我的脚,低头施礼。

"我原谅你,"我说,"我只需要一点点时间做准备,跟我的朋友打声招呼,在我们出发去底比斯的路上,我们会遇见我的丈夫。"

拉·摩斯从地上站起来,站在门外等候我,我匆匆为这次被迫的旅程做准备。当我收集起一些药草,还有我的医药箱时,我为自己能够如此胆大直接地表达自己而露出满意的微笑。我居然因我这个权力大、地位高的儿子做出粗鲁的事而羞辱了他,坚持和我的朋友与亲人说再见。当年那个住在那卡特·拉家的柔弱女人到哪里去了?

莫里特已经在她儿子家的门前等候我了,她焦急地等待着进一步的消息。当我把拉·摩斯介绍给她时,她的眼睛瞪得圆圆的,从拉·摩斯还是个小男孩的时候,她就没有再见过他了。当她得知自己受邀为国王的宰相夫人出诊时,她惊讶得捂住了自己的嘴,但是,莫里特不能陪我一同前往。因为峡谷里有三个产期已到的孕妇,可能在任何时候分娩,其中一个还是她的亲戚呢,她是示夫·拉兄弟的女儿。我和我的朋友拥抱告别,她祝我拥有艾西斯的手,贝斯的幸运。她站在家门口,愉快地挥手。"给我带好听的故事回来。"她大声喊。我的身后响起她的朗朗笑声。

伯尼亚没有带着笑声送我。他和我的儿子冷静地注视着对方;伯尼亚看出拉·摩斯书吏的地位,向他行点头礼,而儿子也回敬点头礼,因为伯尼亚是重要工作坊里的木工大师。我和丈夫无法离开对方。我们用眼睛交换了告别誓言。我一定会回来的。而他不等到我归来,就誓不甘休。

拉·摩斯和我走出了峡谷,我们极少说话。当我们开始下山坡前往河岸之前,我触摸他的胳膊,示意他停一下。我转身面对我的家,扔在路上一小把来自我园子里的芸香,一块来自我的烤炉里的面包,祈祷快速归来。

当我们到达岸边时,天已经黑了,但是,我们不必等候早上的渡船。国王的三桅帆船,点着一百盏灯,正在恭候我们。众桨齐心协力,一眨眼的工夫,我们已经步行在底比斯沉睡的大街上,很快就进入宫殿,拉·摩斯带我走进女人的住区,就离开了我。我被带到产房,大床上孤独地坐着一个面色苍白的年轻女人。

"你是德·娜儿?"她问。

"是,亚斯·那特,"我轻柔地回答,把分娩砖摆放在地上,"让我看看神灵给我们预备了什么。"

"我恐怕这个也是死的,"她轻声说,"假如是的话,就让我和他一起死掉。"

我把耳朵贴近她的肚子,用手触摸她的子宫。"婴儿活得好好的呢,"我说,"不惧怕。他只是为了旅途,暂时休息呢。"

黎明时分,她的疼痛不断加剧。亚斯·那特试图表现出皇家公主的风范,刚开始还想咬牙挺着,但是,不可抗拒的自然的力量很快让她大喊大叫,每一阵剧痛的到来,都伴随着她注入空气中的恐怖咆哮。

我叫人端上清凉的水给她擦脸,用干净的麦秸给她换铺垫,用莲蓬给产房增添香气,五个女仆围绕在女主人身旁对她说鼓励的话。我认为,有时候穷人家女人生孩子反而容易些,即使是那些并非多代同堂的家庭,因为穷人都住得近,分娩女人的叫喊,都会把其他女人立刻召唤而来;就像领头的大雁起飞,其他所有的大雁会马上跟上来。但是,富裕人家的夫人只有女仆围绕,而她们因为害怕女主人,不敢像姐妹一样接近她。

亚斯·那特的分娩不顺利,但不是我见过的最糟糕的情况。她已经用力推挤了很久,身边的女仆们就像姐妹一样扶持她,至少在分娩的时刻像姐妹一样。日落后,她终于生下一个枯瘦如柴,但很健康的儿子,小家伙刚被接住、抱正,就像小野兽一样号啕大哭。

亚斯·那特亲吻了我的手,喜极而泣的眼泪弄湿了我的手,她派仆人去通告希法那特·法纳·亚,他是一个健康儿子的父亲了。我被带进一个安静的房间里,眼前一黑,便无梦酣睡。

第二天早晨,我在汗水的浸泡中醒来,头痛欲裂,嗓子冒火。我躺在床垫上,高窗洒进来的阳光让我睁不开眼睛,我眯着眼睛,试图想我最后一次生病是什么时候。我的头跳动性地疼痛,我只好闭上眼睛。当我再次睁开眼睛时,房间里已经没有了阳光。

一个靠墙坐着的女孩注意到我醒过来,给我端过来饮料,把一条凉爽的毛巾搭在我的额头。两天,也许是三天,在高烧的昏睡和凉毛巾敷头的模糊中飞过。当我终于退烧,浑身的疼痛也减缓的时候,我发现自己虚弱得站不起来了。

这时,一个叫示利的女人被派来服侍我。当她介绍她自己,说到她的名字的时候,我目瞪口呆地盯着她,因为她的名字"示利"的意思是"小不点",而她是我见过的最肥胖的女人。

示利洗去我身上的酸臭味儿,给我端上汤、水果,她不让我动一下手,我想要什么,她就立刻替我拿。我从来没有这么被人伺候过,我很感激她对我的帮助,但是,却不享受一个仆人这么围着我打转转。

又过了几天后,我的体力开始逐渐恢复,我问示利我接生的婴儿怎么样了。她听到我问话,非常高兴,肥胖的身体安逸地坐落在凳子上,因为示利特别喜欢有人听她讲故事。

婴儿很好,她报告说。"小家伙胃口极大,总在吃,都快把他母亲的奶头吸掉了。"示利咧嘴怪笑。她曾经可怜女主人的不育,但又不喜欢亚斯·那特傲慢尖刻的一面。"身为人母,定会教她如何做人。"我的新朋友向我坦露。

"孩子的父亲给他取名叫玛拿西,多难听的名字,但是,在他父亲的母语里这一定有什么意义。玛拿西。听上去像是在嚼东西,是不是啊?但是,你也是迦南人,不是吗?"

我耸了耸肩膀。"那都是很久以前的事情了。"我说,"请,请继续讲你的故事,示利。你的话几乎有魔力,我都忘记自己的疼痛了。"

她敏锐地看了我一眼,让我知道她听出了我奉承背后的话中音。但是,她还是接着往下说。

"希法那特·法纳·亚是个十分傲慢的狗杂种。"她说,她以骂主人的方式,表明了对我的信任。"他喜欢吹嘘他卑微的出身,好像这样就能让他高贵的地位显得更加显赫一样。但是,在埃及,这根本算不上什么了不起的事情。许多伟大的人物——从政府要员到著名工匠,从勇猛的斗士到杰出的艺人——出身卑微的比比皆是。你自己的丈夫不也是这样的吗,呃,德·娜儿?"她问,同时也表明她不是完全不了解我的底细。但是,我只是看着她,笑了一笑。

"这个迦南人的确很英俊,这是毫无疑问的。女人看见他都像蛾子扑灯——或者说,至少在他年轻的时候是这样的。男人都无法抗拒他的魅力,当然,还不仅仅是喜欢小男孩的那一类男人。"

"当然喽,他年轻的时候,他的美貌可没有给他带来什么好处。他自己的哥哥们对他恨之入骨,以至于将他卖给了一群奴隶主——你能想象一个埃及人会做得出这样的事情吗?每天我都在感激神灵,庆幸自己出生在大河旁的峡谷地带。"

"毫无疑问。"我瞄着她的肥胖腰身说,除了在肥沃的尼罗河畔,哪里还能养育这样的丰硕身材。示利听出我话里的意思,她双手揪住自己胖腰上的赘肉说。"哈,哈!我这种比例的物种,的确令人瞠目结舌,对吧?有一次国王看见我,都揪了我一把,除了侏儒以外,就再也没有什么能够比胖胖圆圆的我,更让他开心的了。你难以相信,有多少男人觉得我的身段非常迷人呢。"示利说。"我年轻的时候。"她压低嗓音,神秘地说:"我给过老国王多少快乐时光,直到他的妻子开始嫉妒,他们才将我打发到底比斯来了。"

"但是,那一段故事。"——她挤了一下眼睛——"需要专门有一个时间来讲述。你想听这个家的历史吧,这个也够有滋有味的。"她坦露。

"希法那特·法纳·亚被卖为奴,正如我说过的那样,他的新主人都是臭猪,迦南人中的迦南人渣。我毫不怀疑他曾被残酷殴打、强奸,被逼迫去做最脏的下贱活。当然喽,尊敬的宰相现在不再提那段日子了。"

"希法那特·法纳·亚直到最近才起了这个辉煌的名字——'神恩赐的生命'——的确是的!人们曾经叫他'干棍',因为他刚来埃及的时候跟他这个新生的婴儿一样枯瘦如柴。"

"他的主人来到底比斯,将他卖给波·提·乏,一个偷窃成瘾的宫廷卫兵长官,他住在城外的一所宅子里。因为干棍比他的主人要聪明得多,所以主人让他管理园子,然后又让他负责葡萄酒的榨制。终于,他得到管理主人家所有奴仆的大权,因为波·提·乏宠爱这个迦南男孩,据他为个人泄欲的玩物。"

"但是,波·提·乏的妻子,一个名叫纳贝比尔的大美人,也对干棍充满淫欲,两个人竟然在主人的鼻子底下偷情。谣言说干棍才是她小女儿的真正父亲。无论怎么说吧,波·提·乏终于在床上将两个人捉个正着,他也无法假装不知道自己家里的丑闻了。所以,他大事渲染他的愤怒和复仇,把干棍丢入监狱。"

"示利的故事说到这里,我已经失去了兴趣,因为她的故事好像永远不会有结尾。我只想睡觉,但是,这个女人的话匣子一旦打开,可不是那么容易关上的。我打哈欠,甚至闭上眼睛,都一点没用。

"底比斯的监狱可不是闹着玩儿的,"她表情阴沉地说,"那就是一个死人坑啊,关在里面的大多都是疯子和凶手,被谋杀和绝望而死的人比得热痨而死的人还多。但是,有个狱守开始同情这个英俊的囚徒,他既不是疯子,也不令人憎恨。很快狱守就和这个迦南人一同进餐,而这时的迦南人已经会说一口流利的埃及话了。"

"这个狱守是个光棍,他对待干棍就像是自己的儿子。他逐年将囚徒的管理交给了干棍,由他来决定哪个囚徒靠窗睡,哪个囚徒应该用铁链绑在靠便池的地方,所以,囚徒都因为他有权力而贿赂和取悦他。我可告诉你,德·娜儿,"示利说,她摇头晃脑,一副敬佩的模样,"无论他走到哪里,权力便自然而然地落入他的手里。"

"这时,老国王死了,新国王有个惩罚人的习惯,哪怕是对他有稍微的冒犯,他都会把人投入监狱。假如他吃饭的时候,不满意面包的质地,他就会把膳长送进监狱里蹲几个星期,甚至于更长的时间。酒政、葡萄酒司仪、鞋匠,甚至于卫兵首领中,都有人被送到监狱里受折磨的,他们在那里遇见了干棍。"

"每个人都被他的堂堂仪表和皇家风范吸引,被他能够解释梦境、预测未来的本领而迷住。他告诉一个醉汉,他活不出一个星期,果然不出几天,人们就发现这个醉汉死了——不是被谋杀的。你听听!那纯粹就是多年沉溺于酒杯所致——可囚犯们宣称他是预言者。当一位酒政从监狱里出来,讲述这个可以预卜未来的囚犯时,国王便把干棍召来,让他解释多月以来困扰他的一系列梦境。"

"其实都不是什么难以解释的梦境,假如你问我的话,"示利说,"大鱼被小鱼吞吃了,肥牛被瘦牛践踏了,还有什么七棵茁壮的麦秆被打倒,留下七棵死麦秆。"

"集市上那些从篮子里面变出小鸟的傻魔术师都能解释这些梦境。"示利窃笑,"但是,这些梦居然困扰并且吓坏了这个蠢货国王,当他听囚犯解梦说,他有七年的时间为饥荒做准备时,他立刻平静了下来。于是他提拔了这个囚徒——大字不识一个的异国阴谋家——任命他为宰相。"

"我猜你的儿子已经告诉你,这个所谓的希法那特·法纳·亚完全依赖拉·摩斯。现在,他不仅是宰相,而且还做了父亲,他要傲气冲天了。"示利怒火中烧,她在房间里忙忙碌碌,帮我铺床,因为她把整个下午都闲聊掉了。

"昨天,"这时的她自言自语地抱怨,"这个狂人还要强行让他的儿子受割礼。也不等到孩子迈入成年门槛的时候再说,等他的身体强壮得能够经受得起那一刀时再说。非现在不可,立刻!根本不像文明开化的人!你能想象一下谁能这么对待一个弱小的婴儿吗?这只能证明他是一个与生俱来的野蛮人,人性是绝对不会改变的。亚斯·纳特听到这个命令,就像一只被剖腹的猫一样悲号。这个我可不怪她不懂事。"

"约瑟!"我恐惧,难以置信地轻声说。

示利瞥眼看着我。"什么?"她问,"你说什么,德·娜儿?"

我闭上眼睛,突然感觉无法呼吸。顷刻间,我明白了为什么我被召到底比斯,为什么示利会告诉我这个关于宰相的,似乎没有结尾的漫长故事。但是,这一切怎么可能是真的呢。一定是高烧让我失去了理智。头重脚轻,耳鸣目眩,我躺倒在床上,大口吸气。

示利注意到我不对劲儿。"德·娜儿,"她说,"你不舒服吗?我能给你拿点儿什么?也许你现在可以吃固体食物了。"

"啊,这个准能让你开心起来的。"她一边侧耳倾听朝这里来的脚步声,一边说,"你的儿子来探望你了。拉·摩斯来了。我去给你们拿些点心去。"她咯咯窃笑,留下我和我的儿子。

"母亲?"拉·摩斯说,他僵硬地施了正式鞠躬礼。但是,当他看见我的脸色时,吃了一惊。"妈?出什么事了?他们告诉我您好多了,我今天就能来看望您了。"他怀疑地说,"但是,也许现在还不到时候。"

我将脸转向墙壁,挥手让他离开房间。我听见示利和他一起出去的脚步声,还有她轻声地解释着什么。在我又迷糊地睡着之前,我能记住的最后一件事情就是他匆匆离开的脚步声。

示利告诉拉·摩斯我们的谈话,重复了我再次陷入高烧昏迷状态前,我说过的每一个字。就这样,我的儿子嘴里重复着"约瑟"这两个字,没有通告,就直接进入大厅,埃及的宰相正独自坐着,对他的长子轻声说着安慰的话,今天早些时候,他刚受了割礼。

"约瑟!"拉·摩斯说,他将这个名字挑战性地扔向宰相。这个现在名叫希法那特·法纳·拉的人全身发抖。

"你认识一个名叫德·娜儿的女人吗?"他逼问。

一时间,希法那特·法纳·亚什么都没有说,然后他喃喃道:"迪娜?"主人看着他的书吏的眼睛问,"我有个姐姐,名叫迪娜,但是,她在很久以前就死了。你是怎么知道她的名字的?你知道关于约瑟的什么?"他命令书吏。

"你先跟我讲她的死,然后我会告诉你我知道的一切。"拉·摩斯说,"只有这样,我才开口。"

拉·摩斯威胁的口气激怒了约瑟。但是,即使是他高坐宰相宝座,健康的儿子搂在怀里,卫兵随时可以听从他的命令冲进来,他仍感觉不得不回答拉·摩斯的问题。因为最后一次听见自己的名字,已经是隔世之事,他已经有二十年没有大声说过姐姐的名字了。

就这样,他开口讲我的故事。他的声音很轻,拉·摩斯不由自主地靠近他的宝座,他告诉他迪娜和他的母亲,接生婆拉结,一同到示剑城的王宫出诊。"示剑城的王子挟迪娜为新娘。"约瑟说,拉·摩斯听到雅各如何拒绝丰厚的新娘聘礼。最后,在最残酷的条件下订下婚约。

拉·摩斯从约瑟的嘴里听到自己父亲的名字,不禁浑身颤抖;但是,紧接着,他又得知是我的哥哥们,他自己的舅舅们,将他的父亲萨兰姆在睡榻上谋杀。拉·摩斯咬紧自己的舌头,不让自己爆发出喊声。

约瑟称自己对哥哥们所犯下的罪行深恶痛绝,并说自己清白无辜。"我的两个哥哥的手上沾满了他们的鲜血。"他说,但是,他又承认也许一共有四个哥哥参与了谋杀,"我们所有的人都遭到了惩罚。"

"她诅咒了我们所有的人。有的哥哥病了,有的看见自己的儿子死去。父亲失去了所有的希望,我被卖身为奴。"

约瑟说:"我过去曾经因为我的不幸而责怪我的姐姐,但是,我不再这么想了。假如我知道她被埋在哪里,我一定会去看她,为她献上奠酒,立碑纪念。至少,在哥哥们犯下邪恶罪行后,我幸存下来,现在,我有了新生的儿子,有父辈的神,我不会被人遗忘而沉默地死掉了。但是,我姐姐的名字被完全抹去了,好像她从来就没有在这个世界上呼吸过一样。"

"她是我的乳姐，"约瑟说，他摇了摇头，"真是奇怪，当我现在做了父亲的时候，才说到她。也许我应该将下一个孩子以她的名字命名，以纪念她。"他沉默了。

"约瑟又是怎么回事？"拉·摩斯问。

"约瑟是母亲给我起的名字。"希法那特·法纳·亚平静地说。

拉·摩斯转身离开，但是，宰相叫住了他。"慢！我们立有君子之约。告诉我，你怎么知道我的名字，还有我的姐姐的名字。"

拉·摩斯停步，没有转身面对约瑟，他说："迪娜没有死。"

这句话的余音缭绕许久。"她就在这里，在你的宫殿里。千真万确，是你命我将她带到这里的。接生婆德·娜儿，亲自接生了你的儿子，她是你的乳姐，迪娜。我的母亲！"

约瑟诧异地瞪大眼睛，然后，他像孩子一样高兴地笑了。但是，拉·摩斯厌恶地将唾沫吐在他脚下。

"难道你想让我叫你舅舅？"他嘶声说，"我从一开始就恨你。你盗取了本属于我的位置，你得到国王的赏识，全靠我的技能。现在我看得一清二楚，你在我出生之前，就已经摧毁了我的一生！你谋杀了我青春正茂的父亲。你和你的野蛮人兄长们还谋杀了我的爷爷，他虽然是个迦南人，却是个高尚的正人君子。"

"你掏空了我的祖母的心。你背叛了你的姐姐，使母亲成为寡妇，我成为孤儿，成为无家可归的遗弃儿。"

"当我还是个小男孩的时候，我祖母的仆人就告诉我，如果我发现谋杀父亲的凶手，他们的名字将把我的灵魂撕碎。他的话千真万确啊！"

"你是我的舅舅。啊，神灵啊，这是什么样的噩梦啊！"拉·摩斯哭泣，"杀人犯，撒谎者！你怎么敢宣称自己在这样邪恶的罪行前清白无辜呢?也许你没有亲自举起屠刀,但是,你也没有做任何努力阻止谋杀。你一定对这些阴谋有所知情,你和你的父亲,还有他其余的那些孬种儿子们。我在你的手上看见父亲的血。你的眼睛里写着有罪!"

约瑟扭头看着别的地方。

"我别无选择,只有杀了你,否则我死为懦夫。假如我不为父复仇,我今生不值得活着,更别提来世!"

拉·摩斯的声音在满腔仇恨中不断提高,惊动了卫兵,他们冲进来将他降服,约瑟怀中的玛拿西放声号哭,拉·摩斯在婴儿悲凄的号啕声中被押走。

当我终于醒过来时,示利脸色灰白,伤心地坐在我的身边。

"怎么了?"我问。

"啊,夫人,"她说,按捺不住立刻告诉我一切的心情,"我有个坏消息。你的儿子和宰相早些时候争吵起来,拉·摩斯被囚禁在自己的房间里。都说宰相异常愤怒,都说年轻的书吏生命攸关。我不知道他们争吵的缘故,至少现在还不知道。但是,我一旦知道,就会立刻告诉你的。"

我站起来,虽然晃晃悠悠,但是,我意志坚定。"示利,"我命令她,"听清楚我的话,因为我不容你还嘴,我也不会重复我的话。我有话必须跟主人说。去,宣布我求见。"

女仆人深深地鞠躬,但是,她细声细气地说:"你可不能这副模样去见希法那特·法纳·亚。让我给你洗个澡,梳好头。穿上件干净衣服,无论你有什么重要的事情要陈述,你也应该像个夫人,不能像个乞丐吧。"

我点头同意,突然对即将发生的事情感到恐惧。面对似乎隔世未见的弟弟,我该以什么样的话开头呢?我蹲在浴盆里,让示利将清凉的水倒在我的身上;我身子后倾,驯服地让她给我梳理头发。我像是即将被拍卖的奴隶,将为买主们游行展示。

我准备好以后,示利带我来到希法那特·法纳·亚的大厅门前,他正双手抱头坐着。

"接生婆德·娜儿求见。"示利通告。

宰相站起来,招手让我进来。

"退下去。"他大喊。示利和所有的随从都消失了。只剩下我们俩。我们两人都纹丝不动,站在大厅的两头,盯着对方看。

虽然岁月使他曾经细嫩的脸不再平滑,牙齿也掉了几颗,但是,约瑟依然面相白净,身体强壮,依然是拉结英俊的儿子。

"迪娜,"他说,"亚哈提——小姐姐,"他用我们年少时的乡音说,"坟墓松开魔爪,给了你自由。"

"是,约瑟,"我说,"我还活着,难以置信地站在你的面前。但是,我来见你的唯一原因是质问你,你把我的儿子怎么样了。"

"你的儿子知道了他父亲死亡的故事,并以此威胁要杀我。"约瑟僵硬地说,"他要我为我兄长们犯的罪承担责任。他的威胁本身就构成了死罪,但是,谅他是你的儿子,我只打算把他送走罢了。"

"他不会遭受任何伤害,我保证,"约瑟慈爱地说,"我已经向国王推荐,让他掌管北方的一个专区,在那里他将是最高长官。很快,他就会爱上大海——所有的人都爱大海——他会建立他的新生活,随着咸风与盐水季节的节奏,心满意足,别无所求。"

"但是,你必须告诉他,要他照我说的去做,再也不要说什么替父复仇的话了,"约瑟说,"你必须马上劝导他,今夜。假如他再敢对我轻举妄动,假如他敢在卫兵在场的时候威胁我,他必死无疑。"

"我怀疑我的儿子是否会听我的话,"我忧伤地说,"他恨我,因为我是他不幸的根源。"

"胡说。"约瑟说,还是带着他那种让我们的哥哥们非常嫉妒的彻头彻尾的自信,"埃及男人比世界上任何一个地方的男人,都更加敬重他们的母亲。"

"你不知道,"我说,"他称他的祖母为'妈'。我只不过是他的奶妈罢了。"

"不,迪娜,"约瑟说,"他的确是受了太多的磨难。但是,他会听你的劝告,他必须离开这里。"

我看着我的弟弟,看见一个我不认识的男人。"我会遵照你说的去做,主人。"用一个好仆人的声音回答,"但是,不要再要求我做别的什么。让我自由地离开这里,因为这里对于我来说,如同坟墓。看见你就像步入过去的悲哀之中。现在,又因为你,我失去了我的儿子的所有希望。"

约瑟点了点头。"我明白,亚哈提,一切都照你说的安排,唯独一件事除外。当我的妻子再次分娩时——我已经梦见了第二个儿子——你必须来出诊。"

"假如你不愿意,就不要再来见我。但是,你必须来接生,你会得到丰厚报酬。真的,如果你愿意,还可以用土地做报酬,给你和你的木匠。"约瑟说。

我对他把我当成乞丐的影射怒不可遏,我向他宣布:"我的丈夫,伯尼亚,是帝王谷的工艺大师。"

"伯尼亚?"他问,约瑟的脸扭曲成一副遗憾的模样,"那是我们的小弟弟便雅悯的乳名,母亲生的老幺儿,她就是为了生他而死的。我过去还因为这个恨伯尼亚,但是,现在我宁愿与他平分天下,只要我能够再握住他的手。"

"我根本没有见他的愿望。"我说,我的声音里带着愤怒,让我们两人感到吃惊,"我不再属于那个世界。假如我的母亲们已经死了,那么我就是孤儿。我的哥哥们对于我来说,不比我们儿时的牲畜更特别。你我儿时是亲人,童年时我们知己。但那已是隔世的事情了。"

大厅里一片沉寂,我们各自沉浸在自己的记忆中。

"我现在去看我的儿子。"我终于说话,"然后,我就离开。"

"愿平安与你同在。"约瑟说。

拉·摩斯脸朝下躺在他豪华的房间里。我的儿子一动不动,也不说话,好像没有意识到我来了一般。我冲着他的后背说话。

他的窗户遥望大河,尼罗河在月光下波光粼粼。"你的父亲热爱江河。"我极力控制着自己的眼泪说,"你会爱大海的。"

"我再也见不到你了,拉·摩斯,我们再也没有机会这样说话了。听你母亲的话,我是来告别的。"

"我不要求你原谅我的兄弟们。我自己就从来没有原谅过他们。我永远不会原谅他们。我只是希望你原谅我,因为我是他们的姐妹,这是个无法改变的噩运。"

"原谅我从来没有跟你说过你的父亲。因为那是你祖母的命令,她认为只有保密,才能使你免受你今天面临的这种痛苦。她知道过去是对你未来的威胁,我们必须隐瞒你的出身而继续保护你。你父辈的真实故事依然只有你、我,还有希法那特·法纳·亚三人知晓。没有必要告诉任何人。"

"但是,因为现在我们已经在共同守护这个秘密了,我应该再告诉你一些事情。"

"拉·摩斯,你的父亲的名字叫萨兰姆,意思是落日,因为他英俊如灿烂辉煌的落日。我们因爱而选择了对方。我给你起的乳名是巴尔·萨兰姆——日落之子,你的父亲在你的生命中继续活着。"

"你的祖母叫你拉·摩斯,使你成为埃及和太阳神之子。无论在任何语言和国度里,你都被神的伟大力量祝福着。你的将来已经写在了你的脸上,我祷告你拥有你的父亲无法拥有的圆满人生。愿你得到满足。"

"我每天都会想到你,从早到晚,直到我永远闭上眼睛为止。我原谅你对我的尖刻看法和你可能对我的名字的诅咒。当你最终原谅我的时候,我禁止你为了我的缘故而有一丝一毫的内疚。我只要你记住我给你的祝福,巴尔·萨兰姆,拉·摩斯。"

我的儿子还是在床上一动不动,也没有说一句话,我走了,虽然心碎万段,但自由了。

第 五 章

回家就像是重生。我把自己的脸贴在床单上,用手触摸每一件家具,爱抚园子里的一草一木,发现我走之前摆放的东西,依然原地不动地等待着我的归来,这让我感到非常高兴。基亚进屋时,看见我正拥抱着一只水罐子。我打发她去通知莫里特我回家了,然后便尽快地朝着伯尼亚的工作坊走去。

我的丈夫看见我走来,冲上前来迎接我。隔日如隔年。"你变得如此消瘦,我的妻。"他把我搂在怀里,轻声地说。

"我在城里病倒了,"我解释道,"但是,已经完全恢复健康了。"

我们仔细地看着对方的脸庞。"还发生了什么事情。"伯尼亚说,他的手指抚摸着我的前额,读出过去数天的震惊造成的痕迹。"你回来以后不会再走了吧,我的爱?"他问,我明白了他眼睛下面的阴影是怎么回事。

我给他一个紧紧的拥抱,让他放心,没想到赢得了他的工友们热烈的欢呼声。"我会尽快回家。"他亲吻着我的手说。我点头,高兴得不知道说什么好。

当我回到家中时,莫里特已经带着热面包和啤酒等着我了。但是,她一看见我,就放声大哭,"他们把你怎么了,妹妹?你瘦成了一把骨头,你的眼睛好像哭出过一条河一样。"

我告诉我的朋友我病了、发高烧,还告诉她拉·摩斯和他的主人争吵过。当我的朋友听说拉·摩斯被派到北方专区时,她的眼睛里充满同情。

我们吃喝完莫里特带来的食物和饮料后,她命令我躺在床上,按摩我的脚。当她搓揉我的脚趾头,捏挤我的脚踝时,过去几个星期的疼痛都烟消云散了。当我完全心安和平静下来以后,我请莫里特坐在我的身边,把她的手放在我的手里,她温暖的手上还带着按摩用的芳香油,就这样,我把在底比斯发生的一切告诉了她,包括希法那特·法纳·亚如何成为国王的右手,而他正是我的奶弟约瑟。

莫里亚安静地听着,当我讲述母亲们的历史、示剑城的故事,以及萨兰姆的遇害时,她只是盯着我的脸看着。我的朋友一动不动,也一声不出,只有她的表情揭示了她的心里活动,她的表情显露出恐惧、愤怒、同情和慈爱。

当我讲完一切后,她摇了摇头。"我明白为什么你以前没有告诉我这些。"她忧伤地说,"我从刚开始就希望我能够为你分担一些你的负担。你现在把你的过去交给我来保管,你的过去在这里是安全的。我知道你不需要我发誓就明白我会为你保密,否则你就不用告诉我了。"

"亲爱的,"她把我的手贴到她的脸颊上说,"我非常荣幸成为你倾诉的对象,承担你痛苦却充满力量的故事。认识你的这些年来,没有女儿能够让我感到这么幸福,也没有女儿能够让我感到如此骄傲。现在我知道你是谁了,你为生活付出过什么样的代价,我万般惊叹而敬畏地将你列入我最心爱的人中。"

在一小阵舒心的沉默后,莫里特收拾起东西,准备离开了。"我要给你一些时间,好为伯尼亚回家做准备。"她抓住我的双手说,"艾西斯祝福你。爱神哈托尔祝福你。你的母亲们祝福你。"

但是,当她迈出门口的时候,我的朋友又再次面露狡黠的诡笑,友好地瞥我一眼,她说:"明天我要来做客。从现在起,有这么充裕的时间,看你能不能使出浑身解数,给我做一顿像样子的饭,呃?"

伯尼亚很快就跑了进来,我们像是年轻的情人,倒在没有整理的床上,呼吸急促,迫不及待。我们的衣服乱糟糟地纠缠在一起,在久别重逢后倒头酣睡。我在夜里醒了一次,先是一惊,然后满足地笑了,回家是何等的喜悦,我真不想闭上眼睛。

回家后,我对日常生活中情趣的珍惜一直留存在心中。我在伯尼亚起床前醒来,就是为了仔细看他的脸,沉默地说感激的祷告。走向泉眼或者是在园子里除草时,我都完全清醒地意识到,这不是普通的一天,这一天没有过去沉重压在我的心头。鸟儿的歌声会让我流泪,而每次日出,都好像是专门为我的双眼打造的礼物。

当宰相的信使来到家门口时,我早有准备;一想到要离开家,哪怕只是一天,我都恐惧得浑身僵硬,但是,让我松了一口气的是,这封信不是召我到东岸豪宅出诊的。约瑟的梦又兑现了,他的二儿子出世了。这个孩子来得很快,亚斯·那特没有时间派人来接我,她的儿子以法莲就来到了这个世界上。

虽然我不必为他服务了,希法那特·法纳·亚还是送来三整幅雪白亚麻布做礼物。当伯尼亚问我礼物为什么如此豪华时,我将一切告诉了他。

我这是第三次说出整个故事;第一次是讲给韦仁罗听,第二次是莫里特。但是,这一次讲故事时,我的心没有狂跳,眼中也不含泪水。这一次只是遥远过去的一个故事。听完我的故事后,伯尼亚将我搂在怀里,安慰我。在伯尼亚的大手和他怦怦跳动的心之间,我像窝中的小鸟一样安全,平静。

伯尼亚如磐石一般,使我的生活坚固而踏实,而莫里特如同我的生活源泉。但是,我的朋友上了年纪,她比我大一辈,年龄不饶人啊。

她嘴里的最后一颗牙掉了,她感恩地宣称,"永远不会牙疼了。"她咯咯地笑。"也不吃肉了。"她悲哀地耸了耸肩膀。但是,她的好媳妇示夫·拉坚持把每一种食物都剁碎捣烂,我的朋友依然胃口大开,和过去一样享受啤酒和笑话。她和我一起出诊,一次都不耽搁,在我们回来的路上,她会开心地享受婴儿的微笑,为死亡的母婴号啕大哭。我到她家吃过无数次饭,每次离开餐桌的时候,都是咯咯地笑着走的。我们都知道她的日子不多了,每次分离都要亲吻。我们之间没有不说的话。

这一天终于到了,基亚出现我的门口,说是莫里特不能起床了。当我赶到她的床边时,我说:"我在这里,亲爱的,姐姐。"但是,我的老朋友已经不能欢迎我了。她躺着,一点都不能动。她的右脸已经瘫痪,呼吸困难而急促。

她用左手捏了一下我的手指,对我眨了一下眼睛。"啊,姐姐。"我说,控制自己不要哭泣。她动了一下,我能看出,即使是在她面临死亡的时刻,她依然试图安慰我。这怎么行呢。我看着她的眼睛,勉强露出接生婆应该有的微笑。我知道了我的任务。

"不惧怕。"我轻声地唱,"时辰就到。"

  不惧怕,你的筋骨强壮
  不惧怕,好朋友,帮助就在这里
  不惧怕,亚努比斯是温柔的伴侣
  不惧怕,接生婆的双手充满智慧

不惧怕,大地就在你脚下

不惧怕,小妈妈

不惧怕,我们所有人的母亲

莫里特身心轻松,闭上了眼睛,围绕在她身边的有她的儿子、媳妇、孙子和孙女们。她长长地一声叹息,好像是苇管里的风,便离开了我们。

我和所有的女人们一起尖声号啕大哭,死亡的哀歌惊动了邻里,无不为失去敬爱的接生婆、母亲和朋友而恸哭。哀歌让孩子们爆发出眼泪,男人们用捏汗的拳头揉着眼睛。我虽然心碎,但是,为莫里特给我的永恒的礼物感到慰藉,因为在她临终前,我成为哀悼她的家人之一。

的确,我得到家族内年纪最大的女性享有的荣誉,为她枯干的胳膊和腿做最后一次清洗。我用我最好的埃及亚麻布将她裹好。我把她按照婴儿入世时的姿态摆放好,她的胳膊抱在胸前,屈膝勾脚。我和她坐在一起,为她守夜。

黎明时,我们带着莫里特来到一个山坡上,这里可以眺望帝王和皇后的陵墓,她就安息在一个洞穴里。她的儿子们将她的项链和镯子作为陪葬。她的媳妇们将她的纺锤、雪花石膏碗,还有她生前喜欢的其他东西作为陪葬。但是,接生婆的医药箱却不适合陪伴她到来世,所以我们便把它传给了示夫·拉,她无限尊敬地手捧着莫里亚的工具包,好像它们是金子制作的一样珍贵。

我们用歌声和眼泪埋葬了莫里特,回家的路上,为纪念她而笑,回忆她对惊喜、笑话、食物,以及所有世俗享乐的热爱。我希望她在新生中继续享受她在人间喜爱的一切,她相信死后的新生跟今生差不多,只是没有死亡,一切永恒。

那天夜里,我梦见莫里特,因为听了她说的什么笑话而笑醒过来。第二天夜里,我梦见辟拉,醒来时脸上挂着泪珠,我的眼泪和我的姨妈做菜用的香料一个味儿。接下来的一夜,悉帕向我问候,我们一同高飞,掠过夜空,像是一对雌鹰。

当再次落日时,我知道我会在梦中见到拉结。她像我的记忆中那样美丽。我们一同在温暖的雨中奔跑,雨水将我洗得像个婴儿那样的洁净,当我醒来时,身上依然是井水的清香。

我迫不及待地等着梦见利亚,但是,夜复一夜,她没有来我的梦乡。只有在新月的黑夜里,给我血肉之躯的母亲才蹒跚而来。这是我第一次没有来月经。我已经过了能够给予生命的年龄,母亲,这个生育了许多孩子的母亲,选择了这个时候来安慰我。

"你现在是老者了,"她温柔地说,"你是祖母了,你给智慧赋予了声音。这是你的荣耀。"母亲利亚说着,她前额触地向我施礼,并请求原谅。我扶她起来,她便变成了一个襁褓里的婴儿。我把她抱在我的怀里,我请求她原谅我曾经怀疑过她的爱,现在,爱溢满了我的心,我因而感觉到了她的原谅。在梦见利亚的第二天早上,我来到莫里特的墓前,给她献上奠酒,感谢她将母亲们送来见我。

莫里特走了以后,大家便把我看作睿智的女性长辈,是身边人的母亲、祖母,甚至于曾祖母。示夫·拉刚刚做了祖母,基亚也快结婚了,无论我去哪里摆放分娩砖,她们都会跟随我。她们认真学习我能够教授的一切,很快她们就能自己上路出诊,为害怕和孤独的女人们接生。我的学徒们变成我的妹妹和女儿。在我的莫里特死了以后,我还以为我失去了甘泉,但是,在她们身上,我找到了新的源泉。

时间月复一月地度过,年复一年地消逝。我白天的日子忙忙碌碌,夜晚安详平静。但是,我却未能这样安然地死去,一天夜里,当伯尼亚和我已经就寝后,约瑟踏进了我们的家门。

看见他站在那里,身披黑色披风,好像他变成一个鬼影一般,我感觉非常奇怪,如梦境。但是,我丈夫声音里的不安将我惊醒,回到现实中,突然,我意识到了黑暗与危险。

"是谁没有敲门就来到我的家中?"伯尼亚咆哮,像是一只意识到危险的狗,因为这显然不是一个来寻找接生婆的焦急的父亲。

"是约瑟。"我轻声说。

我点燃灯盏,伯尼亚请我的弟弟在家里最好的椅子上坐下。但是,约瑟坚持跟着我进厨房,我给他倒了一杯啤酒,他把酒放在桌子上,没有碰一口。

沉默凝重而僵硬。伯尼亚握紧拳头,因为他害怕有人会将我从他的身边夺走;他的牙关紧咬,因为他不知道如何跟这个坐在他家厨房里的宰相说话。约瑟看着我的眼神,说明了事情的紧要性,但他不愿意当着伯尼亚的面说。我来回转头看着他们两人,意识到我们都已经变得很苍老了。

终于,我告诉约瑟,"伯尼亚现在是你的哥哥了。有话就说吧。"

"是爸爸。"他用我自从离开迦南就再没有听见过的儿语说,"他快死了,我们必须去见他。"

伯尼亚感到恶心,鼻孔出气。

"你竟敢如此无礼?"约瑟跳起来说,他的手按在腰里的剑上。

"你为何如此无礼?"伯尼亚靠前一步,同样激动地回答,"为什么我的妻子要回到一个扼杀了她的幸福、毁掉了他自己名誉的父亲身旁,为他哭泣、为他送终?去送这种明知对方手持长刀,心狠手辣,却还送你去赴死的父亲?"

"这么说,你也知道这个故事喽。"约瑟说,他好像突然被击败了一样。他坐下来,双手抱头呻吟。

"我的哥哥们和他们的儿子们在埃及北方放牧生活,他们给我送话来,犹大说父亲熬不过这个季节了,雅各希望给我的儿子们祝福。"

"我不想去。"约瑟说,他看着我的样子,好像我有解决问题的答案一样,"我觉得我为家族承担的责任已经完成了。我甚至以为我原谅了父亲,虽然不是没有付出代价。"

"当他们饥肠辘辘地逃亡到我门前,寻求庇护时,我搓捻着自己的尖刀。我指责他们是强盗,逼迫他们匍匐在伟大的希法那特·法纳·亚面前。我看着利未和西缅跪倒在我的脚下磕头,浑身发抖。我幸灾乐祸,将他们送还给雅各,要求他们派便雅悯来。我惩罚父亲的偏心偏爱。我也惩罚我的兄弟们,让他们生活在为他们的狗命担忧的日子里。"

"现在,这个老头希望把他的手放在我的儿子们的头上,选择他们接受他的祝福。他没有选择鲁便的儿子们,也没有选择犹大的儿子们,而这些年来,是他们服侍着老头,忍受他的喜怒无常和随心所欲。他甚至不给便雅悯的儿子祝福,他才是老么儿啊。"

"但是,我知道雅各的心。他想通过给我的儿子们祝福,救赎他的过去。可我害怕我的儿子们得到这样的继承权。担心他们会继承折磨人的记忆和奇怪的梦境。他们会恨我的名字的。"

约瑟抱怨的时候,我和伯尼亚只是听着。过去的痛苦依然紧紧地缠绕着约瑟,好像深深地镶嵌在他的黑色长披风的皱褶里。他挣扎着像一只溺水的羔羊。

看着约瑟滔滔不绝地细说丰年灾年,说他孤独无眠的漫长黑夜,抱怨生活对他何等地残酷,我搜索自己记忆中的弟弟,寻找那个曾经带着尊重听女人说话的玩伴,一度把我当作朋友的亲人。但是,在眼前这个以自我为中心的男人身上,我看不见一点过去那个男孩的影子,眼前的这个男人情绪和声音随时都在变化,反复无常。

"我是一个懦夫,"约瑟说,"我无法平息胸中怒火,我对雅各毫无怜悯之心,雅各已经瞎了眼睛,就像他的父亲以撒。可是,我无法对他说不啊。"

"就当信没有收到,"我轻声说,"信使有时会遭打劫的。"

"不,"约瑟说,"这个谎言最终会杀了我的。假如我不去,雅各会一直困扰我的。我得去,你得跟我一起去。"约瑟突然厉声要求,一个惯用权力的男人原形毕露。

我没有试图掩饰自己对他那副腔调的深恶痛绝,当他注意到我的厌恶时,他羞愧地低下头。然后,我的弟弟跪在木匠家厨房的土地上磕头,他向我道歉,也向伯尼亚道歉。

"原谅我,姐姐。原谅我,哥哥。我不想去看望临死的父亲,我根本不想见到父亲。但是,我不能不服从父辈之命令。的确,我完全可以强迫你跟我走。要你同行,没有任何原因,只是想让你牵着我的手。你一定也会因此而得到祝福的。"

他站了起来,又恢复了希法那特·法纳·亚的权威形象。"你们将是我的贵客,"他圆滑地说,"木工大师将为国王出公差。我要去北方购买木材,我想要一个懂得识别木料的高级木工大师,为国王服务。你将去孟菲斯的集市,调研丰富的橄榄木、橡木、松木,选择出唯一可以用于建造国王宫殿和陵墓的木材。你将为整个木匠专业,以及你的名誉带来荣耀。"

约瑟的话充满了诱惑力,但是,伯尼亚只是看着我。

这时,约瑟将自己的脸靠近我的,温柔地说:"亚哈提,这是你看见你的母亲们生命之果的最后一次机会,看一看他们的孙辈,还有重孙辈。因为他们不仅是雅各的后代,也是利亚、拉结、悉帕和辟拉的后代。"

"你是他们母亲血脉里唯一的姑姑,我们的母亲们多么期望你能够看见他们的后代啊。毕竟,你是母亲们唯一的女儿,她们爱戴的那个女儿。"

我的弟弟的确能够把飞鸟的翅膀都说得落下来,他一直说到日出,伯尼亚和我都已经精疲力尽。虽然我们都没有开口说:是;但是,面对希法那特·法纳·亚,国王的宰相,谁也不能说不,正如没有人可以对约瑟说不一样,他是拉结的儿子,利百加的孙子。

我们一大早就同约瑟上路了。到了河边,一条非常豪华的三桅帆船恭候着我们,船上摆设了床和椅子,精美的彩绘杯子和盘子,甜葡萄酒和新鲜啤酒。到处都是鲜花和水果。对此的奢华让伯尼亚非常震惊,赤裸的奴隶们谦卑地侍候着希法那特·法纳·亚、他的两个儿子,以及他的随从。奴隶们也以同样的谦卑,细致入微地侍候伯尼亚和我,我们无法面对他们的面孔和眼神。

两个小男孩子已经到了留发的年龄,他们都是好孩子,对父亲的客人很好奇,但是,又很礼貌而不随便问问题。伯尼亚用木头给他们雕刻小动物,说出它们的名字,可把小家伙们高兴坏了。伯尼亚瞥见我在看他,他朴实的微笑告诉我,他以前也曾为自己早年夭折的儿子们雕刻过小动物。

亚斯·那特没有与我们同行,约瑟只字不提他的妻子。我的弟弟由一支年轻的卫兵队呵护,所有的卫兵都像他年轻时那么英俊,我经常瞥见他,盯着年轻英俊的卫兵们看,目光中带着羡慕。他和我在北上的旅途中几乎不说话。我们在不同的地方用餐,没有人会怀疑一个木匠的妻子会有什么话要跟伟大的宰相说。当我们说话的时候——问候早安或者说到孩子——我们从来不用自己的母语,因为那样会让别人注意到他并非出生在埃及,而这一点是加官晋爵的不利因素。

约瑟身裹黑色长披风,在三桅帆船船头微微发亮的天蓬下沉思。假如我独自一人,可能也会像他一样坐在那里,回忆我在那卡特·拉家的那段生活,在那里,我成为一个母亲,我也没有忘记,自己又失去了儿子。如果不是伯尼亚,我根本不会来见我的兄弟们,不会再揭开心头上的旧伤疤。

但是,伯尼亚一直在我身旁,我的丈夫被旅途的风景迷住,对于他来说,这好像是一个礼物,仿佛再次获得了生命那样。船顺风北上,他指着风中的帆让我看,当风平浪静时,他会让我观看划桨众人的和谐力量。没有什么能够逃脱他的注意力,他指着地平线和树木、空中飞翔的鸟儿、犁地的人、野花,落日余晖中的一片纸莎草就像是满地的黄铜。当我们碰上一群水马时,他激动得和约瑟的小男孩们一样,他们拥在他的身边,一起观看塔沃里特的孩子们在芦苇荡里戏水欢笑。

旅途的第三天,我把一直不停转动的纺锤放在一边,安静地坐着,观看着河水拍打岸边,我的思绪就像大河的表面一样平静无言。我深深地呼吸着大河富饶的气息,听着河水拍打船身的声音,就像永恒的清风一般。我将手指穿梭在水中,看着水涌起波折,泛白。

"你在笑呢!"伯尼亚来到我的面前。

"当我还是个孩子的时候,有人就说我只有在河边才能心满意足。"我告诉他,"但是,那只是一个假预言。水的确能够安抚我的心,稳定我的思绪,在水边我的确有家的感觉。但是,我在贫瘠的山坡上,发现了我的喜悦;在远离泉水、处处积尘的地方,找到了我的幸福。"伯尼亚攥住我的手,我们看着埃及被甩出视线之外,绿宝石一般葱绿,阳光洒在水面上,万点磷光闪烁。

日出前或者落日后,帆船靠港过夜时,玛拿西和以法莲会跳入河中游泳戏水。仆人们前呼后拥地防备着鳄鱼和水蛇,我的丈夫按捺不住水的诱惑,抵挡不住孩子们的邀请。他脱掉他的缠裆布,一声高呼便跳入水中,孩子们兴奋地尖叫起来。我看见我的丈夫潜入水中,又冒出水面,不禁大笑,他像是一只苍鹭,又像一个顽皮的孩子。当我告诉伯尼亚我曾在一个梦里,梦见自己是条鱼时,他露齿诡笑,说是要保证我梦想成真。

就这样,在一个圆月的夜里,伯尼亚把手指放在唇前,示意我不要出声,他带着我来到浅水处。沉默中,他让我躺在他的手臂上,毫不费力地托起我,好像我的身体轻得像个婴儿,而他的力气大得如十个壮汉一样。他的手给我鼓励和信心,直到我松开攥紧的拳头,松弛僵硬的脖子,仰起头,好像是躺在床上一般。当我完全放松自己的时候,我的丈夫便松了臂膀,我只感觉到他的手指托着我的后背,是大河捧着我的身体,月光将河水染成银色。

每天晚上我都变得更大胆一些。我学会了漂在水上,完全不需要伯尼亚的帮助,我面朝衰月,能够仰泳。他还教我如何踩水和狗刨式游泳,我拼命地踢啊、踩啊、蹬啊。我放声大笑,吞了几口水。自从我的儿子不再是小孩子以后,这是我第一次孩子般地嬉戏。

在北上旅途即将结束时,我已经能够把头埋在水里,甚至能与伯尼亚并排游泳了。后来,当我们躺在床垫上时,我轻声地告诉他,我第一次看见人游泳,还是在离开哈兰的路途上。"他们就是埃及人,"我说,想起他们的声音,"我奇怪他们是不是也像我现在一样,比较那里和这里的河水。"

我们转身看着对方，像鱼儿一样沉默地做爱，尼罗大河既是生命的源头，也是成就我们躺在母亲河的怀中，在波涛的摇动下，像孩子一样进入梦乡。

我们在塔尼斯下船，离开了大河，向雅各儿孙们居住的山里行进。在埃及，农民，甚至鞣制皮革的工匠都比牧羊人的地位高，人们将牧羊人看作是最低下、最肮脏的职业。希法那特·法纳·亚一行这次旅行有个冠冕堂皇的名目，就是调研牲畜业，为国王的餐桌挑选最佳菜肴。事实上，这样的任务通常由一个中等级别的书吏操办就绰绰有余了，让他去执行就像杀鸡用了牛刀。但是，我的弟弟以此为借口私下省亲，十年前家人从迦南逃荒来到埃及，约瑟赐给他们北方山中的避难所，此后就没有再见面。

跟随希法那特·法纳·亚的庞大队伍旅行，可不像我童年时期的旅行。我的弟弟坐在轿子上，由他年轻英俊的卫兵们抬着，他的儿子们骑在毛驴上，跟随在后。伯尼亚和我步行，身边围绕着奴仆，哪怕是举起手来遮挡太阳，奴仆们都会立刻献上冰凉的啤酒或者是水果。夜里，我们便在雪白的帐篷里、厚厚的床垫上休息。

奢侈豪华并不是这两次旅行的唯一差别。这旅行特别的安静，人们几乎不敢大声喘气。约瑟孤独一人坐着，眉头紧锁，他紧紧地握住椅子的扶手，手指骨节都是白色的。我也非常紧张，但是，我没有与伯尼亚私下说话的机会，奴仆近在身边，随时都能听见我们的谈话。

只有约瑟的儿子们无忧无虑。玛拿西和以法莲给他们的毛驴起名叫胡皮姆和母皮姆，并编织关于它们的故事。他们来回扔球玩耍，大笑，抱怨驴背把他们的屁股颠簸得青一块紫一块。要不是孩子们的天真可爱，我可能都忘记怎么笑了。

四天后,我们来到雅各儿子们的营地。我为营地的庞大规模所震惊。在我想象中,他们的营地会像是示剑的一个普通营地,有十几顶帐篷,半打炊事炉火。但是,我现在看见的完全是一个村庄;几十个戴头巾的女人们来往匆匆,拿着水罐和柴。在我母语叽叽喳喳背景声中,突然冒出婴儿的号啕哭声,然后是叫声和安抚声,有我熟悉和不熟悉的口音。但是,是空气中食物的飘香使我的双眼被眼泪模糊:橄榄油炒葱的香味儿,还有烤制面包和牲畜混合的麝香土味儿。如果不是伯尼亚扶着我,我恐怕都站立不稳。

部落首领的代表朝我们走来,迎接宰相——他们的至亲。约瑟面对欢迎的代表们站着,他的身边是他的两个儿子,英俊的卫兵们分站在他们的两侧。他们的身后则是仆人、轿夫、女奴,在这一群人的一端,站着一个木匠和他的妻子。约瑟紧张得脸色煞白,但是,他咧嘴露齿,露出一个灿烂的假笑。

雅各的儿子们站在我们面前,但是,我认不出这群老人中的任何一人。他们中间最老相的一个,慢慢地张口,笨拙地说埃及语,他的脸上有深深的皱纹,肮脏的白发和胡须遮盖着脸庞。他向希法那特·法纳·亚发表了正式欢迎词,称他为他们的保护者和大救星,接纳他们到这片宁静的土地上,丰衣足食。

当他改成用母语说话时,我才意识到说话的人是谁。"以我们的父亲雅各的名义,我欢迎你,弟弟,来到我们卑微的营地。"犹大说,他年轻的时候是何等的英俊啊。"爸爸快死了。"他说,"弥留之间,失去理智,浑身痉挛,卧床不起,呼唤拉结和利亚的名字。他时而从梦中醒来,诅咒一个儿子,几个时辰后,又用华丽的辞藻赞扬同一个儿子,为他许愿。"

"但是,毫无疑问,他在等待着你,约瑟。你和你的儿子们。"

犹大说话时,我开始认出他身后的一些男人。皮肤像他的母亲一样黑的但长着苔藓一样的卷发,他没有什么皱纹,眼睛像母亲辟拉的一样安详。要区分拿弗塔利和以撒迦已经不是一件困难的事情了,因为塔利瘸了腿,以撒驼了背。西布伦依然长得很像犹大,只是他看上去要年轻得多。几个年轻人,我猜想可能是我的侄子们,有的长得像雅各年轻时的模样。但是,我猜不出他们是谁的儿子,也不知道谁是便雅悯。

约瑟一眼也没看他的哥哥的眼睛,只是听着他说话,而犹大则目不转睛地盯着弟弟看。犹大说完话以后,约瑟还是没有回答或者抬起头看他一眼。

终于,犹大又开口了。"这些一定是你的儿子们。你给他们起的什么名字?"

"玛拿西是长子,这是以法莲。"约瑟回答,把手依次放在儿子们的头上。听到自己的名字,孩子们抬头看着自己的父亲,脸上闪烁着好奇的光彩,他们从来没有听父亲说过这样奇怪的语言,父亲说的话有关自己,但是,他说的什么呢?

"他们不明白我们为什么来这里。"约瑟说,"我自己都不知道。"

愤怒在犹大的脸上闪过,但是,他很快就转怒为败。"过去的错误是没有办法改变的。"他说,"但是,你来是为了给老人一个安详的死。自从我们告诉他你死了以后,他就没有一天不生活在地狱般的煎熬中,即使后来他得知你还活着,也无法恢复平静了。"

"来吧。"犹大说,"让我们去看一看我们的父亲是否醒着。还是你应该先吃饭、喝饮料?"

"不,"约瑟说,"最好现在就去。"

牵着儿子的手,约瑟跟着犹大来到雅各的帐篷里,弥留中的雅各躺在地毯上。我和希法那特·法纳·亚的奴仆和随从们站在一起,目送他们消失在尘土飞扬的村庄里。

我脚步沉重,像是被固定在大地上一样,浑身发抖,没有一个人认出我来,我感到满腔愤怒。但是,也同时感到轻松。伯尼亚温柔地带我来到仆人支帐篷过夜的地方,我们在那里等待。

我还没有时间梳理我的情感,约瑟就带着玛拿西和以法莲出现了。孩子们害怕地盯着地面。我的弟弟从我的身边大步走过,一言不发地进入他的帐篷。

晚上,伯尼亚怎么劝,我也吃不下任何东西,虽然我躺在他身边,但是,我无法闭上眼睛睡觉。我盯着黑暗,让过去的一切向我扑面袭来,正如我预料的那样。

我记得鲁便的慈祥,犹大的英俊。我回忆起但的歌声,还想起迦得和亚设模仿祖父的声音,直到孩提时的我,笑瘫在地上。我还记得当利未和西缅折磨以撒和塔拉,说他们在他们的母亲的眼里可以互换,和他们听后号啕大哭的样子。有一次犹大挠我的痒痒,我一直笑到小便失禁,但是不敢跟任何人说。还有鲁便将我放在他的肩膀上坐着,我觉得自己能够触摸到云彩。

终于,我无法安静地躺着,我起身,走进黑夜。约瑟正在我的帐篷外面踱步;原来无眠的他正在等我。我们一同漫步离开营地。无月的天空,黑夜伸手不见五指。走了一会儿后,约瑟扑倒在地,描述了见雅各的情景。

"刚开始,他认不出我。"我的弟弟说,"爸爸的声音细小如孩子,他哭着说:'约瑟。约瑟在哪里?'"

"我说:'我在这里。'但是,他依然问:'我的儿子约瑟在哪里?他为什么不来?'"

"我把嘴唇贴在他的耳朵边,我说:'约瑟带着他的儿子来看你了,正如你要他做的那样。'"

"经过无数次这样的对话后,他突然明白了,他抓住我的脸、手、衣服。他号啕大哭,他一遍又一遍地重复我的名字,请求我和母亲原谅他。他诅咒了利未和西缅,还有鲁便。然后他又因为无法原谅他的长子而恸哭。"

"他依次悉数我的兄弟们,祝福他们,同时又诅咒他们,将他们变为野兽,为他们儿时的恶作剧叹气,又叫他们的母亲们来给他们擦屁股。"

"衰老糊涂成这样是多么的可怕啊。"约瑟说,他的声音里既有同情,也有厌恶,"我祷告我宁愿早死,也不要等到弄不清自己的儿子是婴儿,还是祖父的时候。"

"雅各好像是在睡觉,但是,没过多久,他又开始喊叫,'约瑟在哪里?'好像他刚才根本没有亲吻过我。"

"'我在这里。'我回答。"

"'让我祝福你的儿子们,'雅各说,'现在让我看看他们。'"

"我的儿子们在我身边瑟瑟发抖。帐篷里弥漫着他疾病的气味,他的抱怨吓坏了孩子们,但是,我告诉他们,祖父希望给他们祝福,我把儿子推到雅各身旁,一边一个。"

"他把右手放在以法莲的头上,左手放在玛拿西的头上。他以亚伯兰和以撒的名义祝福他们,然后他坐了起来,大声咆哮:'记住我!',孩子们被吓得缩回来,躲在我的背后。"

"我告诉雅各他孙子们的名字,但是,他没有听见我的话。他眼睛无神地盯着帐篷顶子,什么都看不见。他和拉结说话,向她道歉,忏悔自己把她的遗骨丢弃在路旁。他为他的爱人哭泣,请求她让他平静地死去。"

"当我带着儿子们离开时,他毫无察觉。"

约瑟说话的时候,我感觉到过去的沉重又压上了我的心头,感觉到我在那卡特·拉家中那些年间背负的沉重包袱。我原来以为这沉重是悲哀造成的。我现在终于明白,这是因为我憋在胸中的愤怒。现在怒火从我的胸膛涌出,变成了从来没有发出过的声音。"那我呢?"我说,"他没有提到我吗?他没有忏悔他欠我的债吗?"

"他没有说到示剑城的屠杀吗?他没有为萨兰姆和哈抹王无辜的流血而哭泣吗?他没有为损坏他自己的名誉而忏悔吗?"

躺在地上的约瑟一片沉默。"他一点都没有提到你。迪娜在雅各的家族里已经被完全遗忘了。"

他的话应该让我感到情绪低落,但是,它们已经失去了对我的控制和摧毁力。我离开依然躺在地上的约瑟,自己跌跌撞撞地回到营地。我突然感到极度疲惫,每一步都很难挪动,但是,我眼干无泪。

*   *   *

约瑟来了以后,雅各就不吃不喝了。他的死应该是很快的事情,最多也熬不过两天。所以,我们就等待着。

我坐在我的帐篷门口,纺亚麻线,打发时光,同时也细看利亚、拉结、悉帕和辟拉的孩子们。我在他们身上看见母亲们的笑容和动作,听见她们的笑声。有的血脉印记就像日光一样清晰。我看到一个酷似辟拉的女孩,认定她必是但的女儿;另一个小姑娘的头发完全和我姨妈拉结的一模一样。利亚的坚挺的鼻子也比比皆是。

在守候雅各的第二天,一个女孩拿着一篮子新鲜面包走过来。她用埃及语介绍自己的名字叫基拉,是便雅悯和他的埃及妻子涅塞特的女儿。基拉发现其他服侍希法那特·法纳·亚的人都在整日做饭,拿东西或者是做清洁,而同等地位的我却坐在一旁悠闲地纺线,这引起了她的好奇。

"我告诉我的姐妹们,你一定是宰相——我的叔叔——孩子的保姆。"她说,"对不对?我猜得不错吧?"

我笑了,我说:"你猜得很好。"我请她坐下,让她给我讲讲她的兄弟和姐妹。基拉满意地一笑,接受了我的邀请,开始为我展开一个家庭成员的经纬网。

"我的妹妹们都还是小孩子。"女孩说,她看上去还得有几年才会成为成熟的女人。"我有一对双胞胎妹妹,缪札和乃幔,她们都很小,还不会纺线呢。父亲便雅悯在迦南时和另一个妻子生有几个儿子,但是,他的那个妻子死了。我的哥哥分别叫比拉、比结、以希和亚勒,他们都还算是好青年,虽然我对他们的了解和对我伯伯们的儿子们差不多,他们就像我们数不清的牲畜,和它们一样乱哄哄的。"她朝我眨眼睛说,好像我们是老朋友一样。

"你有许多伯伯?"我问。

"十一个。"基拉说,"不过三个最大的都已经死了。"

"哦。"我点了点头,我在心中与鲁便告别。

我的侄女在我身边舒适地坐下,她从围裙里掏出一只纺锤,一边纺线,一边悉数我们家族星乱如麻的成员关系。"长子鲁便,是我祖父的第一任妻子利亚的儿子。有个家丑,那就是鲁便和辟拉,雅各最小的妾两人通奸,被捉了个正着。即使是在辟拉死后,雅各也一直都没有原谅鲁便,虽然鲁便给雅各添了许多孙子,他的财富超出了所有兄弟的财富加在一起的总和。人们说我的大伯临死的时候,曾恸哭着祈求雅各的原谅,无论如何,他的父亲硬是没有在最后看他一眼。"

"西缅和利未,也是利亚生的,当我还是婴儿的时候,他们就在塔尼斯被谋杀了。没有人知道到底发生了什么事情,但是,女人间传说他们在做一桩小交易时,想占别的商人的便宜。他们瞄准的下手对象,正好是埃及最狠毒的杀人犯,所以他们反而因为自己的贪婪被杀了。"

基拉抬起头,看见犹大走进雅各的帐篷。"犹大大伯是利亚的儿子,他是家族的首领,已经有很多年了。他是个公正的人,承担着领导整个家庭的责任,虽然我的堂兄弟们认为他上了年纪以后,变得过于谨慎。"

基拉接着给我讲了我的兄长们和他们的妻妾的故事,指着他们的孩子给我看,说出我的侄子和侄女的名字,我的骨肉之骨肉,但是,我永远不会与他们交谈。

鲁便娶妻洗拉,有三个儿子。他的第二个妻子名字叫亚塔尔,生了两个女儿辟纳和伊法拉特。

西缅那令人讨厌的妻子亚露图给他生了五个儿子,基拉说亚露图是个有口臭、爱骂街的泼妇。西缅还有一个妾是示剑人,她生的儿子有一天走进干枯的河道,却遇到发大水被淹死了。"我的母亲说他是自杀。"基拉悄声地说。

"那边的那个男人叫米拉利。"她说,"他可是个奇迹,因为他虽然是臭名昭著的利未和英布所生,但是,他是个好人。而他的兄弟都是和他父亲一样坏的恶棍。"

一个耷拉着下巴颏的男人拖着脚步走向基拉,她给他一点面包,把他打发走了。"这是示拉,"她解释,"犹大和书亚的儿子。他脑子有毛病,但是,人一点不坏。我大伯的第二个妻子叫塔玛,她给他生了两个儿子名叫法勒斯和谢拉,我最好的朋友名叫达芙娜。她是我们家族这一代人里的大美人。"

"那边那个女人叫赫西亚。"她向一个几乎和我同龄的女人点头。"利亚的儿子以撒迦的妻子。赫西亚有三个儿子和一个女儿陀拉,她是接生婆。假如达芙娜以继承了拉结的美丽而闻名,陀拉则以她的金手而著称。"

"谁是拉结?"我问,希望能够听到关于我的姨妈的更多消息。

"他是你的主人的母亲呗。"她说,为我的无知表示讶异,"当然喽,我想你不知道她的名字也是自然的。拉结是雅各的第二位妻子,也是他的至爱,因为她是个大美人。她在生我的父亲便雅悯时死了。"

我点了点头,拍了拍她的手,看见她的手和拉结的一个形状。"接着说,亲爱的,"我鼓励她,"再多给我说说。我喜欢你们家人的名字。"

"但是辟拉唯一的儿子。"基拉说,"辟拉是雅各的第三位妻子,拉结的侍女,就是那个和鲁便睡觉的女人。但和妻子提姆娜有三个女儿,名字叫伊德娜、提尔莎和比利特。她们都是好心的女人;是她们照顾雅各的日常生活。"

"悉帕是雅各的第四位妻子,利亚的侍女,她生了双胞胎儿子。长子名叫迦得,他很爱他的妻子萨拉·音拿,啊,她是他的终生至爱。但是,她在生第四个孩子时死了。她的大女儿萨拉有唱歌的天赋。"基拉说。

"亚设是迦得的双胞胎弟弟,他娶了俄利特为妻。"基拉接着说,"他们的头胎是个女儿,名叫亚列利,一个星期前她生了个女儿,取名妮娜,她是家族里最新的生命。"

"利亚的儿子拿弗塔利和妻子叶迪达生了六个孩子,他们的两个女儿是伊利示娃和娃妮亚。当然喽,要说约瑟,还有谁比你更了解他的两个儿子呢。"基拉说。"他没有女儿吗?"她问。

"还没有。"我回答。

基拉看见两个年轻女人,她指着她们,同情地点头。"这两个是利亚的儿子西布伦的女儿。她们的母亲亚哈娃只有女儿,没有儿子,一口气生了六个女儿,都自成部落了。我很高兴她们把我也纳入到这个圈子里了。我们相处得很好。"

"六个女儿的名字叫利欧娜、玛哈拉、基亚、亚拉、挪亚蒂亚和亚耶。"她掰着手指数着,"她们小道消息特别灵通。就是她们告诉我西缅和示剑城女人的儿子自杀的故事。他疯了。"她压低声音说:"当他知道自己出生的故事以后,就疯了。"

"是什么会让他如此绝望呢?"我问。

"那可是一个可怕而丑陋的故事。"她故作扭捏地回答,已经学会吊我的胃口了。

"当然,这样的故事常常是最精彩的。"我回答。

"那好。"基拉说,她放下手里的纺锤,直视我的眼睛。"据我的婶子亚哈娃说,利亚曾经有个女儿。她一定是个绝代佳人,示剑城的一个贵族——实际上就是王子——迷上了她并娶她为妻。这个王子就是哈抹王的儿子!"

"国王亲自给雅各送来丰厚的新娘聘礼,但是,贪婪的西缅和利未还觉得不够。他们宣称自己的妹妹被绑架并被强奸了,家庭的名誉被玷污了。他们虚张声势,不依不饶,哈抹王理解儿子对利亚的女儿的爱情,因而将聘礼加倍。"

"但是,我的伯伯们还是不满意。他们声称这是迦南人的阴谋,要同化和征服雅各的部落,让他们归属哈抹王。所以利未和西缅便要求示剑人接受割礼,割掉包皮,成为雅各家族的人,以此拒绝这桩既成事实的婚姻。"

"现在我要讲的这部分故事,就连我自己都不敢相信是真的,我总是以为这些都是那些饶舌的女人们编造出来的。她们说王子为了爱情,竟然真的挨了刀,割掉了包皮!他和他的父亲,还有全城所有的男人都受了割礼！我的堂姐妹们说，这是不可能的事情，纯属捏造，因为男人永远不可能对'爱'有这样的理解和行动，他们没有这种能力。"

"但是，故事里的王子愿意为爱赴汤蹈火。他和全城所有的男人就这样统统被割掉了包皮。"基拉压低声音，语气悲伤，为接下来故事悲惨的结尾铺垫好了情绪。

"手术两夜后，当全城的男人们依然在疼痛中呻吟时，利未和西缅潜入城中，将王子、国王，还有城门内所有的男人都屠杀了。"

"他们还掠夺了城里的牲畜和女人，这就是为什么西缅有一个妻子是示剑城里的人。当他们的儿子知道了父亲犯下的滔天大罪，便溺水自尽了。"

她讲这个故事时，我的眼睛死死盯住我的纺锤。"他们的妹妹怎么样了？"我问，"就是王子爱的那个？"

"这是个谜，"基拉说，"我想她一定因为悲哀而死了。萨拉编造了一首歌，说她被圣母接到天上，变成一颗流星。"

"人们还记得她的名字吗？"我柔声地问。

"迪娜。"她说，"我喜欢这个名字的声音，你说呢？有一天，如果我生个女儿，我就叫她迪娜。"

基拉没有再说任何关于利亚的女儿的故事，她接着唠叨她的堂兄弟和堂姐妹之间的恩仇与爱恨。她的话匣子一打开，好像就永远也关不上了似的，她一直说到吃晚饭的时候，所以在她问我任何问题之前，我就正好以吃饭为借口与她告别了。

雅各在当天晚上死了。我只听见一个女人的抽泣声，心里想是哪个媳妇在为这个老头哭泣。伯尼亚把我搂在怀里，但是，我既不感到悲哀，也不感到愤怒。

基拉给了我内心的平静。迪娜的故事如此悲怆，人们没有忘

332

记。只要人们记住雅各一天,就不会忘记我的名字。过去最坏的事情已经发生在了我的身上,我对未来已经毫无恐惧了。我将心安理得地离开雅各家,此行得到的慰藉远多于约瑟,内心也远比他更平静。

第二天早上,犹大准备好雅各的尸体,将他运往迦南,与他的父亲同葬。约瑟看着人们把雅各的遗骨抬到镀金的轿子上,轿子是约瑟为葬礼旅途提供的。

在犹大上路前往迦南埋葬父亲之前,他和约瑟最后一次拥抱。我扭头不看他们,但是,在我就要走回我的帐篷之前,我感到有人触摸我的肩膀,我转身,看见犹大的脸,他的表情像是羞愧和迷惑错综交叉的地图。

他在我面前伸开攥紧的手掌。"这是我们的母亲的。"他挣扎着说,"她死的时候,把我叫到身边,说是把这个交给她的女儿。我当时还以为她疯了呢。"犹大说:"但是,她预见了我们的再会。我们的母亲从来没有忘记你,虽然雅各不允许她说到你,但是,她每天都在说你,直到她死的那一天。"

"拿着这个,它来自我们的母亲,利亚。愿你平安。"他说,他把一个小东西塞到我的手里,便转身离开,低垂着头。

我低头一看,原来是拉结的青金石戒指,这是雅各给拉结的第一件礼物。我的第一反应是叫住犹大,问他为什么母亲会把雅各爱她妹妹的象征送给我呢。但是,犹大怎么会知道呢,他当然没有答案。

再次看见大河是多么的美好啊。在经历了山区的炎热以后,尼罗河的拥抱是多么的凉爽和甜蜜啊。夜里,我躺在伯尼亚的怀抱中,告诉他我从基拉那里听到的一切,给他看了那枚戒指。

我对戒指的意义迷惑不解,祷告能够托梦圆解其意,但是,伯尼亚为我提供了答案。他冲着日光举起我的手,以善于识别美丽的眼光看着它,他说:"也许你的母亲以此为象征,表示她原谅了她的妹妹。也许这是一个迹象,表明她死的时候,带着一颗完整、忠诚的心,而不是一颗破碎的心。她希望你也能这样。"

我的丈夫的话在我的心中打下了烙印,我回忆起悉帕在红帐篷里告诉过我的话,我那时还是个孩子,非常幼稚,根本不理解她说的意思。"我们所有的人都是同一个母亲生的。"她说。好像隔世后的今天,我知道她说的话千真万确。

虽然我们的回程一切顺利,我的手也闲着没有做什么,但是,旅途令我极度疲劳。一路上,我归心似箭,渴望早日看见示夫·拉,还有基亚的新生儿,孩子应该是在我离开的那几天出生的。

在孟菲斯停留的三天中,我心神不安,但是,为了不让伯尼亚担心,我尽量将我的烦躁掩饰起来。伯尼亚每晚从集市回来后,都为大自然赋予的美丽赞不绝口。他惊叹橄榄木丝质般的光滑,乌檀的油亮漆黑,雪松的清香。他带回来一些松木料头,教约瑟的儿子们雕刻。他还给我买了礼物,一只水罐,形状如同龇牙咧嘴大笑的塔沃拉特,每次看见它,我都忍不住笑。

我们离开孟菲斯返回底比斯的这一段旅途中,宰相的三桅帆船后面,跟着一条满载精美木材的驳船。最后一夜,约瑟和我站在黑暗中道别。没有必要为我们的分离感到悲伤,他轻松地说:"我们这只是说再会。假如亚斯·纳特再生孩子,我们还会派人去找你。"

但是,我知道我们不会再见面了。"约瑟,"我说,"这不是我们可以控制的。"

"保重。"我轻声地说,用戴着他母亲戒指的手抚摸他的脸颊,

"我会想着你的。"

"我也会想着你。"他轻声回答。

早晨,伯尼亚和我急切地上路回家。一到家中,我们就又恢复了日常生活的秩序。基亚的新生儿性格好极了,当他的母亲数日在外出诊时,就由我负责看管他,他知道后高兴得欢叫。日落以后,我就不再陪基亚出诊了,因为我已经上了年纪。

早上起来,我脚疼手僵,但是,我依然认为自己很幸运,因为我既没瘫痪,也不呆傻。我还有力气收拾家,照顾伯尼亚。他身体一直强壮,脑子清醒,眼睛明亮,他爱他的工作,他对我的爱就像是太阳一般永恒。

我的余年非常美好。基亚又添了两个孩子,一男一女,他们住在我们的家里,占据了我丈夫的心。每天我们都得到无数香甜的亲吻。"你们是青春泉。"我对孩子们说,我挠他们的痒痒,和他们一起大笑,"你们让我这把老骨头还能继续动弹。是你们支撑我活着。"

但是,即使是小孩子们的忠诚和爱意,也无法阻挡死亡的脚步,我的时辰到了。我没有受什么苦,一切都很快就过去了。我在夜里醒来,感觉到千斤重量压在我的胸口,但是,第一回合的震惊之后,便没有了任何疼痛。

伯尼亚用他温暖的大手捧着我的脸。基亚来到我的身边,她将我的脚抱在她手指修长的双手间。他们哭泣,但是,我说不出话来安慰他们。然后,他们在我的眼前变了形,我找不到文字能够形容我看见的一切。

我的爱人变成一座和太阳一样明亮的灯塔,他的光辉将我全身温暖起来。基亚变成了闪闪发光的月亮,她用星空女神绿色而庄重的声音歌唱。

335

在我生命的这些亮点之外,包围着无边无际的黑暗,冥冥之中,亮点斑斓,我开始认出母亲们的脸,每一个人都好像拿着自己的火把。利亚、拉结、悉帕和辟拉。还有英娜、拉·内弗尔、莫里特。甚至有可怜的鲁提、傲慢的利百加,都排列成阵欢迎我。虽然我从来没有见过她们的面,但是,我还是认出了亚大和萨莱。强壮、勇敢、惊讶、慈祥、聪颖、心碎、忠诚、愚笨、天才、软弱,每个人都以她们特有的个性欢迎我。

"啊。"我惊讶地大叫。伯尼亚将我抱得更紧,伤心地抽泣。他以为我在受罪,但是,我除了为死亡即将给予我的功课感到兴奋以外,别无感觉。当我正要跨越界域的那一瞬间,我知道了一个事实,埃及的祭司们和魔术师们都是傻瓜和骗子,因为他们竟然为人们许愿延长这个世界之后的美好生命。死亡不是敌人,死亡只是感恩、同情,以及艺术的根基。在所有生命美好的愉悦中,只有爱不欠死亡任何债务。

"谢谢你,爱人。"我对伯尼亚说,但是,他听不见我的话。

"谢谢你,女儿。"我对基亚说,她把耳朵贴在我的胸口,什么都听不见,她开始号啕大哭。

我死了,但是,我没有离开我爱的人们。伯尼亚坐在我身旁,我在他的眼睛里徘徊,在他的心头驻留。数星期、数月、数年,我的脸活在园子里,我身体的香气依附在床单上。只要我的爱人他还活着,我白天就与他同行漫步,夜里与他同枕共眠。

当他最后一次闭上眼睛,不再睁开时,我想我终于要离开这个世界了。但是,即使到了那时候,我仍在这个世界上徘徊。示夫·拉唱着我教会她的歌曲,基亚重复着我的动作。约瑟在女儿出生的时候,想起了我。基拉给她的女儿命名为迪娜。拉·摩斯结婚后,告诉他的妻子:是他的母亲把他送到远方去,这样他能够好好地活着,而不是死。拉·摩斯的孩子们繁衍百代千代。有的生活在我出生的土地上,有的生活在寒风凛冽的地方,就像我第一次见到韦仁罗,她在母亲们的炉火旁描述的寒冷地带一样。

永生不是魔术。

在埃及,我喜欢荷花的芳香。黎明时分的荷塘里,一朵荷花绽开,让整个园子弥漫着蓝色的幽香,香气如此芬芳,好像鱼儿和鸭子都沉醉得神魂颠倒。到了夜晚,这朵荷花可能就凋谢了,但是,它的芬芳持久不散。香气虽然越来越淡,却永远萦绕在空气中。甚至数日后,凋零的荷花依然存在,蜕变成莲蓬。数月后,一只蜜蜂会飞落在荷花曾经盛开过的地方,居然还能释放出一阵无可否认的芳香。

埃及人热爱荷花,因为它永远不死。人也同样,被爱的人得以永生。正因如此,一个像是名字这样无足轻重的东西——两个音节,一声清脆嘹亮,一声甜蜜轻柔——就能引发无数的微笑、眼泪、叹息,还有人生的梦想。

假如你坐在大河的岸边上,只能看见大河表面的一小部分。但是,你眼前的河水正是大河深不可测的见证。当你坐在这河岸上,体验我的名字的回音时,你的爱是多么的慷慨坦荡,我的心中洋溢着感激之情。

祝福你的眼睛,祝福你的孩子们。祝福你脚下的大地。无论你走在哪里,我都与你同行。

细拉。